Mo Malø vit en France. Auteur publiant sous d'autres identités, il est l'auteur du roman à succès *Qaanaaq*. *Diskø*, la nouvelle enquête de l'inspecteur Qaanaaq Adriensen, a été finaliste du prestigieux prix Michel Lebrun 2019 et a reçu le Prix Découverte des Mines Noires 2020.

DU MÊME AUTEUR

Qaanaaq
*La Martinière, 2018*
*et « Points » n° P4978, 2019*

Nuuk
*La Martinière, 2020*

Mo Malø

# DISKØ

ROMAN

*Éditions de la Martinière*

TEXTE INTÉGRAL

ISBN 978-2-7578-7810-1
(ISBN 978-2-7324-9026-7, 1re publication)

La plongée en milieu groenlandais peut être déroutante pour un lecteur français, notamment quand il s'agit de retenir les prénoms et patronymes.

Pour vous guider dans votre lecture, une liste des personnages figure en fin d'ouvrage.

© d-maps.com
200 km
Qaanaaq
Camp century
Zacharial Isstrom
Dareborg
Glacier Lodge Eqi
Ilulissat
Baie de Diskø
Kargerlussuaq
Helheim Glacier
Ikateq
(Bluie East Two)
Isortoq
Nuuk

# *UPIRNGAALLARIK*

(« Le vrai printemps »)

*Samedi 16 juin 2018, 4 heures du matin*

Il fixe sa mort bien en face, droit dans les yeux. Elle est blanche, lisse et impassible. Elle n'a pas de nom ; elle n'a que cette insondable densité qui l'enserre de toutes parts. Il pourra crier autant qu'il le veut, il l'a déjà compris : tout glissera sur elle. Sourde et muette. La mort telle qu'elle se présente à lui est un bloc compact et sans âme.

Une masse immense qui l'engloutit.

La fin, sa fin, il ne l'avait jamais vraiment envisagée, lui qui évoque celle de la planète à longueur de journée. On sait tous les autres mortels et l'on se croit intouchable. Mais à présent que l'échéance est là, il ne maîtrise pas grand-chose. La panique va et vient en lui, par vagues de plus en plus rapprochées. Il respire trop vite et trop fort, précipitant sa perte à chaque goulée. Depuis quelques instants, l'emballement est irrépressible. Ocytocine, adrénaline… Il lui semble percevoir les hormones de la peur exploser dans son organisme, seconde après seconde.

On n'a jamais fini d'explorer son effroi, songe-t-il. Les réserves de terreur sont inépuisables.

*Calme-toi…*

Il expire le plus longuement possible. Puis inspire aussi brièvement qu'il en est capable. Il essaie d'économiser l'air trop rare, de repousser ce froid qui fige ses poumons. Même chose pour ses gestes. Il ne s'autorise que ceux qu'il juge indispensables.

Avant ce moment, il ne se savait pas claustrophobe. On ne se connaît jamais vraiment bien, finalement. Là, captif de ce trou, de cette colonne juste assez large et haute pour lui, il éprouve pour la première fois les limites de son corps : claquemuré dans un recoin d'univers. Tout en lui se cogne aux parois gelées qui l'entourent. Ses bras comme ses jambes. Ses souvenirs comme ses rêves. Il n'est qu'un ver dans un boyau de glace.

Il résiste en vain. Le signal est pourtant clair : la machinerie du corps lâche peu à peu. Il n'absorbe plus rien de ce qui pourrait le maintenir en vie, ni oxygène, ni nourriture. C'est lui qu'on avale. Lui que le ventre immaculé digère.

En de brefs instants, la réalité de sa situation revient le percuter. Il scrute l'espace cylindrique à la recherche d'un détail, de la faille qui lui aurait échappé. La cavité est juste assez large pour sa carrure. Ses épaules touchent presque la surface verticale et luisante. Seule la station debout lui est permise. Au-dessus de son crâne, un espace d'environ un mètre se termine par une espèce de couvercle, qui obstrue le boyau. Lorsqu'il tente de l'atteindre à bout de bras, il lui manque quelques dizaines de centimètres, même dressé sur la pointe de ses orteils. Il est plutôt grand, pourtant, près d'un mètre quatre-vingt-quinze. Il y a une heure encore, l'air frais du dehors lui parvenait par bouffées. Mais le trou percé dans le couvercle s'est rebouché patiemment, sous l'effet du soleil et de la fonte de la glace alentour. Comme à dessein. Pour le couper de l'extérieur.

Tout semble avoir été conçu sur mesure. Pour l'accueillir lui. Un sarcophage qui lui est dédié. Clos. Hermétique.

Quand il a retiré ses bottes au prix d'éprouvantes contorsions, il a cru à une bonne idée. Mais à présent, ses pieds ne sont plus que deux cubes insensibles qui paraissent se détacher progressivement de ses chevilles. Son corps va tomber en morceaux comme les pièces d'un puzzle. Organe après organe, dans un complet désordre.

Extraire l'une de ses mains de son gant n'est pas une mince affaire. Il prend tout son temps. Il en a peu, mais il n'a plus que ça. Par chance, il n'a pas coupé ses ongles depuis longtemps. Mais cela ne suffit pas. Les parois sont si dures qu'elles ne se laissent qu'à peine entamer. Alors il gratte encore, plus fort. Il manque s'arracher la peau. Peu importe, ses doigts qui passent du rouge au bleu, ses doigts multicolores ne lui appartiennent déjà plus.

Soudain, il perçoit un grondement sourd, comme une lamentation. Les secousses qui se propagent autour de lui font tanguer son cercueil. Elles distillent un espoir cruel, si fugitif qu'il en pleurerait. Quelques secondes suspendues, puis ce constat monolithe et froid : aucune fissure n'est apparue dans les murs de sa prison. Elle demeure parfaitement étanche. Le bref séisme n'a rien changé. Il n'a fait qu'enfouir un peu plus profondément ce qu'il lui reste d'humanité. Après ça, c'est certain, il virera minéral.

Alors il reprend son ouvrage. Il ne sait plus pourquoi il le fait, mais il le fait. Chaque lettre gravée est un supplice. La glace blesse presque autant que la pierre. Une roche polaire. Il s'applique. Passe et repasse sur ses arabesques tremblantes. Après la cinquième, son geste se fige. Cette fois, il n'en peut plus. Sa main s'abat et griffe une ultime ellipse sur la paroi. Son adresse au monde s'arrêtera là. Inachevée.

*À quoi bon ?*

Personne ne lira jamais son message.

Bientôt, il sera absorbé, et avec lui ce vain testament. En un sens, il n'aura pas vécu pour rien. Comme le disent les Inuits, il aura rejoint *Nuna*. Il ne fera qu'un avec la grande matrice blanche.

Il ferme les yeux.

Il avait tort : il ne craint rien. Il ne redoute que la peur elle-même.

# *AUJAKASAK*

(« Presque l'été »)

# 1

## Samedi 16 juin 2018, sept heures du matin, baie de Diskø, au large d'Ilulissat

Sa chevelure blonde reposait de part et d'autre de ses bras étendus en croix. Elle ne bougeait plus depuis de longues minutes. Enfin arrachée aux soucis de son monde.

Elle l'avait tant espéré ce repos.

« Bonjour, Sofie Mielsen », se murmura-t-elle gaiement en ouvrant les yeux.

Elle avait lu ce conseil dans l'un des rares magazines féminins qu'elle prenait le temps de feuilleter : tous les matins, s'accueillir soi-même avec bienveillance. Puis laisser la vie entrer en soi. C'était un peu niais, d'accord, mais cela lui faisait un bien fou. Après ça, elle se sentait un peu plus armée ; un peu moins vide. Elle redevenait la guerrière nordique que ses parents avaient voulu qu'elle soit. Et sa journée de fusions-acquisitions pouvait commencer.

Son salut effectué, Sofie s'étira de tout son long en travers du lit *king size*. Une lumière crue filtrait par le store à lamelles obstruant le hublot. Ce moment était parfait. Sur le vitrage perlé de gouttes, des reflets bleutés ondulaient en une danse enivrante, au rythme de la houle qui agitait le bateau.

Vraiment, elle n'était pas mécontente d'avoir réservé une cabine double pour elle seule. C'est à ce genre de détails qu'elle mesurait la valeur des sacrifices consentis toutes ces années : pas de mec, pas d'enfants, et un travail qui accaparait tout son temps ou presque. Soixante, soixante-dix heures par semaine ? Peu importait, elle était parvenue à un stade où l'on ne comptait plus. Alors, quand il s'agissait de se faire plaisir, deux semaines par an, là non plus elle ne chipotait pas. Elle s'offrait ce qu'il y avait de mieux. Et le meilleur des croisières arctiques, c'était sans conteste cet *Aurore* qui, depuis la nuit précédente, voguait dans les eaux sombres de la baie de Diskø.

Les îles paradisiaques, à bientôt quarante ans, Sofie les avait toutes faites ou presque. Seychelles, Maurice, Maldives, Barbade, Bermudes, Tahiti… À la longue, elle finissait par confondre les souvenirs de plage et les coquillages dont elle décorait son bureau. Tout s'amalgamait en une seule et même carte postale convenue. L'ennui tropical l'avait saisie lors de son avant-dernier séjour. De toute façon, elle avait bien lu dans le regard de ses collègues que ses *selfies* au bord de lagons translucides ne bluffaient plus personne. Il était temps d'auditer ses rêves et de leur « donner un second souffle » – comme elle le préconisait à longueur de journée à ses clients.

Elle ne savait même plus qui lui avait suggéré sa nouvelle destination. Il lui semblait que le Groenland s'était imposé de lui-même. Après tout, *là-bas,* c'était encore un peu le Danemark.

En faisant tourner un vieux globe terrestre dans le magasin d'antiquités voisin de son immeuble, elle avait été épatée par la place qu'y occupait « l'île ». Elle ne l'imaginait pas si vaste. Cette grosse langue blanche qui léchait le toit du monde l'intriguait. « Attends, le Groenland, c'est la nouvelle Islande », lui avait soutenu Mary, son adjointe britannique. « D'ici deux ans, tu ne trouveras plus un Airbnb en haute saison. C'est *le* moment d'y aller ! » Airbnb ? Et pourquoi pas le camping ! Mais elle s'était abstenue de commenter, par égard pour sa subordonnée.

Trois jours plus tard, elle avait réservé un package « Croisière au pays des icebergs » toutes options comprises, étonnée que se peler les fesses au pôle puisse coûter plus cher que se dorer la pilule dans les mers du Sud. Mais une fois encore, rien de neuf et de beau n'arrivait en ce monde sans sacrifices.

C'était pour la même raison que Sofie se levait chaque jour sur le bateau vers sept heures, au moins trente minutes avant les plus matinaux de ses co-croisiéristes. Ce laps de temps n'appartenait qu'à elle, et elle l'appréciait comme un vrai privilège. Seule sur le pont du luxueux paquebot – elle l'avait choisi pour son confort, ses prestations haut de gamme, mais aussi sa taille « humaine », cent cinquante cabines seulement –, il lui semblait que le paysage venait de s'ébrouer. Il était gratifiant d'imaginer que ce décor sublime et la faune qui s'y produisait – oiseaux, baleines, phoques –, que tout ce dispositif enchanteur n'avait été installé qu'à son intention particulière. Planté là pour le plaisir exclusif de Sofie Mielsen.

Elle leur lança un « bonjour » joyeux, emmitouflée dans sa parka Arctic Proof achetée pour l'occasion. Elle se sentait sale, elle avait faim. Mais la douche et le petit-déjeuner attendraient.

Le grand metteur en scène de la nature s'était surpassé. Au cours de la nuit, l'*Aurore* avait longé la côte ouest du Groenland vers le nord depuis l'île d'Aaassiat, direction la baie de Diskø. Sofie, qui avait compulsé le programme dans ses moindres détails, savait que ce site constituait le clou de la croisière. Et en effet, la magie du panorama dépassait tous les clichés des dépliants promotionnels. Sur trois cent soixante degrés ou presque, et aussi loin que portait son regard, d'immenses monuments de glace s'élevaient.

« La maternité des icebergs », murmura-t-elle, ébahie, faisant sienne la formule convenue de son tour-opérateur.

Le bateau était ancré dans la baie depuis quelques heures. Submergée par la beauté environnante, elle regretta d'être sortie sans son appareil photo. Elle immortalisa tout de même quelques-uns des monstres blancs avec son Smartphone. Repensant au fracas gigantesque qui l'avait brièvement tirée du sommeil une heure plus tôt, elle songea que certains des icebergs qui l'entouraient avaient dû naître à cet instant précis. Enfantés par ce glacier situé à proximité d'Ilulissat, dont le nom imprononçable lui échappait. Jakobs quelque chose. Ceux-là étaient des nourrissons, en quelque sorte. Sans qu'elle sache bien pourquoi, cette idée l'émut.

Le spectacle était saisissant, d'une absolue diversité, certains aussi plats qu'une barge, d'autres hauts et effilés comme des flèches de cathédrale, sans parler des nuances de couleurs, de découpes ou d'opacité.

« Quel délire… », chuchota-t-elle, subjuguée.

Avant de les voir de ses yeux, elle s'était représenté les icebergs comme de gros cubes plus ou moins calibrés. Et voilà qu'elle découvrait une variété qui faisait de chacun d'eux un individu bien à part. Comme chez les humains, il devait y avoir les beaux icebergs et les moches. Les sympas et les sournois. Elle s'amusa à baptiser les plus proches d'elle, leur trouvant parfois un air de ressemblance avec certaines de ses connaissances.

L'avantage d'un lever précoce, outre la solitude, c'était la façon dont, à cette heure-ci, malgré le jour polaire qui écrasait le paysage de sa lumière uniforme, certains aspects du lieu évoluaient à toute allure. Comme ce voile de brume bas qui flottait entre les immenses blocs bleutés, donnant aux icebergs un air fantomatique qui ajoutait à leur charme ambigu, à la fois enjôleur et menaçant. Ce détail lui rappela l'épisode ô combien célèbre du *Titanic* – son guide de voyage y consacrait une bonne dizaine de pages. L'idée d'une collision avec l'un de ces mastodontes la fit frémir. Un des îlots les plus proches, un fragment au dos bombé et d'apparence aussi paisible qu'un éléphant, semblait d'ailleurs dériver imperceptiblement en direction de la coque. Nonchalant, mais résolu. Comme un camion qui vous faucherait au ralenti.

Hypnotisée par la masse qui glissait droit vers elle, la jeune femme réprima un cri d'alarme. Une seconde, elle avait senti ses viscères se rétracter, comme un torchon qu'on essore. Le danger avait abattu ses défenses, la réduisant à l'état de poupée pantelante.

C'était absurde, mais elle s'était vue mourir.

Depuis son poste de commande, avait-il perçu sa crainte ? Le capitaine de l'*Aurore*, un barbu avenant qui la trouvait manifestement à son goût, leva alors l'ancre et fit vrombir le puissant moteur Diesel, libérant Sofie de son angoisse. L'instant d'après, le navire reprenait son évolution gracieuse entre les amas hostiles, manœuvrant avec une fluidité et une précision qui achevèrent de la rassurer. Elle se trouva un peu ridicule d'avoir paniqué ainsi. Son sort était entre de bonnes mains. Elle ne jouerait pas les Rose avant d'avoir déniché son Jack.

Quatre mètres au-dessus du bonnet bariolé de Sofie Mielsen, pile à sa verticale, l'équipage du paquebot, fleuron de la NorthCross, se concentrait sur sa manœuvre.

– Dis-moi, le JAC[1] avait prévu une densité pareille ? demanda l'officier à son second.

– Oui, mais d'après leurs calculs, il devrait y avoir une majorité de sarrasins et de bourguignons. Au pire des bergybits[2]. En tout cas, rien au-dessus de cinq mètres émergés. Pas de danger pour nous, *a priori*.

– Mouais… N'en déplaise à Jorgensen, on va sortir de cette soupe. Je la trouve pas très digeste.

– On s'éloigne de combien ?

– Deux milles à l'ouest, ça devrait suffire. Il faut quand même que ces messieurs-dames aient de quoi s'en mettre plein les yeux. Sinon, à quoi on sert ?

À ces mots, son subordonné actionna le joystick orange qui faisait office de barre sur ce bâtiment dernier cri. Il y avait au moins une décennie que les gouvernails mécaniques avaient été remplacés par ces petites merveilles électroniques. Les impulsions légères qu'il donnait à la commande suffisaient à infléchir la trajectoire du bateau, long de cent quarante mètres. « Avec un engin pareil, je pourrais faire un créneau en ville », se plaisait-il à raconter, lors des dîners d'apparat, aux touristes médusés.

1. Joint Arctic Command.

2. Il existe différents types d'icebergs produits – ou « vêlés » – par les glaciers : les sarrasins culminent à moins d'un mètre émergé, les bourguignons autour d'un mètre, et les bergybits jusqu'à cinq mètres au-dessus de la surface.

– Au fait, pas trop mal aux cheveux ? sourit le capitaine.

– Non, ça va, j'ai pas abusé.

La veille, l'ouverture du Mondial de football en Russie avait été l'occasion d'une fête plutôt arrosée, pour les passagers comme pour l'équipage. Et sans doute remettraient-ils ça le soir même, pour célébrer le premier match du Danemark. La débauche d'alcool n'avait fait qu'amplifier les effets du décalage chronobiologique lié au jour polaire. Eux y étaient rompus ; pas les passagers. Autant dire que ce matin, on ne les verrait pas de sitôt flâner sur les ponts.

Tandis que l'*Aurore* se frayait un chemin hors de la baie, repoussant le *brash* congelé de part et d'autre de son étrave, un iceberg aussi haut qu'un immeuble de trois étages surgit à tribord, étonnante structure qui dressait son pic de dix à douze mètres au-dessus des flots. Et combien d'autres, invisibles, sous la surface. Le second l'esquiva, en souplesse mais *in extremis*.

– Pas plus de cinq mètres, hein…, grommela le capitaine entre ses dents. Je t'en foutrais !

À voir la netteté tranchante de ses arêtes et sa masse translucide, on devinait qu'il n'était pas bien vieux. Sans se prétendre spécialistes, les marins en eaux polaires possédaient assez de notions pour distinguer les principaux types d'iceberg, et pour les classer par âge et par provenance. Le présent spécimen constituait déjà un beau bébé. Assez gros et vicieux pour envoyer par le fond des bateaux moins résistants que le leur.

Et le fait n'était pas si rare.

L'alerte était déjà derrière eux quand un bruit figea les deux hommes. Un hurlement si aigu qu'il leur vrilla les tympans. Celui d'une femme. Un cri viscéral, déchirant, qui exprimait magistralement son effroi.

Il provenait du pont supérieur. Juste quelques mètres sous leurs pieds. Le cri s'interrompit un instant, puis reprit de plus belle, entrecoupé de hoquets et d'une plainte inintelligible.

Qui que fût cette femme et quelle que fût l'origine de sa frayeur, elle en étouffait, littéralement. Comme noyée par sa propre terreur.

# 2

## [IMG_6154 / 16 juin / 08 h 12 / Six Nikoline chargées sur un plateau]

Quelque chose allait exploser. Ils ne savaient pas encore quoi, mais quelque chose allait péter, c'était leur seule certitude.

– T'attends quoi ?

Les deux hommes se dévisageaient sans un mot, par-dessus la table basse où les armes avaient été déposées. Une tension extrême pesait sur la pièce. Chacun guettait la réaction de l'autre. Duellistes et spectateurs, tous mesuraient l'enjeu. L'*open space* du Politigarden de Nuuk s'était vidé aux trois quarts, et les agents du poste s'agglutinaient à présent aux abords du bureau de la direction. Les plus chanceux à l'intérieur, aux premières loges ; les autres derrière la baie vitrée qui séparait le petit box de la salle commune.

Qaanaaq lissa son crâne glabre d'une main appliquée et lança à son vis-à-vis :

– Allez, vas-y. À toi de jouer.

– À moi ? dit Apputiku. T'es sûr ?

Depuis sept mois qu'il le pratiquait, le policier danois ne se laissait plus abuser par la candeur affichée de son adjoint. Il l'avait vu tant de fois embobiner les autochtones avec sa face lunaire et son sourire désarmant. Un tel talent était précieux sur le terrain. Mais entre eux, ça ne marchait pas comme ça. On ne roulait pas Qaanaaq Adriensen dans la farine des bons sentiments. Il répondit, sans se laisser démonter :

– Tout à fait. C'est toi qui as gagné la dernière fois face à Pitak. Honneur au vainqueur.

– De toute façon, le perdant n'est plus là pour en parler ! pouffa une voix anonyme, perdue dans le premier rideau de curieux.

Appu, comme tous le surnommaient, grogna en tirant sur sa chemisette bariolée. Un modèle récent, aux motifs tropicaux encore plus criards qu'à l'accoutumée – c'était l'été, en somme.

Sa récente victoire prenait une saveur amère. De toute évidence, il aurait préféré ne pas être le premier à tirer.

– C'est pas dans les règles, maugréa-t-il, roulant des yeux contrariés.

– Euh, parce que la roulette groenlandaise a des règles, maintenant ?

– Oui… *mes* règles.

Un sourire béat refleurit sur ses lèvres, dégageant une denture pour le moins aléatoire. Comme beaucoup d'anciens chasseurs, il n'avait pas toujours bénéficié de soins réguliers.

– Merde, Appu, te fais pas supplier, intervint Søren qui se tenait debout derrière lui. De toute façon, t'as tout intérêt à dégainer en premier. Statistiquement, ça augmente tes chances de t'en sortir.

– Si tu ne te jettes pas maintenant, le pressa son adversaire, ça n'aura plus aucun intérêt.

Le public approuva, impatient. Le temps de l'action était venu. Leur soif de spectacle exigeait d'être étanchée.

– *Kaa, kaa !*

« D'accord, d'accord », traduisit pour lui-même Qaanaaq.

Depuis sa prise de fonction à la tête de la police groenlandaise, il n'avait eu d'autre choix que d'apprendre des rudiments de kalaallisut. Il ne savait pas encore tenir une conversation, mais il maîtrisait déjà nombre de petits mots du quotidien. Juste de quoi mettre un peu d'huile sociale dans ses contacts de tous les jours. Tous les Groenlandais ou presque baragouinaient le danois ; mais la plupart y répugnaient, y compris dans les administrations encore sous la tutelle de Copenhague.

– A-ppu ! A-ppu ! A-ppu ! scandaient ses collègues du poste.

Le geste hésitant, Apputiku tendit la main en direction du plateau que Søren avait apporté une minute plus tôt. Le métis, éternellement vêtu d'un maillot de football, était l'organisateur habituel de leurs joutes. Il préparait les Nikoline de telle sorte qu'il était impossible pour un œil extérieur de déterminer laquelle ferait une victime.

Après avoir laissé sa main planer au-dessus des six armes quelques instants, Apputiku saisit l'une d'entre elles. Puis, comme l'exigeait leur tradition, il la brandit juste devant son visage. À hauteur d'yeux. L'index accroché à la détente.

Les exhortations redoublèrent :

– A-ppu ! A-ppu ! A-ppu !

D'un geste sec, imposant le silence, il tira sur l'anneau et le coup partit dans un claquement métallique.

Des soupirs déçus accompagnèrent le pschitt mollasson échappé de la canette. « Nikoline, plus de fruits, moins de sucre », affirmait le slogan floqué sur la boîte en alu.

Quelques bulles orangées avaient affleuré hors du trou, mais pas le geyser espéré qui aurait mis fin au match.

Le principe était connu : juste avant le duel, une main innocente – celle de Søren – agitait l'une des canettes puis la replaçait sur le plateau, parmi ses semblables. À l'origine, le jeu se pratiquait avec des bières, au cours des longues campagnes de pêche en mer. Il était si répandu que le Royal Greenland avait fini par l'interdire officiellement sur les bâtiments qu'elle affrétait – sans grande illusion. Il y avait bien longtemps déjà que la « roulette groenlandaise » avait regagné la terre ferme et perdu son statut sulfureux de jeu à boire.

À voir la mine soulagée de son second qui sirotait pour sa peine quelques gorgées de soda, Qaanaaq se réjouit. Il aimait ces distractions innocentes. Cela lui rappelait la camaraderie potache qui prévalait à Niels Brocks Gade, le siège de la police criminelle de Copenhague, du temps (pas si lointain) où il partageait un bureau avec son vieux pote Brenner.

Au fil des mois, la nostalgie s'était dissipée. Il s'était fait à sa nouvelle famille professionnelle, sur laquelle il régnait désormais en « papa » bienveillant. La veille encore, il avait autorisé son équipe, une vingtaine de personnes entre les agents et le personnel technique et administratif, à décorer le poste en l'honneur du Mondial de football qui débutait ce jour-là. Les vieux posters du Man'U et d'Arsenal avaient cédé leur place aux stars du moment : Modric, Suarez, Cavani, Griezmann ou Mbappé. Qu'un pays qui ne siégeait pas à la FIFA puisse mettre autant d'ardeur à célébrer l'événement était pour lui une réelle source d'incompréhension. Mais la passion du ballon rond était telle au Groenland que personne ne paraissait s'encombrer de ce détail. Et puis, les dix pour cent de Danois présents ici ne manqueraient pas de soutenir leur propre équipe, laquelle devait entrer dans la compétition cet après-midi même, à quatorze heures, heure de Nuuk, contre le Pérou.

Un rot sonore vint confirmer le soulagement qu'éprouvait l'Inuit, survivant de cette première manche.

– Allez boss, à toi ! le défia Appu d'un air fanfaron.

– Patron ! Patron ! Vous avez vu ça ?

Une jeune femme blonde, queue-de-cheval et lunettes d'écaille sur le nez, avait déboulé dans le bureau, tablette tactile en main. Apparemment indifférente au climat d'excitation qui régnait parmi ses collègues.

Fraîchement diplômée du département de médecine légale à l'Université de Copenhague, Lotte Brunn avait choisi de son plein gré l'affectation au Politigarden de Nuuk. Elle n'ignorait ni la réputation « provinciale » de celui-ci, ni le contexte douloureux qui avait vu son prédécesseur, Kris Karlsen, être condamné à vingt années de réclusion criminelle quelques mois avant son arrivée.

Jouant des coudes, elle se fraya un chemin jusqu'à Qaanaaq. Ses joues s'étaient teintées d'un léger hâle rosé.

– Patron, vous avez reçu le mail de Kiminsen ?

La légiste demeurait la seule à vouvoyer son directeur. Tout le monde le tutoyait sans réserve, jusqu'au moindre agent d'entretien.

Qaanaaq venait à son tour d'empoigner l'une des canettes orange vif, son regard vert planté dans celui de son adversaire. Jouant à plein son rôle de shérif dans ce western de carton-pâte.

– Pas maintenant, Lolotte, s'interposa Søren. Ça devient drôle.

– C'est pas Lolotte, c'est Lotte.

– On s'en fout, c'est pareil.

– Søren ! le rabroua Qaanaaq sans quitter des yeux la boisson. Excuse-toi tout de suite ou je te colle un blâme.

– OK, je m'excuse… *madame* Lolotte.

On gloussa gaiement autour d'eux. Les femmes n'étaient pas nombreuses au Politigarden, et les « pimbêches » danoises encore moins. Ici, #Metoo n'était ni pour aujourd'hui, ni manifestement pour demain.

À son tour, Qaanaaq dégoupilla la première de ses trois canettes, et comme Appu, il en fut quitte pour un échappement gazeux anodin. Quelques applaudissements fusèrent.

Malgré son étiquette agaçante de « grand criminologue de la capitale danoise » et sa maîtrise toute relative du kalaallisut, il n'avait pas eu trop de mal à s'imposer face aux équipes locales. L'impopularité crasse de sa prédécesseure, Rikke Engell, avait de toute évidence joué en sa faveur. Et puis, tous ici voulaient passer au plus vite l'éponge sur la terrible affaire dite du « Primus » de Nuuk qui, sept mois auparavant, avait précipité la mort, dramatique, de l'ancienne patronne.

Quand Arne Jacobsen, le patron de Qaanaaq à Copenhague récemment promu à la direction générale de la police danoise, lui avait proposé le poste de Rikke, le flic avait d'abord cru à une nouvelle vexation de la part de son supérieur. Mais de « pourquoi pas » en « ça me changera d'air », il s'était rapidement fait à l'idée.

Outre son attachement pour ce lieu et ses habitants, l'envie d'élucider pour de bon le mystère de ses origines avait pesé lourd dans la balance. Même s'il n'avait que trois ans quand il avait été adopté par un couple de Danois, il se sentait aujourd'hui le devoir de rendre justice à ses racines inuites.

Et voilà où il en était, quelques mois plus tard, jouant comme un gamin à qui s'aspergerait de soda chimique et collant à souhait.

Lotte revint à la charge :

– Je vous jure, patron, faut vraiment que vous regardiez ce truc.

Mais sa voix peu assurée se dilua dans le brouhaha joyeux.

– *Un petit repos est toujours bon*, Lotte, répondit Qaanaaq avec un sourire taquin.

Son installation au Groenland n'avait en rien entamé son amour des proverbes. Quand il n'en citait pas de tête, il en affichait sur les murs de son bureau.

– Je crois bien… que c'est urgent.

Hélas pour elle, toute l'attention était de nouveau concentrée sur Apputiku. Le flic inuit abordait sa deuxième canette avec des airs de matamore assez comiques.

– Attendez ! s'écria Søren. Je propose qu'on ajoute un enjeu à la partie.

Appu leva un sourcil intéressé.

– Quel genre ?

– Je ne sais pas…

– Moi, je sais, dit Qaanaaq. Si je gagne, Bébiane prendra les enfants pendant toutes mes nuits de la semaine prochaine.

Depuis la fin de la nuit polaire et le retour du soleil fin février, Jens et Else, les jumeaux que Qaanaaq avait adoptés seul, l'avaient rejoint à Nuuk. Or, ses nouvelles responsabilités le retenaient plus souvent qu'à son goût hors du foyer, et Bébiane, l'épouse d'Appu, jouait constamment les nounous.

– Je ne vois pas l'intérêt : elle les garde déjà tout le temps, s'exclama Apputiku.

– Eh bien comme ça, tu seras gagnant même si tu perds.

– Hum… Et moi alors, si je gagne, je remporte quoi ?

– Un exemplaire des aventures du commissaire Loksen…

– Je les ai tous, fit-il avec une moue.

Grand amateur de romans policiers, Appu vouait un culte tout particulier aux romans de l'écrivain danois O.A. Dreyer, pseudonyme sous lequel, il l'avait appris, se dissimulait le père adoptif de Qaanaaq : Knut Adriensen. Cette ascendance encombrante valait certainement à Qaanaaq une grande partie du respect qu'Appu lui portait.

– Attends, je ne t'ai pas tout dit… Un volume signé de la main de l'auteur, s'il te plaît !

Une onde admirative parcourut la petite assistance. La dédicace d'un écrivain aussi fameux, qui plus est décédé cinq années auparavant, conférait à l'objet la valeur d'une pièce de collection. *Bon débarras*, songeait Qaanaaq de son côté.

Ragaillardi par la perspective du gain, Appu ouvrit sa deuxième boisson d'un geste sec, sans plus de dommages que pour la première. L'Inuit jubilait. Il se voyait déjà triomphant. La tension monta d'un cran. Soucieux de ne pas décevoir l'assistance, Qaanaaq saisit sans tarder une canette et la décapsula avec le même résultat. Deux partout. Ne restait plus qu'une manche, et une Nikoline chacun à ouvrir.

– Je vous promets que ça ressemble à une urgence, bredouilla Lotte, cette fois postée à un pas de son patron.

*Une urgence ?* Depuis les crimes de l'an passé, qui avaient entraîné sa venue au Groenland, les seules urgences qui s'étaient présentées concernaient une motoneige ensevelie sous une congère ou une rixe entre deux chasseurs se disputant la carcasse d'un ours polaire.

Au Groenland, il n'y avait pas d'autre enjeu majeur que la survie quotidienne en milieu hostile, ce qui expliquait sans doute le pragmatisme et l'indolence philosophe de ses occupants originels, les Inuits, que rien ne surprenait jamais vraiment.

S'était-il laissé contaminer par eux ? En à peine sept mois ?

Opposant à Lotte la paume de sa main, il se focalisa sur Appu et son choix ultime : canette de droite ou canette de gauche ? Si celle que son adjoint choisissait explosait, alors il aurait gagné. Si elle se bornait une fois de plus à un pschitt sans vigueur, alors c'est Appu qui l'emporterait.

– Tu as conscience que la chance ne suffit pas ? demanda-t-il à son ami, titillant à dessein son orgueil. Tu ne peux pas te contenter de le jouer à pile ou face… Il faut que tu adoptes une stratégie, Appu.

Mais ce dernier négligea le travail de sape psychologique de son supérieur et attrapa tout bêtement la boisson la plus proche de lui.

Ce qui suivit fut assez confus. Tandis que Lotte mettait de force sa tablette sous les yeux de Qaanaaq, une gerbe de soda jaillit au-dessus de la table basse. Méfiant, Appu avait tenu la canette le plus loin possible de lui au moment de la dégoupiller. Une pluie orangée retomba sur l'écran électronique. À travers le mouchetis sucré, Qaanaaq, sidéré, devina enfin ce que sa légiste voulait à tout prix lui montrer. L'image était si frappante qu'il ne sentit pas CR7, son chien d'attelage devenu la mascotte du poste, lécher ses mains couvertes de soda.

Autour d'eux, les agents s'esclaffaient et charriaient le perdant, lui aussi repeint de Nikoline. Défait mais hilare : telle était l'heureuse nature d'Apputiku Kalakek.

Le visage grave, Qaanaaq avisa Lotte :

– Tu dis que c'est Kiminsen qui nous a envoyé ça ?

– Oui. En principe, vous avez le même dans votre boîte mail.

– Pilip Kiminsen d'Ilulissat, c'est ça ?

– C'est bien ça.

Lors de sa prise de fonction, Qaanaaq s'était juré d'effectuer une tournée régulière des postes de police sur tout le pourtour côtier du Groenland. Un pensum qu'il repoussait de semaine en semaine, de mois en mois… Il n'avait pourtant pas d'excuses. Au cours de la négociation avec Jacobsen, il avait obtenu l'attribution d'un hélicoptère et d'un pilote à demeure. Cela n'avait rien d'un luxe, sur une île aussi vaste et presque totalement dépourvue de voies de transport terrestres. En même temps que l'appareil, un petit Sikorsky S-52-2 à quatre places, avait donc débarqué à Nuuk un certain Mikkel. Cet ancien commando de l'armée danoise était peu loquace mais très discipliné. Jusque-là, les occasions d'étrenner leur jouet avaient été rares, mais quand même : grâce à Mikkel et à son « coucou », la police du Groenland était enfin entrée dans le XXIe siècle.

Avec dix-huit années de retard, certes…

Comme pour s'assurer qu'il ne cauchemardait pas, Qaanaaq alla s'attabler devant son ordinateur portable. En quelques clics, il fit apparaître le message complet de Pilip Kiminsen, chef de la police d'Ilulissat – la plus grande ville touristique de la côte ouest malgré ses cinq mille habitants.

L'affaire devait dépasser l'officier local, car il lui avait adressé pas moins de trois mails consécutifs, tous accompagnés de la même image. Celle qui l'avait médusé sur la tablette de Lotte : le visage d'un homme, ses yeux bleus grands ouverts, comme momifié dans la masse d'un énorme bloc de glace. D'après Kiminsen, c'est le corps tout entier de la victime qui s'était retrouvé captif d'un iceberg vêlé le matin même en baie de Diskø. Selon lui, la cause du décès était probablement accidentelle, mais les circonstances suffisamment inhabituelles pour qu'il prenne la peine d'en informer sa hiérarchie.

Sans oser le réclamer instamment, Pilip Kiminsen suggérait que Qaanaaq vienne voir la « chose » par lui-même. Les nombreux touristes présents sur place avaient assisté à la scène, choqués ; sa visite, en tant que chef de la police du pays, permettrait sans doute d'apaiser les esprits.

– Appu ! Søren ! aboya Qaanaaq. Décollage dans dix minutes.

– Hein ? Et ma revanche ?

– On va où ? demanda sobrement Søren.

– Ilulissat.

– Ilulissat ? Pff… c'est un bled à touristes.

– Eh bien justement : il semble que l'un d'entre eux ait voulu prolonger son séjour.

– Prolonger ?

– Genre, l'éternité. Allez, on se bouge. Et prévenez Mikkel qu'on a besoin de lui et de sa bestiole dans la seconde.

L'annonce soudaine avait eu pour effet d'égailler la troupe des curieux et de renvoyer chacun à son poste. Tous s'affairaient déjà.

Seul CR7 était resté auprès de son maître. En quelques caresses, Qaanaaq fit comprendre à l'animal qu'il ne pourrait pas l'emmener, pas cette fois. Le chien le suivit néanmoins, jusqu'au perron du Politigarden et sa marquise en béton turquoise.

Alors la bête à demi-sauvage poussa un cri étrange. Inédit. Ses yeux couleur d'eau braqués vers la rue.

Qaanaaq tourna la tête et c'est là seulement qu'il l'aperçut. Celle qui provoquait chez son chien un émoi si singulier.

Celle qu'il avait cru ne jamais revoir.

# 3

**[IMG_6171 / 16 juin / 09 h 15 / Vues aériennes entre Nuuk et Ilulissat]**

Qaanaaq se posait souvent cette question, en apparence banale : comment arrivait-on là où l'on était ? Par quelle succession de choix ou de hasards, souvent tortueux, se retrouvait-on à un instant de sa vie en un lieu plutôt qu'un autre ?

Si la réponse était plus ou moins claire le concernant, le sujet demeurait ouvert pour Massaq. Ils n'avaient pas échangé trois mots sur le perron du Politigarden. Leurs regards mêlés en disaient certes long, mais cela ne lui expliquait pas pourquoi la belle Inuite, sa cousine, son amour interdit rencontré sept mois plus tôt à mille six cents kilomètres de là, était devant lui ce matin à Nuuk. Au seuil de son royaume de flic.

L'avait-elle cherché, lui ? Ou avait-elle fui le Grand Nord en direction de la ville la plus habitable de l'île – sa capitale ?

Il lui brûlait d'obtenir des explications au plus vite. Mais avant de s'envoler, il n'avait reçu d'elle que cette promesse : celle d'attendre son retour sur place. Au poste. Où irait-elle d'autre, de toute façon ?

Cet exil soudain lui rappela le sien ; cette décision subite de quitter le Danemark pour s'installer au Groenland avec Jens et Else. Flora, sa mère adoptive, n'avait pas mâché ses mots : « C'est ridicule, tu pars sur un coup de tête… Tu me voles mes petits-enfants, Qaanaaq. »

Depuis, elle n'avait quasiment pas donné de nouvelles et ne répondait plus guère aux appels de son fils. Elle boudait avec obstination. Le fil qui les avait liés toutes ces années, lui l'enquêteur prudent, parfois même hésitant, et elle la grande flic renommée partie à la retraite, ce fil-là semblait rompu. Elle l'avait pourtant bien aidé, y compris dans l'affaire du Primus de Nuuk, ce campement ouvrier où les cadavres de quatre employés d'une plateforme pétrolière avaient été retrouvés déchiquetés. Et pas seulement en gardant les enfants chez elle, à Copenhague. Certains de ses conseils s'étaient révélés décisifs. Ils lui avaient permis d'affûter ses déductions avec le tranchant du scalpel. Ses intuitions devenaient fulgurantes. Ils avaient beau ne partager aucun gène, tout ce qu'il y avait de compétent en Qaanaaq Adriensen lui venait sans conteste de sa mère.

Flora était la petite lumière qui avait éclairé ses enquêtes. Et voilà qu'à présent, elle déclinait dans la brume de leurs chamailleries…

Une secousse ramena Qaanaaq dans l'instant.

En cette saison, les fœhns, ces courants d'air côtiers plus chauds que les vents échappés de l'inlandsis, ballottaient volontiers les aéronefs. Le Sikorsky S-52-2 était un hélicoptère léger, doté d'une vitesse de croisière honorable, mais toutefois bien en deçà de celle des appareils que Mikkel avait pilotés dans l'armée. Le vol pour

Ilulissat durerait plus de deux heures. Qaanaaq aurait tout le temps de ressasser et de tergiverser. Lotte compulsait des notes en silence, son joli profil de poupée blanche absorbé par moments dans la contemplation du paysage. Quant à Appu et Søren, vieux compères rompus au travail d'équipe, ils s'étaient assoupis épaule contre épaule.

À bout de bras, Qaanaaq immortalisa avec son Blad les étendues de toundra déneigées. La brève saison des cultures s'ouvrait sur le littoral sud-ouest du pays. L'appareil photo avait gardé quelques bosses de ses exploits de l'automne passé, mais dans l'ensemble, il produisait toujours d'aussi bonnes images. Qaanaaq avait même fini par domestiquer son fonctionnement en wifi et savait transférer ses clichés directement sur son mobile. Il envoya un de ses panoramas à sa mère par SMS. Puis, aussitôt après, un second message, avec le portrait effrayant du mort de Diskø. Il connaissait sa mère : il avait bien plus de chances de l'appâter avec un bon cadavre qu'avec de jolis paysages.

Mais les minutes passèrent et aucune réponse ne lui parvint.

Oui, décidément, comment arrivait-on là où l'on était ? Quels drôles de vents nous poussaient jusqu'à nos destinations, provisoires comme définitives ?

Comment ce type blond d'apparence solide, au regard clair et franc de Viking, avait-il pu finir sa vie prisonnier de ce linceul de glace ?

Un écho scintillant à ses questions ne tarda pas à surgir dans le lointain. Plus au nord, les champs avaient cédé la place aux immenses langues des glaciers. À cette latitude, l'été avait certes réduit la banquise à fort peu de choses, mais d'autres formes blanches, verticales, s'y étaient substituées. Dressés comme autant de piques et de flèches, des icebergs hérissaient tout le littoral. Depuis le ciel, le spectacle était captivant.

– Ilulissat dans cinq, annonça la voix grave de Mikkel dans leurs casques.

À ces mots, l'hélico bascula sur le flanc droit et amorça sa descente vers l'embouchure du fjord où de nombreux icebergs dérivaient, se heurtant les uns aux autres avec violence ; il lui fallut très vite reprendre de l'altitude pour éviter les éclats de glace. Certains fragments filaient vers le ciel, aussi vifs et dangereux que des missiles.

Plus ils approchaient de la petite localité et plus une autre nuée leur apparaissait, au milieu des blocs de glace dérivant sur la mer. Celle des bateaux. Celle des touristes, des curieux, peut-être même des médias attirés par l'événement morbide. Tous convergeaient vers un iceberg de taille moyenne, planté au beau milieu de la baie. Une flottille qui rappelait l'affluence des départs de course au large.

*Tous ces charognards*… Et une seule personne, lui, pour se poser la seule question valable au sujet de la victime : comment en arrivait-on là où l'on était ?

# 4

## [IMG_6194 / 16 juin / 10 h 55 / L'homme congelé de Diskø]

– C'est vous, le mort de Diskø ?

Au saut de l'hélico, Qaanaaq avait traversé la piste à grandes enjambées, fondant sur le groupe de trois hommes qui palabraient en bordure. D'instinct, il s'était adressé au plus âgé d'entre eux. Les deux autres devaient être ses adjoints.

– Alors, c'est vous ou pas ?

Rien de tel qu'un abord brutal pour jauger son interlocuteur. Cela mettait immédiatement en évidence certaines qualités : à-propos, humour, self-control… *A contrario*, les individus bas de plafond ou imbus d'eux-mêmes se rebiffaient aussi sec. Ça permettait un premier tri. Qaanaaq pratiquait volontiers ce type d'approche.

Cette fois, les trois hommes restèrent pantois. Puis l'un d'eux, un quinquagénaire rougeaud au visage plus rond encore que celui d'Appu, bredouilla une réponse :

– C'est moi… C'est nous… Enfin, c'est pas nous, *nous,* mais…

– Magnifique, le coupa Qaanaaq avec entrain. Allons-y.

Il lui tendit une main autoritaire :

– Ah, au fait, je suis Qaanaaq Adriensen.

– J'avais compris. Moi, c'est Pilip Kiminsen.

– Combien de temps pour arriver sur place ?

Qaanaaq détestait l'expression « scène de crime ». C'était donner trop d'importance aux meurtriers. Le lieu de leur forfait n'avait rien d'un théâtre et une mort violente était tout sauf un divertissement.

– En Zodiac, environ une quinzaine de minutes.

Il leur fallut près du double, slalomant entre les *growlers* arrachés aux icebergs du jour et les petites embarcations des curieux. Malgré les vents qui balayaient la baie, Qaanaaq fut surpris par la douceur relative du climat. La température semblait s'élever de quelques degrés au-dessus de zéro. Il crevait de chaud sous sa parka qu'il dégrafa de haut en bas. Il jeta un œil vers son adjoint. Pour une fois, l'éternel blouson léger que portait Appu par tous les temps se révélait une tenue presque adéquate.

À cette distance de la côte, la vue sur Ilulissat et son fjord était superbe. Par un effet optique d'écrasement des perspectives, la petite ville, accrochée à une presqu'île donnant sur la vaste baie de Diskø, paraissait à la merci des immenses blocs blancs qui s'amoncelaient en arrière-plan. L'embouchure du fjord constituait un goulot d'étranglement notoire pour les icebergs vêlés en amont par le glacier Sermeq Kujalleq, mieux connu des touristes sous son nom danois, Jakobshavn Isbræ. Les géants de glace ressemblaient à des gamins se bousculant à la sortie des classes, à qui passera le premier le seuil de l'école. Ils occupaient presque toute la largeur de l'estuaire qu'ils obstruaient d'une immense muraille blanche, comme un barrage naturel. En se pressant ainsi les uns contre les autres, les icebergs généraient des fragments de tailles diverses, lesquels produisaient à leur tour des éclats plus petits. La conséquence première de cette cohue, c'était le *brash* invraisemblable qui envahissait la baie à longueur d'année. Une « soupe » où l'on distinguait par endroits plus de morceaux que de liquide.

À l'opposé du fjord, au large, leur densité ne faiblissait pas, au contraire. Les icebergs étaient d'ailleurs si imposants et si nombreux qu'ils avaient caché les deux gros bâtiments ancrés là, lesquels leur parurent jaillir de nulle part. Le plus long et le plus élégant, l'*Aurore*, était de toute évidence le navire de tourisme d'où était partie l'alerte. Quant à l'autre…

– C'est le *Healy*, indiqua Pilip Kiminsen. Le plus gros brise-glace actuel des garde-côtes américains.

Qaanaaq ne put réprimer son étonnement :

– Les Américains se baladent dans les eaux groenlandaises ?

– C'est l'USCG[1] qui gère l'International Ice Patrol[2] depuis ses débuts.

– Pour quelle raison ?

– Oh, c'est très simple : après les Britanniques, les Américains ont été les plus touchés par la catastrophe du *Titanic*. Plus de cent trente morts, si mon souvenir est bon. D'où la création de l'IIP à leur initiative, dès 1914. Deux ans après son naufrage.

Tandis que mille images d'Épinal lui venaient sur le sujet, Qaanaaq remarqua qu'on mettait à l'eau un hors-bord sur le flanc du gros navire rouge et blanc. Cinq minutes plus tard, la vedette rapide abordait le Zodiac de Pilip.

1. United States Coast Guard, « Garde côtière des États-Unis ».

2. « Patrouille internationale des glaces », organisme créé en 1914 après le naufrage du *Titanic*, chargé de surveiller la présence d'icebergs dans l'océan Atlantique Nord et l'océan Arctique afin d'assurer la sécurité des navires dans cette zone.

Debout à la proue, un officier à képi et parka bleus leur adressa un geste plus amical que protocolaire.

– Hé ! Pilip ! cria-t-il en anglais, par-dessus le fracas léger des flots. Tu nous amènes des renforts ?

– Salut Rob. C'est mon grand patron, le nouveau directeur de la police.

– Adriensen, lança Qaanaaq, laconique.

– Rob Normann. Vous tombez bien, on s'apprêtait à remorquer le glaçon où se trouve votre gars.

– Le remorquer ? Mais où ça ?

– Loin de tout ce cirque, déjà.

D'un geste ample, le commandant, bel homme grisonnant dans sa quarantaine au faux air de Clint Eastwood période *Dirty Harry*, balaya d'un geste les bateaux.

– Hors de question, trancha Qaanaaq. Tant que mon équipe et moi-même n'avons pas procédé aux premières constatations, personne ne touche à ce…

– Ötzi.

Avec un sourire qu'il espérait affable, Normann expliqua en quelques mots l'origine du surnom – un célèbre homme préhistorique retrouvé congelé dans un glacier italien. Une tradition voulait qu'on baptisât les plus gros icebergs.

– Mouais, répondit Qaanaaq. Pour l'instant, c'est surtout l'objet d'une enquête dans les eaux territoriales groenlandaises, sous autorité de la police danoise.

Lui qui l'était si peu, il adorait jouer les procéduriers. Surtout avec ceux qui l'abordaient « à la cool ».

– Et la police danoise, c'est nous, précisa-t-il en désignant le reste de son équipe.

Normann leur laissa le champ libre pour leurs investigations. Ils rallièrent Ötzi en moins d'une minute et le contournèrent jusqu'à la zone que Pilip avait prise en photo quelques heures plus tôt.

La structure comprenait une partie principale très haute, sorte de pic acéré, comme une lame de couteau dressée vers le ciel, ainsi qu'une plateforme à peu près plate, à la base de la masse émergée. C'est là, dans ce rebond translucide, que les attendait le saisissant spectacle. Celui de l'homme figé dans l'épaisseur de glace. L'impression produite était dantesque. Des visions comme celle-ci, ils n'en avaient connu qu'au cinéma. Lotte ne put retenir un petit hoquet nerveux. Quant aux autres, leurs faces livides parlaient pour eux.

Tel qu'ils l'apercevaient, ce côté de l'iceberg n'émergeait de l'eau sombre que sur un à deux mètres, si bien que seuls le visage et le haut du torse de la victime étaient visibles. Tout le reste du corps gisait sous la surface. Cette tête surgie des flots dans son écrin de glace, ses yeux bleus grands ouverts, leur faisait l'effet d'un monstre mythologique. Une Méduse échappée d'on ne sait quelle légende nordique.

Aucun ne parvenait à en détacher son regard.

Qaanaaq fut le premier à sortir de leur sidération collective.

– Søren, tu montes avec moi là-dessus et on fait les premiers relevés.

– Vous avez des crampons ? demanda Pilip. Sans crampons, vous serez à l'eau avant d'avoir fait la première constatation.

Fouillant le fond d'une caisse étanche, il en sortit deux paires qu'il les aida à fixer tant bien que mal sur leurs bottes. Grimper sur ce colosse flottant puis progresser sur la surface accidentée était bien plus sportif que ce qu'imaginait Qaanaaq. Chaque pas lui donnait le sentiment désagréable de tanguer. Une étrange nausée s'empara de lui.

Quand ils se furent un peu habitués à leur nouvel environnement, ils approchèrent du plateau où gisait le mort.

– Là, regarde… Des traces de crampons, dit Søren.

Les empreintes n'étaient pas les leurs. En partie altérées par la fonte au sommet de l'iceberg, elles se présentaient sous la forme d'un piquetage diffus et peu profond. N'était le contraste léger entre la surface et les trous minuscules, ils auraient pu aussi bien ne pas les voir. Ils remarquèrent ce qui ressemblait à deux types de traces différentes : des chevrons d'un côté, des croix de l'autre. Qaanaaq actionna son Blad, puis il demanda à Søren de les prendre lui aussi avec son appareil photo de service.

– Il n'est pas arrivé ici tout seul, dit Søren. Ils étaient au moins deux.

De fait, plus ils cheminaient et plus cela devenait évident.

– T'as vu ça ?

Par intermittence, une troisième piste se dessinait : une double trace qui ressemblait à celle d'un véhicule à chenilles, à peine perceptible. Il semblait très improbable que des individus aient hissé une motoneige sur l'iceberg. Alors à quoi correspondait cette empreinte ?

Qaanaaq hurla pour attirer l'attention de son confrère resté sur le Zodiac :

– Pilip ! Pilip ! Est-ce qu'il y a des touristes qui s'amusent à se balader sur les icebergs ?

– Il y en a, oui, brailla l'Inuit. Mais pas beaucoup. Les guides officiels ont pour consigne de les dissuader au maximum.

– Et les officieux ?

– …

– Vraiment, personne ne propose ça dans le coin ? Même pas contre un petit paquet de billets de la main à la main ?

Kiminsen haussa les épaules.

– *Imaqa.* On ne peut pas tout contrôler non plus… Il y a plus de cent mille touristes qui viennent ici tous les ans, dont au moins soixante-dix mille étrangers qui ne connaissent rien à notre milieu.

Les mois filant, Qaanaaq s'était habitué à ce « peut-être » groenlandais : *Imaqa.* Il ponctuait presque toutes leurs conversations. S'il l'avait agacé les premiers temps – il y voyait une tentative d'évitement permanente –, il comprenait aujourd'hui le fatalisme bonhomme qu'il incarnait. Et ça lui convenait plutôt bien.

– Et si tu en chopes un ? Que prévoit la loi ?

– Une amende de quarante mille couronnes[1].

– Pas mal… Et tu as souvent verbalisé pour ça ?

– Jamais, admit Pilip.

Qaanaaq donna le signal du retour à bord. Leur crapahutage en zone dangereuse avait assez duré. Une fois sur le Zodiac, il poursuivit ses spéculations à voix haute.

– Et randonner sur les glaciers, c'est interdit aussi ?

– Non, ça non, lâcha Pilip. C'est juste très déconseillé. Surtout près du front, là où les icebergs se détachent. Des millions de tonnes peuvent s'effondrer en quelques secondes sous tes pieds.

– Donc je suppose que ça non plus, personne ne le fait ?

– J'ai pas dit ça. Y a toujours des dingues qui veulent s'offrir des sensations fortes pour faire les malins sur les réseaux sociaux.

« Facebookimut ! » s'écriaient joyeusement les chasseurs inuits quand ils postaient fièrement leurs prises sur leur profil. L'expression continuait d'amuser Qaanaaq.

– Mais bon, poursuivit Pilip, je ne pense pas que cet iceberg provienne directement du Jakobshavn.

1. Plus de cinq cents euros.

– D'où, alors ?
– Plus probablement du second front du glacier.
– Il y a un second front ?
– Oui, le front principal du glacier est à plus de cinquante kilomètres à l'intérieur du fjord.

Pilip leur raconta brièvement comment le front du Jakobshavn Isbræ n'avait cessé de reculer. Proche de l'embouchure du fjord au milieu du XIXe siècle, il se situait désormais bien loin du littoral. Un repli vers l'intérieur des terres qui s'était accéléré à une vitesse folle depuis le début des années 2000, à raison d'une douzaine de kilomètres ces dix dernières années.

– Et le second front alors, il se situe où ?
– Tout près d'Ilulissat, à l'embouchure du fjord. À force, l'encombrement des gros icebergs issus du glacier a formé comme un gros bouchon. Une sorte de deuxième glacier, si vous préférez, mais plus petit que le Jakobshavn proprement dit.

Qaanaaq tenta de se représenter le spectacle titanesque de ces géants qui s'amoncelaient, entrant en collision, jusqu'à composer une nouvelle montagne.

– De toute façon, premier ou second front, reprit Pilip, les seuls gars qui se baladent régulièrement sur les glaciers, ce sont les membres des missions scientifiques. Et eux, ils ne partent pas le nez au vent. Ils sont bien équipés. Et ils savent anticiper les pièges.
– Quel genre de pièges ?
– Les crevasses, les fissures… les moulins.
– Les moulins ?

Un bruit de moteur s'était invité dans son dos, l'incitant à tourner la tête. Rob Normann les avait rejoints. Il semblait heureux d'apporter sa contribution.

– Un moulin, Adriensen, répondit-il à la place de Pilip, c'est une sorte de puits foré dans la masse par une rivière souterraine. Ils sont d'autant plus dangereux que certains sont recouverts d'une mince pellicule de glace en surface. Quand on tombe dans une crevasse, on a une chance infime d'en sortir… Mais un moulin… c'est un vortex dont on n'échappe pas.

– Mais ça, *là*, ce n'en est pas un ?

– Non, reconnut l'Américain. Ça, j'avoue que je ne l'avais jamais vu. Mais de toute manière, Pilip a dû vous le dire : cet iceberg est une fille. Et on ne trouve jamais ce genre de cavité sur les icebergs filles.

– Une fille ?

– Oui, un fragment issu d'un bloc mère.

– Ah oui, il a été produit par le second front du glacier, c'est ça ?

– Vêlé, le corrigea Normann. On parle de vêlage pour les icebergs, pas de production ou de naissance.

– D'accord, d'accord. Et à quoi vous voyez ça ?

– Notre Ötzi est très jeune. Ça se sent tout de suite.

Il en parlait comme d'un ami ou d'un membre de sa famille.

– À vue de nez, il n'a pas plus de trois ou quatre heures.

Normann semblait le narguer. Étaler ainsi sa science lui procurait manifestement un réel plaisir.

– D'abord, ses arêtes en surface sont nettes. Il n'a pas eu le temps d'être poli par le vent et les marées. Et puis surtout, il est translucide. Quand un iceberg tombe dans l'eau de mer, il s'opère un phénomène dit de météorisation, à cause du sel. Après quelques heures, il devient presque intégralement blanc et opaque. Ce n'est pas le cas d'Ötzi. Je suis à peu près certain qu'il a été vêlé tôt ce matin. Au moment où les passagers de l'*Aurore* ont entendu de grands craquements.

– C'est-à-dire ?

– Entre cinq et six heures, il me semble.

Qaanaaq jeta un nouveau coup d'œil au macabre tableau de cet homme prisonnier des glaces. Il lissa du plat de la main son crâne dénudé.

– Hum… Et notre bonhomme, vous pensez qu'il s'est retrouvé coincé là avant ou après le vêlage du second front ?

Qaanaaq avait retenu la leçon. Cela tira à son interlocuteur un sourire satisfait.

– *A priori*, je dirais avant.

– Pourquoi ?

– Au risque de vous décevoir, ça n'a rien à voir avec la science. C'est juste que dans la baie de Diskø, en matinée, ça grouille de bateaux de pêche et de Zodiac touristiques. Et on a déjà fait plus discret pour un trek illégal…

Normann marquait un point. De plus, si l'accident avait eu lieu dans la baie à une heure aussi fréquentée, la victime et ses potentiels compagnons auraient appelé à l'aide. Or personne dans les environs n'avait entendu le moindre cri, ni perçu le moindre signal de détresse.

– Et donc d'après vous, ça s'est passé sur le second front, à l'embouchure du fjord ? insista Qaanaaq.

– Pour le coup, ça a beau être assez près de la ville, c'est beaucoup moins fréquenté. Je n'apprends rien à Pilip : avec les éclats produits par les explosions, personne ou presque ne se risque dessus, ni même autour.

– À ce point-là ?

– C'est simple : imaginez le couvercle d'une cocotte-minute prêt à sauter en permanence.

Pilip approuva.

– Un peu comme la gueule d'un volcan.

– Mais… c'est quand même possible de monter dessus depuis la terre ferme ?

– Oh, ça oui. La densité en icebergs y est telle que ça forme comme une énorme digue sur toute la largeur de l'estuaire.

Qaanaaq se remémora la vue qu'il avait eue depuis l'hélicoptère, puis du Zodiac. Et les flèches de glace que Mikkel avait dû éviter.

– Enfin bon, conclut Normann, faudrait vraiment être timbré pour aller se promener là-bas. Cet endroit, c'est pire qu'un champ de mines !

Qaanaaq patinait dans ses réflexions, lorsqu'une évidence le foudroya :

– Vous dites qu'après quelques heures, l'iceberg devient opaque, c'est bien ça ?

– Tout à fait.

– Ça veut dire que si cette passagère sur l'*Aurore* n'avait pas aperçu notre ami en se levant ce matin, jamais sa présence dans l'iceberg n'aurait été détectée ?

– C'est probable, en effet. J'oserais dire que dans son malheur, il a eu de la chance qu'on le repère, dit Normann. Bon, si vous voulez dégager le corps, nous avons tout ce qu'il faut pour ça à bord.

Qaanaaq ne se fit pas prier. Il donna son feu vert au chantier d'exhumation, retournant lui-même sur l'iceberg pour superviser les travaux. Au stade où ils en étaient, seul le corps de la victime leur en apprendrait plus. De leur vivant, les hommes parlent beaucoup ; mais ils mentent tout autant. Les dépouilles des défunts, elles, ne font que murmurer ; mais leurs chuchotements sont la vérité même. Lotte n'aurait pas dit les choses autrement. La légiste se tenait d'ailleurs prête à intervenir, postée à l'avant du Zodiac, visiblement assez impatiente d'entendre ce que leur inconnu avait à lui dire.

Les deux garde-côtes autorisés à fouler l'iceberg commencèrent par attaquer la glace à la verticale du cadavre avec une petite foreuse portative. Qaanaaq se tenait à distance raisonnable – on le lui avait conseillé, en cas de projections. Le moteur thermique pétaradait dans le silence polaire. Deux autres esquifs de l'USCG étaient mobilisés pour repousser à quelques centaines de mètres les embarcations des curieux.

Mais au bout d'une poignée de secondes seulement, la tarière métallique, longue vrille d'acier trempé, ne rencontra plus aucune résistance. D'un coup, elle parut aspirée par la glace.

– Commandant ! cria l'un des deux sous-officiers. C'est creux, là-dessous.

– Creux ? Creux comment ?

– Je sais pas. Comme un gros trou.

*Comme une tombe.*

Ils changèrent pour une tronçonneuse banale, plus assourdissante encore que l'engin précédent. Après cinq minutes d'un travail scrupuleux, une trappe rectangulaire avait été découpée. Alors, glissant un long pied de biche dans la fente, les deux garde-côtes tirèrent de toutes leurs forces. Le bloc devait bien peser dans les cent cinquante à deux cents kilos, et ils durent s'y reprendre à plusieurs fois pour le déloger, dans un bruit de succion improbable.

Mais ce qui les surprit davantage, c'était la configuration de la fosse. Elle ne ressemblait en rien à une anfractuosité naturelle. On n'y relevait ni le chaos d'une déchirure ou d'un effondrement, ni la régularité filandreuse d'une lente infiltration d'eau.

En quelques échanges muets, effarés, les trois observateurs arrivèrent à la même conclusion : ce puits n'avait rien d'accidentel ; il avait été creusé par la main de l'homme. Il avait été *voulu* par l'homme.

# 5

## [IMG_6221 / 16 juin / 12 h 04 / La cavité forée sur l'iceberg Ötzi]

Parfaitement cylindrique, la cavité s'ouvrait aux vents de la baie, happant les regards stupéfiés des hommes perchés sur l'iceberg. À l'intérieur, le cadavre de l'homme blond, de haute stature, tête nue, se tenait en position verticale, maintenu de toutes parts par l'étroit boyau. Trop exigu pour que son corps ait pu s'affaler sur lui-même après le décès.

*Un mort debout.*

Debout, l'inconnu n'avait pu se procurer le réconfort de sa grande carcasse pelotonnée sur elle-même, comme n'importe quel mammifère en aurait l'instinct.

Debout, il n'avait eu d'autre choix que de prolonger son état de veille jusqu'aux extrêmes limites de ses capacités, jusqu'à ses derniers instants.

Debout, il avait probablement vu sa mort approcher puis le cueillir, bien en face, les yeux dans les yeux.

La découpe rectangulaire réalisée par les garde-côtes de l'IIP, plus étroite que la cavité, laissait un croissant de glace sur chaque côté, soit quatre demi-ellipses suspendues au-dessus du trou circulaire. L'un des deux hommes, armé de sa barre de fer, fit mine de les retirer l'une après l'autre, mais Qaanaaq retint son geste.

– Attendez !

– Quoi ?

La gravité ne tarderait pas à produire le même résultat. Il préférait laisser la nature faire son office. Dans tous les cas, il semblait impossible de ne pas couvrir le corps d'éclats de glace.

– Regardez…, souffla-t-il. Chaque morceau va finir par se détacher tout seul.

– Et alors ?

– Et alors…

Plus d'une minute s'écoula avant que la preuve physique ne vienne confirmer ses propos : l'un des croissants s'effondra sous l'effet de son propre poids.

Aucun phénomène naturel n'était capable de façonner des objets aussi précisément dessinés, aussi parfaitement découpés.

– Ce cercle est trop parfait. Ces morceaux… Ce sont ceux d'un… disons d'un bouchon.

Le terme paraissait si incongru qu'il avait hésité à l'employer.

– Un bouchon ?

– Vous voyez bien ! s'enflamma-t-il. C'est comme si on avait façonné mécaniquement un couvercle pour le trou, une sorte de plaque ronde. Ces morceaux qui se sont détachés aussi rapidement, aussi nettement… Cela ne peut pas être l'œuvre de la nature.

Il en était là de sa démonstration quand un deuxième pan tomba à son tour, avec la même précision chirurgicale, en un bruit assourdi.

Un murmure parcourut le petit groupe. Apputiku jubilait, heureux de voir renaître les fameuses intuitions de son patron. Les affaires policières des derniers mois avaient bien plus sollicité leur patience de bureaucrate que leurs qualités d'enquêteur.

Seul Rob Normann affichait un scepticisme morne. Il paraissait avoir perdu tout son allant de départ. De toute évidence, qu'un autre que lui ramenât sa science n'était pas à son goût.

– Bon, lança-t-il à ses hommes sur un ton exaspéré, sortez-moi ce macchabée de sa niche.

– Non !

Qaanaaq s'était interposé, son grand corps dressé entre les soldats et la cavité, les bras levés en signe d'opposition. Puis, voyant que les hommes interrogeaient leur supérieur du regard, il reprit, plus amène.

– Si ça ne vous ennuie pas, commandant… J'aimerais d'abord aller jeter un œil sous l'iceberg.

– *Dessous ?* Vous êtes sérieux ?

– Eh bien quoi ? Ne me dites pas que vous ne gardez pas de matériel de plongée à bord du *Healy ?* Pas un officier aussi organisé et prévoyant que vous !

Des vertus de la flatterie appliquée aux galons : vingt minutes plus tard, le temps d'un aller-retour de vedette USCG jusqu'au brise-glace, Qaanaaq était équipé de pied en cap. Ainsi vêtu, il se faisait l'effet d'un batracien habillé pour une féerie aquatique. Il n'avait plongé que deux ou trois fois, et en conservait un souvenir mitigé. Sa confiance dans cet appareillage fragile était faible. L'obligation de couvrir son crâne avec la cagoule de la combinaison, en particulier, lui était presque insupportable. Mais après tout, à longueur d'année, chacun remet sa vie entre des mains tout aussi incertaines – son compagnon, les politiques… la police.

Normann avait toutefois posé une condition à cette petite expédition : qu'il fût accompagné par l'un de ses hommes. Qaanaaq avait accepté de bonne grâce.

– À titre personnel, je préférerais plonger au milieu des requins que sous les icebergs, dit Normann. Mais à vous de voir, capitaine… À vos risques et périls.

L'avertissement ne freina pas Qaanaaq. Dix secondes plus tard, les deux scaphandriers sautaient de concert dans l'étendue noire. Presque impénétrable au-delà d'un mètre de profondeur.

Le choc manqua lui couper le souffle.

Le détendeur lui échappa et il lui fallut le replacer entre ses lèvres.

La température de l'eau avait beau flirter avec celle de l'air ambiant, la sensation de froid était saisissante. D'autant plus que la mer possédait ici une densité inhabituelle. Chaque geste était ralenti par la pesanteur du liquide, chargé d'une infinité d'éclats de glace.

Passé cet instant de panique, ce qu'il découvrit le subjugua. La partie émergée était certes spectaculaire, mais son austérité lisse n'était que peu de chose en comparaison du foisonnement sous-marin qui jaillissait à présent de toutes parts. Dans les rayons lumineux égarés, on devinait la vie qui grouillait autour du mastodonte, insoupçonnable depuis les bateaux : plancton, krill, crevettes, crabes, poissons fins et diaphanes, ainsi qu'une multitude de petits êtres qu'il ne savait pas nommer. Il avait bien entendu parler du *spring bloom*, cette extraordinaire explosion de vie dans les eaux du Groenland au sortir de l'hiver. C'est à ce phénomène que le pays devait ses pêches miraculeuses, véritable poumon économique depuis les années 1960. En revanche, personne ne lui avait dit que cette éclosion se concentrait à proximité des icebergs dont l'eau douce, en fondant, générait au contact de l'océan saumâtre un vaste halo fertile.

Quant au fameux rapport immergé-émergé des géants polaires, Ötzi prouvait que ce n'était pas une légende. Sous l'eau, sa masse était si imposante qu'elle disparaissait dans les profondeurs insondables du bleu absolu.

Dieu seul savait où cette masse prenait fin… si toutefois elle avait une fin. Qaanaaq s'était attendu à ce que, sous l'eau, l'iceberg offre des parois lisses et sans relief. Mais plus encore que la partie à l'air libre, il fourmillait d'anfractuosités et de variations de formes, de contrastes ou de couleurs. Qaanaaq eut toutes les peines du monde à détacher son regard des cupules, ces creux étonnants, forés à même la glace par les courants marins, si ronds et si réguliers qu'ils donnaient à l'ensemble l'aspect d'une gigantesque enveloppe de papier bulle.

Tapotant le cadran de son profondimètre, l'autre plongeur lui rappela que leur autonomie était limitée. Qaanaaq s'arracha à sa contemplation pour nager tant bien que mal jusqu'à l'angle qui renfermait le corps. Il était difficile d'évoluer dans cette zone, car plus on s'approchait de l'iceberg, plus les remous étaient puissants. Les tourbillons changeaient d'axe et de direction à chaque seconde, manquant selon le moment vous écraser contre la glace ou vous aspirer vers l'abîme.

Enfin stabilisé au niveau de la cavité où gisait la victime, Qaanaaq put détailler sa posture et son apparence. La glace demeurait en partie translucide mais, comme l'avait annoncé Normann, le processus de météorisation était en marche. Par endroits, l'opacité crémeuse gagnait déjà du terrain.

L'homme était de grande taille, les membres très longs. Il avait disposé de très peu d'espace dans ce cachot d'une rare sorte. Pourtant, un détail saisit Qaanaaq : en dépit de cette étroitesse, il était parvenu à retirer ses bottes fourrées.

*Pourquoi ?*

Pour quelle raison avait-il pu vouloir se geler les pieds encore plus vite ?

*À moins qu'on ne les lui ait ôtées et jetées dans le trou avant de l'y mettre,* pensa Qaanaaq, et que le pauvre type n'ait pas été en mesure de les remettre.

Il jonglait avec ces hypothèses sinistres quand son acolyte de l'USCG lui adressa un signe à travers le rideau de bulles qui les enveloppait. Il y en avait des milliers, peut-être des millions, subite et sublime effervescence qui se précipitait vers la surface par colonnes entières. Cette nouvelle fantaisie lumineuse était un enchantement. Il croyait barboter dans une mer de champagne. Lui aussi devenait bulle, fusionnant de tout son corps avec l'élément liquide. Il n'était pas seulement léger, il était soudain débarrassé de sa matière – passé à l'état gazeux. L'effet sur sa conscience se révélait incroyablement libérateur. Il aurait pu rester ainsi des heures.

Mais l'autre insistait. La paume à plat, il basculait sa main de droite et de gauche. Qaanaaq n'avait plus aucun souvenir de ce que signifiait ce geste. Alors qu'il continuait de s'interroger, son guide le désigna d'un index impérieux, et agita son pouce vers le haut. Cette fois, le message était clair : « Toi, tu remontes, maintenant… Maintenant !!! »

Mais c'était trop tard. Un énorme fragment venu du fond, sans nul doute décroché de la base d'Ötzi, fondait sur eux depuis l'abysse. À une allure folle.

Lance de glace prête à les transpercer. Requin géant sans gueule ni dents.

# 6

**[IMG_6237 / 16 juin / 13 h 31 / Vue générale du port d'Ilulissat]**

– Qaanaaq ! hurla Apputiku, impuissant. QAANAAQ !

Le jaillissement de l'énorme bloc, à l'endroit exact où les plongeurs s'étaient enfoncés, avait d'abord laissé les deux hommes restés sur l'iceberg sans voix. La seconde d'après, un bouillonnement terrible s'était emparé de l'onde, faisant brièvement tanguer Ötzi. L'un des soldats de l'USCG était tombé à l'eau, et l'autre avait manqué verser à son tour, dans un effet d'ensemble plus alarmant que comique.

Même Rob Normann ne cachait plus son inquiétude. Son air bravache avait cédé la place à un masque de colère et de terreur. Sans cet idiot de flic danois, jamais il n'aurait demandé à l'un de ses *boys* de prendre un tel risque. Chaque seconde qui passait envoyait les deux plongeurs un peu plus loin par le fond.

– Qu'est-ce que vous attendez pour ordonner à un de vos hommes d'aller les chercher ? !

Le culot de Lotte, qui s'était fait oublier dans son coin de Zodiac, médusa tout le monde, ses collègues compris.

Normann considéra la légiste comme s'il remarquait seulement son existence.

– Ce que j'attends ?

Sans dire un mot, Lotte tendit un bras accusateur vers l'écume qui déjà recouvrait, tel un linceul, la zone de leur disparition. L'officier hurla en retour :

– Ce qui arrive est la raison exacte pour laquelle je désapprouvais cette exploration !

Pourtant – et tous pouvaient en témoigner – il n'avait pas été si difficile à convaincre.

– Plonger sous un iceberg aussi jeune, poursuivit-il en maîtrisant mal sa rage, c'est s'exposer à des remontées d'ascenseur telles que celle-ci… Je ne lui ai rien caché de tout cela !

Le bout d'iceberg en question, indifférent au drame dont il était la cause, dérivait vers le large nonchalamment. La fureur des humains n'était pas son affaire.

– Votre patron savait ce qu'il encourait ! Alors non, désolé, mais je ne mettrai pas la vie d'un autre de mes gars en danger. C'est hors de question !

Sa sentence pétrifia tous les spectateurs de la scène, son équipe comme celle des policiers groenlandais. À tel point qu'ils ne perçurent pas les premiers remous à la surface de l'eau. C'est seulement quelques secondes plus tard, que…

– Qaanaaq ! s'exclamèrent d'une même voix Søren et Apputiku.

Là, juste sous leurs yeux, le plongeur tenait la nuque de leur chef hors de l'eau, son poing refermé autour de l'épaisseur de néoprène. De son autre main, il arracha son détendeur et brailla comme un ordre :

– Sortez-le, nom de Dieu ! Il est sonné !

Sonné, commotionné, mais vivant.

Qaanaaq revint à lui un peu plus tard, à bord du Zodiac de Pilip. À peu près remis, il décrivit ce qu'il avait aperçu sous l'eau : cette bizarrerie de l'homme déchaussé.

– Qu'est-ce qu'on fait, boss ? demanda Appu. Ce coup-ci on le sort de son trou ?

– Oui… Je crois qu'on va pouvoir faire ça.

Un ensemble de consignes fut donné aux garde-côtes pour extraire la dépouille sans la souiller avec des dépôts parasites. L'opération dura un temps qui leur parut interminable. Plusieurs cordes furent nécessaires, ainsi que le treuil motorisé qui occupait l'arrière d'une vedette de l'USCG. Enfin, le corps fut lentement extirpé de son étui de glace, tel l'étrange vêlage d'un animal mort-né, tiré du ventre de sa mère. Aucun des individus présents n'avait jamais assisté à une scène pareille.

Tous happés par ce tableau, ils ne remarquèrent pas que la noria des embarcations avait resserré son étau autour de l'iceberg. Appelées en renfort au moment de l'accident de plongée, les deux vedettes militaires ne préservaient plus le périmètre, et l'armada des vautours les assaillait de toutes parts. Les portables, les perches télescopiques étaient brandis, dans le but de décrocher *le* bon cliché.

– Foutez-moi le camp d'ici ! cria Appu.

Søren joignit sa voix à la sienne.

– Vous êtes sourds ? Police de Nuuk ! Ce lieu est une scène de crime. Vous n'avez rien à faire là. Allez, dégagez !

– Barrez-vous avant qu'on ne vous jette à l'eau !

Mais les touristes faisaient mine de ne pas comprendre leur anglais teinté d'accent inuit. Aucun d'eux ne semblait impressionné par la vindicte. La plupart cherchaient au contraire à se rapprocher plus encore de la scène.

– Laissez tomber, finit par leur souffler Qaanaaq. De toute façon, j'imagine que tous les passagers de l'*Aurore* y sont déjà allés de leur post Instagram.

C'était probable, en effet ; désolant, mais probable. La soif de sensationnel, cette absurde fringale, l'emportait désormais sur tous les interdits et toutes les peurs. Y compris celle du flic.

Un instant, Qaanaaq eut presque honte de ses propres photos. Puis il se raisonna : cela n'avait rien à voir. Il déclenchait pour apporter la lumière de la vérité. Pas pour flatter les recoins les plus vains de son âme.

Flics groenlandais et garde-côtes s'efforcèrent d'aménager un corridor pour remorquer Ötzi jusqu'au port d'Ilulissat, sans risque pour les badauds. Contre toute attente, Normann accepta même sans rechigner de mettre le *Healy* à contribution.

– Il y a quand même une chose dont vous devez être conscient, capitaine. Un iceberg est un corps vivant. Il ne restera pas indéfiniment tel que vous le voyez là. Au cours des heures et des jours qui viennent, il va se transformer : fondre de moitié ou se fendre en deux, en dix… Vous avez vraiment intérêt à prélever tout ce que vous pouvez dès aujourd'hui. Personne ne peut dire ce qu'il en restera demain.

– J'entends, j'entends…

Qaanaaq approuva d'un hochement reconnaissant. La singularité de la situation ne lui échappait pas. En plus de quinze années d'enquêtes, c'était bien la première fois qu'il embarquait la « scène de crime » entière avec lui, comme on emporte un élément de preuve sous le bras. Ce Normann était peut-être un con arrogant, mais il demeurait en lui quelque chose du code d'honneur des marins qui, en définitive, les poussait à l'entraide.

N'empêche que le processus d'arrimage se révéla particulièrement long et malaisé. Un iceberg ne se déplaçait pas comme on tracte un vulgaire chalutier en panne. Les flics de Nuuk et d'Ilulissat laissèrent œuvrer les garde-côtes, embarquant le corps de la victime à bord du Zodiac de Pilip. Direction, le port.

Leur gros Honda de 250 chevaux était bien plus puissant que les moteurs des bateaux privés, ils distancèrent sans peine les importuns. Un calme presque accablant écrasa leur embarcation. Qaanaaq appréciait ces moments où personne ne se sentait obligé de combler les vides. Il en profita pour enfiler ses habits secs, sous le soleil orangé embrasant la baie.

– Ça alors !

C'était la voix, de nouveau chuintante et enjouée, d'Apputiku.

– Qu'est-ce qu'il y a ?

Le quai ne se trouvait plus qu'à quelques brasses. Tout le long, une masse de curieux, autochtones et touristes, s'était agglutinée. De *growler* en *growler*, les nouvelles bondissaient vite.

– Tu le vois pas ? Tu le reconnais pas ?

– Merde, Appu, râla son patron, y a au moins deux cents personnes qui nous fixent. Comment veux-tu que… ?

– Mais là, là !

Alors Qaanaaq identifia l'homme qu'on lui désignait. Une silhouette de pêcheur, rangée parmi les siens comme un flétan dans sa caisse. Un homme qu'ils connaissaient tous les deux, Appu et lui. Cet homme leur avait sauvé la vie.

# 7

**[IMG_6248 / 16 juin / 14 h 09 / Le cadavre de l'inconnu extrait de l'iceberg]**

– Je vais pas vous mentir, hier soir, j'ai pas entendu grand-chose. Faut dire qu'on a tous bien arrosé les premiers matchs.

Ils n'avaient pas vu Kavajaq depuis des mois, mais le visage de leur compagnon paraissait plus vieux d'au moins dix années. Tout en lui semblait plus creusé, les rides comme les ennuis. La rondeur de son visage inuit avait en partie fondu. Planté sur ce quai, au milieu de ses confrères, tous plus jeunes et plus gaillards, il faisait figure d'ancêtre.

Il n'était pourtant pas si âgé. Cinquante ? Cinquante-cinq ans ?

Sept mois auparavant, ce chasseur de phoques avait été leur guide dans le désert infini de l'inlandsis. Et voilà qu'il pêchait le cabillaud et le flétan au large d'Ilulissat… à plus de mille kilomètres de chez lui.

– Comment as-tu atterri ici ?

– Qaanaaq… Qaanaaq a bien changé.

Kavajaq s'interrompit. Qaanaaq Adriensen comprit qu'il ne parlait pas de lui, mais de la bourgade isolée de l'extrême nord-ouest à laquelle il devait son prénom.

– Oui, Qaanaaq a changé depuis ce qui s'est passé là-bas l'an passé, reprit le pêcheur.

Comment le flic danois pouvait-il oublier ? Le meurtre sauvage de deux chasseurs, dont le propre frère de Kavajaq. L'enquête avait été une des plus marquantes de sa carrière.

– Qu'est-ce que tu veux dire ?

– Toutes les licences pétrolières sont gelées. Il n'y a plus de travail pour personne dans le coin. Quand je suis parti il y a trois mois, à peine plus de la moitié des maisons étaient encore occupées.

– Et les touristes ?

– C'est trop loin pour les touristes. Pas assez équipé. Même la boutique de souvenirs a fini par fermer.

Ils pouvaient tous prédire la suite : un jour, cette statistique passerait sous la barre fatidique des cinquante pour cent. Puis, bientôt, il n'y aurait plus de village. L'endroit retournerait alors à ce qu'il avait été à l'origine, un campement occupé par quelques irréductibles.

Chassant la mélancolie qui s'emparait d'eux, Qaanaaq revint au sujet du jour.

– Donc tu dis que tu n'as rien capté d'inhabituel venant du fjord la nuit dernière ?

– Peut-être un craquement… Mais ici, ce genre de bruit, il y en a tout le temps. Surtout en cette saison. À force, on fait même plus attention.

– Rien d'autre ? insista Appu avec son éternel sourire. Pas de bruit plus « mécanique » ?

– Mécanique ? Mécanique comment ?

– Comme un engin de chantier.

– Non, ça ne me dit rien… Peut-être un hélico qui a survolé la ville pendant la nuit. Mais avec ce que je tenais, je suis plus très sûr…

Excepté peut-être de l'adrénaline, Qaanaaq ne s'était jamais senti dépendant de la moindre substance. Mais il comprenait le réconfort que la plupart y trouvaient.

– Vers quelle heure environ ?

– Pff… Trois heures. Peut-être quatre. Ce que je sais, c'est que j'étais pas couché depuis très longtemps.

Si imprécise fût-elle, cette indication était précieuse. Au beau milieu de la nuit, hormis leurs deux hélicoptères de secours en mer, les appareils d'Air Greenland ne circulaient plus. Or aucune intervention de sauvetage ne leur avait été signalée, Pilip avait été formel.

Restaient les vols privés. C'est-à-dire, pour l'essentiel, ceux des plateformes pétrolières. Seules ces compagnies avaient les moyens d'entretenir de tels coucous à l'année. Mais Kavajaq venait de le leur rappeler : depuis le scandale sur l'attribution des licences qui avait entaché le ministère de l'Énergie, l'exploitation des immenses gisements groenlandais était presque intégralement à l'arrêt. Dans le Nord, près du village de Qaanaaq, comme ici, au large de l'île de Diskø.

– Au fait…, dit Kavajaq en s'adressant à Qaanaaq, merci pour Nootaïkok.

– Je t'en prie. Ton fils est un bon gars. Il le méritait.

Apputiku leva un sourcil interrogateur vers son supérieur – quel était donc ce secret dont on l'avait exclu ? Mais l'intrusion inopinée de Pilip Kiminsen l'empêcha d'en savoir plus.

Le chef de la police locale venait les informer que le corps avait été transféré au poste. Faute d'une salle d'examen équipée, il avait fait vider une petite pièce « plutôt propre ». Qaanaaq le remercia d'une claque bourrue sur l'épaule.

Juste avant de lui emboîter le pas avec son équipe, Adriensen prit Søren à part.

– Tu vas me faire la tournée des pêcheurs du coin, ordonna-t-il à voix basse. Entre ceux qui se sont biturés hier soir et ceux qui ont pris la mer tôt ce matin, il y en a bien un qui a chopé quelque chose de plus probant.

Søren acquiesça. Au fil du temps, Qaanaaq s'était pris d'amitié pour ce garçon efficace et disponible. Il ne renâclait jamais devant une tâche, même ingrate ou ardue. Et si l'on grattait sous la couche superficielle du bourrin amateur de bière et de foot anglais, on trouvait un jeune homme assez sensible, écartelé comme lui entre ces deux cultures qui coulaient dans son sang hybride, moitié inuit, moitié danois.

Pilip n'avait pas menti. La pièce où reposait le corps du géant blond était impeccable. Presque un peu trop, même, et l'odeur envahissante de javel leur donna la nausée.

De toute évidence, le reste du poste, un préfabriqué jaune semblable à tous les autres, avait été lui aussi briqué en l'honneur de sa venue : le nouveau grand patron de la police groenlandaise.

– C'est coquet, lança Qaanaaq avec malice en pénétrant dans la salle principale.

– Merci.

– Par contre… pensez à raccrocher les posters de Premiere League. Là, ça fait un peu déplumé, non ?

Les affiches touristiques punaisées en hâte n'étaient pas toutes au bon format. Si bien que l'ombre des footballeurs placardés avant elles planait encore sur les murs lambrissés.

Plantée devant la table mortuaire, Lotte Brunn observait la dépouille en silence. Il était flagrant qu'elle trouvait dans ce genre de situation la raison de sa vocation. Elle adorait son métier. Le corps était dénudé et les vêtements du défunt remisés dans un grand sac en plastique. Qaanaaq, Apputiku et Pilip attendaient avec fébrilité ses premières constatations.

Elle déclencha le dictaphone qu'elle tenait dans la main gauche et, sans s'arrêter de tourner autour du cadavre, se mit à décrire :

– Nous avons donc affaire à un individu de sexe masculin, de type européen scandinave, blond, d'une taille approximative située entre un mètre quatre-vingt-dix et un mètre quatre-vingt-quinze. Poids estimé à un peu moins de quatre-vingt-dix kilos. Je précise ici qu'il ne portait aucun papier d'identité sur lui, ni aucune marque distinctive sur ses effets personnels qui permettrait de l'identifier de manière immédiate.

C'est bien sûr la première chose que Qaanaaq lui avait demandé de contrôler, lors de la dépose du corps.

– La victime devait avoir dans la quarantaine, si l'on en juge par la ride du lion assez prononcée, les poches sous les yeux et les ridules à la commissure des paupières et des lèvres.

Jusque-là, ce pouvait être n'importe quel casse-cou plein aux as venu s'offrir du bon temps sur le second front du glacier.

– Je ne note aucun coup, ni aucune ecchymose suspecte, poursuivit-elle. Pas plus que de traces récentes de lutte ou de contention.

– Il n'a été ni ligoté ni menotté ?

– Non. Ni aux poignets, ni aux chevilles.

Ce type n'était-il donc vraiment qu'un crétin venu crever dans une fosse ? Une fosse créée par des instruments humains ? Pour quels usages, sinon mortels – ou mortuaires ?

Lotte approcha une main gantée de la bouche, et découvrit les gencives du mort :

– Sa dentition est saine et entretenue. L'emploi massif de céramique laisse supposer l'accès à une assurance maladie de bon niveau. Vu la forme des prothèses, je parierais pour des traitements dans un pays scandinave ou d'Amérique du Nord. Sa musculature est ferme et régulière. Ce n'était pas un grand sportif…

– À quoi tu vois ça ? la coupa Qaanaaq, qui rongeait son frein.

– Sa cage thoracique n'est pas très développée. Ça ne correspond pas à une morphologie découlant d'entraînements intensifs. Mais il devait s'entretenir un minimum : un peu de course, un peu d'appareils en salle de sport… ce genre de choses. Ce n'était pas non plus un « tout mou », si vous préférez.

À ces mots, Apputiku pencha un regard coupable vers son abdomen.

– Il porte un certain nombre de cicatrices sur les membres, reprit-elle en poursuivant son entêtant manège autour du cadavre. Supérieurs et inférieurs. Des entailles, des traces de frottement, des brûlures de corde ou de câble… Conséquence d'une activité plutôt physique, peut-être même en extérieur. À moins évidemment qu'il n'ait été adepte de sports extrêmes en dehors de son travail.

– Tu peux préciser ?

– La peau de son visage est assez sèche et tannée. Je veux dire, pour une carnation claire.

– Un pêcheur ?

– Non, ça non… Ses mains ne présentent pas les cals caractéristiques du métier. Et ses avant-bras sont trop fins pour les activités de force.

– Hum, hum… Donc plutôt un intello, mais qui apprécie quand même le grand air.

– Si vous voulez, sourit-elle, une fossette creusant soudain sa joue.

Mais si intéressantes que fussent ces diverses déductions, la frustration de Qaanaaq était patente. Son visage aux sangs mêlés se contractait d'impatience, ses yeux, déjà effilés, plissés en une seule fente.

– Il est mort il y a longtemps ? finit-il par dire, libérant la question qui le brûlait.

– Vu l'état de conservation général, *a priori* je dirais non. Pas très. Mais sans analyse des tissus en laboratoire, difficile de déterminer s'il était là depuis des heures, des jours ou des semaines. Et le fait qu'il ait séjourné dans la glace rend le verdict difficile.

– La rigidité cadavérique ne nous éclaire pas un peu ?

– Je le répète : pas dans un environnement pareil. À de telles températures, le corps se rigidifie beaucoup plus vite. Ça fausse les interprétations.

– Je vois… Et ça ne pourrait pas être un gus tombé là-dedans il y a vingt ans que la fonte de la banquise aurait recraché aujourd'hui ?

– Non, non… je n'y crois pas. S'il était resté là aussi longtemps, certains membres auraient fini par se nécroser. À commencer par ses pieds.

Des années dans la neige et sans pantoufles, ça devait marquer son homme, en effet.

– Alors que regardez ses orteils, continua-t-elle, c'est à peine si on relève un début d'engelure sur deux d'entre eux.

– Oui, enfin, il est bien mort de froid quand même ? demanda brusquement Pilip.

– Non.

La réponse était sortie du tac au tac, sans agressivité mais avec autorité. Lotte Brunn était sûre de son savoir et n'entendait pas le laisser contester par le premier bon sens venu.

– Hein ? Enfin, ce type n'est pas d'ici ! Il n'a pas su résister aux températures, c'est évident ! s'indigna Pilip.

D'un regard, Qaanaaq encouragea sa légiste à tenir tête au flic d'Ilulissat.

– Eh bien, si notre homme était mort d'hypothermie, sa peau serait très blanche. Peut-être très légèrement bleutée par endroits, mais pas d'un bleu uniforme et presque soutenu, comme elle l'est ici.

– Alors qu'est-ce que c'est ? risqua Apputiku.

– La cyanose. C'est typique des décès par asphyxie. Je ne sais pas si vos enfants ont déjà eu des bronchiolites ou des laryngites avec crise d'étouffement quand ils étaient en bas âge…

Elle interrogea les trois hommes du regard. Pilip approuva d'un hochement de tête contrarié.

– Dans ce cas, vous avez déjà dû voir ce phénomène. Heureusement, chez la plupart des nourrissons, on parvient à dégager les bronches à temps. La cyanose de leurs tissus, qui trahit le manque d'oxygène, est temporaire. Chez un mort asphyxié, par contre, la coloration est définitive.

Comme le grand blond et bleu qu'ils contemplaient tous à cet instant.

– Par ailleurs, si je pouvais procéder à une autopsie complète, je suis à peu près certaine que les organes porteraient tous les signes d'une hypoxie sévère. C'est-à-dire d'un déficit en gaz vital qui a eu, en définitive, raison de lui.

– Ça ne nous explique pas plus pourquoi il aurait voulu retirer ses bottes ?

– Oh que si ! S'il est mort d'une privation d'air, c'est que la fosse où il se trouvait était hermétiquement close.

Et il ne vous a pas échappé qu'il portait un nombre de couches de vêtements anormalement élevé pour la saison. Cinq au total.

Ils s'en étaient étonnés, en effet, au moment de dépouiller le cadavre. Cela dénotait une négligence flagrante des règles de survie en milieu polaire.

– C'est bien ce que je disais, grommela Pilip. Cet idiot ne savait pas s'y prendre.

– Peut-être. Mais il n'était pas dénué de connaissances.

– Pourquoi ?

– Parce que je pense que s'il a tenté d'enlever ses bottes, et aussi sa parka…

Cet autre détail les avait frappés : la glissière du vêtement supérieur était descendue jusqu'en bas. Comme si l'homme enfermé dans cette gangue de glace avait essayé de retirer son manteau, se contentant d'ouvrir le zip faute d'espace suffisant pour mouvoir ses bras.

– C'était pour mourir de froid encore plus vite ! ironisa Pilip.

– Non, pour conserver le plus d'oxygène possible en bas de la cavité. L'air chaud monte, tout le monde sait ça. Et l'oxygène qu'il contient aussi. Donc moins son corps s'échauffait dans sa « boîte », plus il maintenait une température basse au fond de son trou. Et donc…

– … Plus il gagnait d'autonomie en oxygène, conclut Qaanaaq.

– Exactement. Et je crois que notre homme le savait. Sinon, il n'aurait eu aucune raison censée de se dévêtir comme il l'a fait.

Durant quelques secondes, la démonstration les laissa interdits. Même le chef de la police locale, jusque-là hostile aux conclusions de la légiste, était ébranlé.

– Et le simple fait qu'il ait compris ça, ajouta Lotte, me fait penser qu'il avait un bagage scientifique au-dessus de la moyenne.

– OK… C'est brillant.

Le compliment de Qaanaaq était sincère. Et pourtant, quelque chose continuait de le chagriner.

– Si je te suis, cela veut dire que cet homme a préféré prendre le risque de l'hypothermie plutôt que celui de l'asphyxie.

– J'imagine que c'est ce qui s'est passé, oui.

– Bien. Toujours en supposant qu'il possédait le savoir nécessaire, cela signifie aussi qu'il a pu confronter les deux scénarios : le temps qu'il lui faudrait pour mourir de froid, et le temps qu'il mettrait à étouffer.

– Oui. Mais je ne vois pas où…

– Et donc, désolé, Pilip, mais je pense qu'il était autant rompu à la vie en milieu polaire que bon en sciences à l'école. Sinon, il n'aurait jamais fait ce choix-là. Il aurait eu peur de *bêtement* crever de froid, comme n'importe quel type lambda à sa place.

*Comme moi.*

– Probable…, admit-elle. Je m'explique d'autant moins les cinq couches. Un connaisseur de la cryosphère n'aurait jamais enfilé autant d'épaisseurs au mois de juin.

Chaque début de réponse appelait encore plus d'inconnues. Ou plutôt, les renvoyait aux questions initiales, comme une balle de Jokari leur revenant encore et encore.

– Lotte, demanda Qaanaaq en posant sa main sur le bras de la jeune femme, juste une précision…

– Oui ?

– De combien d'autonomie disposait-il exactement ?

– C'est difficile à évaluer de manière exacte. Ça dépend d'un grand nombre de facteurs : sa fréquence respiratoire ordinaire, la concentration spécifique en oxygène à cet endroit et à ce moment-là, les efforts physiques qu'il a pu produire pour essayer de s'extraire… Et aussi le facteur stress, bien sûr. Autant de choses qu'on ignore.

– Bien sûr. Mais entre nous, grossièrement ? insista-t-il sans lâcher son bras.

– Je…, bredouilla-t-elle, troublée. À la fac de Copenhague, on nous enseignait une formule passe-partout pour évaluer le temps de survie dans un espace clos : le volume de l'endroit multiplié par 1,5.

– Parfait. Et en l'espèce, ça donnerait quoi, le volume de notre trou ?

Les yeux de la blonde pétillèrent. En remontrer aux hommes était pour elle une source de satisfaction. Peut-être même une revanche.

– Eh bien, si j'en juge par la taille de l'homme, le trou devait faire environ trois mètres de profondeur, non ?

– Quelque chose dans ce goût-là, oui.

– Et un peu moins d'un mètre de diamètre de largeur, vu sa carrure. Disons quatre-vingts centimètres.

– OK. Et ensuite ?

– Le volume d'un cylindre étant égal à Pi fois son rayon au carré fois sa hauteur, ça doit nous faire…

Lotte prit quelques secondes pour faire son calcul.

– Environ deux heures et quart.

– Deux heures et quart, répéta pour lui-même Qaanaaq, le regard dans le vague.

– Voilà. Deux heures quinze d'autonomie. À partir du moment où la cavité est devenue étanche, bien sûr. Mais, capitaine…

– Oui ?

– À quoi ça sert de savoir ça ?

Les yeux verts fouillèrent ceux de Lotte à la recherche de cette humanité sans laquelle le meilleur légiste au monde n'était qu'un technicien sans âme.

– Je me demandais, répondit-il, sa voix grave légèrement altérée, je me demandais jusqu'à quel point il s'était vu mourir.

## 8

**[IMG_6255 / 16 juin / 14 h 54 / Poste de police d'Ilulissat]**

– Je sais qui c'est.

Ils sursautèrent comme si un gamin facétieux leur avait fait une mauvaise blague. Rob Normann les avait rejoints sans un bruit. Sans doute venait-il leur signifier la fin du remorquage d'Ötzi.

– Comment ? demanda Qaanaaq.

L'officier américain était blême. Il se tenait sur le seuil, le regard braqué sur le corps sans vie.

– Je dis que je reconnais cet homme, lâcha-t-il d'une voix blanche.

– Et c'est maintenant que vous nous balancez ça ? !

– Je suis désolé, je… Tout à l'heure, je ne l'avais pas bien vu. Pas « comme ça ».

Il fallait convenir qu'il avait regagné sa vedette *avant* l'exhumation de la victime. C'était la première fois qu'il la considérait d'aussi près, sans le filtre d'une épaisseur de glace. Et sous cette lumière crue qui soulignait chaque trait du visage.

Le garde-côte était remué, c'était évident. Il inspira largement, se mordit la lèvre. Lotte vint lui prendre la main avec compassion. Elle lui avait certes hurlé dessus une heure plus tôt. Mais à présent, l'émotion de Normann l'avait touchée, elle aussi.

Comme Normann demeurait coi, sa haute stature pétrifiée aux pieds du mort, elle choisit de poursuivre son dialogue avec Qaanaaq, là où ils l'avaient laissé avant l'interruption. Qaanaaq sut qu'il ne s'était pas trompé en la recrutant.

– J'ai oublié de vous dire quelque chose, patron…, murmura-t-elle en le prenant à part.

Elle n'en menait pas très large tout à coup, guère plus assurée que l'étudiante qu'elle était il y a peu encore.

– Quoi donc ?

– Quand je l'ai déshabillé, j'ai noté des taches bizarres sur sa parka.

– Quel genre de tache ?

– Je ne suis pas bien sûre, il faudrait les faire analyser…

– Lotte ! l'encouragea-t-il en sourdine.

– Je… quelque chose comme du bitume. Ou un hydrocarbure quelconque. Mais très épais. Très sec. Ça forme plus comme une croûte.

– Plus une croûte que quoi ?

Cet accouchement patient de ses équipiers, il y était rompu.

– Pas un dépôt liquide, en tout cas, s'empressa-t-elle de répondre sur son ton de bonne élève. Une essence à l'état fluide aurait été en partie bue par les fibres. Là, ce n'est pas ça du tout. La matière est vraiment restée en surface.

Il se retint de lui rappeler que la plupart des parkas polaires étaient enduites d'un traitement imperméable, Gore-Tex, Téflon ou Scotchgard. Et que même un carburant liquide ne serait pas parvenu à pénétrer l'épais tissu. Dans l'immédiat, ce n'était pas le plus important.

– Et c'est tout ?

– Non. En arrivant ici tout à l'heure, vous m'avez demandé s'il avait un portefeuille ou des papiers sur lui…

– Oui. Tu m'as dit qu'il n'en avait pas.

– Exact. Mais je ne me suis pas arrêtée à ça. J'ai fouillé toutes ses poches une deuxième fois. Une par une. Et même une troisième, pour être sûre.

– Pour être sûre de quoi ?

– Justement : qu'il n'y avait rien. Pas de clés, pas de portefeuille, pas de portable ou de GPS… Même pas un Kleenex ou je ne sais quoi d'autre. Il n'avait absolument *rien* sur lui.

Qaanaaq en resta interloqué.

Qui, de nos jours, partait de chez lui les poches complètement vides ?

Qui aurait été assez fou pour s'aventurer sur un iceberg sans aucun objet, ni surtout aucun instrument indispensable à sa survie ?

*Personne* ne sortait à l'extérieur sans rien du tout, où qu'il vive. Il demeurait toujours un petit quelque chose au fond des pantalons ou des vestes. Ticket, facturette, chewing-gum, bonbon… souvenir quelconque. Comme une écume à la surface de nos histoires individuelles.

Mais non. Cet homme-là se promenait dans l'immensité groenlandaise aussi nu et dépouillé qu'au jour de sa naissance.

Un homme sans passé et sans identité.

– Leonard Kelly.

La voix sépulcrale de Rob Normann résonna dans la pièce.

– C'est son nom ? percuta aussitôt Qaanaaq. Vous en êtes certain ?

– Oui.

– Comment le connaissez-vous ?

– C'est un glaciologue.

– Américain ?

– Oui, américain, soupira l'officier. Il travaille… Il *travaillait* pour l'Ice Core Facility.

– Qu'est-ce que c'est ?

– Un stock de carottes glaciaires géré par la National Science Foundation. En banlieue de Denver. Dès qu'une mission polaire américaine effectue des prélèvements quelque part dans le monde, l'ICF reçoit au moins un double de leur trouvaille.

– Une banque d'échantillons de glace, en quelque sorte ?

– C'est à peu près ça. Ça vous semble probablement assez abstrait, mais c'est grâce à ces carottes qu'on peut retracer les évolutions climatiques sur des centaines de milliers d'années.

*Et qu'on a la certitude que le réchauffement globalisé n'est pas une chimère,* compléta Qaanaaq.

– Et Kelly, alors ?

– Je ne le connaissais pas très bien, dit-il, sur la défensive. Mais, entre cryospécialistes, il arrive qu'on se croise. Vous savez, on navigue tous plus ou moins dans les mêmes eaux.

Qaanaaq comprit que ce n'était pas une métaphore : son interlocuteur parlait réellement des mers que sillonnait le *Healy,* et où des hommes tels que Kelly – si toutefois c'était bien lui – menaient leurs études de terrain.

– Et la dernière fois, c'était quand ?

– Il y a un an environ. Peut-être moins.

– Où ça ?

– Dans un bar de Nuuk, figurez-vous. Pour une fois qu'on ne se retrouvait pas près de l'un de ces icebergs…

– Vous vous êtes parlé ?

– On a échangé quelques mots. Comme je vous l'ai dit, on est plus des connaissances qu'autre chose.

– Il vous a raconté quoi ?

– Si je me souviens bien, qu'il n'était pas en mission officielle. Qu'il venait ici « pour lui ».

Leonard Kelly, ou qui que ce fût, était-il tombé lui aussi sous le charme d'une beauté inuite ? Le visage de Massaq traversa l'esprit de Qaanaaq.

– Il ne vous a rien dit de plus spécifique ? Quelqu'un qu'il aurait prévu de voir à ce moment-là ? Des gens à qui il aurait rendu visite dans le coin ?

– Pas vraiment. Je crois qu'il a esquivé mes questions en plaisantant. Un truc du genre : « Le Groenland est le seul endroit pire que chez soi où l'on revient plus volontiers que chez soi. »

*À qui le dites-vous !* pensa Qaanaaq.

– Si je comprends bien, Kelly était donc un pro des glaciers en milieu polaire ?

– Ça, oui. Je ne suis pas en mesure de vous dire s'il était le meilleur dans sa spécialité, mais un pro, oui, c'est certain.

– Si c'est bien lui… Quelle est la probabilité pour qu'il se soit fait piéger dans une fosse qu'il aurait lui-même forée sur un iceberg ?

– Honnêtement ? Elle est nulle ! De toute façon, jamais un glaciologue digne de ce nom ne se risquerait sur un front glaciaire en période de vêlage. Pas plus que sur un iceberg aussi jeune et aussi instable que celui où on l'a trouvé, d'ailleurs. Ces gens-là procèdent surtout à des observations à distance. Au mieux, ils posent des sondes. Ils effectuent des relevés. Mais ce ne sont pas des risque-tout, pas du tout.

Les archives criminalistiques de son ami Christian, au QG de Niels Brocks Gade, regorgeaient pourtant d'histoires d'hommes et de femmes qui avaient bêtement failli là où leurs compétences, leurs facultés ou leur raison auraient dû les préserver du pire. Il en mourait stupidement tous les jours. Par négligence ou par fatigue. C'était aussi ça la vie, dans toute son absurdité.

– Je comprends. Et ce trou d'où on a l'a sorti… Vous croyez qu'il pourrait correspondre aux carottes dont vous me parliez tout à l'heure ?

– Non. Les diamètres standards des carotteuses varient entre huit et dix centimètres. Jamais plus.

Soit dix fois plus étroits que la cavité dont on avait extrait Kelly.

– Pourquoi ça ?

– Parce qu'il n'y a aucune utilité à ponctionner des échantillons aussi larges. Ce serait trop lourd à transporter, ça réclamerait une énergie folle à conserver… Bref, inutile, quoi.

*Aucune utilité, en effet... si ce n'est pour enfouir un homme dans la fosse laissée béante.*

# 9

## [IMG_6259 / 16 juin / 15 h 41 / Depuis le fond du trou de l'iceberg Ötzi]

Qaanaaq se tenait debout au fond de l'excavation. Immobile, frémissant d'angoisse et d'excitation. Normann avait décidément raison : explorer les profondeurs de glace s'apparentait à un voyage dans le temps. Pour les scientifiques, il se comptait en milliers d'années. Pour lui, il n'était question que de quelques heures.

Son but ? Revenir à celle où Leonard Kelly avait perdu la vie. Littéralement. se glisser dans la paire de bottes fourrées qui gisait encore là, en attente d'analyse. Des bottes sans crampons, ce détail l'avait frappé d'emblée. Flashs, visions, communication avec la psyché de la victime… Il n'avait jamais cru à toutes ces inventions pour *profilers* de série télé. Intuition n'était pas illusion.

– Boss, t'es sûr que tu veux faire ça ? s'était inquiété Appu.

Un peu plus tôt, sa plongée sous l'iceberg avait failli virer au drame. Mais là encore, le flic n'aurait laissé à personne le privilège de cette immersion. Car la seule chose en laquelle il avait foi, c'était la mémoire. Celle des personnes comme celle des lieux et des objets. Aussi corrompue ou enfouie fût-elle.

Ce qu'il ressentait avant tout, maintenant qu'il se trouvait dedans, c'était la panique qui avait dû s'emparer du glaciologue aux premiers instants de sa captivité. Qaanaaq, lui, avait la certitude de pouvoir en ressortir. Dès qu'il le demanderait, les deux hommes qui l'avaient descendu à l'aide d'une corde le hisseraient hors de ce piège. Mais pas Kelly. À peine tombé ici, l'homme avait mesuré l'horreur du calvaire qu'il allait vivre. Puis il avait eu tout le temps de l'éprouver, minute après minute, à chaque inspiration douloureuse. À chaque organe qui capitulait.

Si Lotte avait vu juste à propos des bottes déchaussées et de la parka entrouverte, alors la lucidité et le sang-froid de l'homme ne lui paraissaient que plus admirables. Il avait fallu une sacrée maîtrise de soi pour surmonter l'épouvante d'une telle situation.

– Bonjour !

Une tête coiffée d'un bonnet s'était invitée dans le cercle de ciel bleu, au sommet de la fosse. Avec le contre-jour, il était difficile de distinguer ses traits, et plus encore de l'identifier. La seule certitude, c'était qu'il parlait anglais.

– Bonjour…, souffla Qaanaaq, la nuque cassée de regarder vers le haut.

– Jake Gordon. C'est Rob Normann qui m'envoie. Il paraît que vous avez besoin de mes lumières. Je suis le glaciologue de l'USCG embarqué sur le *Healy*.

Et surtout, dans l'immédiat, celui qui interrompait son travail d'observation. Pourquoi les gens s'imaginaient-ils invariablement que leurs petites révélations primaient sur l'investigation en cours ?

– Oui, bon… vous pouvez peut-être m'éclairer sur un point. Est-ce que vous avez une idée de l'engin qui a pu forer un trou pareil ?

Le scientifique s'accroupit au bord du gouffre, observant l'aspect de la paroi intérieure. Un bref instant, il fit mine d'évaluer sa régularité du plat de la main. Qaanaaq arrêta son geste. L'homme s'excusa d'un sourire entendu.

– Ce qui est certain, c'est que c'est un matériel de précision. Probablement une tête en diamant. La découpe est très nette. Il y a vraiment incision. Ni arrachement, comme avec une foreuse métallique, ni fonte.

– Fonte ?

– Oui. Il arrive que pour percer de grosses épaisseurs de glace, on emploie de l'eau chaude sous haute pression.

– Comme un Kärcher ?

– En plus sophistiqué, mais ça revient à ça. Le forage par fonte est très propre, lui aussi, mais il laisse toujours des coulures, des petites rigoles, comme des sillons… Et là, je n'en vois aucun.

La surface présentait, il est vrai, un aspect parfaitement lisse. Aucune aspérité visible de prime abord.

– Alors, vous pariez sur quel type de foreuse ?

– Difficile à dire… Le matériel qu'on utilise en climatologie ou en glaciologie n'offre pas de tels diamètres. Pour creuser un trou pareil, je n'imagine que les foreuses hydrauliques de chantier.

– On s'en sert pour quoi, en temps normal ?

– Pour couler des pieux de fondation en béton sous des constructions importantes.

– Et ça fait quelle taille ?

– Pff… C'est un gros engin de BTP. Monté sur chenilles.

*Tiens donc, des chenilles*. Mais la suite doucha aussitôt ses espoirs.

– La colonne de forage s'élève au moins à une quinzaine de mètres au-dessus du sol.

La hauteur d'un immeuble de quatre ou cinq étages. Et probablement un poids en conséquence. Malgré les traces observées plut tôt, cela invalidait presque de soi-même l'hypothèse d'une excavation postérieure au vêlage d'Ötzi. Hisser un tel engin sur un iceberg à la dérive paraissait impossible. Il avait expérimenté par lui-même la difficulté de se déplacer sur une pareille patinoire en mouvement.

Tout cela plongea Qaanaaq dans un nouvel abîme de perplexité.

– Hum, marmonna-t-il, et Leonard Kelly ? Vous le connaissiez ?

– Oui, comme ça.

Le halo autour de la silhouette de Gordon dansait légèrement. La question l'embarrassait-elle ?

– Comme ça bien, ou comme ça pas bien ?

– Comme ça… neutre, répondit l'autre. La communauté des glaciologues est un petit milieu, vous savez. Entre les conférences, les échanges entre universités, les missions sur le terrain… Qu'on le veuille ou non, on finit toujours par se fréquenter.

– J'en déduis que Kelly n'était pas particulièrement votre ami ?

– Pas mon ennemi non plus… Lui et moi, on ne défend pas tout à fait la même vision de notre métier, c'est tout. Lui était un pur chercheur. Moi, je me considère plus comme un « lanceur d'alertes ».

Qaanaaq pressentit que l'homme était prêt à s'engager dans un long exposé sur ses sujets de prédilection. Cela pourrait avoir son utilité le moment venu, mais pas dans l'immédiat.

– Vous avez une idée de ce qu'il faisait au Groenland en ce moment ?

– Bien sûr que je le sais. Je peux même vous dire qu'il doit y avoir actuellement dans ce pays la plus grosse concentration de glaciologues au monde. Vous avez entendu parler du GreenClimax ?

– Vaguement.

Le souvenir qu'il en avait était plus agacé que vague, à dire vrai.

Environ trois mois plus tôt, lui était parvenue une demande officielle à en-tête vert et bleu. On le priait d'assurer la sécurité d'une conférence à venir à Nuuk. Les moyens réclamés, soi-disant à mettre en place aux alentours et à l'intérieur du Greenland Climate Research Center, lieu de l'événement, étaient extravagants. Il s'était contenté de leur allouer dix hommes de son contingent. S'ils voulaient davantage de gros bras, ils n'avaient qu'à les payer. Voilà en substance ce qu'il avait répondu aux organisateurs. Il avait oublié leurs noms.

– Ce sera la plus importante réunion internationale sur le dérèglement climatique depuis l'Accord de Paris. La COP21 était un sommet cent pour cent politique. GreenClimax sera surtout une occasion pour les scientifiques d'alerter le grand public sur l'état d'urgence absolue dans lequel nous sommes entrés. Après ça, plus personne ne pourra dire qu'il ne « savait pas ». Plus personne ne pourra continuer à fermer les yeux.

*Amen.*

– Génial. Et ça commence quand, rappelez-moi ?

– Le 21 juin. Dans quelques jours. La date du solstice est très symbolique, évidemment.

*Évidemment.*

*Très conne aussi,* pensa Qaanaaq, se rappelant soudain pourquoi la requête des organisateurs l'avait tant contrarié. Le 21 juin. Pile le jour de l'Ullortuneq, la fête nationale groenlandaise. Et cette année, également le jour du deuxième match de poule de l'équipe danoise au Mondial de football. À Nuuk comme à Copenhague et ailleurs sur la planète, l'attention des hommes serait accaparée par bien d'autres enjeux que ceux du climat, à n'en pas douter.

Ils auraient voulu rendre GreenClimax inaudible qu'ils ne s'y seraient pas pris autrement ! On repasserait pour l'éveil des consciences abruties de passements de jambes et de bière.

– Vous deviez y retrouver Kelly ?

– Pas le retrouver, non. L'écouter. C'est lui qui doit… enfin, qui devait ouvrir les interventions.

– Vous-même, vous allez intervenir ?

– Non, non, pas moi…

La réponse, ponctuée d'un petit gloussement, embaumait la fausse modestie.

Ötzi frissonna lui aussi, jetant au sol le visiteur. Ballotté au fond de son trou, Qaanaaq perçut l'écho des curieux amassés sur les quais. Une clameur, mi-émerveillée mi-apeurée, s'éleva un instant. À moins que ce ne fût celle des supporters danois – à cette heure-ci, le match contre le Pérou devait presque toucher à sa fin.

La présence de l'iceberg dans le port avait fait descendre de leurs paquebots la plupart des touristes de la baie. Enchaîné et amarré, le monticule ne présentait plus de danger immédiat – du moins en théorie. Tous voulaient admirer le King Kong de glace, car même à Diskø, il n'était presque jamais possible d'observer l'un de ces monstres de si près.

Ici aussi, les moyens policiers manquaient. Pilip avait éprouvé toutes les peines du monde à mobiliser une poignée de réservistes afin de constituer un cordon crédible. Dans les faits, les hommes en question s'employaient plus à photographier qui le leur demandait qu'à repousser la foule à distance raisonnable. Des GO plutôt que des gardes.

Débarrassé de Jake Gordon – *se souvenir malgré tout de le tenir à l'œil* –, Qaanaaq reprit son inspection systématique du lieu. Toute sa vigilance n'y était pas, cependant.

Les propos du glaciologue tournaient en boucle sur le mur circulaire autour de lui.

Si l'intervention programmée de Leonard Kelly au GreenClimax justifiait bien sa présence au Groenland, elle n'expliquait pas pourquoi il s'était rendu à Ilulissat, à plus de quatre cents kilomètres de Nuuk, près d'une semaine avant le début de la conférence. Et manifestement loin de toute base polaire de la NSF ou autres organismes associés.

Avait-il improvisé une expédition en solo ? Cela jurait avec le profil de grand professionnel dessiné par Normann. Ou bien était-il venu ici « pour lui », comme il l'avait fait un an auparavant selon les dires de Rob Normann ?

Après avoir mitraillé la cavité avec son Blad – non sans mal, vu l'exiguïté du lieu –, Qaanaaq s'autorisa ce qu'il avait interdit à Gordon quelques minutes plus tôt. Du bout des doigts, il caressa la paroi froide et soyeuse. Il ignorait ce qu'il cherchait. Il se disait simplement qu'à la place de Kelly, il n'aurait pas attendu sa fin sans se rebeller. Il aurait probablement cogné la paroi de toutes ses forces. Ou tenté de se hisser par de lentes contorsions dans le boyau. Bien sûr, c'était impossible sans crampons. Autant essayer de gravir une patinoire verticale en pantoufles. En outre, le trou était trop étroit pour espérer, en s'adossant de tout son poids, prendre appui sur ses talons et progresser ainsi jusqu'au sommet.

De toute manière, songea Qaanaaq, en haut l'attendaient ce satané bouchon et ses deux cents kilos de neige compressée. Une barrière infranchissable pour un homme seul, épuisé, qui plus est en équilibre aussi instable.

Baissant les yeux, il nota pourtant quelques impacts de bottes au pied du mur concave. Avant de les retirer, Kelly avait sans doute déchargé sa colère et sa rage.

Le flic allait tirer sur la corde, signal convenu pour sa remontée, quand un rayon zénithal s'invita dans la cavité. Il devait être quelque chose comme seize heures au soleil. Un gargouillis sonore lui rappela qu'ils n'avaient rien avalé depuis leur canette de Nikoline, tôt ce matin-là.

Il mourait de faim.

Il n'avait qu'une envie, désormais : sortir au plus vite de ce cachot à ciel ouvert. Et engloutir n'importe quoi, de préférence gras et chaud. Au fil des mois, il s'était presque habitué à la gastronomie locale, et à ses mille manières d'accommoder le phoque.

Mais, son poing refermé sur le câble, il ne put décrocher ses yeux du nouveau spectacle qui s'offrait à lui. Il lui semblait que la lumière arrachait de minuscules copeaux blancs à la paroi. Observé de profil, c'était magique. La matière inerte prenait vie. Et vibrait, comme si une onde parcourait sa surface.

Soudain, il les vit, stupéfait de ne pas les avoir remarquées plus tôt. Des lettres, oui, des lettres, griffées à même la glace. Si peu profondes que même sous cet éclairage en biseau, il lui était impossible de les déchiffrer. Mais des caractères tout de même, il en était certain. Bien qu'illisibles, les traces diffusaient une aura familière. Il les captura dans la mémoire numérique de son Blad. Une fois traitées, ces images deviendraient peut-être intelligibles.

L'important, dans l'immédiat, c'était cette conviction nouvelle : Kelly n'était pas mort sans lutter. Il ne s'était pas borné à la gymnastique cérébrale que lui prêtait Lotte. Il avait tout fait pour éviter l'inévitable.

Et quand tout espoir s'était évanoui, il leur avait laissé ces empreintes à peine plus tangibles qu'un souffle.

Un témoignage de son agonie.

# 10

## [IMG_6264 / 16 juin / 16 h 18 / Traces en croix, traces en chevrons]

Assis à proximité du trou, à même l'iceberg, Qaanaaq et Apputiku dévoraient leurs sandwiches thon-mayonnaise fournis par Pilip. Dire que les eaux qui les entouraient grouillaient de poissons et qu'ils en étaient réduits à manger cet infâme produit d'importation sous vide…

Le capitaine avait imposé ce moment d'intimité avec son adjoint. Non loin de là, sur le quai, le reste de l'équipe se restaurait également sur le pouce. Entre deux bouchées, Lotte essuyait les assauts séducteurs de Rob Normann. Depuis leur réconciliation devant le cadavre de Kelly, ces deux-là semblaient plutôt bien s'entendre.

– *Godt*[1], souffla Qaanaaq, son sandwich à peine entamé. Au point où on en est, de quoi est-on à peu près sûr ?

Depuis l'enquête si délicate qu'ils avaient menée ensemble l'année précédente, il avait pris l'habitude de faire d'Appu son *sparring-partner*. Même muette, sa

1. « Bien », en danois.

présence calme et sans préjugés servait de guide aux errements des pensées de Qaanaaq.

Avalant une énorme bouchée, le flic inuit se faisait à l'idée que leur paisible collation allait sous peu virer au thon-maïeutique.

– *Un*, notre homme s'appelle Leonard Kelly, même si cela reste à vérifier, et il est glaciologue à l'ICF de Denver, commença Qaanaaq.

– Hum, hum, mâchonna son ami en guise de réponse.

– *Deux*, on l'a retrouvé sur un iceberg récemment vêlé, dans un trou de grand diamètre de toute évidence percé par l'homme. Selon les experts sur place, seul un engin de chantier de type foreuse hydraulique a pu permettre de creuser une fosse de ce calibre.

Nouvelle approbation, la bouche pleine.

– *Trois*, par un prodige qui nous échappe, la cavité dans laquelle il est tombé a été refermée avec une sorte de bouchon, apparemment lui aussi découpé par un outil mécanique. Une fois le trou obstrué de manière totalement étanche, il semblerait qu'il soit mort par asphyxie, environ deux heures quinze plus tard.

– *Aap*[1], approuva Appu.

– *Quatre*, et bien qu'on ne puisse pas encore déterminer le jour et l'heure exacts de son décès, Kelly s'est retrouvé *a priori* piégé *avant* le vêlage de l'iceberg Ötzi par le second front du glacier Jakobshavn Isbræ, à l'embouchure du fjord d'Ilulissat. Cinquante kilomètres en aval du front initial.

– Sermeq Kujalleq, le reprit Appu en postillonnant sa mayo industrielle.

Il tenait manifestement à ce qu'on désigne le glacier par son nom inuit.

1. « Oui », en kalaallisut.

– Si tu veux. Soit, d'après les témoignages, avant six heures ou six heures trente du matin, ce samedi 16 juin. *Cinq*…

– Tu as oublié de dire pourquoi il était là.

– Merci, j'allais y venir. *Cinq,* donc, on ignore pourquoi Leonard Kelly, attendu dans cinq jours seulement pour une conférence capitale à Nuuk, a échoué à des centaines de kilomètres de sa destination pour crapahuter sur les icebergs du fjord d'Ilulissat, manifestement sans aucun mandat officiel, et accompagné d'au moins un individu. Peut-être deux.

– *Yes*, boss.

– *Six*, Kelly n'avait *aucun* objet personnel sur lui. Et, tout aussi étrange, l'équipement qu'il portait ne répondait pas aux exigences d'une mission glaciaire : trop de couches de vêtements, pas de crampons aux pieds…

– Y avait pas de crampons sur ses bottes ? s'étonna Appu.

Qaanaaq réalisa alors qu'il avait gardé pour lui certaines des découvertes qu'il avait faites au cours de sa descente. Il s'était en particulier abstenu de parler des graffitis gravés sur la paroi. Sans trop savoir pourquoi, il choisit de remettre le partage de cette dernière révélation à plus tard.

– Non, éluda-t-il. Ce qui nous amène au point *sept*, qui en un sens résume tous les précédents : Kelly était un spécialiste des glaciers. On a donc du mal à imaginer qu'il ait été assez maladroit pour tomber dans un trou qu'il aurait lui-même foré…

Après un dernier mâchouillage concentré, Appu lâcha sur un ton d'évidence :

– À moins d'une secousse. Comme celle qui t'a bousculé quand tu étais sous l'eau.

Ou encore celle qui avait mis Jake Gordon à terre quelques minutes auparavant.

– Donc, dans ton scénario, reprit Qaanaaq, il creuse son trou en catimini, possiblement avec un ou deux copains…

– Voilà.

– Et ensuite, pour une raison qu'on ignore, il se dépouille de tout ce qu'il avait sur lui : téléphone, portefeuille, tout. Il revient seul sur le sommet du deuxième front glaciaire, juste avant le vêlage, cette fois *sans* crampons. Ce qui est très dangereux, mais aussi totalement crétin, avoue-le.

Plus Qaanaaq dézinguait son hypothèse, plus Apputiku grimaçait.

– Bref, il s'approche du trou sans aucun équipement adapté et en pleine nuit, et là, plouf, il tombe dedans par la faute d'un mouvement inopiné de l'iceberg.

– *Imaqa*…

– Attends, c'est non seulement douteux… mais ce serait surtout la mort la plus débile du monde !

Apputiku s'abstint de répondre qu'il n'y avait pas de mort intelligente. Mais son regard, lueur éloquente, parla pour lui.

L'inscription sur le mur de la cavité et les efforts manifestes déployés par Kelly pour retarder l'heure de sa fin lui avaient fait d'emblée éliminer une possibilité qu'ils s'étaient jusque-là gardés d'évoquer. Mais après tout…

– Et pourquoi pas un suicide ? demanda soudain Appu, se faisant l'écho des pensées de son patron.

– Un suicide assisté alors, pensa Qaanaaq tout haut. Et surtout, un suicide qu'il a regretté presque aussitôt, vu le mal qu'il s'est donné ensuite pour survivre. C'est totalement invraisemblable… Et pourtant, ça pourrait expliquer certaines choses. L'arrivée anticipée au Groenland, l'absence de crampons, les poches vides… Et également comment le bouchon de plusieurs centaines de kilos est venu refermer le trou alors qu'il était dedans. Avec des complices, oui, ça devient une hypothèse plausible.

Qaanaaq marmonnait comme pour lui-même.

– Mais quand même, poursuivit-il… Ça ne te paraît pas un peu théâtral, tout ça ? Tu imagines les moyens qu'il fallait déployer ? La foreuse de chantier, le camion ou l'hélico pour la convoyer jusque-là, creuser le trou, tailler le bouchon, refermer le tout… S'il avait sauté dans le fjord au milieu des fragments d'icebergs, il serait mort beaucoup plus vite et sans tout ce barnum.

L'un des mots qu'il venait de prononcer interpella Qaanaaq. C'est à cela que servaient ces petites séances entre eux : entendre ce que l'autre avait à dire, bien sûr, mais aussi prendre le temps de s'écouter soi-même. Accoucher de ses propres pensées cachées. Quitte à les étrangler de ses propres mains sitôt nées.

« Vite ». Pourquoi un suicidaire aurait-il choisi la façon de mourir la plus lente, mais surtout la plus cruelle possible : l'asphyxie ? Qui pouvait vouloir s'infliger un tel supplice ?

Qaanaaq s'ébroua comme pour mieux écarter ces fausses pistes sur lesquelles ils s'égaraient. Il changea de sujet.

– Y a moyen de dater des traces de crampons ?

La question sembla prendre Appu de court. Il réfléchit un moment.

– Si on ne tarde pas trop, dans les vingt-quatre ou quarante-huit heures, oui, ça peut se faire, tout dépend de la fonte. Mais la précision est toute relative.

Jouant avec la molette de son appareil photo, Qaanaaq fit défiler les clichés qu'il avait pris dans la journée. Il s'arrêta sur l'image des empreintes dans la glace.

– Ça, à ton avis, ça remontait à quand ?

– Difficile à dire, mais pas très longtemps. Pas plus d'une journée. Et j'imagine que tu vas me demander si les deux traces ont été faites au même moment ?

– On ne peut rien te cacher.

– Difficile de donner une fourchette plus précise que quelques heures. Cette réserve mise à part, la réponse est oui. Je pense que les deux hommes sont arrivés ici en même temps.

– Arrivés, d'accord… Mais sont-ils tous repartis ?

Sans se concerter, ils se levèrent pour rejoindre le petit promontoire où ils avaient observé lesdites marques, qu'ils retrouvèrent sans trop de peine. Par endroits, les chevrons et les croix se croisaient, ou même se chevauchaient, dansant autour de la double trace laissée par le véhicule à chenilles.

L'orientation des chevrons permettait de deviner assez clairement que les deux personnes avaient rebroussé chemin par un passage moins escarpé, à deux mètres environ de leur trajectoire d'arrivée.

– Donc, on est d'accord : ils ont bien été deux à quitter la fosse ? demanda Qaanaaq.

– Totalement d'accord.

– Ou alors il aurait fallu que la personne qui était là en plus de Kelly vienne une première fois *puis* revienne, dans un court délai, équipée de crampons différents. Mais c'est totalement tiré par les cheveux. Et puis notre fameux bouchon n'est pas venu se fixer tout seul sur la cavité. Il a forcément fallu un minimum de deux paires de bras pour le déplacer.

– Donc *a priori*, *exit* l'accident stupide. Et on écarte le suicide.

Apputiku semblait dépité.

– Reste… le meurtre.

Tandis qu'ils revenaient vers le trou, le regard de Qaanaaq vaguait sur la surface impénétrable d'Ötzi. Comme l'avait annoncé Normann, celle-ci s'était revêtue d'un voile blanc opaque.

Le bloc rectangulaire, que les garde-côtes avaient taillé à la tronçonneuse dans le bouchon, était resté à côté de l'ouverture. Apputiku shoota dans la masse compacte, réprimant aussitôt un petit jappement endolori. Le coup fut suffisant pour faire glisser l'objet, dont la course vint s'achever un peu plus loin, contre une stalagmite.

Qaanaaq adressa à son adjoint un regard de père désabusé, mais déjà Appu se penchait sur le cube qui lui avait servi de ballon :

– Tiens, c'est drôle…

– Quoi donc ?

– J'avais pas noté ça tout à l'heure.

– Mais quoi ?

– Tu vois ce petit trou, dans l'épaisseur ?

En effet, un minuscule conduit perçait le bloc de part en part. Aussi net et bien dessiné que la fosse elle-même, mais d'un diamètre ne dépassant pas les deux ou trois centimètres.

– Comment ça se fait qu'on ne l'ait pas remarqué avant ?

– Parce qu'avant, il devait être bouché.

C'était probablement le choc de sa rencontre avec la stalagmite qui l'avait désobstrué.

– Qu'est-ce que ça fout là ?

– Je ne suis pas sûr, répondit Appu, mais ça me fait penser à une technique de chasseur. Pendant les affûts à l'ours, on s'ensevelit souvent sous une épaisseur de neige compactée – ça évite qu'il nous flaire à des kilomètres – et on fait un petit trou comme celui-là. Jusqu'à la surface.

– Pour respirer ?

– Pour respirer, oui, et aussi pour entendre les déplacements de la bête. Au début de la traque, la chasse à l'ours se fait presque plus à l'oreille qu'à l'œil.

– OK, mais cela n'a aucun sens ! Quelle que soit la théorie qu'on retient, si le but était que cet homme meure, il n'y avait aucune raison de lui permettre de respirer. Et puis, pourquoi percer un conduit d'aération *pour le combler juste après* ? C'est absurde !

Appu lui décocha l'un de ses sourires de gamin espiègle :

– C'est pas « eux » qui l'ont rebouché. Il s'est rebouché tout seul.

– Comment ça, « tout seul » ?

– Avec le soleil, en cette saison, la glace en surface fond autour de l'embouchure.

– Et ça n'élargit pas plus le trou, au contraire ?

– Non ! L'eau coule dans le conduit et se fige dans le bloc gelé. Tu comprends ? C'est une histoire de rapport entre les masses. Un peu d'eau froide entourée de beaucoup de glace, ça redevient très vite solide, ça ne fait pas fondre la glace autour.

Voilà qu'Appu lui dispensait un cours de physique pour les nuls.

– Si le tuyau d'aération est assez étroit, poursuivit-il, comme ici, l'eau peut le boucher en quelques minutes. Et pour continuer à respirer, il faut percer régulièrement la croûte qui se forme avec un bâton, ou le canon de son fusil. Tous les chasseurs connaissent ça, c'est un grand classique.

– Et pourquoi vous ne faites pas un trou plus large ?

– Parce que si le boyau est plus large, l'ours nous sent et nous tombe dessus.

CQFD. La logique de la banquise était brutale, mais imparable.

– Attends… Celui qui a aménagé ce conduit pour Kelly savait forcément ce qui allait se passer…

Les yeux des deux flics se perdirent sur le quai bondé de touristes. Qui, parmi ces curieux, pouvait se douter de l'horreur de ce qui s'était joué sur l'iceberg ?

## 11

**[IMG_6272 / 16 juin / 17 h 11 / La toundra autour du fjord d'Ilulissat]**

– On va où, exactement ?

Le vieux 4 × 4 de Pilip, rongé de rouille et constellé de stickers de la Royal Greenland, brinquebalait sur la piste au sortir d'Ilulissat. Comme partout ailleurs dans ce pays, les routes asphaltées ne dépassaient pas la petite agglomération. Cependant, à la belle saison, émergeaient de la gangue de neige et de glace des chemins caillouteux qui serpentaient tant bien que mal jusqu'aux reliefs alentour.

Chaque cahot leur soulevait le cœur, entraînant des reflux de thon-mayonnaise peu ragoûtants.

– Hein, on va où exactement ? Il habite loin, le Inoook ?

La question d'Apputiku paraissait lui être directement adressée. Et Qaanaaq eut le sentiment qu'elle ne concernait pas que leur prochaine destination. Où allaient-ils exactement, dans cette enquête, une petite dizaine d'heures après son début ? Pour être franc, il n'en savait trop rien. Et comme chaque fois que le mystère s'épaississait devant lui, il choisissait la seule stratégie réellement digne selon lui d'un être humain : la confiance. Il accueillait les pistes que la providence lui donnait.

La résolution d'un crime, c'était une étoffe si mince, si fragile, que le moindre mouvement brusque menaçait de la déchirer. Alors s'abandonner à ce qui leur était offert constituait le meilleur moyen de progresser sans faire trop de bourdes. Les imbéciles ironiques disaient de lui qu'il était « zen » ; cette méthode n'avait pourtant rien d'un renoncement contemplatif.

Il fallait agir, bien sûr, mais sans rien forcer. Suivre la douce pente de ses intuitions.

– Vous cherchez un gars qui possède une grosse foreuse, y paraît ?

Un peu plus tôt, alors que Qaanaaq et Apputiku achevaient leur conciliabule et regagnaient le quai, Kavajaq était revenu vers eux. Au loin, dans le cœur du petit port, des chants de supporters résonnaient.

– *Imaqa*, répondit prudemment Qaanaaq.

– C'est votre collègue, Søren, qui m'a dit que vous aviez ça dans le collimateur.

L'équipe n'était pas supposée dévoiler ce genre d'information à la population. Mais, pour la défense de Søren, les pêcheurs interrogés par ses soins s'étaient montrés peu diserts. La plupart n'avaient fait que confirmer les propos de Kavajaq : des craquements, un survol d'hélicoptère, puis, au petit matin, le grand fracas du vêlage à l'embouchure du fjord. Un seul prétendait avoir entendu ce qui ressemblait au pilonnage d'un engin de chantier. Mais à l'heure dite, il était surtout fin saoul, et une fois sa bière cuvée, il n'était plus très sûr de ce qu'il avait ou non perçu. Quelques vieux marins évoquèrent même l'intervention des *tuurngait,* les démons de la mythologie inuite, excédés selon eux par l'invasion touristique.

– Pourquoi ? demanda Qaanaaq. Tu connais quelqu'un qui possède un engin de ce genre dans le coin ?

– Oui. Je l'ai croisé pas plus tard qu'hier après-midi.
– Où ça ?
– À camp Eqi. C'est une petite anse, pas loin d'ici. Les touristes aiment bien, parce qu'il y a des icebergs pas trop gros, pas dangereux. On peut circuler au milieu, en kayak.
D'un mouvement du bassin, il mima le slalom à bord de l'embarcation traditionnelle.
– Qu'est-ce que tu fais là-bas, toi ? Tu pêches ?
– Non, j'organise des balades. Je les guide. Je suis pas Padilla, mais je me défends.
À l'évocation de la légende du kayak groenlandais, Maligiaq Padilla, Apputiku esquissa un sourire moqueur. De ceux qui veulent dire : *On s'en doute*.
– Et donc, ton type à la foreuse… ?
– Il se fait appeler Inoook. Avec trois *o*.
– Juste Inoook ?
– Oui, c'est une sorte d'artiste, je crois… *Lamb artist* ? Quelque chose comme ça.
– *Land artist*, le corrigea amicalement Qaanaaq.
Pour un chasseur-pêcheur du Groenland, le milieu de l'art contemporain devait être une complète abstraction.
– Et qu'est-ce qu'il fabriquait là-bas avec sa foreuse ?
– Oh, j'ai pas vraiment bien compris.
– Mais il était sur un iceberg ?
– Oui. Dessus.
– C'est interdit.
– Je sais. J'ai d'abord cru que c'était ça qui le rendait nerveux. Qu'on le surprenne et qu'on le dénonce à la police. Mais quand je me suis approché avec mes clients pour lui poser des questions, il nous a envoyés promener. Paraît que son machin était top secret, que personne ne devait le voir avant que ce soit fini… Vous voyez le genre. Ce qui est sûr, c'est qu'il creuse des trous dans les icebergs.
Qaanaaq et Appu échangèrent un regard électrique.

– Mais il le monte comment sur l'iceberg, son bazar ?

– Aucune idée. Enfin, c'est pas si énorme que ça non plus. Je sais pas moi, la taille d'une grosse bétonnière ?

Voilà qui contredisait les renseignements fournis par Jake Gordon. Il existait donc des foreuses dotées de têtes de gros diamètre un peu plus discrètes que des chars d'assaut.

La piste sinuait à présent sur le contrefort d'une colline en bordure de fjord. À cette époque de l'année, les reliefs autour d'Ilulissat avaient perdu l'essentiel de leur couverture neigeuse ; ne demeuraient plus que quelques plaques blanches, piquant ici ou là les étendues rocheuses parsemées d'une végétation famélique. En grimpant, la vue sur la nurserie d'icebergs devenait somptueuse. Le fjord, dont l'eau était d'un bleu par endroits presque turquoise, resplendissait, tel un cocktail au curaçao géant où s'entrechoquaient d'immenses glaçons.

– On cherche une bicoque isolée dans les hauteurs, précisa Qaanaaq à l'intention d'Apputiku. Bleu ciel. Sur la rive nord.

En se basant sur le portrait dépeint par le pêcheur, il n'avait pas été très difficile de retrouver la trace de l'artiste. Pilip avait entendu parler de son installation récente dans la région. Il s'appelait Inuk Silis Høegh, alias Inoook, et jouissait en effet d'une réputation internationale en tant que *land artist*. Toutes ses œuvres ou presque s'inscrivaient dans les paysages à l'état sauvage du Groenland, véhiculant généralement un message écologique et politique. À son arrivée à Ilulissat, il avait investi une maison abandonnée à l'extérieur de la bourgade, se mêlant peu à la population, cultivant son personnage de génie solitaire et plutôt mal embouché.

L'homme qui se dressait au bout du chemin, les bras levés en signe d'accueil, se montrait pourtant on ne peut plus avenant. Tout sourire, même.

– *Tikilluarit*[1] !

Il semblait mettre un point d'honneur à contredire les préjugés à son égard, car son allure générale pourfendait le cliché de l'artiste hirsute et débraillé : les cheveux courts, presque ras, la barbe de trois jours savamment entretenue, il portait des vêtements décontractés mais impeccables.

Autour de la petite maison préfabriquée d'un bleu éclatant, on ne retrouvait pas le désordre ordinaire des jardins inuits. Ici, pas de carcasse de traîneau, de moteur désossé ou de pièces mécaniques rouillées. Ne s'élevait qu'une poignée de sculptures métalliques plutôt réussies, dont les formes n'étaient pas sans évoquer les *inuksuit*, ces empilements de pierres allégoriques typiques de la culture inuite.

– Bonjour, messieurs ! Qu'est-ce que je peux faire pour vous ?

Décidément, il était bien affable. Les prenait-il pour des journalistes ? En sa qualité d'autorité locale, Pilip fit les présentations. Leur hôte ne se départit pas de son sourire promotionnel, lequel éclairait une mine chiffonnée par le manque de sommeil.

*Il s'attendait à ce qu'on vienne le voir*, ne put s'empêcher de penser Qaanaaq. Comme pour lui donner raison, l'homme ne s'enquit même pas de l'objet de leur visite.

– Comme ça, vous forez des icebergs à camp Eqi ? attaqua le flic de but en blanc.

– C'est exact.

– Vous savez que monter sur les icebergs sans autorisation expresse est passible d'une amende ? précisa Pilip.

1. « Bienvenue », en kalaallisut.

Le sourire de leur interlocuteur vira un peu au rictus. Qaanaaq fit signe à son confrère de ne pas insister. Le délit était mineur au regard de ce qui les amenait.

– Non, je l'ignorais…

– Eh bien maintenant, vous le savez, abrégea Qaanaaq. Et vous les percez pour quoi faire ?

– Je prépare une grosse installation. D'ailleurs, je m'y rendais quand vous êtes arrivés. Le match est fini, et le public pourra enfin s'intéresser à autre chose qu'aux écrans de télé.

Camp Eqi était une station touristique située à trente kilomètres au nord d'Ilulissat, nichée dans une anse très préservée. Son Glacier Lodge y était réputé pour ses bungalows de luxe, lesquels attiraient une clientèle chic, cent pour cent étrangère. On pouvait supposer en effet que la petite communauté danoise présente sur place avait suivi les prouesses de son équipe nationale avec ferveur.

– Qui a gagné ? demanda Appu pour la forme.

– Le Danemark, un à zéro.

– Vous pouvez nous en dire plus sur votre projet ? recadra Qaanaaq.

En des termes exaltés, Inoook leur exposa son travail en cours. Baptisé *Icelights*, littéralement « lumières de glace », il consistait à transformer certains icebergs en gigantesques photophores. L'artiste perçait les blocs puis glissait dans les trous ainsi excavés de grosses guirlandes de LED solaires, toutes de couleurs vives. Le message symbolique était double. Cela permettait d'une part, de matérialiser la disparition accélérée des glaciers, et donc le désastre écologique en cours…

– Plus il y a d'icebergs le long de nos côtes, ajouta-t-il avec passion, plus cela signifie que la calotte glaciaire du Groenland se réduit. Vous voyez cette maison ? Il y a cinquante ans, elle n'aurait même pas pu exister.

Son emplacement se serait trouvé pile dans le lit du Jakobshavn. Depuis, le front du glacier a reculé de plusieurs dizaines de kilomètres à l'intérieur du fjord.

… Et d'autre part, l'allumage de ces lumières artificielles en plein jour polaire illustrait à merveille le gaspillage énergétique, pratiqué à l'échelle planétaire, lui-même à l'origine de la fonte des glaces.

Après une écoute patiente du laïus publicitaire, Qaanaaq revint à la charge :

– Et vous utilisez quoi, pour creuser les icebergs ? Ça ne doit pas être évident…

Les nouvelles couraient vite, d'accord. Mais, à moins d'un réseau de complicité développé, il doutait que l'état de leurs investigations soit parvenu jusqu'ici. La méthode frontale était donc sans risque.

– Ça, je vous le confirme. Les carotteuses employées en climatologie ne sont pas assez larges, et les foreuses hydrauliques de grand diamètre sont des engins de chantier monstrueux. Impossibles à monter sur les icebergs.

– Alors, vous vous débrouillez comment ?

– J'ai pas mal tâtonné. Puis j'ai fini par bricoler un machin sur mesure, à partir d'une carotteuse mobile plus légère, un outil qui sert à poser des gaines techniques dans les travaux de voirie.

Les *inuksuit* métalliques qui les regardaient depuis le jardin étaient là pour prouver qu'un peu de mécanique et de fer à souder ne l'effrayait pas.

– Vous dites que c'est mobile ? Mobile à quel point ?

– Je l'ai monté sur des chenilles, avec un second bloc-moteur pour l'entraînement.

Des chenilles. Les deux flics de Nuuk luttèrent pour museler leur excitation.

– Impressionnant, opina Qaanaaq. Et cette merveille, on peut la voir ?

– Je…, bafouilla l'artiste, soudain sur la défensive. Pourquoi mon matériel vous intéresse-t-il autant ?

Il semblait réaliser que ses visiteurs étaient des flics, et non de vulgaires groupies.

– Eh bien… Disons que nous saurons s'il nous intéresse vraiment quand nous l'aurons vu.

– En fait, je… c'est impossible.

– Et pourquoi ça ?

– Parce qu'on me l'a volé hier soir, dit Inoook avec une petite moue, plus contrariée que réellement affligée. On venait de le déposséder d'un outil qu'il avait façonné de ses mains, un prototype unique, et il ne paraissait pas plus affecté que s'il s'était fait faucher un billet de cent couronnes[1] à la terrasse d'un café.

– Hier soir ?

– Oui. J'ai fait mes trous à Eqi, et puis comme j'étais pas mal à la bourre, j'ai tout de suite installé les LED sur les icebergs, en laissant ma foreuse sans surveillance.

– Où ça ?

– Sur la berge. À côté de mon 4 × 4. En principe, il n'y a que des touristes dans ce coin-là. Je ne voyais pas bien qui aurait pu partir avec ça sous le bras.

– Comment c'est possible, d'ailleurs ? Ça doit quand même être un sacré morceau… J'imagine que ça ne se vole pas à l'arraché.

– Non, souffla-t-il. Elle pèse près d'une demi-tonne. Mais avec une potence un peu costaude et un treuil à l'arrière d'un 4 × 4 pick-up, on peut l'emporter assez facilement.

À titre d'illustration, il désigna son propre véhicule, doté d'un bras articulé semblable à sa description. Puis, dégainant son portable, il ouvrit l'application d'un réseau

1. Un peu moins de quinze euros.

social et leur montra une photo de lui trônant sur sa drôle de machine à chenilles, les deux pouces dressés.

Ceux qui avaient embarqué son engin devaient donc disposer d'un équipement de levage comparable au sien. Et s'être tenus en embuscade pour attendre le moment opportun.

– J'ai besoin de savoir, reprit Qaanaaq : vers quelle heure pensez-vous qu'on vous l'a volée ?

– Je ne peux pas vous dire exactement. Pendant la nuit, ça, c'est sûr. Je suis resté perché sur mes icebergs jusqu'au petit matin.

– Quelle heure ?

– Six heures, dans ces eaux-là. Difficile à évaluer en cette saison.

Cela expliquait son air tombé du lit.

– Vous n'avez pas l'heure sur votre portable ?

– Si, si… Mais quand on crée, vous savez, on ne surveille pas vraiment sa montre.

Une seule incohérence criante jurait dans ce récit si bien huilé :

– Et pourquoi n'avez-vous pas déclaré le vol dès que vous l'avez constaté ?

D'un mouvement de tête, Pilip confirma qu'il n'avait enregistré aucune plainte à ce sujet au poste d'Ilulissat. La question laissa Inoook muet.

– Le poste ouvre à quelle heure, Pilip ? insista Qaanaaq.

– Huit heures.

– Voilà, vous pouviez directement aller voir mon collègue.

– Je vous l'ai dit, j'avais trop à faire sur mon installation. Et puis ce matin, j'étais mort. Je n'avais qu'une envie, c'était de m'écrouler ici. Je me suis réveillé il y a pas une heure.

– Mouais, c'est sûr, grogna Qaanaaq sans conviction.

– Mais j'avais prévu de passer dans la journée, hein… Quand je vous ai vus débarquer, j'ai d'abord cru que vous veniez pour ça.

Faux. Il n'avait parlé de sa foreuse que quand Qaanaaq l'avait lui-même évoquée. À aucun moment il ne les avait questionnés sur l'objet de leur visite inopinée.

– Est-ce que quelqu'un d'autre que vous peut confirmer que vous vous êtes baladé sur les icebergs de camp Eqi toute la nuit ?

Le sourire du *land artist* s'était totalement évanoui. Son regard filait à présent de son 4 × 4 – un Toyota Hilux entre deux âges – aux enquêteurs, trahissant l'angoisse de la bête traquée.

– Oui, certainement… Avec le début du Mondial hier soir, beaucoup de vacanciers du Glacier Lodge se sont couchés tard. Voire pas du tout, j'imagine. Certains m'ont forcément vu effectuer des essais de lumière depuis le rivage.

– OK, on va voir ça.

– Je peux savoir pourquoi vous me posez toutes ces questions ?

Qaanaaq haussa mollement les épaules, traduction corporelle du fameux *imaqa*.

– J'ai le droit de savoir. Je suis soupçonné de quelque chose ?

– De complicité de meurtre, lâcha le policier avec autant de détachement que s'il lui avait donné l'heure.

En vérité, Inoook ne pouvait être soupçonné de rien, au vu des éléments en leur possession. Mais il était intéressant d'observer sa réaction face à une telle annonce.

– De meurtre ? !

L'homme paraissait réellement sous le choc.

– De meurtre à la foreuse… et à l'iceberg.

# 12

**[IMG_6288 / 16 juin / 18 h 49 / Sur le second front glaciaire du fjord d'Ilulissat]**

– Øh… Tu veux *vraiment* monter là-dessus ?

– Oui, acquiesça Qaanaaq avec un sourire de défi.

– Tu me charries, c'est ça ? C'est un test ?

Apputiku considérait le front glaciaire avec effroi. Depuis les hauteurs d'Ilulissat, à un kilomètre ou deux en amont du port, le spectacle avait de quoi impressionner.

– Non. J'ai l'air de plaisanter ?

Si son patron lui avait demandé de chevaucher un ours polaire, Appu n'aurait pas réagi autrement. Le monstre dont il était question semblait certes moins imprévisible, mais il affichait un gabarit sans commune mesure.

Comme ils avaient été plusieurs à le leur expliquer, la langue de l'immense glacier émissaire coulant dans le fjord depuis l'inlandsis avait fortement reculé au cours du dernier siècle. En revanche, les vêlages n'avaient jamais été aussi nombreux. Chaque année – l'information leur venait de Jake Gordon –, le Jakobshavn Isbræ produisait en moyenne vingt milliards de tonnes de glace, soit l'équivalent de la consommation en eau douce d'un pays d'une soixantaine de millions d'habitants.

En conséquence, l'embouteillage des icebergs empêtrés dans l'estuaire – moins de quatre kilomètres de large à son arrivée sur la mer – érigeait une gigantesque digue, large de plusieurs centaines de mètres. Par accumulation progressive, son sommet tutoyait les collines alentour, de telle sorte qu'il était possible de passer de la terre ferme à cette improbable muraille blanche. Et de traverser le fjord à pied sur ce pont naturel.

Mais, ils l'avaient bien compris, en pratique, personne ne s'y serait risqué.

– Alors, on se le fait, ce rodéo ? lança Qaanaaq avec entrain.

Pilip non plus n'en menait pas large. Il avait beau être natif de la région, jamais il ne s'était hasardé à pareille entreprise.

Depuis la berge, la crête du barrage paraissait beaucoup trop accidentée pour y marcher sans un équipement complet d'alpiniste : cordage, pitons, piolets, crampons… Mais, à mieux y regarder, ils repérèrent ce qui ressemblait à un couloir partiellement aplani. De toute évidence, se répétaient ici certains des phénomènes familiers des glaciers : les crevasses, les rivières, et probablement aussi les terribles moulins.

Le chemin sur lequel ils venaient de s'engager, leurs bottes dûment équipées de crampons, avait sans doute été façonné par un petit ruisseau de surface. Celui-ci s'était infiltré dans les profondeurs car il ne restait plus ici ou là que quelques flaques de *slush*, cette eau mêlée de glace dans laquelle on pouvait s'enfoncer jusqu'aux genoux.

– Ça va ? lança Qaanaaq à ses deux compères.

Il ne reçut pour réponse que deux mines éprouvées. La progression était lente, difficile. Prudente aussi, chaque pied posé contrôlant la résistance et la solidité du support. Après avoir parcouru quelques centaines de mètres parallèles au front, leur étrange corridor s'orienta vers la droite, en direction de la mer. En direction du précipice. La surface foulée se révélait plus irrégulière qu'au début. En revanche, elle était moins détrempée. Les cristaux de glace scintillaient plus qu'ils ne luisaient.

Après quelques minutes de ce nouveau régime, Qaanaaq pointa une ligne crénelée, à peine visible, qui n'avait imprimé que la couche supérieure du sol gelé.

– Là !

*Une empreinte de chenilles.*

Qaanaaq sortit son Blad. Un genou à terre, il repéra, de part et d'autre de l'empreinte principale, deux sillons de petits creux caractéristiques, semblables à ceux qu'ils avaient observés sur Ötzi. Chevrons et croix.

Mais le soleil avait dû frapper plus durement le sommet du front glaciaire que l'iceberg fille. Ici, les traces avaient été en partie comblées par de l'eau qui s'était solidifiée, selon le processus qui avait obstrué le conduit d'aération de la tombe de Kelly.

Qaanaaq fit signe à ses coéquipiers de suivre la piste en direction du bord de la falaise quand un grondement sourd bourdonna à leurs oreilles. Aussitôt accompagné d'une secousse brutale. Le temps de réaliser ce qui se passait, ils se retrouvèrent le nez contre la glace, les yeux exorbités de peur.

Vulgaires quilles dans cette partie de bowling tellurique.

– Tout va bien ? Vous n'avez rien ?

Non, rien, si ce n'était la terreur de leur vie, semblaient dire leurs regards éperdus. Ils commençaient à comprendre, s'ils en avaient douté, pourquoi personne ne s'aventurait jamais ici. Et la présence en ce lieu de marques déjà identifiées rendait celles-ci plus insolites et suspectes encore.

Par quel mobile impérieux fallait-il être mu pour prendre de tels risques ? Pour défier l'une des forces les plus implacables jamais générées par cette planète ? La comparaison de Pilip entre glaciers et volcans n'était pas sans fondement. Dans les deux cas, il s'agissait de phénomènes assez puissants pour façonner la Terre elle-même.

– Bon, dit Qaanaaq, revenu de sa sidération. On en a assez vu. On rentre à la maison.

Ses deux acolytes approuvèrent d'un soupir qui voulait dire : « Il était temps ».

Ils rebroussèrent chemin. Parvenus à l'endroit où ils avaient découvert les signes d'un récent passage humain, ils remarquèrent que les traces venaient de la droite, soit de la rive sud du fjord, à l'opposé d'Ilulissat. À bien y réfléchir, c'était logique : pour se rendre sur le second front glaciaire et commettre leur forfait, les meurtriers avaient privilégié l'accès le plus éloigné de la petite ville.

Suivant cette nouvelle piste, Qaanaaq reprit sa route sans prévenir ses acolytes. Mais dans son dos, ceux-ci ne bougeaient plus. Il avait déjà parcouru une certaine distance quand il réalisa qu'il marchait seul.

– Vous faites quoi ? cria-t-il par-dessus son épaule. Faut que je vous porte ou quoi ?

– T'as dit qu'on rentrait…

– Eh bien… On va juste voir là-bas ce que nos « amis » nous ont offert comme traces éventuelles, et *ensuite* on revient à la voiture. Non ?

Aucune réponse ne lui parvint.

– OK, ajouta-t-il sans insister davantage. Attendez-moi au 4 × 4. Je fais vite.

Et sans leur laisser le temps de le retenir – continuer seul était une folie –, il poursuivit sa course.

Sur le flanc méridional, le relief devenait à nouveau plus inégal. Il dut mobiliser tout ce qui lui restait de ressources, en particulier de concentration, pour esquiver les crevasses. À l'approche d'un tourbillon produisant un glouglou sonore, il crut reconnaître l'un des fameux moulins décrits par Normann. Évitant le vortex au prix d'un assez long détour, il mit ensuite quelques minutes – angoissantes – à retrouver le sillon laissé par les criminels.

Après plus d'une heure de ce périple, il atteignit enfin la berge, toundra pierreuse tout aussi désolée que l'autre rive. Un petit replat s'étendait là, endroit parfait pour débarquer en toute discrétion un matériel lourd, comme la machine d'Inoook.

Il en fut néanmoins pour sa peine, car la terre meuble ne présentait aucune empreinte de pneus. Tout juste quelques traces de pas illisibles, comme si les inconnus avaient porté des surchaussures sur leurs bottes. À proximité, deux traits parallèles, longs de trois ou quatre mètres, marquaient le sol boueux.

*Ils sont venus en hélicoptère.* Quant à l'éventuel 4 × 4 dans lequel ils auraient transporté la foreuse dérobée, sans doute l'avaient-ils largué quelque part, de l'autre côté du fjord.

Soudain, loin au nord, au-delà d'Ilulissat, une myriade de petites lumières s'allumèrent sur la mer. Les *Icelights* d'Inoook.

Qaanaaq devait admettre que même à cette distance, le spectacle était assez magique. Faute d'éléments suffisants, il n'avait pas mis l'artiste en garde à vue. Il l'avait même autorisé à exécuter sa performance à camp Eqi, comme il l'avait prévu. Procédure oblige, il faudrait juste vérifier son alibi de la nuit précédente. Et aussi demander à Pilip de faire surveiller ses allées et venues par l'un de ses agents, au moins pendant quelques jours.

Après tout, le vol de son engin fournissait une explication crédible. Quant à Inoook lui-même, il avait plus le profil d'un marginal que celui d'un tueur de sang-froid, capable d'inventer un odieux dispositif criminel. Qu'il fût négligent et peu soucieux des règles ne faisait pas de lui un coupable. Cela le rendait presque plus sympathique que suspect à Qaanaaq. Qu'attendait-on d'un créateur si ce n'est d'être fantasque ?

Les yeux rivés sur les loupiotes multicolores clignotant à l'horizon, il se demanda si les touristes enivrés de foot et de bière seraient sensibles au message écologique de cette saisissante installation. Probablement n'y verraient-ils qu'une simple animation, de celles qu'on propose aux vacanciers dans les stations balnéaires.

Tout devenait si normal, si banal. L'abject comme le sublime.

Oublié sitôt posté sur les réseaux sociaux.

# 13

**[IMG_6304 / 16 juin / 20 h 27 / Héliport d'Ilulissat]**

– Personne ne touche à *mon* iceberg. C'est bien compris ?

La consigne de Qaanaaq à Pilip et ses hommes était sans appel. N'en déplaise à Rob Normann et à l'œuvre inévitable de la nature sur Ötzi, il tenait à ce que le lieu du crime garde toute l'intégrité possible.

Comme prévu, juste avant de sauter dans l'hélico du retour, il avait confié à ses confrères d'Ilulissat diverses missions à mener sur place. Faute de mieux, l'urgence consistait à enquêter sur le site de camp Eqi : interroger les vacanciers présents la nuit précédente au sujet d'Inoook ; observer les *Icelights* et comparer leurs excavations avec celle de l'iceberg de Diskø ; enfin, rechercher sur le rivage toute trace d'un 4 × 4 de grande taille, en mesure d'avoir transporté la foreuse supposément volée. À en croire ce que leur avait dit Inoook, il n'y avait pas de véhicule plus adapté et plus discret pour subtiliser cette dernière.

– Tu me tiens au courant dès que tu as du neuf ! lança-t-il à Pilip à travers le feulement assourdissant du rotor. Quelle que soit l'heure !

– De toute façon, avec toute cette agitation, je ne pense pas que je vais beaucoup dormir.

En contrebas, dans la petite ville encore baignée de jour polaire, des bandes alcoolisées célébraient toujours la victoire du Danemark. On les voyait pénétrer dans les pubs de la bourgade puis en ressortir, plus chancelantes qu'à leur entrée, braillant et titubant jusqu'au prochain établissement qui les accepterait.

Depuis le cockpit, casque sur les oreilles, Mikkel fit signe qu'il était temps de s'envoler. Lotte, Søren et Appu se serraient déjà sur la banquette arrière, plutôt prévue pour deux personnes. Le Sikorsky était aux limites de ses capacités car sous son ventre, pile entre les deux patins, le pilote avait solidement arrimé le sac mortuaire contenant la dépouille de Kelly. Bien que le cadavre fût situé à l'extérieur de la cabine, sa présence provoquait chez Apputiku un évident malaise.

Du plat de la main, s'écartant du vacarme de quelques pas, Qaanaaq intima une minute de patience supplémentaire à son équipe. Il saisit son mobile, pour appeler « Flora ». Plusieurs sonneries résonnèrent dans le vide, avant que ne se déclenche la messagerie vocale : « Soyons clairs : si je ne vous réponds pas, c'est que dans l'immédiat, j'ai beaucoup mieux à faire que d'être pendue au téléphone avec vous. Alors, laissez un petit blabla si ça vous chante. Je l'écouterai si j'en ai envie. »

Tout le caractère de sa mère résumé en quelques mots. Bien que retraitée depuis près de cinq ans, Flora Adriensen se disait chroniquement débordée. Mais pour lui, son fils adoptif, elle s'était toujours rendue disponible. Que le motif soit purement familial – lorsqu'elle gardait ses jumeaux – ou policier. Car Flora demeurait encore pour beaucoup, au Danemark, un véritable mythe vivant : celle qui avait dirigé d'une main ferme la police criminelle de Copenhague.

Alors qu'il hésitait à lui laisser un bref message, un signal de double appel s'afficha sur le combiné. Qaanaaq pressa le symbole vert avec soulagement.

– Maman ? C'est moi.

– Bonjour, mon fils.

Son ton était plus sec qu'à l'accoutumée. Car malgré son naturel cassant, elle habillait toujours pour lui son propos d'une sorte de rondeur, faite de diminutifs et de petits mots affectueux, et parsemée de questions sur Jens et Else.

Pas cette fois.

– J'allais sortir, mais je t'écoute.

En quelques phrases concises, il lui dépeignit qui l'occupait. Tout le long de l'exposé, elle se limita à des grognements approbatifs en guise de relance. Elle ne réagit pour de bon que lorsqu'il eut fini.

– Eh bien, tout ça me paraît aussi opaque que ton iceberg est translucide.

Elle si pertinente, si affûtée d'ordinaire, ne lui débita qu'une succession de lieux communs inutiles. Lui faisait-elle encore payer son départ ?

Rien dans ces banalités ne l'aiguillonnait ou ne le poussait dans la bonne direction. Les avis de Flora n'étaient jamais des solutions clés en main, mais ils lui permettaient d'éliminer justement les évidences pour fouiller là où le matériau était le plus dense. Tortueux ou impénétrable.

La flic légendaire avait-elle perdu son pouvoir ? Pour la première fois ou presque, allait-il devoir mener cette enquête sans sa précieuse alliée ?

Mikkel cogna la bulle de verre du cockpit du poing. Il fallait vraiment partir. Grimpant à l'avant de l'appareil, Qaanaaq coiffa son casque, réglé sur le canal de communication des passagers.

– Tout le monde m'entend ?

Il laissa filer de longues secondes avant de continuer. Son équipe échangea des regards déconcertés. Ils étaient coutumiers des silences de leur patron, mais celui-ci s'éternisait vraiment. Il leur fallait l'admettre : Qaanaaq n'était pas dans son assiette.

L'hélicoptère s'élevait à présent au-dessus de la ville et de ses cinq mille habitants. Comme ils survolaient le port, ils eurent un dernier regard pour la masse blanche d'Ötzi.

Bientôt, il ne fut qu'un point perdu dans le paysage.

– Alors, alors…, finit-il par souffler dans le micro. Ceux qui nous ont offert cette mise en scène disposaient manifestement de gros moyens : probablement un pick-up équipé d'un bras mécanisé et d'un treuil, et sans doute aussi, donc, d'un hélicoptère. Je propose qu'on se concentre en priorité sur cela. Même au Groenland, ça reste le plus difficile à se procurer. On remontera plus facilement cette piste que celle d'un banal 4 × 4. Appu, tu t'en charges. Mikkel pourra nous aider pour les détails techniques.

– OK, boss, acquiesça l'Inuit.

– Søren… Tu vas m'appeler tous les fournisseurs ou loueurs de matériel de forage. Ça risque de faire du monde. Donc fais-toi aider par Pitak.

Le cadet des enquêteurs du Politigarden. Un Inuit pur jus, comme Apputiku.

– D'accord. Mais on est censé chercher quoi, exactement ?

– En priorité, n'importe quelle foreuse hydraulique à tête en diamant offrant un diamètre égal ou supérieur à quatre-vingts centimètres qui aurait été vendue ou louée récemment.

– Tu ne crois plus que c'est celle d'Inoook qui a été utilisée ?

– Si, mais on ne doit rien écarter.

– Et on ne cherche pas à en apprendre plus sur lui ? demanda Lotte, son filet de voix tout juste audible.

– Si, bien sûr. Je m'en charge. Et sur Kelly aussi. Et si vous avez des idées sur ce qui a pu se passer, elles sont évidemment les bienvenues. Moi, en l'état, je ne comprends pas pourquoi un obscur glaciologue américain s'est vu réserver un sort si… ahurissant. Les types qui ont fait ça se sont donné un mal de chien. On ne fait pas autant d'efforts si on veut juste se débarrasser de quelqu'un. Il y a forcément un message là-dessous. Un message qui nous échappe.

Il fouilla en vain sa mémoire à la recherche d'un proverbe pour ponctuer ses propos, mais pour une fois, rien ne lui vint.

Qaanaaq en était désormais convaincu : la baie de Diskø, lieu touristique le plus fréquenté de tout le Groenland, n'avait pas été choisie par hasard. On avait voulu rendre le crime visible. Peut-être même le médiatiser.

Ou alors, ces meurtriers étaient les plus grands crétins de tout le pays – ce qui cadrait mal avec la sophistication du mode opératoire. Non, ils n'avaient pas affaire à un crime classique, c'était évident. Un collègue jaloux, un rival amoureux, une femme trahie… Un meurtrier « ordinaire » aurait tout fait pour dissimuler son acte, pas pour le transformer en grand spectacle. Et il ne se serait pas engagé dans un dispositif si lourd, aussi complexe à préparer qu'à exécuter.

Toutes ces spéculations aboutissaient à deux questions essentielles : qui était vraiment Leonard Kelly ? Et qui avait pu concevoir une haine assez puissante contre lui, ou contre ce qu'il représentait, pour vouloir lui infliger une fin aussi cruelle ?

# 14

## [IMG_6317 / 16 juin / 23 h 19 / CR7 devant l'entrée du Politigarden de Nuuk]

Le chien aboyait à tout rompre, longue plainte déchirante dans la nuit illuminée. Son maître n'était parti que le matin même, mais il lui faisait la fête comme s'il s'était absenté des jours durant.

– Alors, mon beau, tu fais le comité d'accueil maintenant ?

L'animal tournait autour de lui comme un fou, ses yeux bleus brillant de gratitude, sa queue balayant à toute allure le sol du perron. Le précédant à l'intérieur du Politigarden, il jappa tout aussi joyeusement en passant devant le comptoir du vestibule. Une jeune Inuite brune aux joues rebondies sourit à l'équipe.

– *Ai*, Bodil, lui lança-t-il. *Qanuippit*[1] ?

C'était l'une des rares expressions usuelles qu'il maîtrisait en kalaallisut. Mais le personnel du poste appréciait les efforts de leur nouveau patron, même modestes.

– Ça va, répondit-elle en danois. Mais fais attention en entrant dans ton bureau, ton amie s'est endormie sur la banquette.

1. – Salut, Bodil. Comment ça va ?

Si ce n'était sa bonne humeur, Bodil ne possédait, à dire vrai, aucune qualification particulière. Qaanaaq ne l'avait embauchée en remplacement de la précédente hôtesse que par amitié pour Appu, le frère aîné de la jeune femme. Pourtant, il ne pouvait que se féliciter de son arrivée parmi eux. Il l'avait connue sous la coupe d'une brute épaisse, le militant nationaliste Anuraaqtuq, s'adonnant à divers trafics et sans doute aussi à un peu de prostitution occasionnelle. Et voilà qu'elle revivait depuis sa prise de fonction. Son rôle était modeste, mais suffisamment gratifiant pour lui redonner estime et confiance en elle. Sa métamorphose faisait plaisir à voir. Elle faisait partie des gens d'ici que les jumeaux de Qaanaaq, Jens et Else, avaient d'emblée apprivoisés. Comme une sorte de cousine ou de grande sœur.

Ce soir-là comme tant d'autres, Qaanaaq savait ses enfants entre de bonnes mains chez Bébiane, leur nounou attitrée. Accessoirement la femme d'Appu. Il disposait donc d'un peu de temps avant d'aller s'écrouler chez lui. *Chez lui*. Ces mots sonnaient encore un peu bizarrement à son oreille. Après plusieurs mois passés dans une pension de Nuuk, il avait dégoté une modeste bicoque traditionnelle, à proximité de chez Apputiku. Le quartier n'offrait certes pas l'agrément de Frederiksberg, le district bobo de Copenhague où il résidait autrefois, mais la maison était *cosy*. Les jumeaux, trop jeunes pour apprécier les critères des adultes, s'y sentaient bien. Et c'était l'essentiel.

– Massaq, murmura-t-il en pénétrant dans son bureau.

Sa visiteuse reposait paisiblement sur le petit canapé disposé à droite de la porte. Bodil avait pris soin de la couvrir d'un vieux plaid bariolé. Sa respiration était calme et régulière, son sommeil sans doute profond. D'un doigt sur la bouche, Qaanaaq ordonna à CR7 de respecter son repos. Docile, le chien s'écroula au pied du divan.

Avait-il reconnu la dormeuse ? La fille de son ancien maître Ujjuk ?

Repoussant ces questions et toutes celles qu'induisait le débarquement surprise de Massaq, il s'assit à son bureau encombré de paperasse, puis alluma son ordinateur. Au-dehors, on entendait encore des cris de supporters danois arrosant la victoire. C'était l'un des inconvénients du jour polaire, cette absence presque totale de nuit : enfants comme adultes, fêtards comme bonnets de nuit, personne n'éprouvait jamais le besoin d'aller se coucher.

Sauf Massaq. Elle devait être réellement épuisée par son périple depuis le Grand Nord.

Bodil passa la tête dans l'embrasure de la porte, revêtue d'un manteau de la marine comme on en chine dans les friperies, avec boutons et épaulettes dorées.

– J'attendais ton retour… Si tu es d'accord, je vais y aller ? J'ai fini ma permanence depuis un petit moment.

– Oui, bien sûr. Merci pour tout, Bodil. Tu veux que je te raccompagne chez toi ?

Dès son premier salaire, elle avait quitté le foyer familial – sa chambre chez Appu et Bébiane – pour prendre une chambre dans une colocation de jeunes femmes, en plein centre-ville. Fière de sa nouvelle indépendance.

– Non, c'est gentil. Tu ne vas pas la laisser toute seule. Et puis, tu le dis tout le temps : Nuuk est la capitale la plus sûre de toute l'Europe ! dit-elle avec un sourire.

C'était exact. Le taux de criminalité ordinaire y était plus faible que partout ailleurs dans l'Union européenne. Un vrai paradis blanc. Au moins sur le papier.

– Ah, ajouta-t-elle avant de quitter la pièce, Lotte demande si tu veux qu'elle commence l'autopsie dès maintenant ?

Décidément, la conscience professionnelle de sa légiste était touchante. Et un peu triste aussi : son métier était toute sa vie.

– Non… Dis-lui de se reposer. Si elle s'embarque là-dedans, avec la journée qu'on vient de s'enfiler, elle risque de louper des trucs. Allez, rentrez bien toutes les deux.

– *Aqagu usiakut*[1].

Il écrivit un mail officiel à destination de la National Science Foundation, la NSF, sans oublier de mettre en copie l'Ice Core Facility de Denver. L'objet du message était triple. Leur annoncer le décès de l'individu présumé être Leonard Kelly, leur demander de confirmer son identité d'après les clichés pris sur place, et les propos de son confrère, Jake Gordon, concernant la participation de Leonard Kelly au GreenClimax et son allocution prévue le jeudi 21 juin, à dix heures. Il assortit évidemment le tout des formules de condoléances d'usage, ajoutant un mot personnel pour exprimer ses profonds regrets. C'était un peu exagéré, vu qu'il ne connaissait pas Kelly avant de le découvrir sous forme d'esquimau. Mais cela se faisait.

Puis il musarda de lien en lien sur les sites commentant l'événement. Gordon avait dit vrai au moins sur ce point : GreenClimax était en effet un sacré truc. Toutes les sommités scientifiques mondiales spécialistes du réchauffement climatique seraient présentes à Nuuk. Une brève intervention du milliardaire star Elon Musk, le créateur des voitures électriques Tesla, était même annoncée en ouverture du congrès, juste avant l'allocution de feu Kelly. Qaanaaq se demanda d'ailleurs qui remplacerait ce dernier à la tribune.

1. – À demain matin.

La journée avait été longue. Renversé dans son fauteuil, ses deux mains posées sur son crâne, il étira sa grande carcasse de tout son long, laissant ses yeux parcourir le corps de Massaq. Sa cousine. Ils n'avaient échangé qu'un seul baiser, sept mois plus tôt, avant de comprendre qu'ils étaient liés. Mais l'hiver polaire et les conventions n'avaient pu effacer ce moment de sa mémoire.

Son regard s'échappa par l'unique fenêtre du bureau. De ce côté, une zone peu habitée de Nuuk, s'élevaient les grues du plus grand chantier actuel de la capitale. La première prison du pays. Les quelques cellules de détention provisoire du Politigarden ne pouvaient guère prétendre à ce nom, en effet. Avec ce complexe de cent cinquante places, le Groenland allait enfin être doté d'une maison d'arrêt digne de ce nom. À la fois ultramoderne et de dimension humaine. Dès lors, les justiciables condamnés à des peines de plus de quelques semaines ne seraient plus transférés au Danemark, loin de leurs proches, comme cela était pratiqué depuis toujours ; ils resteraient « chez eux ». Et dans des conditions décentes. Qui sait, certains détenus des prisons de Copenhague seraient peut-être rapatriés à Nuuk, si la capacité du bâtiment le permettait ? il en connaissait quelques-uns… La décision relevait de la justice danoise. Il faudrait sans doute attendre encore des mois avant d'être fixé.

Mais surtout, c'était entre ces murs, pour l'instant de vulgaires parpaings sans âme, que croupiraient les meurtriers de Kelly. S'il parvenait à mettre la main sur eux.

# 15

## [IMG_6322 / 17 juin / 08 h 39 / Vue de la chambre et du pied de lit]

La voix fluette – presque enfantine – filtrait depuis la cuisine.

– Patron ? Patron, vous êtes là ?

Au début, Lotte Brunn avait eu du mal à se plier à la coutume locale qui voulait qu'on entrât chez les autres comme chez soi. Puis elle s'y était faite. Le plus souvent par nécessité. Si elle déboulait ainsi au petit matin, cela ne pouvait être que de mauvais augure.

– Patron ? C'est Lotte ! insista-t-elle depuis le rez-de-chaussée. Vous êtes en haut ?

Qaanaaq entrouvrit des yeux encore collés de sommeil. À ses côtés, sous les draps tiédis, le corps nu de Massaq paraissait être resté dans la même position depuis la veille. Depuis qu'il l'avait trouvée étendue sur le canapé de son bureau. Il se souvenait bien avoir porté la jeune femme assoupie jusque chez lui. Puis jusqu'à sa chambre – l'autre était celle des enfants, les deux lits étaient trop petits pour une adulte. Il se voyait encore l'aidant à se dévêtir, avec des gestes affectueux, presque tendres. C'est à peine s'il s'était laissé troubler par la splendeur qu'il découvrait enfin, ces rondeurs mûres, cette volupté sereine. Faute d'un vêtement de nuit à sa taille, il l'avait couchée nue.

– Je monte…, prévint Lotte.

Il n'eut que le temps de vérifier la décence de leur apparence, déjà les pas de la légiste résonnaient dans l'étroit escalier. Le préfab de couleur brique ne comportait qu'un étage, mais cela lui avait semblé bien suffisant. De toute façon, les enfants se trouvaient le plus souvent à l'école ou chez Apputiku et Bébiane, à jouer avec leurs deux garçons.

Le bruit sur les marches arracha Massaq à son sommeil. Elle s'ébroua à son tour, poussant un large bâillement derrière le rideau de mèches noires. *Une femme belle au réveil est belle tout le temps.*

Lotte fit irruption sur le seuil. Elle rosit instantanément :

– Je suis désolée, je ne savais pas que…

– Non, mais ce n'est pas…, bafouilla-t-il, aussi gêné qu'elle.

La vérité, c'était qu'il était incapable de dire ce qu'il s'était passé après leur entrée dans le lit. Massaq et lui avaient-ils… ? En un sens, il ne l'espérait pas. Finalement moins par scrupule que par souci de ne rien précipiter.

Après l'irrésistible attirance qui s'était jouée entre eux sans plus de suites, il voulait recommencer à la séduire, sans faux-semblants ni mensonges. La conquérir pleinement en se faisant connaître d'elle en toute sincérité. Avec ses déformations de flic. Avec sa vie de célibataire désabusé et son choix d'élever des enfants sans mère à ses côtés. Avec son douloureux passé familial. Avec son éducation danoise qui pouvait éloigner de lui cette pure Groenlandaise, si attachée, comme son père et ses frères, à sa culture inuite.

Le rire de Massaq, ruisseau chantant, dissipa aussitôt le malaise. Les deux flics l'imitèrent, bien contents de se voir offrir une telle issue.

– C'est bien un crime, finit par lâcher Lotte, son sérieux recouvré.

Il fallut une poignée de secondes à Qaanaaq pour comprendre qu'elle ne faisait pas référence à son lien familial avec Massaq.

– Tu es sûre ?

– Presque certaine. Je me suis réveillée très tôt, ce matin. Je suis allée au poste pour procéder à l'autopsie.

– Et qu'as-tu trouvé qui te permette d'être aussi catégorique ?

– Un bâillon. Enfin, une abondance de fibres de coton dans la cavité buccale.

Massaq fit signe que les propos ne concernaient pas ses oreilles. Émergeant de sous les draps, elle traversa la pièce en direction de la salle de bains, sans le moindre embarras, totalement nue, telle une vénus polaire. Le spectacle médusa les deux autres.

– Bon, dit Qaanaaq, comme pour sortir de son hébétude. Mais qu'est-ce qui te permet d'affirmer que c'était un bâillon ? Kelly peut aussi bien avoir mis du coton dans sa bouche au cours des jours précédents. Je veux dire : volontairement, pour soigner un aphte ou…

– Non. Je n'ai relevé aucune plaie sur les muqueuses, d'aucune sorte.

Elle était très sûre d'elle.

– Je vois…, souffla-t-il. Donc à moins de jeux sexuels un peu pimentés…

L'idée raviva le rouge aux joues de la légiste, qui s'empressa de poursuivre.

– Par ailleurs, l'état de dégradation des fibres laisse à penser que la pièce de coton est restée dans sa bouche un temps assez conséquent.

– Combien ?

– Sans doute plusieurs heures.

En effet, ça faisait long pour une partie BDSM ou un bobo qu'on badigeonne.

– Il y a quand même un truc étonnant.

– Quoi ?

– Eh bien… qu'on lui ait retiré son fichu bâillon *avant* de le balancer dans le trou.

Il n'y avait qu'une explication logique à cela : ceux qui avaient condamné Kelly à cette mort lente savaient que personne ne percevrait les cris de la victime au-delà du front glaciaire. Et encore moins une fois le bouchon refermé sur la cavité.

*Ils étaient certains de leur plan…*

Ils l'avaient conçu, puis exécuté dans les moindres détails. Rien de ce dispositif macabre n'était le fruit d'une improvisation.

– J'ai relevé autre chose, dit Lotte, comme à regret.

– Important ?

– Difficile à dire… C'est très particulier.

– Balance.

– Eh bien… Je pensais avoir fait le tour, et puis j'ai noté la présence d'un corps étranger… en lui. Ça dépassait à peine, donc je ne l'avais pas remarqué pendant les phases ordinaires du protocole d'observation.

– Tu veux dire sur lui ?

– Non, en lui.

Elle déglutit.

– Dans le rectum.

La piste de la perversion et du règlement de comptes passionnel était-elle totalement à exclure ?

– Et… qu'est-ce que c'était ?
– Un bout de papier imprimé.
– Encore lisible ?
– Oui. Il n'y avait que quelques lignes. Mais j'ai tapé le texte dans Google et…
– Quoi ?
– Ça va vous paraître dingue.
Ce qui lui semblait dingue, c'était qu'elle joue ainsi avec ses nerfs.
– Lotte ! la pressa-t-il.
– C'est un passage de la Déclaration d'Ilulissat.
Tout comme Qaanaaq, la légiste en connaissaient par cœur les principes. Publiée en mai 2008 par les cinq états riverains de l'océan Arctique – Canada, Danemark, États-Unis, Norvège et Russie –, cette déclaration les engageait à œuvrer pour la préservation du milieu polaire. Et aussi à une action concertée pour le partage et la gestion des eaux au-dessus du 66e parallèle.
Si ce discours pétri de bonnes intentions avait permis une cohabitation plutôt pacifique desdits États dans la zone concernée, le volet écologique était pour sa part resté lettre morte. La fonte accélérée de la calotte glaciaire, la menace consécutive sur diverses espèces, en particulier l'ours polaire… aucun de ces aspects n'avait connu d'amélioration notable. Bien au contraire. La disparition des plus grandes réserves d'eau douce de la planète paraissait plus que jamais inexorable.
Qaanaaq avait bondi de son lit, lui aussi nu comme un ver. Lotte, cramoisie, lui tourna instantanément le dos.
– Tu es en train de me dire qu'on lui a fourré la Déclaration d'Ilulissat dans le cul ? !
– C'est ça, admit-elle en fixant le plafond.
Le message symbolique n'était pas du meilleur goût. Au moins avait-il le mérite d'être clair.

# 16

## [IMG_6330 / 17 juin / 09 h 27 / Capture d'écran d'une vidéo éphémère]

Qaanaaq figea son geste, le doigt suspendu au-dessus de la souris.

*Ne clique pas...*

Combien de fois l'avait-on mis en garde contre ces liens dont il ignorait la provenance autant que la nature ? Probablement des centaines. Quand il était encore à Niels Brocks Gade, dans les bureaux de Copenhague, une armée de *nerds* à la pointe – que son vieux collègue Karl Brenner surnommait les « petits génies » – veillait sur ses connexions sans qu'il ait jamais à s'en soucier. Ici, à Nuuk, c'était Søren qui faisait office de responsable informatique. Mais ses compétences se limitaient pour l'essentiel à choisir le meilleur antivirus, et à en assurer la mise à jour sur les postes hors d'âge de ses collègues.

Il examina l'adresse web de plus près.

Elle finissait par le nom de domaine snapchat.com. Il ne connaissait pas grand-chose à tous ces réseaux sociaux. Du peu qu'il en savait, Snapchat était une application mobile dont les ados et les jeunes adultes raffolaient pour s'échanger des sortes de *selfies* améliorés. Il voyait parfois passer, au détour d'un écran de Smartphone, ces minois retouchés et affublés d'étoiles ou d'oreilles de Mickey. Mais que l'un de ces clips éphémères soit consultable dans un navigateur web ne l'avait jamais effleuré.

Néanmoins, la notoriété du réseau le rassura. La sécurité devait être contrôlée sur ces endroits-là. Et puis l'objet du message contenant le lien l'intriguait : *Gletscher*[1].

Il déclencha la vidéo.

– *Pis !* C'est pas possible…

Par la baie vitrée de son bureau, il jeta un coup d'œil nerveux à l'*open space* où l'équipe du Politigarden fourmillait avec son indolence habituelle. Tous vaquaient sans doute aux missions qu'il leur avait confiées la veille : Søren à la recherche de la fameuse foreuse ; Lotte à la préparation des échantillons biologiques prélevés sur Kelly, qu'elle enverrait pour analyse à Copenhague ; les autres à des vérifications diverses. Seul le fauteuil d'Apputiku était vide. Il fouilla la salle du regard, mais n'aperçut la silhouette trapue nulle part.

Revenant à l'écran de son ordinateur, il relança la vidéo. Elle provenait d'un compte Snapchat anonyme, désigné par une suite aléatoire de lettres et de chiffres. La même chaîne de caractères que celle de l'adresse électronique Gmail qui lui avait envoyé le lien pointant vers la vidéo.

Ce qu'il voyait là le dégoûtait, même s'il comprenait, à son corps défendant, la fascination vaguement obscène que certains pouvaient ressentir devant pareil spectacle. Le plus frappant était évidemment le lieu en lui-même. Filmé en plan fixe, en plongée, avec le grand angle typique des petites caméras de sport, l'espace était en tout point similaire à la cavité où Leonard Kelly avait

1. « Glacier », en danois.

trouvé la mort. Un cylindre parfaitement creusé dans la glace, assez large et assez haut pour contenir un individu adulte en station verticale. Malgré l'axe de la prise de vue depuis le dessus de la fosse, la chevelure et la corpulence de la victime ne laissaient aucun doute : c'était une femme. *A priori* jeune, brune. Elle s'agitait, s'énervait. À voir le dodelinement de sa tête et le nuage vaporeux qui sortait de sa bouche, on devinait qu'elle parlait ou criait. Peut-être proférait-elle des injures, une supplication. Ou peut-être hurlait-elle de terreur. Par moments, elle décochait un coup de poing ou de pied impuissant contre la muraille blanche.

La vidéo était muette et ne durait pas plus d'une dizaine de secondes. Si bien que le voyeur était mis au même supplice que la prisonnière : un insoutenable suspense quant à l'issue de sa détention.

– Par pitié, souffla-t-il, reste calme. Si tu t'agites, tu vas cramer ton oxygène deux fois plus vite.

Le piège asphyxiant s'était-il déjà refermé sur elle ? Le compte à rebours des deux heures et quinze minutes de Leonard Kelly s'était-il enclenché ? Impossible à déterminer.

Qaanaaq relança la vidéo, encore et encore. Jusqu'à l'écœurement. À chaque visionnage, sa poitrine se comprimait un peu plus. Il lui semblait suffoquer, lui aussi. Tout autour, la pièce tanguait. Les canettes de Nikoline, cadavres de la veille, valsaient bizarrement sur la table basse. Elles le narguaient. *Allez, Qaanaaq, une petite roulette pour te détendre ?*

Soudain, un hoquet coupa sa respiration. Il voulut cliquer à nouveau pour mettre la séquence en pause, mais rien à faire, la vidéo suivait son cours inexorable. Alors il la regarda en boucle, les yeux exorbités, jusqu'à ne plus rien percevoir d'autre que ce détail, plus insoutenable encore que le reste : là, sur l'épaule de la jeune femme, un galon doré. Le signe distinctif d'un manteau d'officier en laine bleu nuit.

*Le manteau de Bodil…*

Ce qu'il entrevoyait du visage correspondait : des cheveux longs et sombres, un nez court, des joues pleines…

D'une main tremblante, il décrocha son combiné fixe et pressa sur le clavier le 0 de l'accueil. La voix endormie de Hitty, l'autre réceptionniste, lui répondit après trois ou quatre sonneries :

– Politigarden de Nuuk, que puis-je faire pour vous ?

– C'est moi, c'est Qaanaaq.

– Ah…

– Est-ce que tu as eu des nouvelles de Bodil ce matin ?

– Non. Elle a fini tard hier soir. Ce matin, c'est moi…

– Je sais tout ça ! cria-t-il presque, regrettant aussitôt son éclat. Ce que je te demande, c'est si tu l'as vue ou eue au téléphone depuis hier après-midi ?

– Non.

– Tu as son numéro de portable ? Donne-le-moi.

Il entendit les doigts replets d'Hitty fouiller dans ce qui devait être son sac à main, puis l'énumération de chiffres qu'elle débita d'un timbre atone. Il raccrocha sans un merci et composa aussitôt le numéro. Il tomba directement sur la boîte vocale de la sœur cadette d'Apputiku : « *Aluu !* C'est moi ! Enfin, mon double enfermé dans cette machine. Alors pour le libérer, vous connaissez les mots magiques. À vous de jouer ! »

L'ironie prophétique de ce message d'accueil le glaça. On plaisantait avec l'aliénation librement consentie à ces outils jusqu'au jour où l'on en devenait réellement l'esclave. À quel jeu dangereux s'était encore prêtée Bodil pour se retrouver dans une situation pareille ?

Et Apputiku qui n'était toujours pas arrivé au poste… Il l'imaginait très bien vautré devant un match de foot anglais, s'octroyant des heures de récupération sauvage au prétexte de leur retour tardif, la veille au soir.

Comment allait-il pouvoir lui annoncer *ça* ?

Et devait-il le prévenir maintenant ? À ce degré de gravité, semer la panique dans l'entourage de la victime était souvent plus contre-productif qu'autre chose. Il l'avait expérimenté mille fois, notamment dans des cas de prises d'otages. Il se résolut à regarder encore l'insoutenable séquence Snapchat. Et puisqu'il était apparemment impossible de zoomer sur l'image, il s'approcha au plus près de l'écran. Un mouvement infime lui sauta alors aux yeux : celui d'une goutte d'eau. Une simple goutte qui, durant une fraction de seconde, zébra le champ de la caméra pour venir s'écraser sur le front de la jeune femme.

*Le tuyau d'aération a commencé à fondre*, comprit-il, horrifié.

Sous peu, le liquide se figerait au contact de la glace, et le conduit s'obstruerait. Comme pour Kelly. À partir de là, il ne resterait à Bodil qu'un peu plus de deux heures à vivre…

À ses pieds, CR7 poussa un gémissement plaintif, écho de la détresse de son maître.

Il reprit son téléphone.

– Pilip ? C'est Qaanaaq Adriensen.

– Salut, patron. Si tu appelles pour nos recherches à camp Eqi, va falloir nous laisser encore…

– Pilip, est-ce qu'il y a eu d'autres vêlages au Jakobshavn depuis hier ?

– Non, pas que je sache.

– Et rien en vue ? insista Qaanaaq.

– Non plus, je ne crois pas.

– Et tu as bien posté un agent en faction sur le front en aval du glacier ?

– Oui, comme convenu. Mais pourquoi tu… ?

– Où sont les autres glaciers avec un front proche de la mer, dans la région ?

– Il y en a plusieurs… Rien qu'au nord de la baie, tu as le Store et le Lille…

– OK, le coupa-t-il. Tu envoies toute de suite du monde là-bas ! Demande-leur de vérifier si personne ne s'est amusé à forer dans les parages.

Suivit un silence au cours duquel Pilip Kiminsen réalisa sans doute de quel genre de forage son supérieur lui parlait.

– Sans hélico à demeure, c'est pas évident… Mais je peux toujours envoyer un bateau.

– Combien de temps pour être sur place ? gronda Qaanaaq.

– Une bonne heure et demie.

– Alors fais-le immédiatement, s'il te plaît. Immédiatement, tu m'as compris ?

– Tout de suite ? ! s'écria l'Inuit.

– *Pis !* tonna-t-il. Ce n'est pas un service que je te demande, Pilip !

C'était bien un ordre. Et la manière dont Qaanaaq raccrocha confirma qu'il n'était pas question de discuter. Il mesurait pourtant à quel point cette mission était vouée à l'échec. Normann et Gordon s'étaient montrés très clairs à ce sujet : le long de ses quelque quarante-quatre mille kilomètres de côtes, le Groenland était riche de dizaines de glaciers émissaires. Si le Jakobshavn Isbræ constituait l'un des spécimens les plus massifs, il était très loin d'être le seul.

L'agonie de Bodil pouvait se jouer absolument n'importe où dans cette immensité…

Écrasé un instant par l'angoisse et par l'ampleur de la tâche, il se résigna à jeter un dernier regard au piège qui se refermait sur la jeune femme. Mais alors qu'il relançait la vidéo, une chose étrange se produisit. Toute la page se rechargea d'un coup, l'écran devenant aussi blanc que la glace. *Qu'est-ce que ?!*

Puis un avertissement, une seule ligne froide et sans appel :

Sorry, this account does not exist anymore.

Le compte anonyme venait d'être supprimé. Il tenta d'envoyer un message à l'adresse qui lui avait envoyé le lien. Même chose : le serveur lui adressa une fin de non-recevoir. En quelques secondes, toutes les traces de ce show macabre avaient disparu. Comme si rien n'avait existé.

Avant d'être avalée par Dieu sait quel glacier, Bodil s'était d'abord évanouie dans le grand nulle part numérique.

Elle était morte une première fois.

# 17

## [IMG_6337 / 17 juin / 09 h 59 / Capture d'écran d'une deuxième vidéo]

Au tintement, Qaanaaq sut qu'il venait de recevoir un nouveau mail. Il l'ouvrit sans attendre cette fois. Fébrile. Sa main tremblant sur la souris.

L'adresse de l'émetteur n'avait aucun rapport avec celle du précédent message, mais celui-ci n'était pas moins anonyme. Au lien Snapchat, l'expéditeur avait cette fois préféré Telegram. Comme tous les flics européens concernés de près ou de loin par les dossiers terroristes, il avait déjà entendu parler de ce site de dialogue ultracrypté, véritable salon privé virtuel pour les aspirants djihadistes. La DGSI française, le MI5 britannique ou encore le PET[1] danois, tous les meilleurs services de sécurité intérieure s'étaient cassé les dents sur la clé de chiffrement inviolable développée par les frères Dourov.

La plateforme s'était dotée d'une nouvelle fonctionnalité, sous l'appellation Telescope. Garantissant le même

1. Le Politiets Efterretningstjeneste, le service de renseignement de la police nationale danoise, dépendant du ministère de la Justice.

niveau de confidentialité, celle-ci proposait désormais à ses usagers une offre gratuite de vidéo…

– … En direct, souffla Qaanaaq.

En bas à droite de l'image, l'horodatage défilait sans ambiguïté.

9:43:27

9:43:35

9:43:44

Les secondes s'emballaient à une vitesse folle.

Sur la séquence *live*, la jeune femme semblait de plus en plus agitée. Sans doute ressentait-elle cette fuite accélérée des minutes qui lui restaient à vivre. Et l'effroyable piège qui la condamnait. Mais elle se battait encore. Ses gestes se faisaient de plus en plus désordonnés, violents. Elle aussi grattait les murs, pourtant inaltérables, de son cachot naturel. Mais contrairement au glaciologue, elle ne songeait pas à délivrer un dernier message. Elle tentait de planter ses ongles dans la glace comme l'aurait fait un animal.

Brusquement, elle leva le regard vers le sommet de sa geôle, en direction de l'œil inexorable de la caméra. La découvrait-elle seulement ? Venait-elle de prendre conscience qu'on filmait son agonie ? Un râle désespéré s'échappa de sa gorge. Aussitôt puni par plusieurs gouttes, rondes, lourdes, déjà presque gelées, qui s'écrasèrent sur son visage, la forçant à fermer les yeux.

Le processus d'obturation du piège n'allait plus tarder.

Qaanaaq tressaillit. Il n'y avait plus aucun doute : cette prisonnière des glaces, c'était bien cette fille qu'il avait laissée rentrer seule chez elle la veille au soir… C'était bien Bodil.

Comment pourrait-il jamais se justifier auprès d'Appu ? Comment pourrait-il jamais se pardonner ?

Il eut envie de hurler quand il la vit dénouer l'écharpe autour de son cou, puis, se dressant sur la pointe des pieds, tenter d'endiguer la douche réfrigérante avec le long ruban de laine.

*Elle va boucher l'aération encore plus vite !*

Bodil parvint à ses fins : le flot ne tarda pas à se tarir. Un instant, elle sembla en concevoir un léger soulagement. Elle paraissait plus calme. Elle ne cognait plus les parois de sa prison, telle une forcenée.

La mort dans l'âme, Qaanaaq ouvrit l'application « Minuteur » de son portable. Réglant le compte à rebours sur deux heures et quinze minutes, il pressa le bouton « Démarrer » avec autant de culpabilité que s'il avait lui-même jeté Bodil dans cette fosse. Comme si elle allait mourir non pas du manque d'oxygène, mais de cet égrènement des secondes blanches sur le petit écran noir.

La sonnerie de son téléphone fixe comprima brusquement sa poitrine.

– Adriensen, lâcha-t-il d'une voix sans vie.

– Patron, c'est encore moi, Pilip.

– Tu as des nouvelles pour le glacier ? !

– Non, pas encore, mes gars sont en route.

– Alors viens-en au fait. Vite, s'il te plaît.

Chaque mot en trop rapprochait Bodil de sa mort. Chaque mot inutile était un peu de sa vie qu'on dilapidait.

– Eh bien, on a comparé les trous dans les *Icelights* et celui de Ötzi. *A priori*, c'est bien le même engin qui a percé les uns et les autres.

La foreuse d'Inoook.

– Qu'est-ce qui te permet d'être aussi catégorique ?

– Jake Gordon, le glaciologue de l'IIP, nous a filé un coup de main. Ce gars-là s'y connaît pas mal en carotteuses. Il nous a expliqué que les têtes en diamant laissent comme une sorte de signature dans le matériau qu'elles forent.

– Une signature ?

– Un sillon qui ondule légèrement. Et ce qui distingue une tête de forage d'une autre, c'est l'amplitude de cette ondulation. Pour le coup, ce sont les mêmes sur les icebergs de camp Eqi et sur Ötzi. Je vais t'envoyer les photos qu'on a prises, ce sera plus parlant.

Qaanaaq réfléchit quelques instants. Décidément, ce Jack Gordon se montrait bien empressé de partager son savoir. On se serait cru dans un des invraisemblables romans de son père, O.A. Dreyer : l'informateur bien trop serviable pour être honnête, qui se révèle être le meurtrier.

Un coup d'œil sur le minuteur lui fit chasser cette pensée et bousculer son interlocuteur.

– Bon, bon, c'est tout ?

– Bah non, répondit Pilip, apparemment un peu froissé. On a effectivement retrouvé les traces de pneus d'un 4 × 4.

– Où ça ?

– Dans l'anse de camp Eqi. Un endroit discret sur le rivage, à deux ou trois kilomètres de Glacier Lodge. Ça correspond bien au coin où Inoook déclare avoir embarqué et débarqué sa foreuse.

– Et ce sont ses empreintes alors ?

– Non, les siennes, on les a relevées juste à côté. En tout cas, elles matchent avec celles de son Hilux. Celles dont je te parle ne sont pas identifiables.

– Comment ça ?

– Ce sont deux ornières presque plates. Les rainures du pneu n'ont pas imprimé la terre, impossible de savoir de quel véhicule elles proviennent. Tout ce que ça nous dit, c'est que ce sont des pneumatiques larges montés sur une voiture assez lourde. Point.

– Mais… comment peut-on rouler sur un terrain aussi instable avec des pneus complètement lisses ?

– Je pense qu'ils portaient des chaussettes.

Qaanaaq mit quelques secondes à comprendre que son collègue parlait du 4 × 4, et non de ses occupants. Ces chaussettes à neige constituaient une alternative depuis quelques années aux pneus cloutés et aux chaînes. Une des propriétés de cet équipement, c'était en effet de gommer presque totalement les détails de l'empreinte.

Les meurtriers avaient vraiment pensé à tout…

2 heures 11 minutes 33 secondes

Le défilement sur son portable le rappela à l'ordre. Tandis qu'il parlait avec Pilip, il avait légèrement rabattu l'écran de son ordinateur vers le clavier. Être le spectateur impuissant du supplice de Bodil était une torture. Pire, cela le tétanisait. Il lui semblait être l'architecte d'un château de cartes ; la moindre décision malheureuse pouvait tout faire s'écrouler.

Qu'il le veuille ou non, la survie de la jeune femme était désormais entre ses mains.

Il raccrocha et composa le numéro d'un nouveau correspondant. Un numéro qu'il connaissait par cœur, et ce depuis des années. On répondit presque aussitôt à l'autre bout du fil.

– Brenner.

– Karl, c'est moi. C'est Qaanaaq.

– *Lille bastard !*[1], s'exclama joyeusement la voix rocailleuse. Comment se porte le grand manitou de la police groenlandaise ?

– J'ai un *vrai* service à te demander.

1. « Petit salopard ! », en danois.

Son ton grave mit fin aux effusions. Il résuma la situation en termes économes, sans leurs commentaires et blagues habituels.

*Chaque seconde qui passe tue Bodil…*

– OK, je vais voir ce que je peux obtenir de nos petits génies, conclut son camarade. Mais depuis que cet empaffé de Jacobsen a pris la direction générale, c'est devenu encore plus difficile de contourner les procédures.

– J'imagine… Mais si même toi, tu ne fais plus de miracles, alors on est foutus.

– Pas faux. Envoie-moi tout ce que tu as par mail. Et déverrouille le firewall de ta bécane, on ne sait jamais. Les gamins vont peut-être vouloir farfouiller dedans pour remonter jusqu'à…

Comment qualifier les responsables d'une telle atrocité ?

– … Bref, pour remonter le fil.

2 heures 8 minutes 17 secondes

C'était l'heure du branle-bas de combat. Enfin, il émergeait de son apathie.

D'un rugissement qui pétrifia tout l'*open space* voisin, il appela auprès de lui sa garde rapprochée : Søren, Lotte, Pitak, ainsi que Mikkel, le pilote, en cas de départ inopiné. Comme il venait de le faire pour Karl, il synthétisa les faits. Puis il leur montra à contrecœur le direct vidéo sur Telescope.

Son équipe demeura muette pendant un moment qui lui parut interminable. Ils n'osaient même pas se regarder. Chacun endurait son hébétude en solitaire. Avec pudeur.

Søren fut le premier à prendre la parole :

– Si tu veux, on peut aller interroger ses colocs. Elles pourront peut-être nous donner des éléments importants.

– OK, approuva Qaanaaq. On ne sait jamais. Mais fais vite.

Pitak intervint à son tour :

– Sur le chemin entre ici et chez elle, il y a au moins une caméra de surveillance, non ?

Cela sonnait plus comme un vœu pieux que comme une certitude. En l'état, les systèmes de contrôle vidéo groenlandais relevaient encore de la science-fiction. Y compris dans la capitale.

– Normalement, pour rentrer, elle doit passer par Imaneq.

L'un des principaux axes commerçants du centre-ville de Nuuk. L'un des plus fréquentés, aussi.

– Sur Imaneq, il y a la Bank of Greenland, dit Pitak. Eux, ils ont forcément un œilleton braqué vers leur distributeur sur rue.

– Très bien. Fonce faire un tour là-bas.

Le regard perdu derrière ses lunettes, Lotte Brunn s'avouait impuissante. Tous ses échantillons – tissus humains, bâillon, papier de la Déclaration d'Ilulissat – étaient partis pour Copenhague par fret express, une heure plus tôt. La police groenlandaise se modernisait peu à peu, mais pas encore au point de disposer de son propre labo. Plusieurs jours passeraient avant qu'elle n'obtienne les premiers résultats d'analyse.

« Par pitié, dites-moi en quoi je peux aider ! » imploraient ses yeux bleus.

Aucun d'entre eux n'avait remarqué la silhouette apparue dans l'embrasure de la porte. Courte et trapue. La jovialité en bandoulière.

La voix chuintante retentit gaiement, feignant le reproche :

– Alors, *peqatigiit*[1], on joue à la roulette sans tonton Appu ?

1. « Les copains », en kalaallisut.

# 18

**[IMG_6339 / 17 juin / 10 h 11 / Vue du bureau, prise distraitement]**

Apputiku était dévasté. Le regard vide. Pleurant tel un enfant désespéré. La rondeur de son visage fondait littéralement sous les larmes. Toute sa bonhomie ravinée par les sanglots.

Lotte l'avait fait asseoir sur le petit canapé. Rien ne semblait pouvoir le tirer de son affliction, pas même la langue de CR7, grosse éponge compatissante léchant les larmes sur ses joues et sur ses mains. Depuis que Qaanaaq s'était chargé de lui délivrer la sinistre nouvelle, plus personne n'osait prononcer le moindre mot.

Qu'auraient-ils dit ? Si ce n'était que Bodil était retenue quelque part dans ce pays gigantesque, plus probablement dans un glacier sur le point de vêler, en un point inconnu des quarante-quatre mille kilomètres de côtes. Hélas, le temps écoulé entre l'heure de sa disparition supposée et celle où le premier mail était parvenu à Qaanaaq permettait à peine de resserrer la zone de recherche. En plus de huit heures, un hélicoptère performant pouvait avoir traversé le pays de part en part, ou presque.

Bodil, sa sœur, terrorisée, égarée, glacée.

2 heures 3 minutes 42 secondes

C'était l'heure du découragement.

L'abattement d'Appu devenait contagieux. Søren et Pitak étaient partis en mission dans la ville ; Lotte et Mikkel quittèrent eux aussi le bureau, le regard désolé.

Même Qaanaaq, d'ordinaire si résolu, ne savait par quel bout prendre ce cauchemar. À supposer que les agents envoyés par Pilip se dirigent vers la « bonne » zone, encore leur faudrait-il repérer la fosse où gisait la jeune femme. Or, il l'avait éprouvé lui-même la veille, le front d'un glacier s'étendait généralement sur des kilomètres de large. Et la progression sur ce dragon blanc était particulièrement malaisée.

Quant à partir lui-même sur place dans le Sikorsky, cela lui paraissait plus désespéré encore. Jamais ils n'arriveraient à temps. Sans oublier le pari qu'une telle action représentait. Choisir le Store ou le Lille, cela signifiait sacrifier toutes les autres options possibles, peut-être à deux pas seulement de Nuuk.

Comment savoir ?

Le nom de Karl Brenner s'afficha sur l'écran de son portable.

– Karl ! aboya Qaanaaq.

– Je suis désolé… Autant te le dire tout de suite : les nouvelles ne sont pas terribles.

– Je croyais que rien ne leur résistait ? répondit Qaanaaq, entre le reproche et la supplique.

– Technologiquement, Telescope est à l'image de Telegram : infranchissable. D'après mes équipes, ça nécessiterait des capacités de calcul comparables à celles des Cray[1] de la NSA, et cela prendrait des semaines, voire des mois, pour avoir raison du cryptage et remonter jusqu'à l'émetteur. Le chiffrement des données échangées se fait « de bout en bout » : du diffuseur original jusqu'au destinataire. C'est ça qui le rend si difficile à cracker. Et puis, même si on arrivait à identifier le compte, les petits génies pensent qu'on aurait un autre souci devant nous.

– Lequel ?

– Le flux vidéo n'est sans doute pas émis par une connexion internet conventionnelle. Il doit provenir d'une puce GSM intégrée à la caméra.

– Eh bien, tant mieux ! s'écria Qaanaaq. Une puce de mobile, on sait la localiser !

– En ville, oui. Ou dans une zone dense en relais. Dans notre cas, ta victime se trouve au milieu de nulle part. S'il n'y a qu'une seule antenne à proximité, ce qui semble le plus probable, alors de toute façon, la triangulation est impossible. On n'aurait pas pu la localiser avec nos moyens ordinaires.

Qaanaaq demeura silencieux un bref instant, son regard suspendu à un Appu décomposé.

– Hum… Ça nous fournit au moins une information.

– Je ne te suis pas…

– Il y a une antenne relais avec un débit suffisant pour diffuser de la vidéo près de là.

– Oui, le coupa Brenner dans un raclement de gorge embarrassé. J'ai compris.

– Karl, une dernière chose… Est-ce que tu pourrais mettre un portable sur écoute pour moi ?

1. Superordinateurs Cray.

La procédure relevait directement de l'institution judiciaire du Danemark. Tant que le Groenland n'aurait pas acquis sa pleine et entière indépendance, il faudrait passer par Copenhague pour tout ce qui touchait à la vie privée et à sa violation dans le cadre des enquêtes de police.

Le soupir rauque de Karl s'étira dans l'écouteur :

– Pff, au point où j'en suis… Vas-y, balance le numéro.

– Je ne l'ai pas. Mais il s'agit d'un certain Inuk Silis Høegh.

– Tu ne connais pas non plus son opérateur, j'imagine ?

– On ne peut rien te cacher.

Comme il était précieux, dans une telle adversité, de pouvoir compter sur des amis aussi fiables que Karl Brenner.

– Merci, conclut Qaanaaq dans un souffle.

– Je t'en prie, *slyngel*[1].

1 heure 59 minutes 20 secondes

Affalé sur le divan taché de Nikoline, Apputiku demeurait immobile. On eût dit l'un des *inuksuit* aperçus dans le jardin d'Inoook, ces monticules de pierres rituels. Mais il était apparemment moins effrayant qu'eux, puisqu'il n'avait pas réussi à tenir les démons malfaisants à distance. De temps à autre, un reniflement sonore ravalait son désespoir loin dans ses sinus.

Les pleurs avaient cessé, mais il demeurait pétrifié. Qaanaaq n'était pas du genre à étreindre un proche dans la douleur. Et dans l'immédiat, il ne voyait pas quoi faire de plus pour lui.

1. « Crapule », en danois.

Les hypothèses les plus absurdes traversèrent son esprit. Avait-on cherché à punir son adjoint, Apputiku Kalakek, devenu son ami, en s'attaquant aux siens ? Sept mois plus tôt, Appu lui avait sauvé la vie en abattant un criminel. Voulait-on venger cette mort ?

Mais il écarta aussitôt cette idée qui n'avait pas de sens avec Leonard Kelly dans le circuit.

Un SMS s'invita d'un tintement presque guilleret. Il provenait de Brenner. *Déjà*, pensa Qaanaaq, décidément rassuré de jouir d'un tel soutien.

> Pour l'instant cet Inuk n'est pas très bavard. Mais je peux au moins te dire où ton artiste se trouve actuellement :
> 69°22'09,91" N-50°27'10,16" W
> Je te tiens au courant si nos grandes oreilles captent quelque chose d'intéressant.

Il reporta les coordonnées dans le GPS de son portable, non sans avoir dûment remercié son ami. L'épingle rouge de la géolocalisation se planta aussitôt sur les bords du fjord d'Ilulissat. Là où ils avaient rendu visite à Inoook la veille. Selon toute vraisemblance, ce dernier n'avait donc pas bougé de chez lui. Il pouvait bien sûr avoir laissé son téléphone dans sa maisonnette, à dessein. Mais il n'avait sans doute pas imaginé qu'on chercherait à le géolocaliser, c'était peu probable…

Cela ne disculpait pas complètement le *land artist*, mais cela repoussait l'hypothèse de sa culpabilité dans les limbes déductifs du criminologue. À la périphérie de ses soupçons.

Il en était là de ses spéculations, quand soudain…

– Moi, je sais…

La voix d'Apputiku déchira le silence. Elle semblait avoir perdu toute sa joie et son innocence. Comme bannie d'un coup de son paradis blanc.

– Je sais qui peut nous aider à la trouver.

# 19

**[IMG_6345 / 17 juin / 10 h 25 / La salle des opérations du Joint Arctic Command]**

Qaanaaq gravit la volée de marches en bois vert à grandes enjambées. Si l'initiative d'Appu l'avait quelque peu sorti de sa torpeur, son pas restait empesé, sa démarche incertaine.

Le QG du Joint Arctic Command était un vaste immeuble de couleur bleu nuit au sud-est de Nuuk, proche du port de commerce. Plusieurs antennes satellitaires coiffaient la bâtisse imposante – du moins, selon les standards locaux. Son fronton était frappé du blason de l'institution, un iceberg chapeauté d'une étoile et de trois petits soleils rouges. Le nom *Arktisk Kommando* s'étalait sur l'enseigne.

– Avant, ça servait de siège à la Royal Greenland, lui avait expliqué Appu en chemin.

Aussitôt parvenu à l'intérieur, Qaanaaq intercepta le premier uniforme venu, exigeant de parler au plus haut gradé. Le JAC dépendait directement du ministère de la Défense danois. À ce titre, il fonctionnait selon une hiérarchie toute militaire.

Un Danois bardé de galons, grisonnant et de belle stature, ne tarda pas à débouler dans le vestibule. Il les gratifia d'une poignée de main ferme.

– Major Jorgensen. Je dirige cet endroit. Que puis-je pour vous, capitaine ?

Les deux Danois ne se connaissaient pas, mais la réputation du nouveau chef de la police groenlandaise, grand chauve imprévisible, avait fait le tour de la capitale.

Qaanaaq dévisagea Apputiku un instant. Il ne voyait pas comment faire le récit circonstancié de ce qui les amenait ici tout en épargnant son ami. Il se contenta de dire :

– Voilà, nous avons une femme prisonnière d'une fosse étanche, elle-même percée sur un glacier prêt à vêler…

Conscient du caractère impensable de la situation, il lui présenta l'écran de son portable. La vidéo du martyre de Bodil serait cent fois plus parlante. L'officier cilla à peine. D'expérience, cet homme devait savoir que l'émotion n'était d'aucune utilité dans la gestion de crise. Il ne lui fallut aucune explication de texte pour comprendre de quoi il retournait. Peut-être avait-il fait le rapprochement avec les clichés morbides de Leonard Kelly qui, à n'en pas douter, tournaient déjà sur les réseaux sociaux.

– Où ça ? se contenta-t-il de demander.

– C'est bien pour ça que nous sommes ici. Nous n'en avons pas la moindre idée. Et au moment où je vous parle, il lui reste en principe…

Qaanaaq jeta un œil à son téléphone.

1 heure 47 minutes 9 secondes

– … Moins d'une heure et cinquante minutes à vivre. Sauf si, bien sûr, nous arrivons à trouver le glacier en question.

– Suivez-moi, ordonna Jorgensen avec gravité, sans plus de commentaires.

La pièce où il les entraîna – son bureau, certainement – était dotée sur toute une longueur d'une large baie sans tain qui donnait sur une salle beaucoup plus vaste, laquelle possédait tous les attributs d'un poste de commandement opérationnel. Plusieurs dizaines de techniciens s'y affairaient derrière des rangées de moniteurs, tous orientés vers un immense écran. Sur ce dernier, représentation en temps réel de l'île-continent, clignotait une myriade de symboles géométriques de couleurs diverses. Certains, accrochés au littoral, demeuraient fixes. D'autres se déplaçaient à une vitesse tout juste perceptible à l'œil nu – peut-être des icebergs ? D'autres pictogrammes en forme de bateaux croisaient dans les eaux arctiques, comme sur une gigantesque grille de bataille navale.

En l'occurrence, Qaanaaq le comprit d'instinct, le but du jeu n'était pas ici de couler de quelconques vaisseaux ennemis, mais de sauver des navires, en anticipant les innombrables menaces du milieu polaire.

– Le JAC, confirma Jesper Jorgensen en quelques mots, n'est pas à proprement parler un outil d'étude sur les mouvements des glaciers. Notre mission, c'est avant tout de guider et d'alerter les bâtiments qui évoluent dans notre périmètre.

– Pour les détourner des plus gros icebergs ?

– C'est ça. Nous, nous sommes leurs yeux et leurs oreilles. Et l'International Ice Patrol représente en quelque sorte les bras qui interviennent sur le terrain. Nos instruments, les satellites, sondes, et sismographes, nous permettent de prévoir les vêlages les plus notables. Ce sont tous les points que vous voyez clignoter en rouge sur le pourtour côtier.

En l'occurrence, la saison était animée : des dizaines de signaux scintillaient tout autour de la carte comme un sapin de Noël. En été, l'inlandsis offrait ses cadeaux aux océans.

Cette profusion replongea Appu dans un désespoir visible. Qaanaaq nota qu'aucun vêlage ne semblait prévu au nord d'Ilulissat. Store et Lille étaient-ils de fausses pistes ?

– Vous n'avez aucune idée du rayon dans lequel peut se trouver la victime ? demanda Jorgensen.

– Non. Elle a disparu à Nuuk la nuit dernière. Probablement autour de minuit. Plus de huit heures ont passé entre ce moment-là et celui où nous avons reçu la vidéo. Et, en huit heures d'hélico, je crois qu'on peut aller à peu près n'importe où ici, non ?

Parfois, il parlait encore de ce pays comme si ce n'était pas tout à fait le sien.

– Exact, approuva Jorgensen.

Qaanaaq frotta son crâne à pleines mains, comme pour en faire jaillir une intuition nouvelle.

– Est-ce que vous sauriez classer les vêlages par ordre d'arrivée ?

– Ouh, grimaça Jorgensen, ça, c'est moins évident. Les facteurs déclencheurs sont très nombreux : la géométrie du glacier, sa vitesse d'écoulement, la topologie du fjord dans lequel il progresse, les conditions de la mer au contact du front… D'un point de vue scientifique, on n'en est qu'au tout début de la modélisation du processus de vêlage. Et nous, à notre niveau, on ne fait qu'appliquer les modèles les plus récents.

– Vous pourriez au moins nous indiquer les plus gros glaciers proches de vêler ?

– Vous pensez que la femme que vous cherchez se trouve sur l'un d'entre eux ? demanda Jorgensen.

*Dans* l'un d'entre eux, s'abstint de le corriger Qaanaaq.

– C'est ça…

Faute de mieux, il se raccrochait à cette impression née à Diskø : les meurtriers de Leonard Kelly affichaient un vrai sens du spectacle. Sans doute avaient-ils encore à cœur, cette fois-ci, de composer la mort de Bodil comme un abominable son et lumière. Un événement public.

Alors que Jorgensen était sorti du bocal vitré, parti glaner l'information requise dans l'*open space* voisin, une silhouette familière s'invita dans leur champ de vision.

Søren était revenu de son enquête de proximité. Hitty, la réceptionniste du Politigarden, avait dû lui indiquer où retrouver son boss.

– Alors, ces colocataires ?

– Rien. Deux d'entre elles se sont couchées avant l'heure du retour supposé de Bodil. Et la troisième a arrosé la victoire du Mondial toute la nuit.

*Une Danoise, forcément.*

– Et elle n'a rien vu, j'imagine ?

– Non. Elle est rentrée au petit matin, et elle a cru que Bodil dormait.

– Et en se réveillant, elles ont bien dû remarquer son absence, quand même ?

– Non. Elles ont l'habitude de laisser dormir celles qui se sont couchées tard. C'est moi, en débarquant chez elles, qui leur ai appris que leur copine n'était plus dans sa chambre.

– Et elles n'ont rien noté d'inhabituel dans le comportement de Bodil, ces derniers temps ? De nouvelles fréquentations, un petit ami sorti de nulle part ?

Apputiku retint son agacement. Sa sœur s'était assagie, il en était convaincu. Il voulait y croire. Sa disparition n'en était que plus injuste.

– Non, d'après elles, c'est devenu une vraie nonne depuis que son taré du NNK s'est fait la malle. Boulot, maison, Netflix sous la couette… Rien d'autre.

Le commandant du JAC réapparut dans le bureau, une liasse à la main, sans un regard pour le nouveau venu. Il brandit une carte du Groenland biffée de plusieurs croix.

– Voilà, nous avons trois vêlages qui s'annoncent sur des glaciers majeurs.

Les trois sites ne pouvaient être plus distants de Nuuk, ni les uns des autres. L'un était situé au nord-ouest, non loin de Qaanaaq-ville, le deuxième à l'extrême nord-est, à l'opposé exact de leur position, et le dernier, le plus près de la capitale, piquait le flanc sud-est du littoral.

– Est-ce que l'un d'entre eux se trouve près d'une antenne relais ?

– Une antenne téléphonique ?

– Oui.

– Les trois, probablement. Ce sont des glaciers très surveillés. Il y a des missions qui travaillent à proximité à longueur d'année. Donc oui, j'imagine que les trois sont couverts par le réseau.

Cela ne les avançait pas. Les pistes de Store et Lille abandonnées, ils se retrouvaient maintenant avec trois options – peut-être même plus…

Les yeux de Qaanaaq balayèrent alors la vaste salle contiguë et ses occupants, paires de lunettes et calvities penchées sur leurs claviers. La concentration et le sérieux y étaient palpables. L'endroit faisait penser à la tour de contrôle d'un aéroport. Ici aussi, il était question d'harmoniser des déplacements dans l'espace et d'éviter des collisions.

– On est d'accord : quand vous détectez un vêlage imminent, vous envoyez une alerte aux localités et aux bateaux concernés ? C'est bien ça ?

– Tout à fait.

– Qui décide de lancer cette alerte ?

– Moi, répondit fièrement Jorgensen, la nuque raidie.

– Et entre le moment où vous suspectez un vêlage et celui où vous informez les personnes potentiellement exposées, il se passe combien de temps, en moyenne ?

– Ça dépend. Généralement, on envoie un navire ou un hélicoptère de l'IIP sur place pour confirmer *de visu*. Ou l'un de nos appareils si l'IIP ne mouille pas dans les parages.

Il parlait de la marine danoise, bien sûr. Le Groenland ne contrôlait – pour l'instant – aucune force armée en propre.

– Et cela prend quoi ? Deux heures ? Trois heures ?

– Minimum. Je dirais plutôt cinq ou six, et encore, dans le meilleur des cas. Que ce soit l'IIP ou nous, il est rare que des gars se trouvent justement à côté du glacier en question.

– Donc quelqu'un qui aurait connaissance d'un vêlage possible en même temps que vous, ici au JAC, disposerait de plusieurs heures *avant* que l'alerte officielle ne soit donnée et que des bateaux viennent éventuellement patrouiller dans le coin ?

– Exact. Mais où est-ce que vous voulez…

Tirant l'officier par le bras, Qaanaaq l'attira à part, loin de la baie sans tain et du parterre d'uniformes qui s'étalait au-delà.

– Ma question est très importante, major : avez-vous, oui ou non, lancé une alerte au cours des dernières heures ? chuchota-t-il.

– Non… Mais on s'apprêtait à en émettre pour les trois lieux dont je vous ai parlé.

Qaanaaq prit une profonde inspiration.

– Dans ce cas, je vais vous demander de faire évacuer cette salle immédiatement, intima-t-il sans hésiter.

– Pardon ? !

– Sauf vous, évidemment.

– Vous plaisantez ?

*J'en ai l'air ?* semblait répondre le regard acéré de Qaanaaq.

– Écoutez, reprit-il, plus j'y pense et plus je crois que les dingues qui ont enfermé Bodil dans ce trou disposent d'un complice chez vous.

– Non ! Comment…

– Quelqu'un qui les avertit des vêlages avant que vous ne lanciez l'alerte officielle.

– Je ne comprends pas… À quoi cela pourrait-il leur servir ?

– Eh bien réfléchissons, de quoi ont-ils besoin ? D'abord, de s'assurer que l'endroit où ils creusent la fosse prendra bien la mer dans un iceberg tout juste craché par le glacier, comme Ötzi, pour venir narguer les regards des curieux. C'est le clou de leur mise en scène, donc ils attendent que la taupe leur délivre l'info : en l'occurrence, et si j'ai raison, on a trois zones de recherche possibles, puisque Bodil est déjà dans leur piège.

La pilule semblait difficile à avaler pour Jorgensen. Mais Qaanaaq continua, imperturbable.

– Ensuite, ils ont besoin de travailler tranquillement, on peut le supposer. Impossible d'avoir la marine nationale et les garde-côtes américains dans les parages alors qu'ils sont occupés à leur sinistre affaire. Leur marge de manœuvre se situe exactement à ce moment-là : entre l'instant où vos services identifient les prochaines zones à risque et celui de l'arrivée des garde-côtes dans le secteur. À quelle heure exactement vos équipes ont-elles détecté les trois vêlages qui nous intéressent ?

– Eh bien, ce matin, à l'aube.

– Plus précisément ?

– Ça dépend duquel on parle. Mais grosso modo, les trois sont tombés dans le même créneau, autour de six heures. Mais de toute façon, s'insurgea Jorgensen, je ne vois pas en quoi tout ça…

Qaanaaq arrêta l'officier d'un geste. Et posa sa main sur la manche galonnée.

– Écoutez, je ne suis pas certain de mon coup…, admit Qaanaaq. Mais s'ils nous pensent paumés, il est possible qu'ils commettent des erreurs. Par exemple en restant plus longtemps que nécessaire sur place. En laissant des éléments matériels qui nous permettraient d'identifier le lieu exact de l'enfouissement. Peut-être même de les identifier, *eux*.

Il n'y croyait lui-même qu'à moitié. À Ilulissat, ces individus s'étaient montrés plus que précautionneux : la foreuse volée à Inoook pour éviter qu'on ne remonte trop facilement jusqu'à eux ; la fosse creusée sur le second front du glacier, loin de toute surveillance ; les chaussettes sur les pneus de leur pick-up… Ils n'étaient pas du genre à commettre des erreurs grossières. Mais à quoi d'autre aurait-il pu se raccrocher ?

– Je vous demande juste d'entretenir cette incertitude encore quelques heures, dit encore Qaanaaq.

– Vous voulez que je mette en danger tous les navires à proximité de ces trois zones ? ! répondit le major. Vous êtes totalement inconscient, capitaine !

– Je ne vous demande pas de ne pas les alerter du tout. Juste de différer vos appels d'une heure ou deux.

– Mais… vous l'avez dit vous-même : « sur place », ça peut être n'importe où sur n'importe lequel des trois glaciers. Vous ignorez totalement où se trouve cette pauvre fille !

Apputiku fusilla Jorgensen du regard. Personne ne traitait Bodil de « pauvre fille ».

– J'ai quand même ma petite idée, répliqua Qaanaaq, une lueur d'espoir allumant son regard. Des trois glaciers émissaires, lequel est le plus observé ?

– Observé par nous ?

– Non, par les glaciologues, par les journalistes… Lequel est le plus médiatisé ?

Jesper Jorgensen hésita une poignée de secondes. Enfin, la chance sembla leur sourire : il pointa la croix en bas à droite de la carte. La plus proche de Nuuk. Le glacier qu'il avait déjà mentionné.

– Le Helheim. On y attend un vêlage majeur depuis des semaines. Il paraît même qu'une équipe de télé américaine campe là-bas pour un documentaire.

– C'est à combien d'ici ? lui demanda Qaanaaq, resserrant sa pression sur l'avant-bras de l'officier.

– En hélico, un peu plus de deux heures…

1 heure 41 minutes 55 secondes

Qaanaaq brandit le compte à rebours sous le regard froid du commandant. Comme un reproche désespéré.

Deux heures : une vingtaine de minutes de trop.

Jorgensen retourna dans le PC et aboya l'ordre qu'attendait Qaanaaq :

– Mesdames, messieurs… On m'informe à l'instant que nous avons un petit souci avec les données qui nous parviennent des Grace Follow-On[1]. La Nasa est en train de modifier leur paramétrage. Les images que nous allons recevoir dans l'immédiat risquent de ne plus être fiables à cent pour cent. Je vais donc vous demander d'abandonner vos consoles dès maintenant, et de n'y revenir que quand je vous en donnerai l'ordre.

– Encore ? ! C'est n'importe quoi..., dit un des techniciens, passablement énervé.

– Eh oui, encore... Je vous tiens au courant dès que j'en sais plus.

Un brouhaha vexé emplit la pièce. Mais le protocole du JAC était sans appel : si une défaillance intervenait dans la collecte des clichés satellitaires, ils devaient quitter leur poste pour éviter toute tentation d'utiliser des données corrompues.

– Évidemment, en attendant, vous serez aimables de ne pas quitter le bâtiment et ses environs. Allez, continua Jorgensen sur un ton plus léger, ne faites pas cette tête. Je vous offre la pause-café la plus longue de l'histoire du JAC !

Comme Appu se ruait déjà vers l'extérieur, Qaanaaq le rattrapa par l'épaule. Il chuchota quelques mots à l'oreille de ses deux subordonnés. Ceux-ci lui jetèrent d'abord un regard effaré, avant d'opiner du chef en silence.

L'instant d'après, les trois policiers sortaient du bâtiment, le pas lent et l'air déconfit. Les quelques soldats qui traînaient là, cigarette au bec ou gobelet fumant en main, les regardèrent passer. Manifestement, les flics n'avaient pas trouvé ce qu'ils étaient venus chercher chez eux. Ils repartaient bredouilles.

1. Deux satellites d'observation de la Terre qui fournissent des informations sur les mouvements de l'eau liquide, de la glace et des terres émergées.

Qaanaaq et ses équipiers cheminèrent ainsi, tête basse, jusqu'au 4 × 4 bleu estampillé *Politi* garé en contrebas. Ils s'installèrent dans le véhicule, qui démarra pesamment.

Mais dès la longue boucle incurvée d'Aqqusinersuaq atteinte, hors de la vue du personnel du JAC, Qaanaaq enfonça l'accélérateur de tout son poids. La voiture se mit à avaler l'asphalte à toute allure.

Avec la rage d'un ultime espoir.

# 20

## [IMG_6362 / 17 juin / 11 h 31 / L'inlandsis entre Nuuk et le Helheim]

L'hélicoptère de la *politi* groenlandaise survolait l'inlandsis depuis un peu moins d'une heure.

Malgré les mois de présence dans sa nouvelle patrie, Qaanaaq n'avait pas épuisé sa faculté d'émerveillement. En d'autres circonstances, il se serait certainement extasié une fois encore face à ce fabuleux spectacle de gigantisme. Il aurait scruté l'apparente uniformité à la recherche des infinies variations de la nature. *Nuna*, la terre, dans toute sa force et sa résilience. Car ici, au sud, surtout en été, le panorama n'avait rien d'une partition répétitive. Là, on devinait le creux d'une combe à neige, hérissée de ses saules herbacés. Ailleurs s'ouvrait une petite vallée protégée des coulées de glace, où se dressaient quelques bosquets de bouleaux. Plus loin encore, un lac déchirait le paysage de sa fracture bleutée, des tapis de fleurs mouchetant ses berges.

0 heure 44 minutes 18 secondes

Un autre jour que celui-ci, il aurait mitraillé ces splendeurs jusqu'à plus soif. Mais pas aujourd'hui. Pas maintenant… C'est à peine s'il déclencha son Blad une fois.

Depuis plusieurs minutes déjà, il n'osait plus regarder le direct vidéo de Bodil. Il ne restait à l'affût que des éventuels messages de son équipe – Pitak et Lotte étaient restés à Nuuk – et de la vitesse affichée sur le tableau de bord du Sikorsky. Cent quatre-vingt-douze kilomètres à l'heure. Sans être spécialiste, il se doutait que Mikkel poussait le petit appareil au-delà de ses limites. L'exhorter à plus serait inutile.

D'ailleurs, il n'était pas le seul à déposer toute sa confiance entre les mains du pilote. Ni Appu ni Søren n'avaient prononcé le moindre mot depuis leur décollage en urgence. Le frère aîné de Bodil laissait son regard vaguer sur l'horizon, secoué de temps à autre par un dodelinement léger, comme une psalmodie.

Priait-il ?

Qaanaaq et lui n'avaient jamais vraiment parlé de religion. Le Danois ne connaissait à son ami, pour toute croyance, que cet animisme diffus des Inuits contemporains, fait de communion avec les éléments et de quelques légendes. Peut-être invoquait-il un esprit clément.

À qui ou quoi d'autre auraient-ils pu s'en remettre ?

Comme l'avait suggéré plus tôt Karl Brenner, le maillage téléphonique était plutôt erratique dans ces régions désolées. Qaanaaq se souvint de sa traversée de l'inlandsis à traîneau, l'automne précédent, et comme il était vain de compter sur un signal constant en de pareilles contrées. Entre deux hoquets du réseau TELE Groenland, il reçut pourtant une série de messages. Le premier qu'il consulta, un SMS, provenait de Pitak :

Désolé boss, les bandes de la Bank of Greenland n'ont pas donné grand-chose. On voit bien passer Bodil devant leur agence, vers 23 h 40. Mais rien de suspect. Personne autour à ce moment-là. Juste des fêtards 5 mn plus tard. Et j'ai vérifié : c'est la seule caméra sur tout son parcours.

Qaanaaq n'attendait rien de particulier de cette piste, mais la déception lui laissa malgré tout un goût désagréable. Celui d'un fruit prématurément pourri. Une espérance mort-née.

Il écouta ensuite un bref message de Pilip Kiminsen. Ce que lui annonçait le flic d'Ilulissat, en revanche, était plutôt de nature à le conforter dans ses choix : à défaut d'un hélicoptère, les agents dépêchés à Store et Lille avaient pris l'initiative de survoler les deux fronts glaciaires à l'aide d'un drone. La caméra embarquée sur le petit aéronef n'avait révélé aucune activité, et surtout rien qui ressemblât à une fosse artificielle. Cette éventualité refermée, il allait pouvoir se concentrer pleinement sur leur destination : le Helheim.

Il reporta son attention sur ses mails professionnels, qui arrivaient sur son téléphone. Outre l'habituel tsunami de relances administratives et procédurales – un jour, l'humanité crèverait sous la paperasse, même virtuelle –, il nota une adresse sortant de l'ordinaire : nsf-icf@usgs.gov. L'intitulé du message provoqua en lui une décharge : « About Leonard Kelly ».

L'expéditeur était un obscur « délégué auprès de la présidence » de la National Science Foundation. En premier lieu, il confirmait l'identité du mort de Diskø. Il n'y avait aucun doute selon eux sur ce point, il s'agissait bien de Leonard Kelly, l'un des glaciologues de l'Ice Core Facility. Dans un deuxième et long paragraphe, il déplorait bien sûr la disparition tragique de leur collaborateur, et exigeait que toute la lumière soit faite sur les circonstances de son décès. Il confirmait ensuite l'intervention prévue de Kelly au GreenClimax, et précisait qu'il avait posé quelques jours de congé pour se promener au Groenland *avant* le début de la conférence.

*Où ça ? Et pour y faire quoi ?*

L'expéditeur du mail officiel ne le spécifiait pas.

Enfin, sous le corps du message et les formules d'usage, un post-scriptum que Qaanaaq faillit ne pas voir. Il manqua s'étouffer.

> … avons sollicité de M. Jake Gordon, éminent confrère de M. Kelly, qu'il présente les résultats du bilan glaciaire 2017 à sa place lors du GreenClimax et rende hommage à notre regretté collègue et ami.

*Jake Gordon ? !* La vision du glaciologue de l'IPP en contre-plongée, penché sur le trou où était mort Kelly, passa brièvement devant ses yeux. Était-il imaginable que Jake Gordon ait vu son intérêt dans la disparition de son collègue ? Pouvait-on sacrifier son prochain pour une simple place à la tribune ? Pour quelques minutes d'une gloire très limitée ? Cela lui paraissait si vain… Mais quel mobile de meurtre ne l'était pas ?

Qaanaaq se rendit compte que l'urgence de la menace sur Bodil lui avait fait perdre de vue l'essence même de son métier de flic : avant tout, s'interroger sur le mobile des meurtres. La Déclaration d'Ilulissat, la venue du glaciologue pour le sommet politique GreenClimax, la mise en scène même… Les motifs des criminels semblaient limpides. Mais dans ce cas, pourquoi Bodil ?

Pourquoi elle ? Que venait-elle faire dans cette histoire ? Était-ce la police de Nuuk qu'on voulait viser à travers elle ? Ou bien, plus alambiqué… mais après tout… Avant de devenir cette jeune femme presque « rangée », Bodil avait frayé avec des gens dangereux comme ce militant nationaliste brutal, Anuraaqtuq, avant qu'il ne finisse par fuir Nuuk et se volatiliser dans l'immensité blanche de l'inlandsis. Cela pouvait-il être lié à ses revendications d'indépendance pour le Groenland ? À tout ce qu'il avait commis d'abominable pour défendre ses idées ?

Comme ils repassaient dans une zone blanche, il ne put ouvrir la pièce jointe à l'e-mail. « GreenClimax Schedule & Facts ». Il s'agissait probablement du programme de la conférence. *A priori,* rien de crucial ou d'urgent.

Le doigt tremblant, il se résolut à afficher de nouveau le direct vidéo. Bien sûr, faute de réseau, l'image était figée. Ce qu'elle donnait à voir de Bodil se révélait plus terrible encore qu'un flux animé. La jeune femme semblait se débattre, tel un fauve piteux dans sa cage, en une tentative désespérée pour se hisser vers le sommet de la cavité. Comme Kelly avant elle.

Le rictus tendu vers la caméra n'avait plus rien d'humain. Il n'exprimait que panique, perte de contrôle, peur viscérale. La raison de Bodil avait clairement capitulé devant ses instincts les plus primitifs. Sans doute son cerveau commençait-il à souffrir du manque d'oxygénation…

– On a rattrapé une partie de notre retard, annonça soudain Mikkel dans leurs casques. Le coucou avance mieux que prévu. Et les conditions sont favorables.

Le ciel qui s'étalait à perte de vue apparaissait plutôt dégagé, en effet. L'engin ne subissait aucune turbulence particulière.

– De combien ? demanda Qaanaaq avec empressement.

– Dix minutes, peut-être quinze… Je fais au mieux.

Qaanaaq en était certain. Mais manqueraient toujours, dans le meilleur des cas, cinq petites minutes – cinq minutes essentielles.

0 heure 11 minutes 37 secondes

– Vous avez vu ça ? !

Le bras tendu vers le lointain, Søren désignait de minuscules points tanguant sur l'horizon. Sur cette fine strate argentée qui apparaissait entre ciel et terre.

*La mer…*

Plus ils progressaient vers elle et plus la noria des bateaux d'observation leur semblait importante. Les têtes d'épingle qu'ils entrevoyaient il y a peu devenaient autant de bâtiments aux couleurs et aux formes distinctes. Certes, ce n'était pas le fourmillement de la baie si touristique de Diskø, mais les caméras professionnelles installées sur les ponts et braquées vers le glacier laissaient supposer que les passagers n'étaient pas là pour un simple voyage de plaisance.

Après quelques minutes à observer ce ballet étonnant, le crachotement du micro fit résonner la voix de Mikkel.

– On a commencé à survoler le Helheim.

Les trois policiers se penchèrent pour observer le monstre qui s'étendait sous eux.

Cette gigantesque masse blanche striée de sédiments bruns, comme un long membre surgi de la calotte glaciaire, c'était donc cela, le Helheim. L'un des plus gros glaciers au monde, gaspilleur malgré lui de trésors d'eau douce, vomissant à longueur d'année son précieux surplus dans le sel stérile des océans.

0 heure 02 minutes 23 secondes

Bodil était certainement là, quelque part, dans le ventre de la bête.

Morte. Ou presque.

Elle *devait* être là.

Et Qaanaaq ne put plus éviter cette question qu'il esquivait depuis leur départ : comment la repérer dans cette immensité ? Comment ne pas hypothéquer le dernier souffle de la victime par des choix malencontreux ?

Une vibration au creux de sa main, en partie couverte par le grondement du rotor, lui apprit que la connexion était revenue. Il y avait donc bien un relais à proximité.

Son interlocuteur à la NFS lui adressait un nouveau mail. Vide. La pièce jointe qui l'accompagnait était on ne peut plus sobrement libellée « Lkelly.doc ». Il devait s'agir d'un CV, ou d'une rapide biographie.

Il rouvrit la vidéo. Sur son écran, l'agonie en direct avait repris. Bodil était désormais inerte. Les yeux clos. Respirait-elle encore ? Impossible à dire. L'image sautait, se déformait, le mettait au supplice.

– On sera au-dessus du front dans une minute, souffla le pilote.

Alors, sans trop savoir pourquoi, Qaanaaq fit disparaître la séquence atroce et revint sur le nouveau mail et son document attaché. Lkelly.doc. Le fichier contenait le dossier personnel de Leonard Kelly, en sa qualité d'employé de l'Ice Core Facility. Cet organisme dépendait d'une structure gouvernementale, une enquête avait donc été diligentée à propos de Kelly, préalablement à son embauche. Une procédure assez normale.

Les yeux de Qaanaaq survolèrent les premières lignes. Un détail l'arrêta. À l'endroit de l'état civil figurait le nom de jeune fille de la mère de Kelly : Aleka Skovgaard.

Skovgaard. Comme Sandra Skovgaard.

La mère biologique de Qaanaaq.

La femme dont il repoussait la rencontre depuis son arrivée au Groenland.

# 21

**[IMG_6364 / 17 juin / 11 h 34 / Image floue du glacier Helheim, prise accidentellement]**

Skovgaard. Comme Sandra Skovgaard.

Le compte à rebours était quasiment expiré. Et pourtant Qaanaaq ne songeait plus qu'à ce nom. L'hélicoptère, le glacier prêt à vêler et même Bodil : rien de ce qui l'entourait n'existait plus. Son passé l'avait percuté et laissé K.O., arraché au réel.

Son passé. Ses origines.

Qaanaaq avait à peine trois ans quand on l'avait emmené loin du Groenland.

Un jour de janvier 1975, Kunnunguaq, le chamane de son village, l'avait retrouvé errant sur la banquise, à l'extrême nord-ouest du pays. L'enfant était hagard, presque nu, seul, coupé des siens.

Son père, simple chasseur inuit.

Sa mère, une institutrice danoise qui avait tout quitté pour venir s'installer là, au nord du pays.

Sa sœur aînée.

Tous trois massacrés par une *bête sauvage* qui avait fait irruption sous leur tente, en pleine nuit.

Ces images, si longtemps refoulées, lui revenaient désormais par bribes.

Une pure épouvante.

Quelques semaines après le massacre, le chamane l'avait confié aux services d'aide à l'enfance. L'administration dépendant du Danemark, il s'était retrouvé dans un orphelinat de Copenhague, le Josephine Schneiders Børnehjem.

Un couple de bourgeois un peu fantasque avait fini par l'adopter. Lui, l'enfant dont on ignorait jusqu'au prénom – lui, dont on savait seulement qu'il venait du village de Qaanaaq.

Ses parents adoptifs avaient aimé ce nom coupant comme la glace. Ils l'avaient conservé, comme un lien puissant à sa terre d'origine.

Il était devenu Qaanaaq Adriensen. Fils de Flora et Knut Adriensen, une flic et un romancier. Tout un programme.

Une nouvelle vie avait commencé auprès d'eux, effaçant peu à peu ce qui avait précédé. Lui imposant le bonheur tiède de l'oubli.

Il avait fallu quarante-deux années pour qu'il revienne sur sa terre natale – à contrecœur. Mais lui aussi était devenu flic et sa hiérarchie ne lui avait pas laissé le choix.

De Flora, grande patronne de la police nationale à Copenhague, il tenait sa précision et sa ténacité. Mais à l'inverse d'elle, il privilégiait toujours le foisonnement brouillon des intuitions et du dialogue à la froide technicité des preuves.

Avec sa mère adoptive, il formait un duo informel qui avait traversé les années, même après le départ de celle-ci à la retraite. Il la consultait pratiquement chaque jour, c'était devenu un rituel. Presque une obligation.

L'enquête qui avait exigé sa présence au Groenland, pour une série de crimes effroyables, l'avait ramené jusqu'à Qaanaaq, le village de son enfance, à mille six cents kilomètres au nord de la capitale, Nuuk.

Là-bas, avec le soutien d'Apputiku, il avait résolu bien plus que l'énigme en cours : le mystère de ses origines.

Sa mère biologique vivait toujours. Sandra Skovgaard, l'ex-enseignante défigurée, était devenue Pipaluk. La tailleuse de *tupilak*[1].

À l'époque, il y a quelques mois à peine, il avait renoncé à la voir, au dernier moment.

Qu'était-elle pour lui ? Plus rien.

On la disait folle.

Et voilà que ce nom, son nom, lui revenait tel un boomerang…

Skovgaard, Skovgaard… Il tournoyait à toute allure dans sa tête.

Jusqu'à se confondre avec le bruit hypnotique du rotor.

Retour au présent.

Retour à une autre mort.

Imminente.

1. Statuettes rituelles inuites, taillées traditionnellement dans des défenses de morses.

# 22

**[IMG_6367 / 17 juin / 12 h 42 / Au-dessus du Helheim]**

– *Pis !* D'où il sort, ce truc ?

Masqué jusque-là par la falaise, un hélicoptère de couleur rouge jaillit soudain du front glaciaire. Suspendu au-dessus du Helheim prêt à vêler. Presque nez à nez avec le petit Sikorsky de Mikkel.

Ce dernier tira brusquement sur les commandes pour retenir son appareil. *In extremis*. C'était ça ou percuter l'autre appareil, presque deux fois plus gros. Dans l'habitacle, les trois passagers furent secoués sans ménagement, façon *shaker*.

– Il n'est pas identifié..., releva d'instinct Mikkel.

En effet, la robe carmin de l'énorme engin ne portait aucune des marques et immatriculations légales. Volontairement effacées ou recouvertes d'une couche de peinture récente. Sans elles, l'intrus n'était guère plus réel qu'un fantôme.

À l'intérieur de son cockpit, Qaanaaq devina deux silhouettes. Celle du pilote évidemment, ainsi qu'un passager, tous deux coiffés de casquettes et le visage en partie mangé par des lunettes de soleil. Les reflets lumineux sur le globe de plexiglas achevaient de brouiller leur apparence. Impossible en l'état de les identifier. Malgré tout, il déclencha son Blad au jugé, juste avant que l'hélico ne fasse volte-face et ne prenne la fuite.

– Je fais quoi, patron ? brailla Mikkel dans son micro. Ils ne sont branchés sur aucun canal radio non plus.

Qaanaaq hésita une seconde. Déjà la puissante turbine de l'engin le propulsait loin sur la mer. Il fallait prendre une décision.

*Maintenant.*

Soit ils pourchassaient de potentiels suspects, et c'en était fini de Bodil. Soit ils tentaient l'impossible pour sauver leur amie. Le regard d'Apputiku l'implorait.

0 heure 0 minute 0 seconde

Le minuteur clignotait son verdict depuis déjà plusieurs secondes. Sans appel. Si les calculs de Lotte étaient bons… Bodil venait d'expirer son tout dernier souffle.

– Mikkel ! Tu nous déposes là-dessus et tu files ce salopard, finit-il par lâcher.

– Aucune chance ! On dirait un Bell 212, ou un machin de ce gabarit-là. En pointe, il a au moins cinquante kilomètres à l'heure d'avance sur moi !

– Je m'en fous, répondit Qaanaaq. Allez, on y va !

Sans plus discuter, Mikkel stabilisa le Sikorsky un mètre au-dessus du géant de glace, en une manœuvre virtuose. En quelques signes rapides de la main, il fut convenu que Søren resterait dans l'appareil et qu'Apputiku chercherait sa sœur avec Qaanaaq.

Les deux acolytes sautèrent si vite de l'appareil qu'ils n'eurent même pas le temps de chausser leurs crampons. Comme la veille sur le Jakobshavn, voilà qu'ils chevauchaient le dragon immaculé.

Prêt à ruer.

Faute de semelles adaptées, ils valseraient au moindre pas. Contrairement à ce qu'ils avaient connu à Ilulissat, le front du Helheim ne se composait pas d'un agrégat d'icebergs mères. Il s'agissait du glacier lui-même. Il offrait donc un relief beaucoup moins accidenté. Et c'eût été une bonne nouvelle… si le sol gelé n'était une telle patinoire.

Qaanaaq essayait de se maintenir debout quand Appu se mit à hurler, son regard fou scrutant la surface vierge autour d'eux.

– Bodil ! Bodil, *naniitutit*[1] ? !

Qaanaaq n'eut pas le cœur de raisonner son ami. Dans le meilleur des cas, la jeune femme avait dû perdre connaissance. Dans le pire… Et puis, ensevelie comme elle l'était sous la glace, jamais ils n'auraient perçu ce qui devait lui rester de filet de voix.

– Bodiiiiiil ! *Akigit*[2] !

Pourtant, songea Qaanaaq, elle devait être là, toute proche. Son corps torturé prisonnier du parfait cylindre. Quelle autre raison ses bourreaux pouvaient-ils avoir d'être dans les parages ? Les deux hommes dans le Bell 212 étaient sans doute à l'affût du vêlage. Eux savaient précisément où ils avaient creusé la fosse. Metteurs en scène du spectacle le plus cruel qui puisse être, ils attendaient patiemment que le Helheim ouvre le rideau. Ils auraient été postés à la meilleure place pour jouir de la représentation.

*Juste en face de la cavité…*

Qaanaaq en déduisit que le petit numéro d'intox imposé à Jorgensen avait porté ses fruits : les meurtriers s'étaient crus à l'abri d'un débarquement policier et voulaient

1. « Où es-tu ? » en kalaallisut.
2. « Réponds ! » en kalaallisut.

profiter pleinement de leur forfait. Après Diskø, grisés sans doute par ce premier succès, ils s'étaient enhardis.

Brusquement, un grondement sourd, suivi d'un craquement, l'arracha à ces pensées.

Sous leurs pieds, le monstre glaciaire exprimait lui aussi son impatience. Au frémissement initial, à peine plus prononcé qu'un friselis léger, vinrent s'ajouter des secousses brutales. Sèches. Tenir debout devenait une gageure.

– Appu ! hurla-t-il pour couvrir le vacarme. Appu, on ne peut pas rester là !

Mais son comparse ne semblait rien entendre de ses exhortations. Ivre de douleur et d'espoir, il continuait à arpenter les quelques mètres carrés gelés autour d'eux. Sur ses jambes, et par instants même à quatre pattes quand les tremblements fauchaient son équilibre.

Il se recroquevilla sur le sol, le visage collé au glacier.

– Bodil..., sanglotait-il à mi-voix, les joues baignées de larmes.

Puis il murmura une suite de propos inaudibles.

*Il le supplie de lui rendre sa sœur...*

Le fracas suivant parut déchirer les entrailles du Helheim. Ce n'était plus une secousse, mais une véritable convulsion. La contraction finale.

# 23

Une ligne de fracture se mit à courir sur le glacier de manière quasi parallèle au front, délimitant la « tranche » qui, dans quelques instants, allait s'effondrer dans la mer. Et eux avec elle.

– Putain, Appu ! cria Qaanaaq.

La fissure filait à toute allure et l'Inuit ne bougeait toujours pas. Était-ce de l'inconscience, de la résignation ? Voulait-il rejoindre Bodil dans son calvaire ?

Négligeant les mots, désormais inutiles, Qaanaaq se rua sur la silhouette inerte. Agrippant son ami par la manche de son éternel blouson bleu, il le tira à lui de toutes ses forces. Un narval extrait de son *agloo*, ces trous de chasseurs percés dans la banquise, ne devait pas peser plus lourd.

Apputiku se débattit mollement, sans un regard pour son sauveur. Battant l'air d'un bras vague. Puis, comme Qaanaaq insistait, il releva vers lui son visage décomposé. Le visage du deuil qui déjà l'écrasait.

– Appu, c'est MAINTENANT !!! rugit Qaanaaq.

À l'avant du front, à quinze ou vingt mètres d'eux et de la faille principale, un premier bloc isolé se décrocha soudain dans une détonation assourdissante. Véritable coup de canon. Il comprenait mieux de quoi parlait Pilip quand il décrivait des explosions à propos des grands vêlages.

Alors seulement l'Inuit sortit de son hébétude. Enfin, il semblait prendre conscience du danger qui bouillonnait entre leurs bottes. Des fragments volaient à présent de toutes parts, grêlons qui retombaient sur eux en pluie éparse. Par chance, ceux qui les frappèrent aux bras ou dans le dos ne dépassaient pas la taille d'un œuf. Un choc guère plus violent qu'un coup de poing appuyé.

– Plus vite !

Un deuxième morceau du glacier venait d'être précipité dans l'océan.

La faille à leurs pieds s'élargissait à vue d'œil. Il ne leur restait probablement qu'une poignée de secondes avant qu'un pan majeur du Helheim ne soit vêlé à son tour. Malgré la peur et les projectiles, Qaanaaq accéléra la cadence, entraînant dans sa foulée un Apputiku revenu à la vie.

Alors la fissure devint gouffre – un bon mètre de vide au moins. Il fallait l'enjamber. Soudain, la plateforme sur laquelle ils se tenaient se mit à tanguer. Puis à verser d'un seul coup dans le sens opposé. Toute la façade du Helheim basculait cette fois vers le précipice, près de s'abandonner aux vagues qui roulaient en contrebas.

L'effondrement du front glaciaire devenait imminent.

Plaqués au sol, ils patinaient désespérément, tentant en vain de remonter la pente qui s'accusait un peu plus à chaque seconde. Contre le cours de la nature et de leur destin. La scène était ridicule et tragique à la fois. Deux singes sur une planche savonnée. Jens et Else auraient applaudi à tout rompre, songea Qaanaaq.

Une ultime déflagration satura l'espace environnant.

Poussière blanche.

Déluge de glace.

*Jens et Else*, telle fut sa dernière pensée…

# 24

Le feulement assourdi du rotor.

Un cri fendant le tumulte.

La sensation d'une chute sans rémission possible, leur vue brouillée par l'effroi et cette poudre vaporeuse qui opacifie tout.

Tout à coup, une échelle de corde qui surgit du ciel, entre ses mains ou presque.

L'une qu'il arrime au premier barreau venu.

L'autre qu'il tend vers cette silhouette que l'abysse engloutit déjà. Pesante, et pourtant légère dans cette adversité.

Il retient l'homme en dessous. Il le tracte.

Puis, enfin, ce sentiment si puissant, si libérateur, d'être arrachés de concert à la mort, apocalypse d'eau et de glace qui gronde en contrebas. Absolu maelström qui broie tout ce qui passe à sa portée.

# 25

## [IMG_6375 / 17 juin / 13 h 17 / Le pont d'un voilier au large du Helheim]

Enveloppé d'une couverture de survie dorée, un *mug* fumant à la main, Qaanaaq se rejouait le film de leur sauvetage, inlassablement. Cet instant où, contrevenant à ses ordres, Mikkel avait abandonné la poursuite de l'hélico rouge pour revenir les chercher dans l'effondrement du Helheim.

– C'est un sacré pilote que vous avez là, dit l'homme barbu planté sur le pont du bateau. S'il n'avait pas fait demi-tour…

– *Mieux vaut venir deux fois qu'une*, répondit Qaanaaq.

La réplique déconcerta un peu le commandant du voilier, mais il mit son étrangeté sur le compte du stress post-traumatique.

Parmi tous les bâtiments qui mouillaient à proximité du glacier, le deux-mâts de la mission française Ecopolaris n'était ni le plus gros, ni le mieux équipé pour un sauvetage. Mais il se situait pile dans l'axe de dégagement du Sikorsky, à une distance que le pilote de la *politi* avait jugée raisonnable.

Aussitôt embarqués à bord, les deux rescapés avaient été pris en charge par le médecin de l'équipe. Apputiku, en particulier, semblait en état de choc. Incapable d'émettre le moindre son, il restait sans réaction face à ce qui l'entourait. D'autorité, le praticien lui avait administré un anxiolytique, puis l'avait installé dans sa propre cabine. Repos obligatoire.

Depuis son cockpit, Mikkel leur avait annoncé qu'il allait se poser quelque part en amont du glacier, avec Søren, dans l'attente d'un appel. Le petit hélico bleu était reparti dans un flap-flap doux et presque rassurant.

– Votre collègue est tombé comme une masse, annonça le médecin en remontant sur le pont.

– Merci.

– Je me doute un peu de ce que ça devait être là-haut, tout à l'heure… Mais quand même, il a l'air méchamment secoué. Il va lui falloir du temps pour émerger.

Il avait bien dit « émerger », comme si Appu s'était noyé et qu'on l'avait arraché *in extremis* aux flots furieux.

– Peut-être même un suivi psychologique, ajouta-t-il.

Le regard rivé sur les volutes de son café, Qaanaaq se contenta d'acquiescer d'un signe de tête, avec gravité. Il n'avait pas le cœur à échanger des banalités. Moins que jamais. Il se cramponnait d'une main à sa tasse, de l'autre à son Blad qui avait miraculeusement survécu au cataclysme, ainsi que son portable, niché au fond de sa poche.

Selon ses calculs, près de quarante minutes s'étaient écoulées depuis que la réserve d'oxygène de Bodil s'était tarie. Elle était morte. Forcément.

Il n'y avait aucun doute à ce propos.

D'un glissement las de l'index sur l'écran de son mobile, il chassa la fenêtre de la vidéo sans oser y jeter un œil. Il s'en sentait tout simplement incapable. Il ferma aussi le minuteur qui ne cessait de rappeler l'échéance tragique.

0 heure 0 minute 0 seconde

Déportant ses yeux sur la baie encaissée, il vit que la déferlante provoquée par le vêlage avait déjà perdu de son ampleur. Les remous demeuraient importants, mais ils paraissaient désormais sans danger pour les bateaux environnants. Au loin, dans un repli de la côte, on distinguait le front du Helheim et sa nouvelle physionomie. Qaanaaq peinait à croire que quelques minutes auparavant, Apputiku et lui avaient chevauché un tel pur-sang.

Ils n'étaient que des hommes, ils avaient voulu jouer sur le dos d'un titan.

Cela avait été une folie ; il s'en sentait le seul responsable.

Au premier plan, tout autour du voilier, flottait à présent la nuée des icebergs, mères ou filles, nés quelques instants plus tôt. S'il n'avait pas été pour lui si douloureux, ce spectacle l'eût subjugué.

Captant son regard, le commandant se voulut rassurant :

– On n'a rien à craindre d'eux sur le *Tara*. La goélette a été spécialement conçue et équipée pour naviguer en eaux polaires.

Un « pop » reconnaissable entre mille surprit Qaanaaq. Sur le pont, à quelques mètres d'eux seulement, l'un des membres de la mission Ecopolaris venait de déboucher le champagne. Aussitôt entouré par ses collègues, joyeux et empressés, gobelet plastique en main.

Qaanaaq pouvait comprendre. Assister à un vêlage de cette importance devait constituer pour eux un événement exceptionnel : l'acmé de leur expédition, peut-être même de toute leur carrière scientifique. Décidément, la vie ne vous épargnait d'aucune ironie. On célébrait là ce qu'on pleurait ici. Que les deux sentiments se télescopent ainsi ne faisait qu'accentuer la douleur de Qaanaaq.

– Commandant ? finit-il par demander, d'une voix éteinte. Vous avez un Zodiac à bord ?

Cinq minutes plus tard, la petite embarcation slalomait avec prudence entre les icebergs de tailles et de formes très diverses. Tous étaient différents ; tous se ressemblaient. C'était comme arriver au milieu d'une foule d'inconnus. Les physionomies se mêlaient sans qu'il fût possible d'en sortir une du lot. La vérité, c'est qu'il ne savait pas réellement ce qu'il cherchait… Bodil se trouvait-elle dans cette masse presque cubique, au sommet plat ? Ou bien compressée dans cette surprenante lame étroite, dont la ressemblance avec le Flatiron Building de New York le saisit ?

En quelques mots pudiques, Qaanaaq exposa au commandant du *Tara* l'objet de leur recherche.

– Je ne veux pas vous faire peur, lança le Français depuis la barre, mais on ne peut pas exclure la possibilité que la fosse ait été pulvérisée par l'explosion.

Et le corps de la jeune femme éjecté, concassé, avant d'être expédié vers les profondeurs. Qaanaaq rejetait de toutes ses forces cette éventualité – l'homme autant que le flic.

Dans un silence concentré, presque recueilli, ils poursuivirent leurs recherches. Le Zodiac n'était pas armé, lui, pour résister aux pièges tendus par les icebergs. Naviguer dans de telles eaux réclamait une attention de chaque instant.

– Là ! cria soudain le commandant. Vous voyez cette ombre ?

En effet, une tache sombre se dessinait à l'intérieur d'un bourguignon[1], au travers de l'épaisse paroi translucide. À cette distance, difficile de dire s'il s'agissait d'un résidu végétal pétrifié comme un tronc d'arbre, d'une simple veine sédimentaire arrachée au lit du glacier ou bien d'autre chose…

Pourtant, quand ils ne furent plus qu'à quelques brassées du fragment, l'effroyable évidence s'imposa à eux : on distinguait bien une forme humaine à l'intérieur de cette masse rectangulaire hérissée de quelques éperons. En revanche, à l'inverse de la fosse où s'était éteint Leonard Kelly, la tombe de Bodil n'apparaissait pas sur les flancs de l'iceberg. Le hasard du vêlage l'avait coincée en plein centre de l'énorme bloc. C'était à la fois fascinant et effrayant de voir à quel point la jeunesse de l'iceberg le rendait transparent : comme une vitrine dans laquelle on aurait exposé le corps de la jeune femme.

Avec une dextérité impressionnante, le commandant réussit à stabiliser leur petit esquif contre le bloc de glace. Chaussé de crampons, Qaanaaq n'avait pas d'autre choix que de grimper sur le mastodonte. Chaque pas effectué sur l'iceberg ravivait le souvenir douloureux de sa chute. Il pouvait encore sentir le vertige de l'abîme. Il frissonnait d'épuisement autant que d'appréhension. Après quelques minutes d'une lente ascension, il parvint au faîte. Pile à la verticale du couvercle. Qaanaaq se souvint alors des difficultés qu'avaient éprouvées les garde-côtes de Normann à le retirer sur Ötzi.

– Vous avez de quoi percer un trou ? cria-t-il à l'intention du Zodiac.

1. Nom donné aux icebergs de petite taille, dont la surface émergée ne dépasse pas un mètre de hauteur et dont la masse est inférieure à 120 tonnes.

– Comme quoi ?

– Une tarière motorisée, ou même une tronçonneuse ?

– Eh bien, tout ce que j'ai, ce doit être une vieille pioche à l'ancienne…

– Je prends.

Le Français fixa l'outil à une corde et lança le tout en direction du sommet. Après trois ou quatre essais infructueux, le projectile atterrit enfin non loin du flic.

Creuser la glace avec un accessoire à ce point rudimentaire était une épreuve physique. Il ahanait à chaque martèlement du sol congelé. Mais, à chaque coup, il lui semblait aussi expier sa faute, celle qui avait conduit Bodil jusqu'à cette mort injuste.

Au bout d'un bon quart d'heure d'efforts continus – il dégoulinait de sueur sous sa parka –, Qaanaaq dégagea un premier passage. Au-dessus du corps sans vie, il repéra un petit boîtier noir, fixé au bouchon par une vulgaire sardine de camping.

*La caméra.*

Glissant sa main dans le trou, il saisit l'objet et le rangea dans l'une de ses poches. Il lui fallut encore plusieurs minutes pour élargir l'ouverture. Alors, couché au bord du fossé, il laissa son buste basculer à l'intérieur, jusqu'à pouvoir poser deux doigts sous le cou inerte de Bodil. La peau bleuie ne laissait pourtant aucun doute. Qaanaaq constata avec rage que la cavité était légèrement plus étroite et moins haute que celle où ils avaient retrouvé Kelly. Leurs calculs étaient faussés depuis le début. La jeune femme avait disposé de réserves en oxygène moindres que celles du premier martyr. De combien ses tortionnaires avaient-ils amputé son espérance de survie ? Un quart d'heure ? Plus encore ? Était-elle morte depuis longtemps quand il avait posé le pied sur le Helheim avec Appu ?

Il se redressa soudainement hors du trou, incapable de fixer plus longtemps la dépouille. Les yeux bruns grands ouverts. Les joues rondes givrées d'une fine pellicule cotonneuse. Involontaire reine des glaces.

Il lui fallait épargner cette vision à Appu. Son ami ne s'en remettrait pas. Les Inuits avaient beau se méfier du sommeil, dormir était encore le meilleur refuge qu'il pouvait espérer pour l'instant.

– Tout va bien ? Vous voulez de l'aide ?

Qaanaaq ne trouva rien à répondre. Oui, bien sûr, sous peu il aurait besoin d'une autre paire de bras pour hisser le cadavre hors de la chambre des supplices. Mais dans l'immédiat, qu'aurait-on pu lui apporter d'utile ? Quelle explication, quelle piste, quel réconfort ?

Désemparé, il laissa courir son regard sur les débris du couvercle. À cet instant seulement il remarqua l'écharpe que Bodil avait glissée dans le tuyau d'aération. Il la revoyait sur la vidéo, essayant tant bien que mal de se protéger du ruissellement glacial. Il tira doucement dessus. La croûte, verglacée sur le dessus, partit avec elle, débouchant le conduit.

*Elle le savait !* hurla sa conscience. Elle savait qu'en glissant l'extrémité de son foulard dans le tuyau, elle pourrait le désobstruer le moment venu. D'un simple geste. Juste avant de mourir, Bodil avait conservé assez de lucidité pour concevoir cette astuce.

C'était prodigieux et abominable à la fois.

Car comment expliquer qu'elle n'ait pas mis son plan à exécution, si ce n'est à imaginer une brusque perte de connaissance ? Ironie de la vie, ironie de la mort. Bodil aurait pu survivre grâce aux techniques de ses ancêtres, chasseurs inuits. Mais elle était morte de son ignorance scientifique : elle n'avait probablement pas su, contrairement à Kelly sans doute, évaluer les réserves en oxygène de sa prison. L'un avait péché par excès de théorie, l'autre par une foi aveugle en son sens pratique.

Échec et mat.

Une seule chose consolait Qaanaaq dans ce scénario absurde. Évanouie, Bodil ne s'était pas vue mourir. Elle avait dû partir convaincue de détenir la clé de sa liberté.

# 26

## [IMG_6383 / 17 juin / 21 h 29 / lumières dans le salon d'Appu et Bébiane]

Qaanaaq alluma une des bougies à la mèche d'une autre, puis la plaça sur la table, parmi toutes celles qui brûlaient déjà.

Tout autour du cercueil dressé, s'étirait une frise de lumière, ondulante et fragile, partiellement soufflée à chaque fois que s'ouvrait la porte donnant sur l'extérieur. Dans son écrin d'éternité, au milieu de ses bibelots et peluches d'enfance, Bodil reposait, enfin apaisée.

L'angoisse qui sourdait encore de son corps pétrifié au moment où il l'avait extrait de l'iceberg, à Helheim, s'était totalement effacée.

– Elle est jolie, murmura Massaq à son oreille.

– Elle l'est, oui.

Massaq avait parlé au présent. Il ne sut quoi ajouter, tant la conscience de l'inéluctable décrépitude des chairs était ancrée en lui. Bodil était belle, oui, mais pour combien de temps encore ?

Lotte avait procédé à l'autopsie peu avant la veillée funéraire. Avant que les mains profanes ne viennent laisser leurs traces sur le corps, le maquillant, le parant pour pouvoir lui dire au revoir convenablement. Une heure plus tôt, Bodil était encore nue sur la table d'examen du Politigarden, sa peau bleutée jurant avec le vert sale de la petite pièce.

Qaanaaq tâcha de chasser cette vision. À l'heure qu'il était, la légiste devait être en train de rédiger ses premières conclusions. Il n'était pas très fier de penser à cela en cet instant, mais il lui tardait de les lire.

Il resserra sa main autour des doigts délicats de Massaq. Ce ne fut que plus tard, quand la cérémonie fut achevée, qu'il réalisa qu'ils s'étaient affichés tous deux, *ensemble*. La circonstance était assez mal choisie.

– *Ai !* lancèrent de nouveaux entrants sur un ton joyeux.

Le petit salon d'Appu et Bébiane grouillait déjà d'une foule compacte. Comme Qaanaaq l'avait observé lors des *kaffemik* improvisés, chacun arrivait les bras chargés de victuailles. Puis, son panier ou son plat déposé sur le buffet, on se ruait sur le corps sans vie. À chaque nouvelle vague, des parfums d'*imak*, la bière artisanale, mais aussi de *paniqtilaq*, le pain poêlé traditionnel, emplissaient un peu plus l'espace. Parvenus au cercueil, loin du rituel affecté des obsèques chrétiennes, la plupart des invités se saisissaient de la main de Bodil, secouant celle-ci avec ferveur, pour un dernier au revoir.

– On fait ça aussi à la naissance des bébés, commenta Massaq à voix basse.

– Et eux, là, pourquoi ils restent agrippés à elle ?

Une grappe de trois personnes campait en effet au pied de la dépouille. Ils se tenaient la main et, en marge des bavardages, conservaient une réserve et un silence recueillis. Il y avait là un homme entre deux âges, une vieille femme toute plissée et une petite fille dans la dizaine. S'agissait-il de proches parents ? Qaanaaq en doutait. Il ne les avait jamais vus, ni ici, ni ailleurs en ville.

– C'est son *saunihit*.

– Son quoi ?

– Le groupe de ceux qui portent le même prénom qu'elle dans la région. Ils sont censés l'accompagner dans sa première mue.

Dans la mythologie inuite, la mort s'apparentait plus à une métamorphose qu'à une fin. Après son trépas, le défunt se réincarnerait en des animaux ou entités divers – en un long cheminement, assez semblable à la métempsycose des Hindous. Ce voyage vers l'éternité requérait la présence aux côtés du mort de ses frères et sœurs patronymiques. Faits des mêmes « os » que lui : s*aunihit* ne désignait d'ailleurs rien d'autre qu'un groupe d'ossements.

Pour Qaanaaq, ce moment avait quelque chose de surréaliste ; loin de la solennité exigée en une telle occasion, il régnait une sorte de bonhomie réjouie : on parlait autant du Mondial de foot et des performances de l'équipe danoise que de ragots de voisinage. Et il n'était quasiment pas question de celle qui, exposée au milieu de la pièce, reposait désormais en paix. D'ailleurs, personne ne portait le deuil. Au contraire, certains avaient revêtu leurs habits traditionnels, tuniques de lainage aux teintes rouge orangé, parfois criardes. Ainsi des trois colocataires de Bodil, de très jeunes femmes qui, d'abord intimidées, avaient fini par se mêler aux autres invités, leurs rires montant parfois en éclats jusqu'à lui.

Qaanaaq repensa un instant à l'uniforme de tristesse qu'avaient revêtu les funérailles de son père, Knut Adriensen. Cela avait eu lieu cinq ans auparavant. Fidèles à la tonalité des veillées protestantes, convives comme pasteurs avaient arboré une teinte sinistre, que ce soit dans leurs tenues ou dans leurs mines compassées.

Pas ici.

Autour d'eux, les verres se remplissaient et se vidaient à bonne cadence. Tous paraissaient heureux de se retrouver. Aucun ne semblait, en apparence, affecté par la mort de Bodil.

Si ce n'était Apputiku, bien sûr.

– Tu as réussi à lui parler ? demanda Massaq en désignant son adjoint.

Il était recroquevillé sur le petit canapé où, d'ordinaire, Qaanaaq le voyait s'enflammer pour les matchs de Premier League. Enveloppé dans son vieux plaid écossais, l'Inuit laissait ses yeux flotter dans la pièce, clignant faiblement à la flamme vacillante des bougies, les paupières pesantes. Étranger à la chaleur des lieux.

– Hum… pas vraiment. Ce que lui a fait avaler le toubib français sur le bateau l'a complètement sonné. Il n'a quasiment pas dit un mot depuis notre retour.

De temps à autre, Apputiku levait un regard mi-excédé, mi-attendri sur les enfants présents. Les siens, en particulier. Pana et Kallik adoraient leur tante. Et pourtant, voilà qu'ils se chamaillaient comme deux oursons, à un mètre à peine du cadavre aimé. Non loin, à l'abri sous la grande table à manger, Jens et Else vaquaient à d'autres jeux. Jens, à qui Qaanaaq avait déjà raconté, sans s'étendre, le principe des autopsies, fourrageait avec une fourchette en plastique dans le ventre de son *ukpik,* la vieille chouette harfang en peluche offerte par son père. De son côté, Else, appliquée comme si sa vie en dépendait – à son habitude –, griffonnait de sa main gauche le portrait d'une jeune femme-bâton, vive et souriante. Bodil, probablement.

En pénétrant dans le salon, Lotte ne put réprimer un air pincé. La manière dont on honorait les morts dans ce pays la choquait certainement. Certains invités semblaient déjà passablement éméchés. D'autres s'étaient mis à entonner des chansons de pêcheurs. Le rituel funéraire virait à la surprise-partie.

Mais elle n'avait pas la tête à s'appesantir dans des jugements moraux. Ses lunettes embuées par le brusque changement de température – avec cette foule, il faisait une chaleur de four à l'intérieur –, elle se rua vers Qaanaaq, une liasse de papiers à la main.

Comme chaque fois que la confidentialité des propos l'exigeait, Massaq s'éclipsa spontanément, sans un mot.

– Alors ?

– J'ai fini, patron. Enfin, sauf les analyses, évidemment. Le labo de Niels Brocks nous enverra les résultats d'ici quelques jours.

– Et donc ? éluda-t-il.

– Cent pour cent raccord avec les constatations faites sur Kelly : mort par asphyxie, pas de traces de liens sur les membres. Mais présence de fibres dans la cavité buccale, sans doute les dépôts d'un bâillon…

Qaanaaq frémit. Il avait oublié ce détail. Dans le cas du scientifique américain comme pour Bodil, le bâillon sans ligotage laissait supposer qu'ils avaient été transférés d'un endroit à un autre sous la contrainte d'une arme. Ou de toute autre menace leur imposant une absolue obéissance. Sans doute cela avait-il semblé plus pratique aux meurtriers lors des déplacements.

Par ailleurs, tous les autres aspects de leurs forfaits indiquaient un réel professionnalisme.

– Et… le corps n'a pas été…

La chose horrifiait Qaanaaq. Lotte termina à sa place.

– Si. Dans le rectum. Comme pour Leonard Kelly.

*Quelle bande de porcs.* Une colère sourde gonfla en Qaanaaq. Il se retint de ne pas envoyer promener les quelques bouteilles vides à portée de ses grands battoirs.

– Ce n'est pas la Déclaration d'Ilulissat. Mais le message est le même, ajouta Lotte.

– C'est quoi, cette fois-ci ?

– Un extrait de la déclaration finale de l'Accord de Paris concluant la COP21, datée de décembre 2015.

Qaanaaq n'avait suivi que de loin ce sommet pourtant annoncé comme historique. Il en avait retenu un sentiment de déception généralisée et diffuse. Les intentions louables, affichées main sur le cœur, peinaient une nouvelle fois à se muer en engagements concrets des gouvernements.

Le message se précisait donc. Dans un cas comme dans l'autre, c'était l'inertie des pouvoirs publics face au désastre climatique en marche qui semblait visée. Mais perpétrés par qui ? Quel mouvement militant ? Avec quels moyens ou soutiens ? Et par-dessus tout : pourquoi avoir choisi Bodil comme victime ? Elle n'avait *a priori* rien à voir avec tout cela.

L'autre question qui se posait était de savoir s'ils se contentaient d'agir au Groenland, et si c'était le cas, depuis quel point précis ? L'île blanche était vaste. La présence du Bell 212 sur le théâtre de leur dernier crime confirmait la mobilité des meurtriers sur le territoire. Hélas, les recherches menées en fin de journée par Pitak auprès des loueurs ou vendeurs d'hélicoptères d'occasion n'avaient rien donné de concluant. Un Bell 212, même vieux et usagé, se négociait rarement en deçà du million et demi de dollars. Autant dire que les transactions de ce genre ne passaient pas inaperçues, et qu'elles demeuraient exceptionnelles. Or, on n'en relevait aucune dans tout le

Groenland au cours des dix-huit derniers mois. Et aucun hélico n'avait été dérobé non plus…

Un peu plus tôt, alors qu'il les ramenait à Nuuk, Mikkel avait partagé ses connaissances sur le « 212 ». Il semblait tout savoir de cet appareil emblématique des années 1970 et 1980, qui constituait la base de la flotte d'Air Greenland. La compagnie groenlandaise en détenait près d'une dizaine, pour desservir les principales villes du pays depuis Nuuk. La direction n'avait rapporté aucune disparition d'un de ses précieux engins.

Comme toutes les pistes qui s'offraient à eux depuis la veille, celle-ci s'éteignit aussitôt allumée. À l'instar des flammes chancelantes autour de Bodil. Tout dans cette affaire avait la fragilité d'un souffle.

La piste de la foreuse.

Celle du 4 × 4.

De même pour tous les éléments matériels en leur possession. Leur dernier espoir résidait désormais dans l'*action-cam* récupérée par Qaanaaq dans la fosse du Helheim. Il l'avait confiée à Søren, le chargeant d'analyser tout ce qui pouvait l'être, au vu de leurs moyens : carte SIM, marque et provenance, numéro de série, etc.

Mais quelque chose murmurait à l'oreille du Danois qu'ils n'en tireraient rien de plus probant…

Pitak déboula à son tour dans l'assemblée de moins en moins funèbre. Une bonne âme avait allumé la télé qui diffusait un résumé des premiers matchs du Mondial. La veille au soir, le choc du premier tour entre l'Espagne et le Portugal – un triplé de CR7, le joueur, pas le chien – avait tenu toutes ses promesses.

Avisant Apputiku replié sur son chagrin dans son coin, Pitak préféra également s'adresser directement à Qaanaaq :

– Boss, j'ai un truc sur Kelly. Il avait bien réservé une chambre dans un hôtel ici, dès le 15 au soir. Pour sept nuits. Bon, bien sûr, il ne s'y est jamais présenté…

Et pour cause… La nuit du 15 au 16 juin, Leonard Kelly l'avait passée dans sa suite personnelle, au cœur d'Ötzi. Spécialement aménagée pour lui.

– Quel hôtel ?

– Le *Vandrehuset.* Sur le port.

Le nom raviva en Qaanaaq de brûlants souvenirs. L'année précédente, l'établissement abritant les amours adultères du ministre Kuupik Enoksen et de l'ancienne chef de la police, Rikke Engell, s'était retrouvé au cœur du scandale du « Primus », une enquête qui avait ébranlé le pays tout entier. Les vues de la chambre nº 5 avaient tourné en boucle dans les bulletins d'information télévisée.

– Et personne ne l'y a appelé ou ne s'est déplacé pour le demander ?

– Non, apparemment personne.

Qaanaaq hocha la tête, subitement las, son crâne couvert d'une main.

Leonard Kelly, Bodil… Quel pouvait donc être le lien entre ces deux victimes ? Cela restait le mystère principal de cette enquête harassante. Qu'ils aient pu être désignés au hasard lui paraissait de plus en plus improbable.

Et surtout, cette intuition qui lui vrillait le crâne et à laquelle il ne voulait pas donner libre cours. Trop perturbante.

À première vue, il n'y avait pas de connexion directe entre ces individus. Mais… Bodil était la sœur d'Apputiku. Et Leonard Kelly, le fils d'Aleka Kelly, née Skovgaard. Comme Sandra Skovgaard, sa mère biologique.

Son esprit s'emballait ; Skovgaard était un patronyme qui n'était pas si rare au Danemark, c'était forcément une coïncidence. Il fallait juste vérifier pour en être sûr. Comme il s'était promis de contrôler l'alibi de Jake Gordon, le glaciologue de l'USCG, ou d'examiner les images – sans doute floues – qu'il avait prises des deux occupants du Bell 212.

Il n'avait le temps de rien, dans cette enquête. Tout s'ingéniait à le distraire. À le faire bondir comme un affamé vers l'information suivante. Les meurtriers jouaient avec lui comme avec un chien, lui donnant sans répit un nouvel os à ronger. Ou une proie après laquelle il s'empressait de courir. CR7 – le chien, pas le joueur – n'aurait pas réagi autrement…

Non, vraiment, il n'avait le temps de rien.

Pas même celui de trouver les mots qui auraient adouci la douleur d'Apputiku.

Son rapport auprès de son patron terminé, Lotte alla placer une bougie parmi celles déjà illuminées. Puis elle présenta ses condoléances à une Bébiane à moitié saoule. La femme d'Apputiku vivait son deuil à sa façon.

Qaanaaq hésitait à appeler sa mère, Flora. Leur dernier échange, si stérile, lui laissait un goût amer. Elle était pourtant son principal refuge, dans des moments comme celui-là. Jamais ou presque il ne laissait passer une journée sans lui confier ce qui lui pesait. Mais soudain, un nom inhabituel s'afficha sur l'écran de son portable. Celui du nouveau directeur général de la police danoise : Arne Jacobsen.

Le genre d'appel qui n'annonce rien de bon.

# 27

## [IMG_6392 / 18 juin / 10 h 17 / Aéroport de Nuuk]

Les hurlements de la Fourmi résonnaient encore à ses oreilles, mêlés aux échos du moteur. Au volant d'un 4 × 4 bleu nuit du Politigarden, Qaanaaq filait seul en direction de l'aéroport de Nuuk.

La Fourmi : c'est ainsi que tout le monde surnommait Arne Jacobsen au Pentagone de Niels Brocks Gade, le siège de la police danoise. La référence était double. Une allusion à son homonyme célèbre, Arne Jacobsen, le designer créateur de la fameuse chaise « fourmi », mais aussi à son dogme : la stricte observance des règles. Cigale, Jacobsen ne l'avait jamais été et ne le serait jamais.

– Ammitzbøll est furieux, avait-il sifflé dans le combiné.

Qaanaaq en avait déduit que toute la hiérarchie policière avait dû se faire souffler dans les bronches pour que ça arrive au niveau du ministre de l'Intérieur : Simon Emil Ammitzbøll.

– S'il n'y avait pas cette fichue Coupe du monde, on ne parlerait plus que de votre homme-iceberg sur les réseaux sociaux.

– Ah, parce que l'opinion publique danoise s'intéresse au Groenland, maintenant ?

– Ne faites pas le malin, Adriensen ! avait explosé l'autre. Je me contrefous de ce que pense le lecteur du *Posten*[1] ! Je vous parle des répercussions de cette affaire sur la stabilité de notre pays.

Le sujet était on ne peut plus sensible et Qaanaaq le savait : tant que le Groenland n'accéderait pas à son indépendance pleine et entière, police et justice demeuraient sous tutelle de Copenhague. De fait, toutes les affaires criminelles survenues dans la grande île blanche avaient inévitablement une résonance politique au Danemark. Déjà, sept mois auparavant, les meurtres du Primus avaient failli faire sauter Marienborg[2].

C'est d'ailleurs à ces rapports ambigus entre le colonisé et le colon, tissés de désintérêt autant que de peur inavouée, qu'il devait sa promotion à la tête du Politigarden de Nuuk. Son profil de Danois mâtiné d'une ascendance inuite avait rassuré l'exécutif à son plus haut niveau.

– Nous ne pouvons pas nous faire balader par des enragés des questions climatiques. Vous m'entendez ? ! On doit être intransigeant sur le sujet !

Après cette entrée en matière, exposer les circonstances de la mort de Bodil à la Fourmi s'était révélé une étape délicate.

– Mais c'est pas vrai ! Comment avez-vous pu être aussi naïf ! ?

Sa voix avait baissé d'un ton quand Qaanaaq avait eu l'audace de lui réclamer des renforts en hommes, pour assurer l'enquête en cours autant que la sécurité d'un GreenClimax désormais sous haute tension.

1. *Jyllands-Posten*, l'un des principaux quotidiens danois.
2. Résidence officielle du Premier ministre danois.

– Dites-moi, s'était agacé la Fourmi, il me semble qu'on vous a plutôt *gâté* depuis votre prise de fonctions.

Le patron de la police danoise avait indubitablement en tête le petit Sikorsky S-52-2 d'occasion, concédé au prix d'âpres discussions. Qaanaaq s'était retenu de lui répondre que ce n'était pas en hélicoptère qu'ils patrouilleraient dans les couloirs du Greenland Climate Research Center, lieu de la conférence.

– De toute façon, avait conclu Jacobsen, cassant, jusqu'au 15 juillet, cent pour cent de mes effectifs doivent rester « à la maison ». Toutes ces *fan zones* du Mondial sont de vraies cibles en puissance. Et aucun d'entre nous…

*Sous-entendu : pas même vous.*

– … aucun d'entre nous n'a envie de revivre un 15 février[1]. N'est-ce pas ?

Qu'aurait-il pu répondre à ça ? Jacobsen n'avait pas son pareil pour manipuler ses interlocuteurs à coups de formules rhétoriques bien-pensantes.

* * *

Depuis le Politigarden, l'aéroport de Nuuk se trouvait à moins de dix minutes en voiture. Siaqqinneq, la dernière voie asphaltée au nord de la ville, décrivait une large boucle dans une toundra désolée, plantée d'immenses lampadaires et de quelques entrepôts. La vue offerte sur la baie et les contreforts montagneux à proximité était pourtant assez agréable. Si ce n'était près des docks, il n'y avait pas à proprement parler de zone industrielle

1. Les attentats terroristes des 14 et 15 février 2015, fusillades survenues à Copenhague lors d'un hommage aux victimes du journal français *Charlie Hebdo*, tuées un mois plus tôt.

dans la capitale. La grande défiguration de Nuuk n'avait pas débuté. Pas encore.

L'aéroport lui-même se présentait comme un petit corps de bâtiment lambrissé, haut d'un seul étage et coiffé d'une tour de contrôle qui ne devait pas culminer à plus d'une douzaine de mètres. Derrière l'édifice, on devinait la silhouette trapue d'un cargo de fret, un A330-200 dans lequel le cercueil plombé de Leonard Kelly serait chargé plus tard dans la journée. Direction Reykjavik, puis les États-Unis.

Qaanaaq gara le 4 × 4 sur le parking principal, en bord de route, puis il contourna l'aérogare à pied et se dirigea vers le siège d'Air Greenland. Sur la porte, le flocon blanc sur fond rouge affirmait fièrement la présence de la compagnie nationale. C'est le directeur général, Jacob Nitter Sørensen, un homme chauve au bouc plutôt avenant, qui l'accueillit.

– Vous… vous déplacez toujours avec lui ? demanda son hôte, un peu surpris.

Qaanaaq était si habitué à la compagnie de CR7 qu'il finissait presque par l'oublier. Le chien de traîneau s'était tranquillement affalé sur la moquette rase du bureau du directeur.

Le flic haussa un sourcil, à la façon de son adjoint, Appu. De toute façon, il se doutait que sa réputation l'avait précédé. Celle d'un original. D'une sorte de poil à gratter : on s'étonnait de sa présence avant de ne plus pouvoir le supporter.

– Qu'est-ce qui vous amène chez Air Greenland, capitaine ?

Résumant l'objet de sa visite, Qaanaaq insista sur la place prise dans le dispositif criminel par le Bell 212. C'était grâce à la puissance de cet engin que les meurtriers leur avaient échappé sur le Helheim.

– Et ce n'est pas à vous que je vais apprendre que des Bell 212 rouges, au Groenland, il n'y en a quasiment que chez vous.

– Oui, enfin… répliqua l'autre, déjà sur la défensive, on n'en a pas le monopole non plus.

– Je n'ai pas dit ça. J'aimerais juste savoir si, par un hasard extrême, il ne vous en manquerait pas un dans votre inventaire.

Le sourire de son interlocuteur vira à la grimace.

– Mais non ! Vous pensez bien que si tel était le cas, nous nous serions empressés de le déclarer à vos services.

– Ou pas, grogna Qaanaaq. Un coucou de ce prix qui se volatilise, j'imagine que ce n'est pas la meilleure publicité pour vous.

– En effet. Mais comme je viens de vous le dire, tous nos 212 sont là et bien là. Et puis nos garages sont sous surveillance vidéo. S'il y avait eu des mouvements suspects autour des appareils, on l'aurait vu et enregistré.

– Et donc… rien du tout ? le pressa Qaanaaq.

– Pas depuis que je suis en charge de la flotte, non.

Qaanaaq s'était renseigné : Sørensen avait pris la direction opérationnelle d'Air Greenland six mois plus tôt, soit peu de temps après sa propre arrivée à Nuuk. La conversation s'étira sur des banalités, mais Qaanaaq l'abrégea au plus vite. Il semblait évident que le DG d'Air Greenland ne démordrait pas de son discours officiel. Il n'y avait guère plus rétifs aux interrogatoires que les esclaves consentants du grand capital.

CR7 et lui n'avaient fait que quelques pas hors du préfabriqué quand une voix d'homme perchée dans les aigus le héla :

– Capitaine ! Capitaine Adriensen ? !

Un barbu roux, au format cubique et court sur pattes, trottinait péniblement vers eux, essoufflé par son accélération pourtant modeste. Il portait un gilet rouge sans manches, frappé lui aussi du logo floconneux.

L'individu ne lui disait rien, mais de toute évidence, l'autre le reconnaissait.

– Bonjour capitaine. Je suis Tobias.

Tobias, le fameux contact d'Appu à la compagnie aérienne… Son aide s'était révélée plus que précieuse lors d'enquêtes précédentes.

– *Hae hae !* s'exclama Qaanaaq, jovial. C'est donc vous, LE Tobias d'Apputiku ?

Le petit homme parut flatté, mais son sourire se mua presque aussitôt en un masque contrit.

– C'est moi. Je voulais vous demander… J'ai appris pour sa sœur… Je pensais passer hier soir, à la veillée, mais j'étais d'astreinte au PC sécurité. Comment va Appu, c'est pas trop dur ?

– Si, très dur. Je ne sais pas quand il sera en état de reprendre son poste.

Et c'était la stricte vérité. Il n'avait pas la moindre idée du temps, au-delà des jours de deuil légaux, qu'il faudrait à Appu pour surmonter son immense chagrin. Pour redevenir le flic faussement dilettante que Qaanaaq avait appris à tant apprécier.

– Je suis vraiment désolé.

– Vous n'y pouvez rien. Personne n'y peut rien. C'est juste une saleté de putain d'injustice.

– Mais vous allez les choper, hein, ceux qui ont fait ça ?

– J'y compte bien. Mais vous savez ce que c'est, *il y a plus de voleurs que de potences*.

Dans le regard affligé de son interlocuteur – apparemment un brave type –, Qaanaaq lut qu'il pouvait passer à l'étape suivante.

– À propos, Tobias… Vous n'auriez pas entendu parler d'une disparition d'appareil ?

– Où ça ? Ici ?

– Oui. Par exemple un Bell 212 qui aurait faussé compagnie à ses petits camarades…

Cet homme était un livre ouvert. Au plissement embarrassé de ses lèvres, Qaanaaq comprit ce que Tobias ne s'autorisait pas à révéler.

– Non, pas que je…

Dans un interrogatoire, quand la personne en face de soi hésitait à tout déballer, un bon moyen était parfois de brûler les étapes à sa place.

– Il a disparu *quand ?*

Paniqué, l'homme le prit par le bras et l'entraîna sans un mot à l'arrière du bâtiment écarlate.

– Ça doit vraiment rester confidentiel, je ne peux pas me permettre de me faire griller, hein ? Qu'on soit clair, je fais ça pour Appu…

– Bien sûr.

– Bon… Vous voyez le hangar là-bas, derrière la piste ?

Un grand atelier de tôle grise, à l'autre extrémité de l'aéroport, derrière l'unique langue d'asphalte balisée.

– Oui.

– C'est la maintenance des hélicoptères. C'est là que le 212 a été volé.

– Quand ça ?

– Il y a environ trois semaines.

– Et… s'il se trouvait à la maintenance, c'est qu'il n'était pas en très bon état, non ? Il y aurait eu une raison particulière à voler celui-là quand même ?

– Ça oui, et une bonne : c'est pratiquement le seul coin ici à ne pas être surveillé par des caméras.

Logique, en effet. Cela prouvait au moins une chose : les auteurs de ce forfait connaissaient bien les caractéristiques du site.

– Et votre patron, Sørensen, pourquoi il n'a pas déclaré le vol ?

Qaanaaq s'abstint de dire que son directeur venait de lui mentir à ce sujet.

– Bah, soupira Tobias, une histoire d'assurance. Si par malheur il y avait des soucis avec un appareil dérobé, par exemple un accident, ça ferait exploser le montant de notre police pour tous les hélicos et les avions de la flotte. Air Greenland est une compagnie fragile. On ne peut pas se le permettre.

L'explication parut un peu trop simpliste à Qaanaaq, mais pourquoi pas.

– Et ce surcoût, il serait si considérable ?

– Sur un exercice complet, plus cher que le rachat d'un Bell d'occasion dans le dos de notre assureur.

Qaanaaq médita un instant sur ces éléments. Si le vol avait bien eu lieu trois semaines plus tôt, les traces éventuelles avaient forcément été recouvertes ou effacées. Farfouiller dans le hangar de la maintenance ou aux alentours ne servirait à rien.

En revanche, un point était déterminant : un appareil en réparation laissait supposer que son voleur était aussi bon mécano que pilote. De tels profils ne devaient pas courir les rues.

– Les pilotes, ici, ils vous paraissent fiables ?

– Ah, ça, oui. Ce sont tous des gars bien. Des pères de famille. Pas le genre à faire n'importe quelle connerie pour trois billets.

Tobias était un candide. Il aurait trouvé des excuses à un braqueur pris en flagrant délit, flingue en main.

– Et en mécanique, ils sont bons ?

– Ça dépend lesquels… C'est drôle que vous parliez de ça. L'ancienne direction estimait qu'ils n'avaient pas besoin de savoir ce qu'il y avait sous le capot de leur appareil. Mais à son arrivée, Sørensen a insisté pour qu'ils suivent tous une formation technique de base.

– Elle a eu lieu ?

– Oui, quelques semaines après sa prise de fonctions, dans mes souvenirs.

– Et depuis, l'un de ces pilotes a-t-il quitté la société ?

– Non. Aucun.

– Pas d'arrêt maladie longue durée, de congé sans solde… Pas d'absences bizarres ou injustifiées ?

– Non, non, rien de tout ça.

Si cela se vérifiait, Qaanaaq voyait mal un pilote d'Air Greenland participer à un complot criminel d'une telle envergure tout en assurant ses rotations ordinaires. Organiser des meurtres aussi sophistiqués était un job à plein temps. Pas un hobby qu'on case entre deux ragoûts de phoque en famille.

– Au fait, reprit l'enquêteur, vous travaillez bien à la sécurité ?

– Oui, pourquoi ?

– Vous pourriez me montrer les bandes des caméras de l'aérogare ?

– Euh… En principe, je dois demander l'autorisation à la direction…

Qaanaaq lui opposa un regard oblique : *une autorisation, vraiment, après tout ce que vous venez de me déballer ?*

L'homme l'invita à le suivre sans plus de commentaires.

Dans la pièce aveugle du PC vidéo, Tobias cala en un clin d'œil sur le moniteur central les enregistrements de l'avant-veille, ceux du vendredi 15 juin. Même en lecture accélérée, même avec ce noir et blanc grisâtre, il était possible de distinguer chaque passager évoluant dans le minuscule hall d'accueil et de transit. Kelly était très grand, près d'un mètre quatre-vingt-quinze ; sa haute stature se démarquerait aussitôt des petits gabarits autochtones.

Mais à aucun moment ils ne virent passer la silhouette du glaciologue. Bientôt, sur l'écran, l'aérogare se vida, les lumières s'éteignirent les unes après les autres. La bande touchait à sa fin. Éclipse sur une journée ordinaire dans un aéroport du bout du monde.

– C'est tout ce que vous vouliez regarder ?

– Ici, oui… Mais vous pourriez demander le même service à vos collègues de Kangerlussuaq[1] ?

– Ouais, soupira-t-il, ça doit pouvoir se faire.

À moins que Kelly n'ait été kidnappé en plein jour sur le tarmac de Nuuk, à sa descente du vol intérieur en provenance de Kangerlussuaq – hypothèse hautement improbable, vu le nombre de témoins potentiels lors d'un débarquement –, on ne pouvait envisager d'autre possibilité qu'une disparition à l'aéroport international dès son arrivée depuis Denver.

L'agent de sécurité raccompagna Qaanaaq hors du local. Ses yeux verts dardés dans ceux du technicien, le flic le remercia avec chaleur.

– Merci, Tobias. Vraiment, merci.

– Si ça peut aider à coincer ces salopards…

Les oreilles dressées, CR7 manifestait une impatience légitime, d'autant plus que non loin de là, quelques lièvres arctiques, boules de poils immaculées, gambadaient aux abords de la piste.

– J'allais oublier… Vous avez un service d'objets trouvés ici, non ?

1. La petite ville de Kangerlussuaq abrite l'un des deux aéroports internationaux du Groenland.

Si Kelly avait disparu entre Kangerlussuaq et Nuuk, le transfert de sa valise jusqu'à la capitale groenlandaise avait dû, lui, être assuré. Sans doute avait-elle poursuivi son périple seule, pleine des effets personnels de son propriétaire.

– Oui, bien sûr.

– C'est là que vous consignez les bagages abandonnés, on est d'accord ?

– Tout à fait.

– Ça vous embête si on y fait un tour rapide ?

# 28

## [IMG_6403 / 18 juin / 11 h 24 / Contenu de la valise de Leonard Kelly]

Qaanaaq déposa le bagage en toile beige sur son lit avec autant de précautions que s'il s'agissait d'une bombe.

Il l'avait constaté de longue date : il existait deux types de valises. Celles des « anxieux » et celles des « confiants ». Les « anxieux » ne se contentaient pas d'en ranger le contenu au cordeau. Ils ne pouvaient s'empêcher d'y fourrer quantité de gadgets, à leurs yeux indispensables, pour parer à toute éventualité. Leur bagage, plus qu'un compagnon de voyage, était une assurance-vie.

Kelly appartenait clairement à cette catégorie. Sa valise trahissait la peur d'être pris au dépourvu. Adaptateur de prise universel, spray antimoustiques, tubes miniatures de dentifrice, de gel douche, de crème hydratante ou d'après-shampoing… Les preuves de sa névrose abondaient, alignées avec soin dans leur pochette plastique. Idem pour les vêtements, adaptés à tous les climats et toutes les températures.

Un détail choqua pourtant Qaanaaq : tout au fond du bagage, sous la pile de pulls et les produits d'hygiène, un ordinateur portable sans son étui.

– Pourquoi t'as fourré ça ici ? interrogea-t-il le défunt à voix haute. Hein, pourquoi tu ne l'as pas gardé avec toi ?

Leonard se méfiait-il ? Se sentait-il menacé ?

Des rires cristallins lui répondirent depuis le rez-de-chaussée.

Au salon, Massaq s'était lancée dans un jeu de construction avec les petits. Chaque lamelle de bois ajoutée mettait en péril la stabilité de tout l'édifice, et chaque effondrement leur tirait des cris de joie.

– Ouais ! Encore perdu ! hurlait Jens.

La greffe entre eux avait pris avec une étonnante facilité, Qaanaaq n'en revenait pas. Il faut dire que, à part Mikki-la-suicidaire, histoire déjà ancienne, les figures féminines ne s'étaient pas bousculées autour de ses jumeaux. Peut-être Massaq comblait-elle simplement un manque. Oh, bien sûr, il y avait eu leur institutrice à l'école maternelle de Frederiksberg, ainsi qu'une succession de nounous plus ou moins interchangeables. Il y avait Flora, aussi… leur point d'appui dont il venait de les priver. Étonnamment, ils n'en parlaient jamais. Pas une seule fois ils n'avaient réclamé de l'appeler ou de la voir sur Skype depuis leur installation à Nuuk. Et Qaanaaq ne savait dire si le silence de ses enfants au sujet de leur grand-mère était un reproche muet qu'ils lui adressaient, ou simplement l'oubli en marche. Comme un deuil.

Tobias s'était montré plutôt réticent à le laisser embarquer la valise de Kelly. Mais, une fois encore, Qaanaaq avait joué sur la corde sensible en rappelant la mort de

Bodil. Voulait-il qu'on arrête les assassins de la sœur d'Apputiku, oui ou non ?

Il aurait été délicat de rapporter au poste une pièce obtenue de cette façon. Et même dangereux, si une telle entorse venait aux oreilles de la Fourmi. Aussi avait-il choisi de procéder à l'ouverture et à la fouille du bagage chez lui. Dans sa chambre. Sans témoin.

– Papa ! cria Else depuis le salon. Viens jouer avec nous !

– J'arrive, *min skat*[1], j'arrive…

– Non, maintenant ! Sinon Jens va encore tricher.

– Je triche pas, c'est pas vrai !

– Ah, mais je ne vous ai pas dit ? plaisanta Massaq, prompte à désamorcer le conflit naissant. Moi, je suis la plus grande tricheuse du monde.

– Du monde ?

Un coup de pince coupante avait suffi à faire sauter le petit cadenas en acier, révélant le contenu si savamment ordonné de la valise de Kelly.

Qaanaaq mit la main sur le chargeur de l'ordinateur portable, dont la présence incongrue ne cessait de le questionner. Après son raccordement au secteur, l'engin s'alluma presque instantanément.

Sans surprise, le compte utilisateur de l'Américain était symbolisé par une photo d'iceberg. Puis le curseur clignota dans le champ de saisie du mot de passe.

*Pis !*

Un mot de passe, soit quelques milliards de combinaisons possibles.

Faute de mieux, il frappa tour à tour quelques évidences – iceberg, glacier, ICF… – ainsi que certains codes

1. « Ma chérie », en danois.

inspirés par la fiche personnelle de Kelly. Sa date de naissance, son adresse à Denver… Comme il fallait s'y attendre, aucune de ces propositions ne s'avéra concluante. Pas plus que les combinaisons qu'il tenta en dernière instance, toutes incluant le nom de jeune fille de la mère du défunt : Aleka Skovgaard, AlekaSkovgaard, aleka skovgaard, alekaskovgaard, ASkovgaard, Askovgaard, askovgaard, Skovgaard, skovgaard, et ainsi de suite, jusqu'à la nausée.

En bas, le trio réjoui s'impatientait de plus en plus.

– Papa ! Viens voir !

– Je viens tout de suite.

– Massaq, c'est une magicienne. Elle retire une brique, et l'immeuble tombe même pas !

Massaq était une magicienne, il n'en doutait pas un instant. Elle, qu'il connaissait d'ordinaire si peu loquace, presque froide, embarquait les deux gamins dans un univers inattendu de fantaisie et de rires.

Si seulement elle avait pu exercer un pareil pouvoir sur les mots de passe…

* * *

– Karl ?

Une fois encore, son ami de la police de Copenhague lui était apparu comme l'ultime ressource.

– Eh bien, dis donc, troisième appel en deux jours ! J'en déduis que ton affaire commence à devenir sérieusement sérieuse.

– Plutôt…

– Je te préviens, cette fois-ci, c'est donnant-donnant. Si tu cherches un nouveau coup de main, tu partages tout ton dossier avec moi.

– *Skurk*[1] !

– Pour vous servir, répondit Brenner dans un gloussement satisfait.

Qaanaaq ne se formalisa pas outre mesure. La pratique était courante. Si son camarade faisait l'objet d'une enquête interne, il devait pouvoir justifier auprès de sa hiérarchie d'avoir mis à disposition d'une investigation extérieure les moyens de son service. Le dossier complet en main, Karl pourrait toujours arguer d'un lien, même un peu flou, avec l'une de ses affaires en cours.

– OK, OK… Je t'envoie tout ce que j'ai dès que je rentre au poste, dit Qaanaaq.

En l'état, pensa-t-il, ce n'était pas grand-chose. Hormis un hélicoptère et une foreuse volés, tous deux introuvables, les éléments matériels leur faisaient cruellement défaut.

– Bon, alors, qu'est-ce que tu veux, ce coup-ci ?

– Cracker un mot de passe, rien que ça.

Brenner accueillit la requête avec un long soupir.

– Tes « petits génies » sauraient faire ça ? demanda Qaanaaq.

– Je pense, oui. Mais ça suppose qu'ils aient accès à la bécane de ton gus. Elle est connectée ?

Téléphone en main, Qaanaaq jeta un œil à l'écran bleuté. Hélas, le symbole wi-fi situé en haut à droite de la fenêtre principale restait obstinément grisé, signe que la machine n'était reliée à aucun réseau. Il cliqua sur l'icône, mais rien ne se passa. Par ailleurs, de manière étrange, l'écran d'accueil ne proposait aucun compte utilisateur « invité ». Comme si cette option avait été supprimée du système. La machine était décidément bien protégée. Impossible de se connecter sans le précieux sésame.

1. « Escroc », en danois.

– Non…, lâcha-t-il avec dépit.

– Dans ce cas, ça va être compliqué pour eux d'intervenir à distance. Il faudrait au moins que tu rapproches l'ordi d'un spot wi-fi sur lequel il s'est branché récemment.

Qaanaaq passa les lieux envisageables en revue : chez Kelly lui-même, à son bureau à l'ICF, à l'aéroport de Denver, à celui de Kangerlussuaq… Mais dans aucun endroit à Nuuk, si l'on en croyait les bandes de surveillance dévoilées par Tobias. Peut-être même nulle part au Groenland, si l'on considérait que l'appareil n'avait pas quitté la valise.

– Sinon, reprit son camarade, tu peux toujours *plugger* cette bécane sur la tienne avec un câble réseau. À travers ton ordi connecté à internet, mes gars devraient être capables de tripatouiller le portable qui t'intéresse.

Lâchant aussitôt le combiné, Qaanaaq fouilla tous les tiroirs de sa chambre, avant de trouver le fil RJ45 dans le grand bac à jouets des enfants. Dieu sait quel usage ses petits démons prévoyaient d'en faire. Deux clics suffirent à unir le MacBook dernier cri de Kelly et son antique Toshiba personnel.

– Tataaaa ! annonça-t-il fièrement. C'est bon, j'ai relié les deux engins.

– Le tien est bien connecté ?

– Oui.

– OK, parfait. Je lâche les chiens dessus dès qu'ils auront cinq minutes à me consacrer.

– Génial. Merci.

Il n'y avait plus qu'à attendre.

– Pa-pa ! Pa-pa ! Pa-pa ! scandaient de concert Jens et Else.

– Et si on faisait un gâteau, tous les trois ? Moi, je suis sûre que la bonne odeur va faire descendre votre papa.

– Un gâ-teau ! Un gâ-teau !

Merveilleuse Massaq qui venait de lui offrir quelques précieuses minutes supplémentaires.

Qaanaaq les mit à profit pour procéder à diverses recherches en ligne. D'abord Aleka Skovgaard, la mère de la première victime, Leonard Kelly. D'après Google, aucune femme de ce nom ne vivait actuellement au Groenland. Il ne trouva en tout et pour tout que six occurrences du patronyme complet, cinq résidant au Danemark, et une seule aux États-Unis.

Mais, de fil en aiguille, il parvint sur un site généalogique qui lui permit d'en savoir un peu plus. La mère de Kelly était apparemment décédée un peu plus d'un an auparavant. Les autres détails consignés valaient la peine d'être lus.

# 29

## [IMG_6408 / 18 juin / 11 h 45 / Le camp ouvrier de Green Oil en cours de démantèlement]

Aleka Skovgaard était née à Esbjerg, au Danemark, le 12 septembre 1945. Mariée puis divorcée de Sam Kelly, citoyen américain, elle avait pour parents Pia et Morten Skovgaard. Et pour unique sœur une certaine… Sandra Skovgaard.

Il cliqua sur le lien associé à ce nom. Les informations disponibles sur sa mère biologique étaient beaucoup plus pauvres. Juste une date de naissance, le 3 avril 1947. Mais aucune photo. Aucune image donc à comparer avec celles de sa mère qu'il avait pu glaner, quelques mois plus tôt, à Qaanaaq-ville.

Il saisit alors « Sandra Skovgaard » dans le champ de recherche. Le moteur renvoya un nombre très limité de résultats. Tous pointaient plus ou moins vers le profil généalogique qu'il venait de consulter. Le doute n'était plus vraiment permis. Une seule Sandra Skovgaard avait vécu sur cette planète au cours des dernières décennies.

Ce qui signifiait *a priori* que Leonard Kelly et lui étaient liés par le sang.

Il dévala l'escalier dans un état second.

Puis il franchit le seuil de son préfabriqué rouge brique comme dans un songe, indifférent aux appels plaintifs dans son dos. « Papa… ton gâteau ? ! » L'air était doux. Sorti sans parka, il ne percevait pourtant aucune sensation de froid. Son hébétude lui tenait lieu de vêtement.

La maison d'Appu n'était distante que d'une grosse centaine de mètres. Il lui sembla les parcourir en deux enjambées. Bébiane lui ouvrit illico. Elle savait qui toquait à leur porte ; Qaanaaq était bien le seul, dans ce pays, à frapper avant d'entrer.

– Il faut que je lui parle, souffla-t-il.

– Appu dort.

– Il dort depuis hier.

– Il a besoin de beaucoup de… de sommeil.

Son danois était approximatif. Elle avait buté sur le mot.

– Bébi ! Bébi, laisse-le monter, entendit-on depuis l'étage.

Qaanaaq avala les marches quatre à quatre. Alité depuis la veille, Apputiku avait remisé son éternel sourire. Un plaid en fourrure enveloppait sa grosse face lunaire, comme s'il avait revêtu le déguisement d'ours de ses enfants. Il n'en était que plus touchant.

Ce n'est qu'au terme du récit de son supérieur que l'Inuit trouva la force de lui retourner son regard. Ses yeux d'ordinaire brillants n'étaient plus que deux astres morts.

– Tu comprends, conclut Qaanaaq avec flamme, bien décidé à sortir Appu de sa sidération, Leonard Kelly est… eh bien, on peut dire qu'il est… mon cousin. Bodil était la réceptionniste de *mon* poste. Sans être paranoïaque, il faut bien se rendre à l'évidence : je suis visé. *Moi,* personnellement. Ça ne peut pas être de simples coïncidences.

Ses paupières plissées à l'extrême, Appu prit un moment pour digérer l'information. Puis il siffla, d'un ton exempt d'émotion qui lui ressemblait peu :

– Fous-moi le camp.

– Øh… Pardon ?

– Tu m'as très bien entendu : dégage de chez moi.

– Mais Appu, je…

– DÉGAGE !

Qaanaaq s'arracha du coin de lit où il s'était assis l'instant d'avant. Interdit. Espérant encore le mot qui le retiendrait.

– Tu viens ici, dans *ma* maison, pour me dire qu'on a tué *ma* sœur uniquement pour s'en prendre à TOI ? ! Mais va te faire foutre, putain !

– …

– Tout ne tourne pas toujours autour de toi, Qaanaaq Adriensen ! Tu peux l'admettre, ça ? Tu peux l'entendre, pour une fois ?

– Je suis désolé…, bredouilla-t-il.

– Et si c'était les *vrais* Groenlandais qui étaient ciblés, tu y as pensé ?

L'attaque était cruelle, mais pas infondée. Qui était-il, en effet, pour comprendre les enjeux millénaires des habitants de cette île ? Quelle était donc sa légitimité à lui, un métis ? Et si longtemps exilé ?

– Et si ces enfoirés avaient voulu « se faire » des Inuits ? Pas *ta* réceptionniste, pas *ton* poste, comme tu dis. Mais juste une Inuite, bordel ! Juste une Inuite !

L'argument s'invalidait de lui-même, car aucun sang autochtone n'avait coulé *a priori* dans les veines de Leonard Kelly. Fils d'une Danoise pur jus et d'un Yankee de souche. Et les deux meurtres étaient indéniablement liés.

Mais il n'eut pas le cœur de contredire son ami. Jamais encore il ne l'avait vu dans un tel état, animé par une si violente colère. Comme si un monstre insatiable dévorait sa nature première.

Qaanaaq se retira sans un mot. Au fond, Bébiane avait raison. Il faudrait à Appu beaucoup de sommeil, de longues heures à explorer les abîmes de sa douleur, pour renaître enfin à ce qu'il avait toujours été.

Comme il déambulait dans les rues du quartier, il nota au passage que le Primus voisin, le village ouvrier de la compagnie pétrolière Green Oil, était en plein démantèlement. Là, des crimes abominables avaient été perpétrés sept mois plus tôt. Et pourtant, quand les grues auraient fini d'arracher les bungalows au sol gelé, il n'en resterait plus aucune trace, ou presque. Ce sinistre théâtre ne serait rien d'autre qu'un tas de souvenirs. Taches de couleurs diffuses dans sa mémoire.

Soudain, la fureur de son ami lui inspira une idée.

*Ciblés.*

*Visés.*

Depuis deux jours, ils se bornaient à attendre le coup suivant de leur adversaire. À décoder les quelques signes laissés derrière eux par les meurtriers, plutôt qu'à anticiper leurs actes. À se demander lequel d'entre eux serait la prochaine victime de cette horreur.

L'heure de l'action venait peut-être de sonner. Celle de la revanche, aussi. Alors il dégaina son téléphone et composa le numéro de Jesper Jorgensen, l'officier commandant du Joint Arctic Command.

# 30

**[IMG_6411 / 18 juin / 15 h 24 / Le cockpit de l'hélicoptère au départ de Nuuk]**

Un peu avant le décollage du gros hélicoptère rouge d'Air Greenland, Qaanaaq avait relié son ordinateur portable à la connexion partagée de son Smartphone. Ainsi, les experts informatiques de Niels Brocks Gade pourraient poursuivre leur exploration du MacBook de Kelly *via* la passerelle internet qu'il venait d'aménager.

C'était loin d'être idéal, mais il n'avait pas trouvé mieux pour mener de front ses quêtes diverses.

Pour son trajet non plus, il n'avait guère eu le choix. Hors de question d'accaparer le Sikorsky du Politigarden. En cas d'urgence – il n'osait imaginer laquelle –, ce dernier devait demeurer disponible à tout moment. Il s'était donc rabattu sur un vol régulier. Et avait prié pour que les antennes relais sur leur route soient assez nombreuses pour ne pas interrompre le travail à distance des équipes de Brenner.

Le rotor se mit à produire son ronflement infernal, signal d'un départ imminent. Le Bell 212 n'était qu'à moitié plein. Qaanaaq se demanda quand, faute de passagers, cette ligne serait purement et simplement supprimée par la compagnie de Sørensen.

L'ambiance à bord était calme. Chacun paraissait absorbé dans la consultation de son Smartphone, ou par des rêveries flottant vers la baie de Nuuk. Un beau soleil enluminait les îles au loin. Les nappes blanches se faisaient rares. On était en été, après tout. Les autres occupants de la cabine, encouragés par cette perspective, s'étaient vêtus presque trop légèrement, oubliant semblait-il que l'appareil se dirigerait bientôt vers le Grand Nord. L'un d'entre eux, habillé d'une simple chemisette à fleurs, lui rappelait Appu.

Qaanaaq chassa le visage de son adjoint de ses pensées et, tandis que l'engin s'élevait dans l'azur, il replongea son regard vers l'écran de son ordinateur. Le logiciel de retouche photo ouvert, il choisit de s'attaquer au plus brûlant.

Le seul cliché des fuyards du glacier de Helheim qu'il était parvenu à prendre présentait tous les défauts imaginables. Flou, granuleux, en léger contre-jour, d'une résolution et d'un piqué si médiocres qu'il était presque impossible de l'améliorer à l'aide des filtres automatiques. Il appliqua tous les outils de correction manuelle à sa disposition – contraste, saturation, luminosité –, mais rien ne semblait vouloir réorganiser cette bouillie de pixels. Il fallait ajouter à cela les lunettes chaussées par les deux hommes de l'hélico et les ombres portées par leurs casquettes ; au final, leurs traits distinctifs étaient en grande partie gommés. Certes, les équipes de Karl détenaient sans doute un programme autrement plus sophistiqué, mais il ne voyait pas comment ils auraient pu rendre ces individus identifiables. En l'état, ce pouvait être n'importe quels hommes entre vingt et soixante-dix ans… On avait déjà connu mieux comme portraits-robots.

Déçu, il s'abîma quelques secondes dans la contemplation de la toundra qui défilait sous ses pieds. Alors seulement il remarqua que le pilote de l'appareil était une femme, sorte de poupée blonde comme il en avait si longtemps fréquenté à Copenhague.

Il se lança dans la retouche d'une autre image. Une image qui patientait dans la mémoire de son Blad depuis déjà deux jours. De prime abord, on l'eût crue totalement blanche. Mais en jouant sur les commandes de l'éclairage et du contraste, en réglant chaque curseur au millimètre, il réussit peu à peu à faire apparaître les caractères griffés dans la glace par Leonard Kelly.

Le résultat le laissa songeur.

GREENC

La dernière lettre était faiblement incurvée, hésitant entre la barre et le demi-cercle. Mais lui y voyait sans doute possible un C.

GREENC… limax.

Pourquoi Kelly aurait-il fait référence dans son ultime message à la conférence de Nuuk ? Pour indiquer que l'enjeu résidait là ? S'il en croyait les propos de Jake Gordon, ce n'était pas faux. GreenClimax apparaissait bien comme le sommet de la dernière chance. Il était plus crucial que jamais de mobiliser l'opinion publique mondiale sur l'urgence de la situation au Groenland et dans le monde. Dans ce contexte, GreenClimax devait faire office de sonnette d'alarme. Mais tout de même, qui aurait encore songé à sauver la planète quand il n'était plus question que de sauver sa propre peau ?

En quoi cela aidait-il à identifier son bourreau ?

À moins que ce dernier ne fût directement lié à l'organisation de la conférence ? Décidément, le sarcophage de glace conservait jalousement son mystère.

*Jake Gordon.*

Avec les événements tragiques de la veille, il en avait presque oublié de vérifier l'alibi du glaciologue de l'IIP. Il composa deux messages. L'un à destination de Rob Normann, le commandant *Healy,* le brise-glace des gardes-côtes, pour qu'il l'éclaire sur l'emploi du temps de Gordon dans la nuit du 15 au 16 juin. L'autre adressé à Pilip Kiminsen à propos des témoignages des vacanciers de camp Eqi. Inoook, le *land artist*, avait-il oui ou non été vu cette nuit-là, travaillant sur ses *Icelights* ? La réponse du flic d'Ilulissat fut presque immédiate. Toutes les personnes interrogées confirmaient la présence dudit Inoook sur le lieu de son installation. Il ne pouvait s'être trouvé au même moment sur le second front du glacier Jakobshavn Isbræ. À défaut de le disculper de toute complicité, cela le lavait au moins des soupçons les plus graves.

Qaanaaq s'abstint en revanche de relancer le major Jesper Jorgensen au Joint Arctic Command. Leur dernier échange remontait à moins de trois heures, et l'officier l'avait assuré qu'il appliquerait le plan convenu à la lettre. Il y avait un moment, en ce bas monde, où il fallait bien faire confiance à quelqu'un… même quand la vie de nos proches en dépendait.

Le SMS de Brenner qui surgit alors sur son mobile le fit sursauter.

> Les petits génies ont commencé leur fouille par le BIOS de la bécane ciblée. D'après eux, elle comporte un marquage spécifique. Conclusion : ce portable

n'a pas été préparé et acheté dans un point de vente ordinaire.

Qaanaaq répondit du tac au tac.

Où ça, alors ?

La réponse ne se fit pas attendre.

D'après ce que mes gars ont trouvé, il a été reformaté par la société Alphabet, alias Google. On suppose que c'est un cadeau qu'ils ont fait à Kelly. Apparemment, c'est assez fréquent que les GAFA[1] arrosent les agences gouvernementales en matériel. Mais le souci, c'est qu'ils ont ajouté au passage des protections anti-hacking à leur façon. Du genre ultra-méga-costaud. Une fois encore, à moins d'avoir les moyens de la NSA à dispo... Bref, ce serait plus simple que tu fasses marcher tes petits neurones pour cracker son mot de passe.

Retour à la case départ. Ses deux mains posées à plat sur son crâne, il fulmina en silence. Il comprenait mieux pourquoi l'ordinateur était si bien protégé, notamment exempt de compte utilisateur « invité ».

*Alphabet*... L'hydre informatique avait peut-être changé de nom il y a quelques années, elle n'en demeurait pas moins tentaculaire. Et surtout, d'une opacité que même les actions en justice peinaient à percer. Quand bien même une commission rogatoire internationale serait émise à son encontre par un tribunal danois, il se passerait des semaines, voire des mois, avant que le géant

1. Acronyme désignant les quatre plus grandes sociétés internet de la Silicon Valley : Google, Apple, Facebook et Amazon.

américain ne daigne leur répondre. Et combien de femmes ou d'hommes seraient sacrifiés d'ici là ?

La main lourde, sans réel espoir, il s'essaya à quelques combinaisons inédites sur le clavier du MacBook. Chaque nouvelle tentative se soldait par le même tressautement sans appel de l'image, synonyme d'échec.

– Upernavik dans cinq minutes, annonça soudain la voix de la pilote.

*Déjà ? !* s'étonna Qaanaaq. La petite localité constituait l'unique halte avant leur destination finale, juste le temps de se ravitailler en carburant. Le plein fait, deux passagers se joignirent à eux, tout aussi souriants et taciturnes que les autres.

Le reste du trajet s'effilocha, les heures lui parurent des minutes. Il laissait son regard errer sur le littoral en contrebas. À cette latitude, loin au-delà du cercle polaire, l'été se faisait plus discret. Les icebergs le long de la côte semblaient à peine rongés par la hausse des températures. D'ailleurs, ils pullulaient ici plus encore qu'à Diskø ou Helheim. Peu avant l'arrivée, l'hélico survola même un petit village menacé d'écrasement par un colosse blanc. Tel un gros narval paresseux, le monstre avait choisi de s'échouer contre lui. Le spectacle était splendide et effrayant à la fois.

La pilote amorçait à présent l'atterrissage final, tout en souplesse.

À travers la vitre, Qaanaaq avisa la face souriante et vaguement familière d'un homme qui se tenait au bord de la plate-forme d'atterrissage. Balayé par le souffle du rotor, il retenait sa capuche à pleine main. Un jeune Inuit.

À peine sorti de l'appareil, Qaanaaq fonça dans sa direction et, sans attendre que l'autre parle ou lui tende la main, il lui cria :

– *Ai*[1] ! Tu es Nootaïkok, n'est-ce pas ?

Même en cette saison, le froid était saisissant. Il avait oublié à quel point. Économe de ses mots autant que de son énergie, l'autre acquiesça à la façon de ses ancêtres, d'un simple haussement de sourcils.

– Ton père m'a beaucoup parlé de toi, poursuivit Qaanaaq. Je suis vraiment heureux que tu aies pris le poste d'ici en charge.

Nootaïkok se contenta cette fois d'élargir son sourire. Assurer la succession d'Ujjuk, chef de la police locale depuis tant d'années, n'avait pas été une chose facile. Encore moins dans le contexte tragique qui avait conduit à la condamnation pour complicité de meurtres du patron.

Comme l'avait raconté le pêcheur Kavajaq sur le quai d'Ilulissat, un climat de défiance généralisé régnait depuis lors dans la ville, chacun soupçonnant son voisin d'avoir su et de s'être tu.

Nootaïkok apprécia d'autant plus le compliment du directeur de la police groenlandaise.

– Merci, patron. Vous voulez sortir de Qaanaaq, c'est ça ?

« Sortir de Qaanaaq. »

Cette ville qui portait son prénom produisait souvent ce genre d'effets cocasses. Oui, pour le coup, il serait parfois volontiers sorti de lui-même. Mais c'était un tout autre sujet…

– C'est bien ça, répondit-il.

– Alors suivez-moi. Je vais vous prêter ma motoneige. J'ai fait le plein ce matin. Ça devrait largement suffire pour un aller-retour au campement de Kunnunguaq.

1. « Salut », en kalaallisut.

Kunnunguaq était le chamane de la petite communauté. Voilà sept mois qu'il n'avait plus entendu prononcer ce nom.

Devant la frêle bicoque du commissariat, l'attendait comme convenu un Arctic Cat rutilant. La machine paraissait parfaitement entretenue.

– Si je peux juste me permettre…, hésita Nootaïkok.

– Permets-toi.

– Eh bien, en cette saison, il faut faire attention aux trous d'eau et aux plaques mobiles. Le dégel a beau être partiel, la banquise est fragilisée ou fracturée à pas mal d'endroits.

– OK, je ferai gaffe.

L'avertissement rappela à Qaanaaq cet *agloo*[1] où il avait failli perdre sa jambe droite. Par moments, une raideur ravivait le souvenir de cet épisode. Ce jour-là, il n'avait dû la vie qu'à l'intervention miraculeuse d'Appu. Il lui devait bien de retrouver les meurtriers de Bodil, non ?

Pour lui, pour elle, il pouvait affronter l'entrevue la plus douloureuse de toute son existence.

1. Trou creusé dans la banquise par les chasseurs inuits pour capturer les phoques.

# 31

**[IMG_6423 / 18 juin / 17 h 43 / La tente du chamane Kunnunguaq]**

– Entre, entre… Assieds-toi.

L'invitation fut lancée d'une voix étonnamment claire. Qaanaaq effaça le pan de cuir rigide et pénétra à l'intérieur de la tente. Le flash lumineux venu du dehors esquissa les contours de la silhouette tapie dans l'ombre. Un brasero placé au centre, gros chat de braises ronronnantes, réchauffait l'espace circulaire. Le sol était jonché d'outils, de *tupilak* en cours de création et de copeaux d'ivoire.

Comme il s'installait à une distance respectable, la voix lui enjoignit de se rapprocher :

– Approche-toi… Mes yeux ne sont plus ce qu'ils étaient, tu sais.

Il s'exécuta sans un mot. D'aussi près, il ne pouvait ignorer l'énorme balafre zébrant le visage émacié. L'œil droit s'affaissait lamentablement sur la joue lacérée. On eût dit une toile de Francis Bacon. Défigurée par un cri éternel.

Mais ce qui frappa d'emblée Qaanaaq, c'est que, contrairement à ce que tous disaient d'elle, Pipaluk, la compagne du chamane, paraissait avoir toute sa tête.

Pipaluk, ce nom qu'elle avait pris pour s'intégrer ici. Pipaluk qui avait renoncé à sa précédente identité : Sandra Skovgaard. Sa vraie mère.

À mesure que son regard s'habituait à la pénombre, il la détailla plus à loisir. Le port de tête de la femme était droit, presque altier. Et, n'étaient ses traits altérés, se dégageait d'elle une forme d'élégance. Presque de noblesse.

– Je l'ai toujours su, dit-elle d'un ton doux.

Lui se sentait incapable du moindre mot. D'un coup, il avait trois ans. Il courait à demi nu sur la banquise, avalé par la nuit polaire. Il s'appelait encore Mina, son *ateq* inuit, et il avait peur.

Une frayeur absolue à l'idée de ce qu'il allait découvrir.

– … Que tu reviendrais ici, je l'ai toujours su.

Il n'y avait aucun pathos dans sa voix. Juste une confiance farouche, enfin récompensée. Elle exprimait une joie presque enfantine, un peu timide, réprimant tout élan. Le savoir là devant elle, bien vivant, semblait suffire à combler plusieurs décennies de tristesse et d'attente. Elle le regardait en coin, le dévisageant par petites touches, comme pour ne pas l'user.

Était-ce le chamane Kunnunguaq qui l'avait prévenue de sa visite ? Était-ce lui qui avait dévoilé à la vieille femme son identité ? Ou peut-être l'avait-elle compris sans qu'on ne le lui dise – que son fils venait enfin à sa rencontre.

Qaanaaq ne croyait pas à l'instinct maternel, mais il pensait possible que la petite musique du sang nous soufflât certains secrets à l'oreille.

– Que tu survivrais, ça aussi je m'en doutais. Les « Mina » sont âpres au mal. C'est la raison pour laquelle ton père avait choisi ce prénom pour toi.

*Mon père, Tukassaanngitsoq.* « Celui qui ne craint pas l'invisible. »

Avec le temps, le danois de Sandra était devenu hésitant, teinté d'un léger chuintement. Elle cherchait un peu ses mots. Lui aussi, mais pour d'autres raisons. Il voulait repousser l'instant qui romprait cette magie simple entre eux. De quoi d'autre avait-il besoin, désormais ? Certains silences comblaient mieux les attentes que tous les mots.

– Je me demandais pourquoi…, parvint-il enfin à dire.

– Oui ?

– … Comment tu as pu me laisser partir d'ici. Tu le savais, pourtant, que j'avais réchappé à l'attaque de notre tente ? Tu le savais, n'est-ce pas ?

Un voile tomba sur les yeux d'un bleu délavé. Elle avait dû être jolie pourtant, avant. Elle l'avait été. Il se souvint du panneau planté devant l'école du village, où figuraient les portraits de toutes les institutrices affectées là depuis sa création. Il revit le visage si pur, diaphane, de celle qui y avait enseigné entre 1970 et1975.

– Non… Quand je l'ai appris, l'aide à l'enfance t'avait rapatrié à Copenhague depuis déjà plusieurs semaines. Moi, je commençais tout juste à reprendre mes esprits.

Comment comprendre sans accabler ? Comment dénouer les fils de cet écheveau sans qu'ils ne cisaillent leurs deux âmes ?

– Et tu… Tu as essayé de me récupérer ?

Il l'avait demandé sans une once de reproche. D'une voix presque enfantine. Espérant la réponse qui allait venir.

– Bien sûr ! s'exclama-t-elle, la voix s'éraillant. Mais c'était trop tard. Trop tard… Tu avais vu le jour ici, sur la banquise. Tu ne figurais sur aucun registre officiel. Pour les services sociaux danois, tu aurais pu tout aussi bien être « né de parents inconnus ». De toute façon, ils nous pensaient morts, ton père et moi. Et une fois ton adoption validée à Copenhague, je n'ai plus eu aucun recours.

Avait-elle cherché à savoir qui il était devenu ? Qaanaaq Adriensen, l'enfant unique de Flora et Knut Adriensen – bon fils, bon flic, bon Danois ?

Peut-être que oui, peut-être que non, il préférait ne pas remuer plus les choses pour l'instant. À chaque minute sa douleur ; cela ne servait à rien de forcer la confidence. Mais après un temps, elle reprit d'elle-même son récit. Elle semblait presque soulagée de décharger ainsi son fardeau.

– J'étais la veuve d'un Inuit parmi d'autres, une nomade en rupture avec la société danoise… Et, en prime, une handicapée dont personne ne voulait plus. J'ai rempli plusieurs dossiers, tu sais. Plusieurs.

*Mais tu n'as jamais obtenu la moindre réponse*, compléta-t-il pour lui-même. Flora et Knut avaient-ils été informés des démarches de Sandra ? Si oui, s'étaient-ils contentés de les lui cacher ? Ou s'y étaient-ils opposés ?

– Et puis, tu sais, dit-elle encore avec une infinie lassitude, c'était déjà la troisième fois que la vie reprenait l'un de mes enfants. Je n'en pouvais plus. J'ai même cru que je ne vous méritais pas. Que c'était un message qu'on m'adressait…

*Tu n'enfanteras point*. Et si tu enfantes, le fruit de tes entrailles te sera à chaque fois arraché. Sandra avait beau s'être fondue dans la culture inuite, le carcan de la morale protestante l'étreignait toujours. De quelle faute se croyait-elle donc coupable pour accepter un tel châtiment ?

– Je ne me suis sans doute pas battue comme je l'aurais dû, admit-elle comme à regret. Mais je me suis dit qu'au moins, là-bas, tu serais élevé dans une bonne famille. Que tu n'aurais plus rien à craindre.

Qaanaaq acquiesça en silence. Elle avait eu raison : il n'aurait pu tomber sur un meilleur foyer que celui des Adriensen. Le sacrifice de Sandra n'avait pas été vain.

Quelque chose l'avait pourtant heurté dans les propos de sa mère.

– Tu dis que trois enfants t'ont été repris… Mais tu n'as eu qu'une fille et un fils avec Tukassaanngitsoq. Je me trompe ?

Un sourire désolé balaya le visage de Pipaluk, la femme sans figure ni identité, souvenir déformé de celle qui s'était appelée Sandra Skovgaard. Elle n'eut pas besoin d'ajouter quoi que ce soit pour qu'il comprenne.

D'une main, elle agita le tisonnier dans les braises du petit foyer. Un halo tiède ondoya jusqu'à eux, projetant sur le faciès en lambeaux un masque plus hideux et désespéré encore.

– Tu as un frère, finit-elle tout de même par avouer. Un demi-frère. Plus vieux que ta sœur et toi.

Alors, elle lui raconta ce passé-là. Sa vie d'avant. Avant qu'elle n'ait été affectée comme institutrice à l'école primaire de Qaanaaq.

Elle remonta loin, jusqu'au début des années 1950…

– Mon père, ton grand-père, était fournisseur pour l'armée américaine. Il fabriquait des équipements pour l'infanterie : des sacs, des duvets, des tentes, ce genre de choses. Mais assez vite, il a compris qu'être implanté en banlieue de Copenhague était un frein pour son entreprise. C'est pour ça qu'on s'est installés à Albany, dans l'État de New York. J'étais toute petite.

Qaanaaq réalisait les préjugés qu'avait dû affronter Sandra à son arrivée au Groenland. Aux yeux des populations locales, elle n'était qu'une institutrice blonde de plus, envoyée par le ministère de l'Éducation danois. Et par la faute de son père, complice de l'US Army, pire encore : Sandra incarnait à elle seule l'envahisseur américain, ces GI qui avaient spolié les Inuits de leurs terres ancestrales pour les parquer dans cette localité artificielle et reculée qu'était Qaanaaq. Peu importe qu'elle n'ait été elle-même qu'une gamine à l'époque des faits...

Il comprenait mieux pourquoi Tukassaanngitsoq et elle avaient choisi de s'exiler en marge de la communauté, renouant avec la vie des chasseurs nomades.

– « On », c'était qui ? demanda-t-il.

– Morten et Pia, mes parents... et Aleka, ma sœur aînée. On a passé presque toute notre enfance aux États-Unis. Tu aurais dû voir ça : l'Amérique des années 1950 comme dans les films, les *diners*, les drive-in, le rock...

Un sourire nostalgique fleurit sur son visage déformé. Elle avait quinze ans, à nouveau. Elle retrouvait ses mots et sa fascination d'alors.

– On se sentait très chanceuses de vivre tout ça. Mais mon père n'a jamais souhaité prendre la nationalité américaine. Il tenait à son identité danoise. D'ailleurs, on rentrait dans la famille à Copenhague pour Noël tous les ans.

– Et vous ne vous y êtes jamais réinstallés ?

– Où ça, au Danemark ?

– Oui.

– Mes parents et Aleka, jamais. Moi oui, plus tard, mais pas très longtemps.

– Pourquoi ? Qu'est-ce qui s'est passé ?

Elle expira longuement et, comme pour la soutenir dans sa confession, elle attrapa un *tupilak* qu'elle se mit à caresser de ses mains noueuses.

– Quand on a été en âge d'avoir des petits amis et de se fiancer, Aleka et moi, on n'a pas été chercher notre

« bonheur » très loin. À la fac, le côté blonde scandinave, ça plaisait encore bien à l'époque. On était jeunes et complètement naïves toutes les deux. Aleka a rencontré Sam, et moi Peter. Mais autant Sam était un garçon adorable, drôle et très amoureux de ma sœur…

Pipaluk marqua une nouvelle pause. Qaanaaq ne voulait rien forcer. Mais à chaque interruption, il redoutait qu'elle n'arrête là son récit.

– Disons que mon Peter n'était pas vraiment le mari idéal. Il buvait beaucoup. Il me frappait de temps en temps. Il avait du mal à trouver des petits boulots, tous assez minables. Alors quand mon père lui a parlé d'un poste supposé tranquille dans un régiment qu'il fournissait, Peter n'a pas hésité. Et moi, j'avoue que je me suis sentie plutôt soulagée. Il n'était presque plus jamais à la maison, toujours à droite et à gauche. Sauf que, début 1968…

Qaanaaq entrevit ce qu'elle allait lui dire. Associées à certains lieux, certaines dates parlaient d'elles-mêmes.

– … Il a été envoyé au Vietnam. Et son poste à l'armurerie n'a plus rien eu de tranquille.

En clair, Peter était mort là-bas. Le visage crispé de la vieille femme confirma son intuition.

– La semaine où j'ai appris qu'il était mort, j'ai aussi découvert que j'étais enceinte. Je me suis décidée en quelques jours. Retour à Copenhague. Enfin, je dis « retour », mais la vérité c'est que ce n'était pas vraiment chez moi. Quand mes parents se sont installés aux États-Unis, je n'avais que trois ans.

Elle n'était plus désormais qu'une étrangère au Danemark. Comme elle l'avait été en arrivant aux États-Unis. Comme elle le serait encore en débarquant au Groenland.

Une vie à être déracinée, rejetée. Qaanaaq connaissait si bien ce sentiment, hélas…

Il la relança avec toute la compassion possible.

– Et tu as fait quoi là-bas, toute seule ?

– D'abord, j'ai accouché, d'un petit garçon tout blond. Il était magnifique. Déjà si grand pour son âge… Peter était une ordure, mais c'était un très bel homme, je ne peux pas lui enlever ça. Puis j'ai trouvé un poste d'institutrice suppléante dans une école primaire. Je n'étais pas vraiment à ma place. Pour mes collègues danois, tous assez à gauche, j'étais une sale *Yankee*. Et pour les expatriés américains qui traînaient dans la capitale, j'étais une idiote de Danoise, assez bête pour avoir choisi de quitter les États-Unis.

– C'est à ce moment-là que tu es partie au Groenland ?

Elle ne répondit pas tout de suite, prenant une large inspiration.

– Oui. En 1970. Mais… sans mon fils.

Qaanaaq se sentait presque gêné d'être le spectateur de ce drame, à présent. Il aurait voulu la dispenser de cette épreuve. Et pourtant, une force invisible le poussa à demander :

– Pourquoi ?

– Mes beaux-parents. Ils nous ont reproché la mort de leur fils, à mon père et moi… Ils ont pris un avocat. Déclenché une procédure. Officiellement, je n'étais qu'une Danoise, tolérée sur le sol américain grâce au travail de mon père, puis par mon mariage avec Peter. J'étais partie sans rien demander à personne avec un enfant qui était un bon citoyen américain.

– Ils te l'ont retiré, c'est ça ?

– Oui… Ils n'ont pas eu trop de mal à obtenir gain de cause. Ils ont fait valoir mes problèmes psychologiques. Ils ont dit que du vivant de leur fils, je prenais déjà des tranquillisants. C'était vrai, mais pour les raisons que je t'ai dites… Le comble, ça a été quand j'ai postulé pour ce poste à l'école de Qaanaaq. Moi, je voulais juste m'éloigner de tout ça. Repartir à zéro.

Qaanaaq n'osait plus l'interrompre. Le fil de leur dialogue était si fragile.

– Je ne sais pas qui les a informés. Mais ils s'en sont servis pour prouver que je voulais emmener leur petit-fils dans un pays sauvage, sans hygiène ni confort… Ils disaient que j'allais le mettre en danger. La justice américaine a tranché en leur faveur. Et après six mois de bataille, un tribunal de Copenhague a confirmé la décision. À l'époque, au Danemark, les autorités ne refusaient pas grand-chose aux Américains.

L'histoire moderne du Danemark fourmillait en effet d'illustrations de cette allégeance, qu'il s'agisse de géopolitique ou d'affaires privées.

– Tu n'as pas fait appel de leur verdict ?

– Si, souffla-t-elle. Évidemment. J'ai même tenté trois recours. À l'époque, depuis Qaanaaq, ça n'avait rien d'évident. Le service postal ne passait pas souvent. Mais, de toute manière, je savais que jamais un magistrat américain ne se dédirait. Au deuxième jugement, j'ai même perdu le droit de visite annuel qui m'avait été octroyé initialement.

– Et ton fils… ? demanda-t-il du bout des lèvres.

Il était trop tôt pour désigner comme « son frère » celui dont il venait tout juste d'apprendre l'existence. D'ailleurs, pourrait-il jamais le nommer ainsi ?

– … Qu'est-ce qu'il est devenu ? J'imagine que tes beaux-parents ont obtenu sa garde ?

– Tu imagines bien… Mais ça n'a pas duré très longtemps. Ils sont morts tous les deux trois ans plus tard, presque coup sur coup. Cancers foudroyants. Il faut croire que quelque chose de plus méchant qu'eux les rongeait.

Le mélo virait cette fois au carnage. Certaines vies comportaient plus de tragédie que le plus shakespearien des drames.

– Qui l'a élevé, alors ?

Il posait la question, mais il connaissait déjà la réponse. Il n'y avait pas mille solutions.

– Aleka. Ma sœur.

Le fils de Sandra était devenu celui d'Aleka.

Le choc était tel qu'une toux sèche déchira la gorge de Qaanaaq. La fumée du brasero y était sans doute pour beaucoup, mais, littéralement, il ne parvenait pas à avaler une information pareille.

– Sam et elle n'arrivaient pas à en avoir. Il tombait à pic, ce bébé « tout fait », en partie de leur sang. Moi… Eh bien moi, j'avais disparu. J'avais rencontré ton père, je m'apprêtais à quitter l'école… On vivait sous un *tupeq* comme celui-là. On ne m'a pas demandé mon avis. J'étais déjà déchue de…

Le terme juridique lui échappait.

– … j'avais perdu mes droits de mère.

Qui n'aurait pas perdu la raison ?

C'est d'ailleurs probablement à cette période qu'elle avait endossé son rôle de folle du village. Sous cette étiquette, elle s'était mise à l'abri des curieux.

– Je vois… Mais comment tu l'as su, alors ?

– Tout début 1975. Un courrier a été adressé pour moi à l'école de Qaanaaq. Dedans, il y avait une photo d'eux trois devant un sapin. Rien d'autre.

Aleka, Sam… et Leonard donc. Leonard Skovgaard, devenu Leonard Kelly une fois adopté. Qaanaaq comprenait qu'il fût trop douloureux pour sa mère de prononcer ce nom.

Leonard Kelly.

Son cousin et son frère tout à la fois.

– Si elle a envoyé cette photo, c'est bien qu'elle imaginait que tu pouvais être vivante, non ?

– Je ne sais pas. Aleka a toujours été d'un naturel très… romantique.

Elle devait vouloir dire « romanesque ».

– Je pense que, pour elle, c'était plus une bouteille à la mer…

Qaanaaq en conclut que Sandra n'avait jamais répondu à cet envoi.

Un silence aussi long qu'une nuit polaire écrasa la tente. La gêne le disputait à cette tendresse atavique qui les réunissait tous deux, désormais. Mais le récit achevé, que leur restait-il ? Comment combler plus de quatre décennies d'absence ?

Enfin, surpris autant qu'elle par son geste, Qaanaaq posa une main sur celles de sa mère. La vieille femme s'abandonna au contact sans opposer la moindre résistance – mais sans pouvoir lui serrer en retour. Les caresses perdues ne se rattrapaient pas.

Elle était si frêle. Ses membres si menus, si décharnés. C'était à croire que l'ours qui l'avait agressée n'avait rien laissé sur ses os.

Il resta ainsi quelques instants. Son regard embué fuyant celui de son hôte. Il n'eut pas le cœur de lui raconter ce qui l'amenait là. Le sort de Leonard Kelly, et tout le reste.

À quoi bon, maintenant ?

* * *

Quand Qaanaaq sortit de la tente, malgré l'heure tardive, une luminosité trouble persistait. Le jour polaire rendrait son retour guère plus compliqué que l'aller. La perspective d'un nouveau trajet au milieu des plaques instables et des trous d'eau ne l'enthousiasmait pas. L'entrevue avec sa mère l'avait sérieusement ébranlé. Il se ferait tout de même violence. Il était pressé de rentrer chez lui.

Massaq et les enfants lui manquaient. Sa vie toute de guingois aussi.

Il constata, non sans surprise, que le réseau mobile n'était pas si mauvais dans ce paysage désolé.

– Tobias ? Adriensen.

– Capitaine ! répondit l'agent d'Air Greenland. Vous tombez bien, j'allais vous envoyer une vidéo par MMS.

– Un cadeau de vos amis de l'aéroport de Kangerlussuaq ?

– Eux-mêmes.

– Fabuleux. Ah, au fait… si je vous donne un nom et une période, est-ce que vous pourriez retrouver une réservation ?

– Allez-y.

Mais, malgré plusieurs minutes de recherche sur son terminal, Tobias ne releva aucun billet d'hélicoptère à destination de Qaanaaq établi au nom de Leonard Kelly.

En revanche, les images des caméras de surveillance à Kangerlussuaq n'étaient pas dénuées d'intérêt. On y apercevait Kelly, planté sous un panneau d'affichage électronique, attendant manifestement sa correspondance pour Nuuk. Tout à coup, un gamin d'apparence inuite entrait dans le champ, marchant vers le colosse blond. Il lui remettait un papier, puis repartait en courant sans demander son reste.

Peu après, Kelly prenait la direction de la sortie. Il avait donc bien quitté l'aérogare. Et n'était jamais monté à bord du vol ralliant la capitale groenlandaise.

Qui était ce môme ? Serait-il capable de décrire ceux qui lui avaient remis le message ? Autant chercher un glaçon à cocktail au milieu des icebergs. Qaanaaq le savait. Il essaierait néanmoins de lancer un avis à partir d'une capture vidéo zoomée sur le visage de l'enfant.

Au moment de démarrer la motoneige, une étrange fulgurance le foudroya.

Il sortit le MacBook de Kelly de son sac, et suspendit ses doigts au-dessus du clavier. Si Sandra, sa mère, disait vrai, ses beaux-parents étaient morts trois ans après avoir obtenu la garde de Leonard et l'avoir rapatrié aux États-Unis. Le garçon avait donc au moins cinq ans quand Aleka et son mari Sam l'avaient recueilli. À cet âge-là, un enfant était assez éveillé pour sentir qu'on tentait de lui dissimuler certaines choses. Qaanaaq l'observait tous les jours avec Jens et Else.

Le petit Leonard Kelly avait forcément posé mille questions à Aleka et Sam sur sa mère. Peut-être Aleka avait-elle craqué, lui racontant tout ce qu'elle savait sur sa sœur cadette.

Or, jusqu'en janvier 1975, date à laquelle Sandra avait définitivement abandonné son poste à l'école de Qaanaaq, il était possible de suivre sa trace sans trop de difficulté. Ce n'était qu'au-delà qu'elle était devenue le fantôme qu'elle demeurait aujourd'hui…

Janvier 1975.

Dans le champ de saisie du mot de passe, il frappa à toute allure les diverses combinaisons qui jaillissaient dans son esprit.

011975 : échec.

janvier1975 : échec.

La même chose en danois. Encore un échec. Toujours un échec.

Puis, de guerre lasse : qaanaaq011975, Qaanaaq011975, avec ou sans majuscule. Il n'y arriverait donc jamais.

qaanaaq0175

Brusquement, la roue multicolore se mit à tourner. Puis l'écran se couvrit d'un voile gris, somme toute peu rassurant. Après quelques secondes suspendues, l'ordinateur prit vie. Le bureau du système d'exploitation apparut, constellé de dossiers et de fichiers aux intitulés abscons.

Il était entré dans l'intimité de Leonard Kelly.

Dans la tête de feu son frère…

# 32

## [IMG_6430 / 18 juin / 21 h 32 / L'héliport de Qaanaaq]

Qaanaaq pris l'appel en faisant signe à la pilote de l'hélicoptère de l'attendre encore une minute. « Juste une minute », implorait son sourire enjôleur. Elle le lui rendit avec – il l'eût juré – un éclat dans ses beaux yeux clairs.

C'était fou comme il avait toujours plu aux filles qui le laissaient indifférent.

– Adriensen.

– Bonjour, capitaine. Ici le lieutenant Krabbe, des écoutes.

– Je vous écoute, lieutenant.

C'était un jeu vieux comme le monde à Niels Brocks Gade. On s'amusait à répondre « Je vous écoute » quand un agent des écoutes appelait. Potache, mais réjouissant.

– Vous avez demandé une captation des communications concernant un certain Inuk Silis Høegh. Alias Inoook.

– C'est exact, confirma Qaanaaq.

– Nous avons relevé un appel « suspect », selon les critères que vous nous avez donnés. C'est un appel entrant, provenant d'une société importatrice de matériel

BTP à Ilulissat, BCE-GreenImport. Manifestement, ils s'apprêtent à lui livrer une nouvelle foreuse. C'est à ce mot que notre programme a réagi.

Une foreuse ? Déjà ? Trois jours après le vol de celle qui lui avait été dérobée à Camp Eqi ? Le moins que l'on pouvait dire, c'était que le *land artist* n'avait pas perdu de temps pour la remplacer. Qaanaaq doutait qu'il ait pu faire jouer son assurance dans un tel délai. Où donc avait-il trouvé les moyens pour un achat aussi coûteux ?

– BCE-GreenImport, vous dites ?

– C'est bien ça.

Quelques secondes plus tard, il composait le numéro de portable du patron de la PME groenlandaise – à cette heure-ci, il se serait sans doute cassé le nez sur leur standard. Une voix à demi endormie lui répondit. D'abord hostile, l'homme se montra plus amène quand Qaanaaq se présenta. Il lui fallut très peu de temps pour fournir l'information demandée. Il ne devait pas se séparer souvent de son ordinateur professionnel, pas même le soir chez lui.

– Je l'ai… Achat d'une carotteuse hydraulique à tête diamant, de marque DOA, établi au nom d'Inuk Silis Høegh.

– Il vous l'a passée quand, cette commande ?

– Hum, attendez… D'après ce que je vois ici… le mercredi 13 juin.

Le 13 juin… Soit deux jours avant que l'on ne lui vole sa foreuse.

– Vous êtes sûr ?

– Certain. On enregistre systématiquement les conversations lors des commandes par téléphone. Ça évite les litiges après coup.

Le procédé était limite, mais l'homme ne paraissait pas gêné de confier sa combine au chef de la police groenlandaise. L'esprit de Qaanaaq était toutefois accaparé par bien plus important. Sous ses airs candides, Inoook les menait-il en bateau depuis le début ? Son combat écologique et artistique avait-il viré peu à peu à l'éco-terrorisme ?

Dans le cockpit, la blonde en uniforme Air Greenland ne souriait plus. Le jour polaire était trompeur : il faisait toujours clair, mais cela n'empêchait pas l'heure de filer bel et bien. Tout flic qu'il fût, elle n'allait pas pouvoir retarder plus longtemps le vol.

« J'arrive ! » signifia-t-il d'un geste vague. Elle n'était pas dupe : les larges pales du rotor se mirent à tournoyer dans le bleu du ciel, auréolées d'une lumière rase. Quant à Qaanaaq, il appelait déjà Pilip Kiminsen. Sa requête décontenança le policier d'Ilulissat. Dans une aussi petite ville, interpeller un suspect ne se faisait jamais de gaieté de cœur. Il préférait prévenir : les remous allaient être difficiles à gérer, d'autant plus avec l'alcool du Mondial qui coulait à flots. Mais l'ordre de Qaanaaq était sans appel, il exigeait non seulement qu'Inoook soit placé en garde à vue, mais aussi que Pilip assure en personne son déferrement à Nuuk. Par le premier vol en partance pour la capitale.

Le bras levé, fuyant le regard furieux de la pilote, il passa un ultime appel dans le fracas de l'hélico.

– Tu pourrais demander une comparaison ADN dès ce soir ?

Comme il s'y attendait, Lotte Brunn traînait encore au Politigarden. Son dévouement était une bénédiction.

– Pas de souci, patron. Entre qui et qui ?

Un instant, il laissa la clameur de la turbine répondre à sa place. Puis il dit :

– Eh bien… entre Leonard Kelly… et moi.

– Vous ? !

Il lui sut gré de lui épargner son « pourquoi », pourtant perceptible à travers le grésillement de la ligne.

– Oui, moi. Tu trouveras forcément un mug sur mon bureau, ou un Kleenex dans ma corbeille… Bref, débrouille-toi.

– OK. C'est comme si c'était fait.

– Et, Lotte…

– Oui ?

– C'est urgent.

Sa voix était blanche.

– J'avais bien compris.

Depuis le décollage, la pilote poussait le Bell 212 afin de rattraper leur retard. Le paysage côtier qu'ils survolaient, rasé par les rayons de l'astre permanent, était magnifique. Mais plongé dans les arcanes du MacBook de Kelly, Qaanaaq profitait encore moins du panorama qu'à l'aller. Cet hélico était devenu une annexe de son bureau. Il n'avait d'yeux que pour l'interminable liste des dossiers contenus dans le disque dur. Nombre d'entre eux arboraient des intitulés scientifiques qui lui échappaient totalement. Il reconnut juste quelques acronymes, entraperçus lors de ses recherches concernant Kelly et l'ICF : IGS pour International Glaciology Society, JG pour *Journal of Glaciology*, AG pour *Annals of Glaciology*, EGU pour European Geosciences Union…

Un dossier moins abscons attira son attention : « Discours ». Il contenait une petite dizaine de fichiers, dont l'un capta aussitôt son regard.

GreenClimax2018

Il ouvrit le document. L'allocution, en anglais, était un exposé savant et assez verbeux sur le « bilan de masse glaciaire » du Groenland : soit la comparaison de la fonte d'un côté et des précipitations neigeuses alimentant la calotte de l'inlandsis de l'autre.

– *Pis* ! souffla Qaanaaq.

Ce que Leonard Kelly s'apprêtait à annoncer était vertigineux. Presque impensable. Pour la première fois depuis des décennies, ce solde avait été « positif » en 2017 : dans l'ensemble du Groenland, plus de glace s'était formée qu'il n'en avait disparu dans le même temps, par la fonte et le vêlage des icebergs. Ce constat, purement scientifique et étayé par des chiffres, allait à l'encontre de tous les discours sur le réchauffement climatique, même les moins alarmistes. Kelly avait beau pondérer ce résultat dans ses conclusions en rappelant que concernant la décennie écoulée, le bilan demeurait largement négatif, son intervention au GreenClimax aurait fait, à n'en pas douter, l'effet d'une bombe. Elle tranchait sur l'ambiance collapsologique[1] qui régnait désormais sur ce type de grands rendez-vous.

Sans être climatosceptique, Kelly s'affichait à tout le moins comme un climato-modéré, voire un climato-optimiste, donc une cible privilégiée pour d'éventuels éco-terroristes. Cette piste était en adéquation avec les « messages » retrouvés dans les corps de Bodil et de Kelly. Il lui fallait intensifier ses recherches sur les groupuscules extrémistes. Mais cela n'expliquait toujours pas pourquoi le glaciologue américain avait gravé les lettres GREENC au moment de mourir. Redoutait-il que ses assassins ne basculent dans une attaque de plus grande envergure durant le GreenClimax ? Son sacrifice et celui

1. La collapsologie est l'étude de l'effondrement de la civilisation industrielle et, au-delà, de l'hégémonie humaine sur la planète Terre.

de Bodil n'étaient-ils, par leur caractère spectaculaire, qu'un moyen d'attirer les regards du monde entier sur le bouquet final qui se déroulerait sous peu au Groenland ?

Dans le champ de recherche de l'ordinateur, il frappa le mot GreenClimax, mais la fenêtre de résultats ne lui renvoya, outre le discours, qu'une poignée de documents utilitaires : plaquette de présentation de l'événement, fiche d'inscription, voucher pour sa chambre au *Vandrehuset*, etc. Balayant le reste de l'arborescence, il tomba sur le répertoire des images. La plupart des sous-dossiers correspondaient, semblait-il, aux diverses missions auxquelles Leonard Kelly avait participé au nom de l'ICF.

Antarctique2001
Arctique2013
Canada2008
Féroé2011
Féroé2016
Groenland2009
Groenland2012
Islande2004
Spitzberg2006

Et d'autres lieux inconnus de lui…

Le portable était réservé à son usage professionnel, et – Qaanaaq en ressentit une légère déception – aucun cliché personnel n'y figurait. Il allait abandonner son examen quand une des miniatures l'interpella. C'était un cliché de Leonard Kelly, avec dix ans et autant de kilos de moins, serrant Aleka et Sam, ses parents, dans ses pattes immenses. Ils paraissaient unis, tous les trois. Rien, dans cette effusion, ne laissait deviner leurs drames passés. Qaanaaq fut touché par la ressemblance d'Aleka avec sa cadette.

Puis, tout au fond du fond du classeur le mieux enfoui, il repéra un dossier.

Qaanaaq

Rien d'autre pourtant que des photographies souvenirs, vues touristiques de la bourgade, de la baie ou des reliefs environnants. De toute évidence, et comme il l'avait supposé, Kelly avait séjourné dans le village. Simplement, pas à la période où il l'avait imaginé. Toutes les photos dataient d'un an auparavant, soit cinq mois avant sa propre arrivée au Groenland.

Les mots de Rob Normann évoquant sa rencontre fortuite avec Leonard Kelly dans un bar de Nuuk, à cette même période, refirent brusquement surface : « Si je me souviens bien, il n'était pas en mission officielle. Il venait ici pour lui. »

Que cherchait Kelly ? Voulait-il y croiser quelqu'un ?

La réponse surgit dès le cliché suivant : un selfie pris à bout de bras. On y voyait Kelly et Ujjuk, leur oncle, se tenant par l'épaule, tout sourire. C'était la seule image de cette sorte. Elle fit exploser mille questions dans sa tête : comment Leonard Kelly avait-il retrouvé la trace du vieux militant nationaliste ? Aleka avait-elle laissé derrière elle, après sa mort, des informations à propos de Sandra et de ses proches ? Kelly avait-il rencontré lui aussi Sandra-Pipaluk ?

Plus perturbant : Sandra venait-elle de lui jouer la comédie, à lui, Qaanaaq ? Son fils.

Le Danois se sentait complètement déstabilisé. Que pouvaient bien partager Kelly et Ujjuk ? Jusqu'à preuve du contraire, les ultranationalistes inuits défendaient des positions assez antagonistes de celle de Kelly sur la question du climat. Sans aller jusqu'au terrorisme, ils étaient les premiers, au Groenland, à déplorer l'action délétère de l'homme sur leur environnement ancestral.

Alors, Leonard Kelly n'adoptait-il la posture qu'on lui connaissait – celle du scientifique pur, dénué de toute partialité – que pour camoufler ses véritables convictions ? Si tel était le cas, son combat clandestin l'avait-il conduit à s'associer au diable en personne ?

Un démon qui l'aurait sacrifié en chemin ?

Cette hypothèse ne tenait pas la route. Car Ujjuk croupissait désormais en prison à Copenhague. Quant à ses deux fils, Ole et Anuraaqtuq, le premier était mort et le second se planquait quelque part, disposant sans doute de soutiens et de moyens très limités.

Et si…

L'idée le sidéra.

Et si Leonard Kelly se fichait après tout totalement de la politique et n'était venu à Qaanaaq-ville que pour percer le mystère de son origine ?

Pour le chercher, lui, son frère ?

# 33

**[IMG_6446 / 19 juin / 00 h 56 / Else, Jens et Massaq allongés sur le lit de Qaanaaq]**

Le tableau l'émut au-delà de ce qu'il aurait imaginé. Ils reposaient tous les trois sur son lit. Immobiles. Emboîtés comme les éléments d'une nature morte. Agencés par Dieu sait quel esthète. Les jumeaux lovés l'un contre l'autre formaient une première sphère que le corps de Massaq ceignait de toute sa longueur, comme une seconde enveloppe.

La lueur douce d'un réverbère les caressait. La lumière du jour polaire, elle, venait tout juste de s'éteindre. La nuit ne durerait guère que trois petites heures.

Qaanaaq sortit son Blad pour immortaliser la scène. Bien que discret, le bruit répété de l'obturateur tira la jeune femme de son sommeil. Elle entrouvrit les yeux, esquissa un sourire, puis se dégagea en prenant soin de ne pas réveiller les enfants. Elle replaça le couvre-lit sur les deux petits corps pour les protéger du froid.

– Ça fait longtemps qu'ils dorment ? demanda Qaanaaq lorsqu'elle le rejoignit au salon.

– Au moins deux heures… On a sombré tous les trois en même temps.

– Et ce gâteau, alors ?

– Délicieusement dégueulasse ! rit-elle doucement. Je ne sais pas quel ingrédient il y a le plus dedans : bave ou farine.

Elle prit place à ses côtés, les jambes repliées sous elle, pelotonnée sous un plaid écossais semblable à celui d'Appu et Bébiane. Le cadeau de bienvenue du couple quand il avait emménagé ici.

Il leur servit un grog bien chaud, suffisamment chargé en rhum. Massaq le remercia d'un baiser chaste. Si l'on exceptait la nuit de son arrivée, quand ils s'étaient écroulés sans un mot, cet instant était leur premier véritable temps d'intimité. Chacun le sentait bien ; chacun repoussait le moment de dissiper cette magie avec des paroles. Qu'auraient-ils pu ajouter à cette évidence qui, depuis déjà tant de mois, malgré la distance, les liait ?

Il s'y risqua le premier. Il lui raconta à grands traits ses découvertes de la journée avec le moins de mots possible. Il lui faisait confiance. Après tout, elle n'apparaissait nulle part sur les photos prises à Qaanaaq-ville par Kelly. Pas plus qu'elle n'avait été impliquée dans les deux meurtres perpétrés dans la petite localité, sept mois auparavant. Il ne pouvait envisager qu'elle eût un rapport avec la présente affaire.

– C'est étrange, dit-elle simplement quand il eut achevé son récit.

– Qu'est-ce qui est étrange ?

– Que je n'aie pas été au courant de sa visite. Que mon père ne m'ait même pas parlé de lui.

Qaanaaq se retint de lui rappeler qu'Ujjuk lui avait caché bien plus que cela au cours des dernières années : la résurgence du parti NNK, ses projets criminels avec ses deux fils… Au fond, elle ignorait à peu près tout de ce qui animait réellement son père.

– Ça te blesse ? demanda-t-il à la place.

– Un peu…

Ce peu-là semblait être beaucoup. Mais Massaq n'était pas du genre à exposer ses blessures au grand jour.

Elle expira longuement. Exiler sa douleur était sans doute la meilleure revanche qu'elle pouvait prendre sur la trahison des siens.

– Non, finit-elle par dire. Tout ça est bien loin derrière nous, maintenant.

Elle avait bien dit « nous ». Son visage abîmé dans les cheveux noirs, Qaanaaq goûtait chaque seconde de sa félicité. Mais la réalité ne lui laissait pas le choix, elle les rattrapait inexorablement. Il était temps de parler à Massaq du piège qu'il voulait tendre aux tueurs de Leonard et Bodil. Il ne lui épargna aucun détail. Et surtout pas que ce plan pourrait les mettre tous en péril.

Massaq se rembrunit.

– Tous ? Tu veux dire Jens et Else aussi ?

– Oui, les enfants aussi, dit-il d'une voix moins assurée. Et toi.

Les enfants… et toi surtout, aurait-il dû préciser. Mais il s'en abstint, comme pour conjurer cette perspective.

– Et ça prendra effet à partir de quand ?

– Demain matin.

Elle parut surprise. Releva son visage de statue vers lui puis planta son regard dans celui de Qaanaaq. Après de longues secondes, elle reposa de nouveau la tête sur sa poitrine. Comme si elle avait pris la décision de lui faire confiance, quoi qu'il puisse en coûter.

– Pendant toute la durée de cette opération et jusqu'à nouvel ordre, poursuivit-il, il y aura deux agents qui surveilleront la maison et ses occupants. Peter et Jakob. Ce sont deux gars très sûrs. Très discrets. Et si vous sortez en ville, les jumeaux et toi, ils vous suivront.

– D'accord… Mais Bébiane et Appu ? demanda-t-elle.
– Eh bien, quoi ?
– Tu ne les protèges pas ?

Ce n'était pas un reproche, juste une question sans détour, à son image. Il savait à quoi elle pensait. Bodil était la sœur d'Appu. Qu'est-ce qui pouvait leur garantir qu'on ne s'en prendrait plus à la famille Kalakek ?

La rage de son ami explosa de nouveau à ses oreilles : « Tu viens ici, dans *ma* maison, pour me dire qu'on a tué *ma* sœur uniquement pour s'en prendre à TOI ? ! »

Qaanaaq entendait la douleur d'Appu, comprenait les alarmes de Massaq ; et pourtant, il ne parvenait à moucher cette intuition en lui, petite flamme qui le guidait depuis la veille, depuis qu'il s'était découvert un lien de parenté avec Leonard Kelly. C'était lui, Qaanaaq Adriensen, que les criminels visaient à travers ces différentes victimes. C'était à lui et personne d'autre qu'on s'en prendrait encore dans un proche avenir.

Il en était absolument certain.

Et tout son plan reposait sur ce postulat.

Il changea brusquement de sujet et lui posa cette autre question, celle qu'ils avaient tous deux savamment esquivée depuis trois jours : pourquoi s'était-elle décidée à le rejoindre ici ? Il voulut lui simplifier la tâche, énumérer les hypothèses qui pouvaient justifier sa venue : l'atmosphère délétère à Qaanaaq, aucun emploi stable là-bas, la solitude depuis le « départ » de son père et son frère…

Mais à tout elle répondit d'un hochement de dénégation, secouant la tête comme une gamine. Ce n'était pas la disparition de ses proches qui l'avait décidée à quitter sa terre natale. Par leurs actes, son père Ujjuk et son frère Ole avaient brisé ce qui les liait à elle depuis toujours. Ils avaient menti et tué comme des Blancs. Trahi l'identité et les croyances de leur peuple. Désormais, elle ne reconnaissait plus à personne le droit de contester ses propres choix, quels qu'ils fussent. En un sens, ce drame avait été pour elle une libération. Elle s'autorisait à vivre comme elle l'entendait, selon ce qu'elle ressentait. Et pourquoi pas à coucher avec son propre cousin si cela lui chantait.

– Et le jugement de Dieu, tu ne le crains pas ? demanda-t-il sans conviction.

– Je suis une vraie Inuite. Je ne crois pas en Dieu. Je crois à la communion de l'homme et de la nature.

Une nature comme la défendaient les éco-terroristes qu'il avait dans sa ligne de mire. Une nature qui, il l'espérait, ne les engloutirait pas trop vite, les enfants, Massaq et lui.

## 34

**[IMG_6452 / 19 juin / 8 h 42 / Une silhouette à contre-jour]**

– Donc à partir de cet instant, 8h 21, heure de Nuuk, vous êtes en garde à vue. Selon la loi, vous avez le droit de garder le silence et de faire appel à votre avocat, ou de demander l'aide juridictionnelle gratuite si vous n'en avez pas.

Dans un premier temps, l'homme ne réagit pas – si ce n'était par un léger sourire sarcastique. Il ne semblait pas prendre la situation très au sérieux.

– En réalité, finit-il par répliquer, je suis en garde à vue depuis que votre collègue est venu me chercher chez moi, à Ilulissat.

Qaanaaq planta son regard dans celui d'Inoook et continua calmement.

– Non, désolé. Vous avez suivi l'agent Kiminsen de votre plein gré. Maintenant, vous êtes gardé à vue. Alors, avocat ou pas avocat ?

– Je n'en ai pas, non…

C'était un peu surprenant venant d'un type dont les installations et les happenings devaient souvent flirter avec l'illégalité. Il fallait croire qu'il était toujours passé entre les gouttes jusque-là.

– Vous en voulez un ?

– Oui.

Il avait déjà perdu de sa morgue.

Pour l'instant, Pilip Kiminsen ne lui avait pas signifié précisément ce qu'on lui reprochait. Ni quand il était venu le cueillir chez lui, ni dans l'hélico, ni même depuis qu'ils étaient arrivés à Nuuk. Il y avait juste ces deux morts dont tous les médias parlaient…

En attendant l'arrivée du commis d'office, Qaanaaq laissa de côté le prévenu et se plongea dans la lecture du rapport d'enquête que Pilip avait déposé pour lui à la réception. Comme le chef de police d'Ilulissat le lui avait déjà dit au téléphone, les témoignages recueillis à camp Eqi confirmaient sans réserve la présence d'Inoook sur place, toute la nuit du 15 au 16 juin.

Ce qui était plus nébuleux en revanche, c'étaient les circonstances dans lesquelles sa foreuse lui avait été subtilisée. Certes, d'après l'artiste, le vol avait eu lieu sur une plage isolée, à distance des installations touristiques de la baie. Tout de même, il semblait curieux à Qaanaaq qu'aucun vacancier ou employé du *resort* voisin n'ait rien vu de la manœuvre. Embarquer un engin d'une demi-tonne, ça ne se faisait pas aussi discrètement qu'un vol à la tire. Et si l'on ajoutait cette fameuse commande antérieure à la disparition de la foreuse… Inoook devait être *a minima* complice, plus ou moins passif, des « tueurs à l'iceberg ».

En attendant l'avocat, Qaanaaq demanda à Søren d'organiser dans la journée un parloir vidéo avec Ujjuk Nemenitsoq depuis sa cellule d'Horserød, la prison modèle en banlieue de Copenhague où son oncle, puisqu'ils étaient bien liés par le sang – il devrait s'y faire –, coulait une détention plutôt paisible. Qaanaaq voulait plus que jamais comprendre ce que Leonard Kelly et lui avaient partagé.

Enfin, après vingt minutes d'attente, une silhouette se profila à contre-jour dans l'encadrement de la porte de son bureau. Qaanaaq resta sans voix en reconnaissant l'homme.

– Je sais…, dit Kuupik Enoksen en guise de bonjour. Croyez-moi, je n'imaginais pas qu'on se retrouverait dans des circonstances pareilles.

Sa voix était lasse et son teint grisâtre. Qaanaaq le trouva très amaigri. Il avait troqué ses chemises à carreaux de *hipster* contre un costume terne, trop vaste pour sa nouvelle corpulence. Depuis sa disgrâce politique, l'ancien vice-ministre de l'Énergie n'avait eu d'autre choix que de reprendre son ancien métier. Mais il ne trouvait plus grand monde pour lui confier des dossiers importants et rémunérateurs. Son implication dans le scandale récent mis à jour par Qaanaaq, qui avait coûté la vie à tant de monde, avait mis un terme à sa carrière. Ne lui restaient plus pour nourrir sa famille que ces vacations miséreuses de l'aide juridictionnelle. La chute était violente. Et presque trop sévère, songea Qaanaaq. Après tout, Enoksen n'avait au fond été coupable que d'un excès d'ambition…

Couché aux pieds de son maître, CR7 dissipa leur gêne d'un bâillement sonore. Qaanaaq conduisit le chien hors de son bureau et referma la porte.

– Bien, bien, bien…, commença-t-il. Donc vous, vous commandez la carotteuse qui remplacera celle qu'on vous a volée… avant qu'on ne vous la vole ?

« Ne répondez pas », signifia l'avocat à son client d'un froncement de sourcils.

– Vous avez des talents de divination, ironisa Qaanaaq. C'est ça ?

– Non… Bien sûr que non.

– Vous aviez quand même bien une petite idée de ce qui allait se passer ?

Enoksen se pencha au-dessus du bureau, interposant son grand gabarit entre le flic et le gardé à vue.

– Vos présomptions au sujet de M. Silis Høegh ne sont pas fondées. La carotteuse ne fonctionnait plus correctement, mon client est juste prévoyant. Je ne vois pas en quoi cela constitue un délit.

Jamais Inoook n'avait évoqué une quelconque défaillance de son engin. Et même s'il n'avait pas encore eu accès au premier PV établi par Pilip à Ilulissat, Enoksen s'en doutait. C'était de la pure rhétorique de défense. Un moyen de gagner du temps et d'équilibrer un peu les forces en présence.

– Et donc, juste deux jours après cet acte « prévoyant », des inconnus lui volent sa carotteuse ? Vous avouerez que c'est quand même une sacrée coïncidence…

– Des coïncidences surviennent sans arrêt, capitaine.

– Vous avez raison. Mais il y a au moins une loi dans l'univers qui n'admet pas la contradiction : *rien ne meurt, rien ne se crée, tout se transforme*.

L'avocat s'agaçait. Pour qui se prenait donc ce flic pour lui faire ainsi la leçon avec des citations de scientifiques français ?

– Et… ? Quel rapport avec ce qui nous occupe ?

– Le rapport, cher maître, c'est que son matériel servait à un usage très spécifique. Ce n'était plus une simple carotteuse de chantier, puisqu'il l'avait lui-même modifiée pour l'adapter au forage sur les glaciers et les icebergs. Vous admettrez que ce n'est pas tout à fait anodin. On ne parle pas d'un vol de briquet ou de stylo.

Alors, quand il a découvert qu'on la lui avait volée, le minimum aurait été de prévenir aussitôt les autorités. Or, il a patiemment attendu que nous nous présentions à lui. Soit plus de douze heures après avoir constaté la disparition de son bien.

– Je viens de vous le dire, sa machine n'était plus en état de marche. Je ne vois pas en quoi il aurait dû s'inquiéter de l'usage que les voleurs en feraient. Si maintenant on reproche au volé ce que le voleur fait de ses biens, où va-t-on ?

Inoook semblait ne pas en mener très large malgré la pugnacité de son avocat. Il ne décollait plus son regard du lino épuisé. L'endroit précis où CR7 reposait quelques minutes auparavant.

– Monsieur Silis Høegh, l'interpella Qaanaaq, vous confirmez que votre foreuse était en panne au moment où vous avez passé cette fameuse commande ?

– Eh bien, je…

– On parle bien de la même foreuse que celle que vous nous avez montrée sur votre téléphone lors de notre première rencontre ?

– Oui, souffla-t-il.

Qaanaaq le pressait.

– Celle dont vous nous avez dit, il y a trois jours, que vous l'aviez utilisée toute la nuit du 15 au 16 sur les icebergs de camp Eqi ? Alors, elle marchait, oui ou non ?

Enoksen blêmit. En principe, l'aide juridictionnelle prévoyait un entretien préalable entre le prévenu et son avocat. Mais quand la garde à vue était déjà entamée, rien n'astreignait l'officier de police en charge du dossier à le proposer. Si le commis d'office ne le réclamait pas lui-même, l'interrogatoire assisté se poursuivait ainsi, sans concertation.

L'ancien ministre ne s'était pas retrouvé dans ce genre de situation depuis près de dix ans. Ce détail procédural lui avait échappé. Voilà qu'il payait sa négligence.

C'est à ce moment qu'Inoook craqua. D'une voix atone, sous le regard furieux de son avocat, il relata comment, une semaine avant les faits, il avait été appelé à plusieurs reprises par un numéro masqué. Il avait fini par décrocher. Son interlocuteur ne s'était pas présenté, mais après quelques vagues compliments sur ses installations de *land art*, l'homme lui avait proposé de faire l'acquisition de sa foreuse pour un montant dépassant largement son prix d'achat.

– Combien ? demanda Qaanaaq.

– Près de deux cent mille couronnes[1].

– Jolie somme !

– J'ai refusé.

Qaanaaq resta interdit un instant.

– On vous propose une petite fortune pour votre machine… et vous déclinez ?

– Oui.

– Pourtant, cette foreuse, vous avez bien fini par leur céder ?

– Oui. Enfin… J'ai accepté qu'ils la prennent. Disons qu'au départ… j'étais plutôt d'accord avec leur projet.

– Laisser crever des innocents dans des glaciers ? Vous appelez ça un « projet » ? !

– Bien sûr que non ! Ça, je n'en avais aucune idée… Mais ils m'ont dit… Ils m'ont dit qu'ils allaient forer des icebergs pour les faire exploser. Comme l'IIP l'a pratiqué pendant un temps. Ils voulaient montrer au monde entier combien la situation était alarmante, la fonte de la banquise… Ils voulaient frapper un coup fort. J'ai vu ça

1. Environ vingt-six mille euros.

comme une version militante, un peu plus musclée, de mes *Icelights*. Je me suis dit qu'eux et moi, on tirait dans le même sens. Qu'on menait un peu le même combat…

L'artiste paraissait sincère. Il continua :

– Ils m'avaient garanti qu'ils ne feraient sauter que des icebergs isolés, loin des embarcations des pêcheurs ou des touristes. Le type était vraiment convaincant. Je les ai trouvés un peu barrés, mais j'ai cru qu'ils étaient inoffensifs. Ce n'est que quand vous avez débarqué chez moi… J'ai réalisé dans quelle saloperie ils m'avaient fourré.

– Et comment ça s'est passé, vous leur avez remise en mains propres ?

– Non, ils m'ont dit qu'il valait mieux pour moi que ça passe pour un vol. Comme ça, je pourrais faire jouer mon assurance. C'était le minimum qu'ils pouvaient faire pour moi en échange de mon soutien.

Les deux individus n'avaient cherché qu'à préserver leur anonymat, bien sûr.

– Si je comprends bien, ils vous ont seulement demandé d'abandonner votre appareil à un endroit et à un moment convenus ?

– Exactement. Ils ont dit qu'ils s'occuperaient de tout, je n'avais rien à craindre. Je devais juste déclarer le vol un ou deux jours plus tard.

– Vous dites « ils », au pluriel, mais vous n'avez échangé qu'avec un seul interlocuteur… Qu'est-ce qui vous fait penser qu'ils étaient plusieurs ?

– Au téléphone, il disait « on va faire ça », « on a besoin de ceci ou de cela ». Donc j'ai supposé qu'ils étaient au moins deux.

– Et à aucun moment vous ne les avez vus ou même aperçus ? Un bout de parka, une casquette, des lunettes ? N'importe quoi qui nous aiderait à les identifier ?

Il pouvait toujours lui demander de décrire la voix de l'individu. Mais une voix, c'était encore plus difficile à reconnaître qu'un visage. Cela se déformait ou se maquillait si facilement de nos jours, surtout au téléphone.

– Non, vraiment. Je vous l'ai déjà dit. Ils ont refusé qu'on se rencontre. Et de toute façon, au moment où ils ont embarqué la foreuse, j'étais perché sur un de mes icebergs. Il y a bien… mais c'est seulement une supposition… Je pense qu'ils roulent dans un gros 4 × 4. Dans le genre du mien.

– Pourquoi ?

– La seconde fois que j'ai pris le type en ligne, j'ai entendu un moteur en fond. J'ai bossé dans un atelier de mécanique quand j'avais dix-huit ans. Je reconnais facilement les différentes musiques des quatre-temps.

– Et le leur ? Vous diriez que c'est quel modèle ?

– Le modèle, je ne peux pas vous dire, quand même. Mais, pour trimballer un engin comme ma carotteuse, il leur fallait au moins un gros pick-up, ça, c'est certain.

L'hypothèse d'Inoook recoupait les leurs. Et puisque la piste de l'hélicoptère se révélait pour l'instant une impasse, Qaanaaq nota de lancer Pitak sur les traces de tous les conducteurs de pick-up du pays. Sur les cinq mille véhicules que comptait au total le Groenland, cela ne devrait pas être si compliqué que ça.

Le gros combiné fixe qui reposait sur son bureau sonna, déchirant le silence fatigué qui était tombé sur la pièce. Cela les surprit tous les trois, d'autant plus que le caisson métallique amplifiait encore la sonnerie surannée.

– Boss ?

À l'autre bout du fil, Søren paraissait fébrile. Qaanaaq colla ses deux mains autour de l'écouteur pour être sûr qu'aucun des propos de son subordonné ne filtre.

– Je suis en pleine garde à vue, là. Qu'est-ce qu'il y a ?

– Je sais. Mais Jorgensen dit que tout est en place de son côté.

– Ça va se passer où ?

– Zachariae Isstrom, au nord-est. Un gros émissaire.

– Dans combien de temps ?

– Douze heures max.

– Parfait. Dis-lui qu'on arrive.

Un pincement étreignit sa poitrine. La traque la plus ahurissante de sa carrière venait de commencer.

Et peut-être aussi, à titre personnel, la plus risquée.

# 35

## [IMG_6456 / 19 juin / 9 h 44 / Portrait volé de Jesper Jorgensen, commandant du Joint Arctic Command]

Des appâts. Des chèvres. Des cibles. Voilà le rôle que Jens, Else et Massaq allaient endosser malgré eux. Qaanaaq frémissait à l'idée de les exposer tous les trois. Sa confiance dans leurs gardes du corps, Jakob et Peter, avait beau être totale, il savait qu'aucun plan, même parfait, ne prémunissait totalement de pareils criminels.

Si les tueurs l'avaient pris pour cible, il aurait échangé sa place sans hésiter. Mais, de toute évidence, c'est à travers ses proches qu'on cherchait à l'atteindre. C'est donc grâce à eux qu'il avait le plus de chance d'arrêter ce jeu morbide.

Il se souvint de cette fois où, contre l'avis de son mari, Flora avait attribué à leur fils une figuration mineure dans l'une de ses enquêtes. Il s'agissait seulement de déposer un paquet sur le paillasson d'un tueur présumé. Un simple rôle de coursier pour Qaanaaq, comme le gamin inconnu sur la vidéo de Kangerlussuaq. Ses parents s'étaient violemment disputés à ce propos, et ce « fâcheux incident », selon les termes de Knut, avait alimenté nombre de leurs accrochages jusqu'à leur séparation, quelques années plus tard.

Qaanaaq allait répéter la chose et s'en maudissait. Mais avait-il vraiment le choix ?

– Ça va, patron ? lui demanda Søren.

Son chef mentit sans conviction, les yeux fixés sur sa tasse.

– Ça va… J'espère juste que Jorgensen est plus doué pour jouer la comédie que pour choisir son café.

Son front collé à la baie sans tain, il observait les opérateurs du JAC penchés sur leur clavier. La grande salle vibrait d'une effervescence inhabituelle. Les mugs se vidaient et se remplissaient plus vite qu'à l'accoutumée. Quelques minutes plus tôt, leur patron les avait avertis d'une annonce imminente. Quelque chose d'énorme.

Lequel d'entre eux pouvait bien être l'informateur des deux « éco-terroristes » – ainsi que Qaanaaq les désignait désormais ? Depuis la précédente visite des flics, deux jours auparavant, Jesper Jorgensen scrutait ses troupes à la recherche de la taupe. En vain. Le commandant du JAC était un soldat. Il aimait ses hommes ; l'éventualité de la trahison était une donnée que son logiciel ne parvenait tout bonnement pas à traiter.

– Mesdames, messieurs…

La voix de l'officier s'éleva dans le vaste *open space* de la salle de contrôle. Ses collaborateurs se tournèrent vers lui d'un seul mouvement. Dans son dos, sur l'écran géant accroché au mur du fond, s'affichait la vue en temps réel d'un immense glacier.

– Vous reconnaissez tous le Zachariae Isstrom. Le plus gros émissaire du Nord-Est. Près de cent mille kilomètres carrés. La taille de treize mille terrains de foot.

Aucun d'entre eux n'ignorait ces données, mais en plein Mondial, la référence était des plus parlantes. De quoi remobiliser les cerveaux amollis par la routine.

– Alors avant que certains d'entre vous ne s'emballent, je sais, pour l'instant, les capteurs à proximité du Zachariae n'ont renvoyé aucun signal qui pourrait laisser penser à un vêlage imminent. Vous n'avez sans doute rien relevé sur vos pupitres. Mais je viens d'avoir en ligne la mission de l'Institut de climatologie danoise qui se balade dans les parages, et ils sont formels. Les secousses sont faibles, mais le front a déjà pondu une bonne dizaine de bourguignons d'assez gros calibre. Or, le Zachariae n'ayant rien produit de plus significatif depuis plusieurs mois, la pression interne dans le front du glacier doit être maximale. Comme à Ilulissat.

– Dans ce cas, comment expliquer que nos sismos[1] ne captent rien ? l'interrogea une jeune femme au premier rang.

– Je ne me l'explique pas, sergent. Je sais seulement que tous nos outils ne sont rien sans une observation sur le terrain. Vous connaissez comme moi notre protocole : pas de confirmation visuelle, pas d'alerte. Et vu ce que nous rapportent nos amis de l'ICD qui sont sur place, j'ai toutes les raisons de penser que ce qui se prépare au Zachariae Isstrom va être gros. Très gros, même.

Une onde d'excitation et de stress courut parmi les opérateurs en uniforme. L'expérience de Jorgensen valait plus à leurs yeux que la précision de leurs outils de mesure. S'il l'affirmait avec autant d'aplomb, c'est qu'il était sûr de son fait. Magie de l'autorité militaire.

1. Les sismographes utilisés pour identifier et mesurer les secousses annonciatrices de la plupart des vêlages.

– Je vous rappelle que ce vêlage, s'il se confirme, ne sera pas qu'un spécimen de plus à accrocher dans notre collection. Cette fois…

*Cette fois encore*, s'abstint-il de préciser.

– … Cette fois, la vie d'hommes ou de femmes est probablement en jeu.

Tous savaient ce qui s'était passé sur le Helheim. Tous connaissaient les circonstances dramatiques de la mort de la jeune Inuite dont le portrait fleurissait à présent sur les réseaux sociaux. Il s'en était fallu de si peu que les flics de Nuuk ne la sauvent.

– On a une idée de qui pourrait être leur cible, ce coup-ci ?

– Non. Et si on le savait, ce ne serait plus des cibles. Ce serait des individus placés sous protection policière. Et nous ne serions pas là à parler de tout ça. J'insiste d'ailleurs sur ce point : personne ne prévient nos amis du Politigarden sans mon autorisation. Les lancer sur une fausse piste serait pire encore que de les envoyer au bon endroit avec du retard.

Rappeler le précédent échec était un bon moyen de les impliquer. Même ceux qui ne se sentaient pas directement coupables de ce fiasco porteraient ainsi leur part de responsabilité.

– J'attends de chacun d'entre vous qu'il redouble de vigilance. Pour le Zachariae, mais aussi pour les autres glaciers en surveillance actuellement. En l'état, pour les forces de l'ordre, le Zachariae n'est qu'une hypothèse, une hypothèse sérieuse, mais une hypothèse quand même.

Un brouhaha envahit les rangées de moniteurs. Le désarroi se lisait sur de nombreux visages. Jorgensen insistait sur l'imminence d'un vêlage dont ils n'observaient aucun signe avant-coureur… La vie d'un individu dont on ignorait l'identité était suspendue à leur vigilance… Et dans le même temps, il leur était interdit d'avertir qui que ce soit – excepté Jorgensen lui-même, bien sûr.

– En conclusion, ma porte vous est ouverte à tout instant. Rapportez-moi le moindre détail suspect. N'importe quelle courbe ou graphe qui sort de la normale. Mais n'oubliez pas : pas d'initiative malheureuse.

Derrière la baie vitrée, Qaanaaq suivait le discours du major. À sa manière, un peu rigide, Jorgensen s'en était plutôt bien sorti. Dans le PC voisin, les têtes s'étaient de nouveau baissées sur leur moniteur, avec une ardeur accrue.

Søren entra dans la pièce.

– Je viens d'avoir Horserød. Ils sont prêts pour le parloir.

– Ujjuk est en ligne ?

– Il est installé. Le réseau n'est pas terrible ici, en revanche. Je te conseille de le prendre à côté, il y a un répéteur wifi.

Veillant à ne croiser personne dans le couloir, Qaanaaq se glissa dans la pièce contiguë, une sorte de salle de repos aux murs couverts de posters touristiques du Groenland. La sonnerie de son portable résonna aussitôt la porte refermée, comme si, là-bas dans la prison danoise, les matons en charge d'établir la communication suivaient tous ses faits et gestes.

Le symbole d'une demande de chat vidéo scintilla sur l'écran. Qaanaaq pressa l'icône verte et le visage d'Ujjuk surgit d'un coup, d'abord pixélisé, puis de plus en plus net.

– Bonjour, dit la voix éraillée.

– Bonjour, Ujjuk.

Sa relation avec son oncle était d'une rare ambiguïté. Le rôle du vieil homme dans les affaires qui avaient secoué la ville de Qaanaaq l'année précédente, sa personnalité, leurs liens de parenté, tout cela ne laissait pas le flic indifférent. Il se revit, penché sur lui dans l'immense hangar désaffecté de Camp Century, la base souterraine américaine où Ujjuk s'était réfugié avec son fils et sa femme. La mort de celle-ci avait affecté le vieil Inuit plus que tout autre chose. En quelques mois, il semblait avoir pris dix années. L'éclairage lugubre du parloir devait y être pour quelque chose, mais pas seulement. Son ovale était plus affaissé, ses traits moins définis, plus flous. La vie paraissait s'échapper de lui par lambeaux. Adieu son regard pétillant. Adieu son légendaire sourire. Un rictus déformait à présent ses lèvres. Peut-être l'effet d'une douleur, le reliquat de ses blessures de Camp Century.

– Comment va CR7 ? demanda son oncle.

– Il va bien. Tout le monde l'adore, ici.

Il était vrai que le chien d'attelage était devenu la vedette du Politigarden.

– *Asuguuq*[1].

– Oui, abonda-t-il. C'est une bonne âme.

Certes, Qaanaaq ne mobilisait pas les moyens de l'administration pénitentiaire danoise pour parler animaux domestiques, mais cette entrée en matière plutôt paisible allait lui permettre d'aborder les vrais sujets. En quelques mots, il raconta à Ujjuk ce que lui avait révélé sa mère, Sandra-Pipaluk, mais aussi ce qu'il avait découvert sur l'ordinateur de Leonard Kelly.

– Alors c'était bien ça, soupira Ujjuk. Dans cet iceberg, à Diskø… c'était bien lui ?

1. « C'est bien, ça », en kalaallisut.

Ujjuk avait, comme tout le monde au Groenland et au Danemark, largement entendu parler de l'homme des glaces à la télévision, et sans doute *via* son accès restreint à Internet. Qaanaaq avait exigé un embargo total sur l'identité des victimes. Mais des clichés volés avaient été postés sur les réseaux sociaux et certaines connaissances de Kelly l'avaient reconnu. Le secret avait fondu aussi vite qu'un glaçon au soleil.

Il fallait s'y faire ; la confidentialité des enquêtes n'était aujourd'hui plus qu'un mirage.

– Oui, c'était bien lui, consentit Qaanaaq du bout des lèvres.

Sans qu'il fût nécessaire de le presser, Ujjuk se livra. Il n'avait pas attendu la visite de Kelly dans son village du Grand Nord, ni sa notoriété *post mortem*, pour découvrir l'existence du premier fils de Sandra, sa belle-sœur.

– Même avant… Même avant l'accident, elle n'en parlait quasiment jamais.

L'accident ? ! C'est ainsi qu'il osait appeler le carnage innommable de janvier 1975[1] ? La colère étreignit Qaanaaq.

– Comment as-tu su que ce gamin existait, alors ?

– C'est Ilik, ma première femme, qui me l'avait dit. Elle ne me cachait rien.

Ilik, la mère de Massaq.

– Elles parlaient souvent toutes les deux, Sandra et elle. Sandra vivait très mal le fait que son fils lui ait été enlevé. Il était si loin d'elle, aux États-Unis. Sans peut-être rien savoir de sa mère… Comment voulais-tu qu'elle encaisse ça ? Mais elle a dû te le dire mieux que moi : ses beaux-parents avaient tout verrouillé. La seule

1. Voir le précédent roman, *Qaanaaq*.

solution aurait été quoi, un enlèvement ? Et ça… ça, c'était trop pour elle.

Sans doute avait-elle eu à cœur d'épargner son fils aîné. L'avenir de Leonard avait primé sur son désir de mère.

– Leonard, comment est-il remonté jusqu'au village, jusqu'à Qaanaaq ? Et jusqu'à toi ?

L'entretien épuisait Ujjuk, c'était visible. Il imposait de nombreuses pauses, au cours desquelles il frottait sa figure parcheminée à pleines paumes.

– Sa mère – enfin sa mère adoptive, Aleka – lui avait laissé une lettre que le notaire lui a remise au moment de la succession. Si j'ai bien compris, elle y racontait tout : la déchéance de maternité de Sandra, sa nouvelle vie au Groenland, l'adoption de Leonard… Et puis votre naissance, à ta sœur aînée et toi. Le village. Tout.

Ainsi, depuis un an environ, Leonard Kelly connaissait l'existence des deux Qaanaaq : le village et son frère.

– Pourquoi ne lui a-t-elle pas avoué tout ça plus tôt ? reprit le flic d'une voix adoucie.

Ses fureurs ne duraient jamais bien longtemps. La rage était un poison dont le sauvaient la lassitude et l'oubli. Qaanaaq ne croyait pas au pardon ; il croyait à la fatigue, et aux mémoires défaillantes.

– Je suppose qu'elle n'y arrivait pas. Enfin, j'imagine, je ne l'ai jamais rencontrée.

– Quand Kelly est venu te voir… il a rendu visite à Pipaluk ?

– Non.

– Pourquoi ?

– Parce que dans sa lettre, Aleka lui disait que Sandra était morte en janvier 1975… Que l'ours l'avait emportée.

– Et pourquoi elle lui a dit ça ?

– Peut-être parce qu'elle le croyait, tout simplement. Ou pour le protéger. Pour que Leonard demeure à jamais son fils à elle. Rien qu'à elle… Je ne sais pas.

– Et toi, tu ne lui as pas dit la vérité ? Que notre mère était encore en vie ?

– Non.

– Tu avais peur de quoi ? Qu'elle lui raconte cette nuit-là ?

– Non… Mais si Aleka avait cru bon de refermer leur histoire familiale de cette manière, ce n'était pas à moi de la rouvrir à sa place.

Qaanaaq approuva d'un clignement d'yeux. Dans sa folie, Ujjuk n'avait pas manqué de sagesse. Lui-même s'était senti bien démuni face à une Pipaluk défigurée.

Il lui fallait aborder à présent les vrais problèmes. Ceux qui justifiaient cette procédure exceptionnelle du parloir vidéo. Qaanaaq lui laissa entendre qu'une mouvance écologiste radicalisée pourrait être à l'origine des meurtres de Diskø et de Helheim.

– Franchement, demanda-t-il, penses-tu qu'Anuraaqtuq puisse être mêlé à tout ça ?

Anuraaqtuq, le fils cadet d'Ujjuk, un assassin en fuite que Qaanaaq n'avait pas réussi à arrêter.

– Et pourquoi le serait-il ?

– Je ne sais pas. Pas parce qu'il y a pris goût. Parce que le combat pour la préservation des glaces inuites ne lui est pas vraiment étranger…

– Tu sais aussi bien que moi qu'Anuraaqtuq n'avait quasi aucun soutien en dehors de Nuuk. Et que quand toute cette affaire a éclaté, l'an dernier, sa petite bande s'est dispersée comme une volée de mouettes.

Exact. Dans la capitale, les quelques fiers-à-bras qui fanfaronnaient autour de leur jeune leader avaient totalement disparu de la circulation. D'ailleurs, on n'avait plus relevé aucun incident lié au nationalisme inuit depuis près de six mois.

– Alors je ne sais pas où il se terre depuis tout ce temps, reprit Ujjuk. Mais je le vois mal sortir de son trou pour se lancer dans une nouvelle croisade.

Qaanaaq releva l'emploi de cette dernière expression avec une pointe d'agacement, mais il n'en laissa rien paraître. Ujjuk avait la mémoire courte : cette guerre idéologique, il l'avait lui aussi menée. Initiée, même, du temps de la création du NNK. Mais sa détention avait manifestement éteint la flamme qui l'animait encore sept mois auparavant. Il semblait ne plus croire en grand-chose.

– De toute façon, ici, je n'ai aucun moyen de savoir ce qu'il est devenu.

Il voulait dire : aucun moyen sûr. De fait, même dans ce système carcéral assoupli, tous les courriers envoyés aux prisonniers étaient ouverts et lus avant de leur être remis. Le sous-directeur d'Horserød, contacté plus tôt par Søren, lui avait certifié qu'Ujjuk n'avait reçu en tout et pour tout que quatre lettres, toutes adressées par Massaq, et toutes *a priori* exemptes de messages cachés ou de codes. Les mots simples d'une fille à son père.

Un bref instant, la connexion hoqueta et l'image fut traversée de violentes zébrures. Puis le visage raviné revint à l'écran.

Espérant provoquer une émotion chez le vieil homme, la plus minime soit-elle, Qaanaaq lui livra les détails sordides du *modus operandi* des criminels : l'attente d'un vêlage adéquat, le forage de la fosse, l'iceberg qui se précipite avec le corps du supplicié dans l'océan… Ujjuk accusait le coup. Sa tête dodelinait sur ses épaules en une sorte de danse irrépressible. On l'eût dit comme happé par une transe. Priait-il pour l'âme des défunts ?

– Des lemmings, souffla-t-il après quelques instants de cet étrange manège.

– Pardon ?

– Tes deux victimes… Ce ne sont pas des humains, ce sont des lemmings. De nos jours, les Inuits sont comme les lemmings, s'ils se ruent vers la mer, ce n'est pas par choix. C'est parce qu'on a détruit leur habitat naturel. Alors ils se précipitent là où ils peuvent. Ils s'agitent, se bousculent, et bien souvent, finissent par tomber à l'eau.

L'image n'était pas complètement absurde. Mais il y avait tout de même une différence de taille entre les deux victimes et les rongeurs des toundras : Leonard et Bodil n'avaient pas abandonné leur foyer poussés par les éléments. D'autres humains les y avaient contraints.

– Il y a encore des gens pour croire que les lemmings se suicident, conclut Ujjuk. Mais c'est faux. La vérité, c'est qu'ils meurent juste de confusion, parce qu'ils sont loin de leurs racines. Ils meurent de ne plus savoir qui ils sont.

# 36

– C'est moi…

– Qu'est-ce que tu fous, putain ? On avait dit seulement en cas d'urgence absolue !

– *C'est* une urgence. Sinon je prendrais pas ce risque.

– Ton téléphone, c'est bien un *burner*[1] ?

– Pas mon téléphone. Mon numéro. Y a des applis pour ça maintenant, tu sais.

– OK, joue pas les *geeks* avec moi. Tu appelles d'où, là ?

– De dehors.

– À l'extérieur du JAC ?

– Oui. Pause café-clope. Mais flippe pas, je suis à l'arrière du bâtiment, y a pas de fenêtres.

– Personne ne t'a suivi ?

– Non.

– T'es sûr de ça ?

– Certain. Depuis dix minutes, ils sont tous excités comme des puces, là-dedans. Ils ne prennent même plus le temps d'aller pisser.

– Qu'est-ce qui se passe ?

1. Téléphone mobile « jetable », dont la carte SIM est une puce temporaire.

– Jorgensen vient de nous annoncer un très gros vêlage. Un monstre qui n'apparaît pas sur nos radars.

– Où ça ?

– Au Zachariae Isstrom. Sous douze heures.

– *Pis !* Au Zachariae ! C'est à l'autre bout du pays !

– Je sais. Mais d'après le major, les marioles de l'ICD sont formels.

– Y a une mission de l'ICD dans le coin ?

– Apparemment…

– Et vous ne captez rien sur vos écrans ?

– Pour l'instant, non…

– Hum, qu'est-ce qui prouve que ce n'est pas une intox de ton patron pour nous coincer ?

– J'y ai pensé et j'ai appelé un de mes contacts perso à l'Institut.

– Et alors ?

– Il y a bien eu des secousses. Mineures pour l'instant, mais sans équivoque.

– Depuis combien de temps ?

– Six heures, plus ou moins.

– Comment ça se fait que vous ne releviez rien, alors ?

– Ça arrive… Il suffit que les capteurs soient placés trop loin de l'épicentre. Ou qu'ils soient tombés dans un moulin.

– D'accord. Bon, ça nous laisse pas beaucoup de temps.

– Ça, c'est pas mes oignons…

– Si quelque chose devait foirer, crois-moi, ça le deviendrait très vite. Et sinon, tu te souviens : tu ne dépenses pas une couronne avant six mois. Et en aucun cas ici, au Groenland.

– Je sais, j'ai retenu la leçon.

– Tu as intérêt. De toute façon, on saura toujours où te trouver.

– C'est tout ? Faut pas que je reste trop longtemps dehors, ça va devenir suspect. Tout le monde sait que je ne fume pas.

– Tu devrais peut-être t'y mettre.

– Très drôle.

– Ah si, dernière question : est-ce qu'Adriensen ou l'un de ses gus a été informé pour le Zachariae ?

– Pas encore. Jorgensen a dit qu'il ne les appellerait que quand nos propres instruments auraient capté quelque chose. Il ne veut pas se planter une deuxième fois.

– C'est parfait. Plus que parfait, même.

# 37

**[IMG_6462 / 19 juin / 10 h 27 / Sur la route vers l'héliport de Nuuk]**

À force, il finirait par passer plus de temps en hélicoptère que dans son propre bureau. Il se faisait l'effet de ces balles folles en caoutchouc, aux rebonds imprévisibles. Pour l'heure, ils étaient en route vers l'héliport de Nuuk. Au volant du 4 × 4 bleu nuit, pied au plancher, Søren savait qu'il n'y avait pas une minute à perdre.

Un œil égaré sur la baie auréolée de jour polaire, Qaanaaq composa le numéro fourni par le major Jesper Jorgensen.

– Bornberg, répondit aussitôt une voix sèche.

– Commandant Bornberg, ici Qaanaaq Adriensen, police de Nuuk. Le commandant Jorgensen a dû vous prévenir de mon appel.

– Tout à fait.

– Vos hommes sont-ils arrivés sur zone ?

– Affirmatif. Ils le sont.

Direct et efficace, comme tout militaire qui se respectait. Les rares paroles du chef de la patrouille Sirius étaient mâtinées d'inflexions aristocratiques, presque snobs. Il n'incarnait pas pour rien l'élite de l'armée danoise au Groenland. Du point de vue hiérarchique, la célèbre patrouille Sirius dépendait du JAC. En charge de la sécurité dans le Grand Est groenlandais, le plus vaste parc national au monde, elle tenait son prestige du mode de locomotion atypique employé par ses unités mobiles : les chiens de traîneau. Grâce à cela, ce corps d'armée sans équivalent assurait une présence dans tout le nord-est du Groenland – les étendues les plus désolées du pays blanc.

– On m'a dit que vos hommes pouvaient se rendre indétectables vus du ciel… Vous me le confirmez ?

– Je vous le confirme. Ils utilisent des techniques de camouflage inspirées de celles des chasseurs inuits. En principe, même un hélicoptère en rase-mottes est incapable de les localiser. C'est bien ce qui vous soucie, capitaine ?

À dire vrai, c'était loin d'être sa principale préoccupation. Qaanaaq raccrocha. Il ne doutait pas un instant que les soldats de la Sirius étaient des pros. Ni que les consignes données à Jorgensen avaient été dûment relayées et mises en œuvre. Si son plan se déroulait comme prévu, la taupe du JAC avait déjà fait son office et les « tueurs à l'iceberg » mordu à l'hameçon. Ils se rueraient au Zachariae Isstrom comme ils s'étaient précipités à Ilulissat puis à Helheim.

Restait une question cruciale, une question qui cognait dans la tête de Qaanaaq aussi fort qu'un tambour : *qui* ?

Massaq et les enfants étaient sous protection. Qui donc ces cinglés allaient-ils pouvoir fourrer dans leur prochain cylindre ?

Pipaluk ? Il en doutait. Rares étaient les personnes au fait de son lien avec la tailleuse de *tupilak*.

Il ne voyait personne d'autre. À moins que les tueurs n'élargissent le cercle de leurs cibles. À moins qu'il n'ait eu tort, et qu'Apputiku ait eu raison…

– Pitak ? appela-t-il. On a qui au poste, pour une surveillance un peu sérieuse ?

– Eh bien… On a moi, répondit joyeusement le jeune flic resté au Politigarden.

– Bien. Tu oublies ce que tu étais en train de faire et tu fonces chez Appu.

– OK, *boss*. Mais pour lui dire quoi ?

– Pour lui dire rien du tout. Pour protéger sa famille. Tu prends ton arme de service, et tu ne laisses approcher personne qui n'est pas de la maison. Pas même leurs parents ou leurs amis. C'est bien compris ?

Il ne fallait rien exclure, hélas.

La seule chance pour que cette folie cesse était que ces tueurs mettent la main sur l'un d'entre eux. Douloureux paradoxe.

Qaanaaq ne parvenait pas à se pardonner complètement la situation.

Parvenu à la piste dédiée aux hélicos, Søren pila à proximité du Sikorsky. Mikkel actionna aussitôt le rotor. « Tu te prépares à décoller dès qu'on arrive », avait ordonné Qaanaaq.

– *Boss*, *boss*, attends ! cria Pitak à l'autre bout du fil. Y a Lolotte qui veut te parler.

Cette pauvre Lotte, toute légiste fût-elle, n'arriverait donc jamais à se faire respecter.

– Patron ? demanda la voix fluette.

– Lotte ? C'est pas trop le moment, là…

Depuis son cockpit, le pilote leur faisait signe d'embarquer sans tarder.

– J'ai reçu les premiers résultats d'analyse. Le mail vient de tomber dans ma boîte.

– Dis-moi vite.

– Pour les tissus prélevés sur Kelly : confirmation de son identité et des causes de son décès.

– Bon, et autre chose ? la pressa-t-il.

– Oui, le fragment dans son rectum. L'imprimante qui l'a sorti est un modèle ultra-standard. On la trouve absolument partout dans le monde. Le papier, en revanche, a donné quelque chose. Sa fibre n'est commercialisée quasi qu'au Danemark.

– Vraiment ?

– Oui, j'ai vérifié. Il n'y a pas d'importateur de cette référence au Groenland. Une histoire de solvant utilisé pour blanchir le papier, interdit ici.

La joie des réglementations… Pour une fois qu'elles servaient à quelque chose. L'information n'était pas négligeable, mais hélas trop vague pour les mettre sur une piste sérieuse. Même en admettant que le papier avait été apporté dans ses bagages par un Danois récemment installé au Groenland, cela laissait tout de même un échantillon de deux mille individus sur les six à sept mille fidèles sujets de la reine Margrethe implantés ici.

Bref, ça ne réduisait pas vraiment le champ des possibles.

En grimpant dans l'appareil, il fut submergé par une vague de nostalgie. Il se sentait écrasé. Et seul. C'est à peine s'il répondit aux indications de vol de Mikkel.

– Si le temps se maintient comme ça, on devrait y être dans environ sept heures.

La jovialité d'Appu lui manquait. Flora aussi lui manquait. Terriblement.

Moins dans son rôle de mère – elle n'avait jamais été très présente ni câline – qu'en tant qu'équipière de l'ombre. En l'espèce, il aurait voulu partager avec elle l'excitation et la peur de ce mouvement tactique qu'il espérait décisif. L'adrénaline de la chasse. La joie de sentir ses instincts validés par les faits.

Mais Flora restait obstinément sourde à ses appels. Il la connaissait tête de mule à ses heures. Mais ce qui déroutait le plus Qaanaaq, c'était qu'elle demeure indifférente à une affaire aussi singulière. Que la prédatrice en elle ne soit pas électrisée par l'odeur du gibier.

De guerre lasse, il tenta tout de même de lui envoyer un nouveau SMS, sans plus d'espoir de réponse que pour les précédents.

Sept heures de trajet, c'était interminable dans ces circonstances, mais ça laissait le temps de réfléchir. Impossible de dormir de toute façon avec ce jour permanent.

Qaanaaq écouta Søren lui faire son compte rendu. Le matin même, tandis qu'il cuisinait Inoook, son collaborateur s'était entretenu avec l'organisatrice du GreenClimax, une Américano-Groenlandaise qui avait fait fortune dans la Silicon Valley avant de revenir sur sa terre d'origine. Comme on pouvait s'y attendre, la jeune femme avait défendu mordicus la vertu des divers intervenants à sa conférence. « Ces gens-là sont des scientifiques, pas des militants… Encore moins des terroristes. » Pour gage de leur sérieux, elle avait fait étalage de son réseau de sponsors philanthropes, parmi lesquels Elon Musk, le milliardaire, qui devait ouvrir l'événement.

S'il l'avait eu face à lui, Qaanaaq se serait fait fort de lui rappeler que la planète devait autant son état désastreux au business desdits milliardaires qu'elle leur était redevable de leurs dons généreux.

Comme Søren ne s'était pas contenté de ce bla-bla promotionnel, elle avait ajouté, en guise de conclusion définitive, que hormis Leonard Kelly, aucun des intervenants n'avait encore posé le pied au Groenland : ils débarqueraient à Nuuk le lendemain, 20 juin, veille du sommet. Les billets avaient été réservés par son association. Aucun d'eux n'était donc là au moment des faits.

L'argument était faible. Car cela n'aurait empêché personne de grimper dans l'avion de son choix, en payant avec ses propres deniers, peut-être même sous une fausse identité, et de passer entre les mailles du filet. Sans doute Qaanaaq mettrait-il à contribution Tobias, le responsable de la sécurité de l'aéroport de Nuuk, pour vérifier cette hypothèse.

Il constata que le réseau mobile à la verticale de l'inlandsis n'était pas si mauvais. Il reçut plusieurs photos de la part de Massaq, qui cherchait sans nul doute à le rassurer. Les images des enfants barbouillés de peinture lui tirèrent quelques sourires attendris. D'autres clichés les montraient appliqués à l'extrême, yeux ronds et pointe de langue sortie, penchés sur leurs pages d'écriture.

Sept heures, ça passait vite en fin de compte.

– On atteindra le point de contact avec Sirius dans deux minutes, avertit bientôt le pilote dans le casque de Qaanaaq.

Depuis déjà quelques instants, ils survolaient la gigantesque coulée blanche échappée de la calotte. Vu d'en haut, le glacier Zachariae Isstrom semblait plus imposant encore que le Jakobshavn Isbræ ou le Helheim. C'était un paysage à lui seul, avec ses variations de relief ou de couleur. Il supposa qu'on devait avoir ce même type de sensations en surplombant l'Himalaya ou les Andes. Cette impression d'une Terre dans la Terre, d'un royaume dans le royaume.

La zone correspondant aux coordonnées fournies par le commandant Bornberg se présentait comme un petit plateau parfaitement vierge. Par prudence, Mikkel stabilisa son appareil à un mètre au-dessus du sol avant d'inviter Qaanaaq et Søren à sauter.

À peine furent-ils débarqués et l'hélico reparti qu'un mouvement agita un hummock neigeux à quelques mètres d'eux.

– Putain, c'est quoi ça ? ! siffla Søren, prêt à dégainer son HK USP de service.

Qaanaaq retint le geste de son collègue.

– Attends !

Sous l'épaisseur de givre apparut un homme vêtu d'une combinaison blanche, le visage poudré jusqu'à la pointe des sourcils. Les trois galons dorés au milieu de sa poitrine levaient tout doute sur son appartenance et son grade.

– C'est l'un des nôtres, dit Qaanaaq.

– Capitaine ? demanda la silhouette qui se dirigeait à présent vers eux. Capitaine Adriensen ? Je suis le capitaine Molsen.

Les présentations vite expédiées, l'officier de la patrouille Sirius se fendit d'un rapport circonstancié. Ses hommes et lui, entassés avec leurs traîneaux et leurs chiens sous l'abri improvisé, bivouaquaient là depuis environ sept heures. Soit peu de temps après le moment où Jesper Jorgensen avait lancé l'alerte au JAC. Et Molsen était catégorique : dans l'intervalle, ils n'avaient ni vu ni entendu le moindre hélicoptère.

– On est loin du front du glacier ? demanda Qaanaaq.

– Non, à peine plus d'un kilomètre. Si un engin volant était passé dans le coin, il n'aurait pas pu nous échapper.

Qaanaaq frotta son crâne gelé par les rafales. Un vent de cristal cisaillait chaque parcelle exposée de sa peau, pourtant habituée aux climats violents. Une fois, une seule fois, Appu l'avait convaincu de se coiffer d'un bonnet, lui qui détestait tant sentir sa tête enserrée. C'était lors de leur traversée de l'inlandsis vers Camp Century, quelques mois plus tôt. Depuis, il gardait le couvre-chef dans l'une des poches de sa parka. Il se résigna et finit par l'enfiler.

Pas sûr que ses idées soient plus claires ainsi.

Les tueurs avaient-ils renoncé faute d'avoir trouvé une nouvelle victime ? Ou bien avaient-ils flairé le plan ? Toutes les précautions avaient pourtant été prises. À leur sortie du JAC, Søren et lui avaient emprunté le dock de livraison du bâtiment ; une camionnette banalisée les avait reconduits à leur 4 × 4, garé à quelques pâtés de maison de là. Qui qu'elle fût, la taupe ne pouvait les avoir vus.

Qaanaaq pesta intérieurement.

À trop rêver du piège parfait, celui-ci allait se refermer sur du vent. D'ailleurs, maintenant qu'il y pensait, les tueurs ne leur avaient adressé cette fois-ci aucun message. Pas de vidéo comme pour Bodil. Cela ne prouvait rien, bien sûr… À Diskø, ils avaient pris leur monde par surprise. Mais quand même, il s'en voulait. Pour les attirer, il aurait fallu agiter un chiffon plus rouge encore que quelques icebergs bientôt à l'eau. S'il était personnellement visé, c'est lui qui aurait dû jouer les appâts.

– Blue Lagoon à White Star… Je répète, Blue Lagoon à White Star…

Le crépitement d'un talkie-walkie s'élevait des épaisseurs de la combinaison de Molsen. L'officier mit plusieurs secondes à en extirper le gros appareil.

– White Star, vous me recevez ?

Le choix du nom de code tira à Qaanaaq un sourire étonné. Reprendre le nom de la compagnie maritime qui avait affrété le Titanic ? Qaanaaq se souhaitait une meilleure issue. L'appel provenait apparemment de la vedette de la patrouille. Jorgensen avait exigé qu'elle croise non loin de là.

– Ici White Star, répéta Molsen. Je vous reçois, Blue Lagoon.

– Reçu, White Star. On a repéré une présence suspecte à la jumelle.

– Sur le glacier ? demanda Molsen.

– Non. Sur l'eau. Quelque chose comme un gros Zodiac.

– Loin de vous ?

– Assez, oui. Il est presque au contact de la falaise.

Et jusqu'ici, vous ne l'aviez pas vu, Blue Lagoon ? demanda-t-il de nouveau.

– Non… Plus on se rapproche du front, plus la densité en fragments d'icebergs est importante. Si on n'a pas peur de se faire broyer dans toute cette glace pilée, franchement, c'est assez facile de s'y planquer.

# 38

**[IMG_6470 / 19 juin / 18 h 33/ Un nuage blanc sur le sommet du Zachariae Isstrom]**

– Putain… Qu'est-ce qu'ils foutent là ?

Cette question, Qaanaaq n'était pas le seul à se la poser. Les risques pris par l'embarcation étaient inconsidérés. Car, quand bien même ses occupants réchapperaient aux blocs colossaux qui les encerclaient, le vêlage constituait une menace bien plus terrible encore. Une montagne de glace pouvait s'écrouler sur eux – des millions de tonnes aussi compactes que de l'acier, aussi tranchantes que le verre. Un déluge à côté duquel une avalanche passerait pour une douche rafraîchissante.

– Demandez-lui s'il arrive à distinguer les hommes à bord du Zodiac, ordonna-t-il à Molsen.

Le capitaine de la patrouille Sirius relaya la question.

– Non, fit la voix dans le talkie-walkie. L'arrière du bateau est masqué par un *growler*. De toute façon, pour le peu qu'on en a aperçu, ils sont difficiles à identifier, avec leurs têtes couvertes et leurs lunettes de soleil…

— « Ils sont »… Il y a plusieurs individus ?

– Oui. Deux a priori.

– Ils ont envoyé des signaux de détresse ?

L'hypothèse qu'il s'agisse d'une coque de noix en perdition, prise dans la nasse au mauvais moment, ne pouvait être totalement exclue.

– Aucun. Et aucune réponse non plus à nos appels lumineux.

Qaanaaq rageait en silence : les tueurs, si c'était bien eux, se savaient à présent surveillés. L'effet de surprise était définitivement perdu.

Sans laisser au jeune officier le temps de réagir, il se rapprocha du gros combiné et s'exclama, assez fort pour se faire entendre à l'autre bout du canal :

– Depuis quand êtes-vous sur zone, Blue Lagoon ?

– Vingt minutes environ.

S'il n'était question que du trajet à effectuer, les criminels, informés par la taupe sept heures plus tôt, auraient eu tout le temps de se rendre sur place avant l'arrivée du bâtiment militaire. Pour peu qu'ils ne viennent pas d'aussi loin que Qaanaaq et Søren, évidemment. Mais encore fallait-il qu'aussitôt alertés, ils aient disposé de leur nouvelle proie.

– Et depuis que vous êtes ici, vous n'avez vu personne gravir le front du glacier ? demanda Qaanaaq.

– Non, aucun mouvement.

Qaanaaq arracha littéralement le talkie des mains de Molsen. Celui-ci le laissa faire sans broncher. Il préférait préparer une intervention éventuelle de ses hommes, veillant à ce que les trois attelages, sortis de leur abri neigeux, soient prêts à bondir.

– À part une présence humaine, avez-vous repéré quelque chose d'inhabituel le long de la falaise ?

L'officier à l'autre bout ne répondit pas. Il avait dû lâcher l'appareil pour saisir ses jumelles. Après une poignée de secondes, il indiqua :

– À environ dix mètres au-dessus de l'eau…

– Quoi ?

– Je vois comme une trace…

– Quelle forme ?

– Je dirais circulaire, mais ce n'est pas très net.

Le souffle de Qaanaaq s'arrêta.

– C'est un trou ?

– Non, ça me paraît plutôt plein… Comme un disque épais posé à même la paroi.

Le regard du policier s'assombrit d'un coup. Cette fois, il n'y avait plus de doute. Les hommes avaient juste modifié leur mode opératoire. Au lieu d'approcher le glacier par les airs, comme à Ilulissat ou Helheim, ils avaient privilégié la voie maritime, moins facile à surveiller au milieu des icebergs.

Ce qu'il ne parvenait pas à s'expliquer, c'est comment ces hommes avaient réussi à hisser et à stabiliser une carotteuse d'une demi-tonne à l'à-pic de la falaise.

– Quel diamètre, ce disque ?

– À cette distance, difficile à dire.

– Plus ou moins un mètre ?

– Hum, moins que ça… Le rond n'est pas très régulier. Ça donne l'impression d'avoir été façonné comme on pouvait.

Voilà qui ne collait pas non plus avec la manière de procéder des tueurs. À défaut d'une carotteuse, peut-être s'étaient-ils contentés de creuser la glace à coups de pioche. Mais, accrochés à la muraille comme ils devaient l'être, mener à bien un tel ouvrage était forcément très périlleux, presque impossible à réaliser. Il paraissait peu probable à Qaanaaq qu'ils aient eu le temps de forer une fosse assez grande pour y loger un humain adulte, puis de la reboucher.

Alors quoi… *Un enfant* ? !

– Ça ne peut pas être un éclat qui aurait atterri là lors d'un précédent vêlage ? insista-t-il pour n'exclure aucune éventualité.

– Je ne pense pas, non. Quand des fragments se détachent, ils s'effondrent verticalement. Ils ne décrivent pas de trajectoire en ellipse pour venir se coller ensuite au nouveau front. Ça n'a aucun sens.

Quelques instants plus tard, il ajouta :

– Je confirme, White Star. C'est bien une réalisation humaine. Je vois des pitons et une échelle accrochés à la paroi, qui montent du niveau de l'eau jusqu'au point en question.

Pris par l'urgence, les malfaiteurs s'étaient, semble-t-il, dépêchés de quitter le lieu de leur forfait, sans prendre le temps de décrocher leur matériel.

Qaanaaq hésitait.

Fallait-il donner l'ordre aux marins d'arraisonner le Zodiac dans ce champ de mort ? Avait-il seulement l'autorité nécessaire ?

– White Star ?

Comme pour creuser un peu plus ses doutes, Molsen récupéra le talkie. Il était temps pour lui de réaffirmer la prévalence de la patrouille Sirius sur cette opération.

– Oui ? répondit-il.

– Je vois autre chose… Une rangée de trous plus petits. Comme des pointillés.

– Où ça ?

– Au pied de la paroi, à environ un mètre de la surface.

– Combien ?

– Sept ou huit.

L'instant d'après, la première explosion les surprit tous. Aussitôt suivie de plusieurs répliques. Sept ou huit au total. Succession de déflagrations assourdissantes dont les échos se mêlèrent bientôt aux grognements contrariés du glacier. Des explosifs venaient de réveiller le monstre.

Fauché comme une vulgaire quille, le nez planté dans le givre coupant, Qaanaaq n'y croyait pas : plutôt que d'attendre le vêlage, les tueurs avaient décidé de le déclencher. Autour de lui, certains s'étaient jetés d'eux-mêmes au sol. D'autres avaient été projetés par les secousses qui ébranlaient à présent toute la surface du Zachariae Isstrom.

– Ils ont mis les gaz ! Ils fuient le long du front ! hurlait leur contact dans le combiné.

Mais il n'eut pas le temps de traiter l'information. Un craquement effroyable vint déchirer le brouhaha des grondements sourds. Véritable coup de fouet dans le jour polaire. Le ciel lui-même se fût fendu en deux que cela ne l'aurait pas surpris. À quelques centaines de mètres d'eux seulement, en avant du glacier, l'effondrement dantesque avait commencé. Des pans entiers d'horizon disparaissaient dans un fracas épouvantable. On eût dit un gâteau dévoré à toute allure par un géant invisible et insatiable. À chaque morceau avalé, une nuée indescriptible s'élevait, poudrant le soleil. Des flèches translucides s'abattaient sur un large périmètre autour du cataclysme, et se rapprochaient d'eux à mesure que l'émissaire s'évaporait dans les flots.

En quelques aboiements qui se confondaient avec la plainte des chiens, Molsen donna l'ordre du repli. Il fallait faire vite. Très vite, même. Ils sautèrent sur les traîneaux, emmenant avec eux Qaanaaq et Søren, sidérés. Leur fouet brandi dans l'air moucheté de blanc, les *mushers* crièrent la seule langue que comprenaient les bêtes apeurées :

– *Kaa kaa*[1] !

1. « En avant », en kalaallisut.

Les trois attelages déguerpirent aussitôt. Les animaux couraient ventre à terre, aiguillonnés par les injonctions de leurs maîtres. Ou plutôt par la terreur que leur inspirait l'apocalypse derrière eux.

Qaanaaq bénit la prudence des officiers de la Sirius. Le vêlage avait beau battre son plein, la distance de sécurité prévue serait suffisante. Au moins n'aurait-il pas à revivre ce qu'Appu et lui avaient connu au Helheim. Cette sensation abominable d'être engloutis par le glacier.

Les équipages filaient à présent vers l'ouest. Vers l'inlandsis. Une vibration dans sa poche prévint Qaanaaq qu'un message vocal venait de lui être laissé. Il parvint à voir que c'était Rob Normann. Probablement pour répondre à ses questions sur l'alibi de Jake Gordon – il était temps… Mais une nouvelle détonation assourdissante le dissuada définitivement d'écouter le message.

Les criminels périraient dans le vêlage, c'était certain. Il n'y avait aucun moyen de réchapper à ce chaos. Le bouillonnement provoqué dans la mer était tel que d'immenses gerbes d'écume montaient depuis les vagues et se confondaient désormais avec la brume immaculée. On n'apercevait plus rien d'autre.

– White Star ? White Star, répondez !

Le crissement aigu des patins s'ajoutait au vacarme, couvrant le son du talkie-walkie.

– Blue Lagoon, comment ça va de votre côté ?

– Secoués… Mais… ça va. Et vous ?

– Sains et saufs.

Sous le regard insistant de Qaanaaq, Molsen s'enquit du sort des fuyards.

– Nos cibles ? Vous savez où elles en sont ?

– Avec ce nuage, impossible de vous dire. On ne distingue plus la côte… Juste une barre blanche sur au moins trois kilomètres de large.

Suivit un silence radio assez long, traversé de temps à autre par une nouvelle pétarade – sans doute le vêlage de plusieurs icebergs filles.

Puis soudain :

– Attendez… Attendez, je les vois ! C'est pas possible, comment ils ont fait ? !

– Qu'est-ce qu'il y a ? Ils ont sombré ?

– Non ! ils ont échappé à la déferlante ! On les voit sortir du brouillard !

Ils avaient aussi échappé aux chutes d'icebergs mères. Cela relevait du miracle.

– Ils se dirigent vers où ?

– En direction du sud.

– Vers le large ?

– Non. Pour l'instant, ils longent le littoral.

La manœuvre des deux types dénotait une connaissance parfaite des vêlages et des ondes de choc produites en mer. En longeant le front dès le début de l'écroulement, ils s'étaient extraits à temps de l'axe du tsunami, bénéficiant d'un fragile et éphémère couloir de navigation pour fuir la zone dangereuse.

– Poursuivez-les ! hurla Qaanaaq en direction du talkie.

– On ne peut pas… Le courant est contraire et beaucoup trop puissant. Et la densité en icebergs est énorme. On mettrait une heure rien que pour atteindre le nouveau front.

– Et si vous contournez le périmètre ?

– Ce serait encore plus long !

Et le Zodiac serait déjà loin, vers le sud donc, où l'océan ne subissait pas les désordres du Zachariae. *Pis !* Si seulement Mikkel n'avait pas été contraint de partir refaire le plein en kérosène à Daneborg, la base de la patrouille Sirius, à quatre cents kilomètres de là…

Si seulement.

Qaanaaq ferma les yeux, emporté par les chiens, bercé par les tressautements du traîneau. Le vent de la course balayait son dépit. Personne ne prononçait plus le moindre mot sur les attelages. Il imaginait les heures de silence pétrifié que ces hommes pouvaient vivre lors de leurs missions. Ces temps de communion avec l'inlandsis, éprouvants et magnifiques à la fois.

Qui gisait dans la cavité ? Y avait-il bien quelqu'un, d'ailleurs ? Qaanaaq priait pour que ce fût seulement un leurre. Il n'avait qu'une envie, désormais : reculer le plus possible le moment de se confronter à cette nouvelle réalité.

# 39

**[IMG_6482 / 19 juin / 19 h 16 / Un chien de la patrouille Sirius]**

Il y a les plans qu'on dresse ; et puis il y a la vie.

Il fallait être un enfant, un tyran ou un fou pour croire que les deux coïncidaient toujours. Qaanaaq n'était aucun des trois. Il éprouvait malgré cela toute la peine du monde à accepter son échec. N'avait-il pas tout anticipé ? N'avait-il pas préparé un piège dont il pensait maîtriser le moindre aspect ?

Un simple changement de véhicule avait suffi à saper son dispositif. On croyait reprendre l'ascendant, et pourtant, on dévalait encore et toujours la même pente.

Quand ils furent totalement hors de danger, Molsen donna l'ordre aux deux autres *mushers* de ralentir la cadence des meutes. Peu à peu, les chiens avaient quitté la surface accidentée du glacier pour gagner celle de l'inlandsis, plus plane à cet endroit. Les traîneaux filaient toujours, mais sans à-coups désormais, ou presque. Leur cavalcade éperdue se muait en une course presque douce.

– Je suis désolé, dit Molsen.

Malgré son accès d'autorité un peu plus tôt, il paraissait sincère. L'échec de l'opération était dur à avaler aussi pour lui. La hiérarchie militaire ne manquerait pas de lui en faire le reproche. Peut-être même serait-il sanctionné.

– Vous n'y êtes pour rien.

– Je sais, abrégea-t-il, manifestement pressé de changer de sujet. On sera au point de rendez-vous indiqué par votre pilote dans une petite heure.

Peu après avoir quitté le front du glacier livré au désastre, Qaanaaq avait appelé Mikkel. Celui-ci venait tout juste d'atterrir à Daneborg. Le temps qu'il alimente son appareil en carburant, il ne serait pas dans les parages avant deux bonnes heures, voire plus. Qaanaaq lui avait donné pour consigne, lors de son trajet de retour, de survoler autant que possible la côte au sud du Zachariae. Mais il ne s'illusionnait pas, les chances de repérer une embarcation de la taille du Zodiac étaient plus que minces.

La qualité du réseau dans cette zone était médiocre, suffisante tout de même pour passer quelques coups de fil. Il commença par écouter le message déposé sur sa boîte vocale par le garde-côte américain, Rob Normann. Sans surprise, le commandant de l'IIP couvrait sans réserve son glaciologue maison, Jake Gordon. Gordon avait passé la nuit du 15 au 16 juin en sa compagnie, avec trois autres officiers américains, à bord du *Healy*, à se faire plumer lors d'une partie endiablée de *Texas hold'em*. Les réjouissances, copieusement arrosées, avaient fini très tard, vers trois ou quatre heures du matin. Si Normann disait vrai, cela excluait de facto la présence de Gordon à la même heure sur le glacier d'Ilulissat.

S'il disait vrai, donc.

Qaanaaq composa le numéro de Massaq, qui ne répondit pas. Il n'y avait aucune raison de paniquer ; la dernière fois qu'il avait reçu de ses nouvelles, les tueurs étaient probablement déjà en route pour le Zachariae. Il appela malgré tout la ligne fixe de son domicile.

Toujours rien.

Un brusque pic d'angoisse lui vrilla les viscères. Il tenta de joindre Peter, l'un des deux agents affectés à la surveillance des siens. Et si le Zachariae n'avait été qu'une diversion ? Et si Massaq et les enfants étaient prisonniers quelque part en un lieu inconnu, prêts à s'abîmer à leur tour dans l'océan ?

*Et si…*

Mais après une interminable série de sonneries :

– Peter ?

– *Boss* ! j'allais justement t'appeler.

Une poigne de fer comprima de nouveau son estomac, le pressant comme un fruit mûr. Les sucs entêtants de la peur s'écoulaient en lui.

Un SMS venait de tinter à son oreille – il s'en occuperait plus tard.

– Pourquoi ? s'exclama-t-il plus fort qu'il ne l'aurait souhaité. Qu'est-ce qu'il y a ?

– Mais rien, tout va bien ! Je voulais juste te faire un rapport.

– Tu vois les enfants, là ?

– Je les vois comme je t'entends. Ils sont à la cuisine, en train de préparer le dîner.

– Avec Massaq ?

– Avec Massaq. C'est tranquille.

La familiarité du tableau l'apaisa d'un coup.

– Et… et cet après-midi, ils ont fait quoi ?

– Ils ont maté un film avec des pingouins, je crois, un truc qui se passe à New York…

*M. Popper et ses pingouins*, qu'ils venaient de visionner au moins pour la vingtième fois.

– Tu ne les lâches pas du regard, on est d'accord ?

Puisque l'alerte était désormais retombée, l'ordre devenait un peu caduc. Mais son angoisse, elle, ne se dissiperait pas avant longtemps.

Quand l'équipage Sirius parvint aux coordonnées indiquées par Mikkel, un replat adapté aux patins de son Sikorsky, les chiens accueillirent avec joie la pause bien méritée. Certains cherchaient la bagarre avec leurs congénères, d'autres réclamaicnt à manger. Il était étonnant de constater à quel point la hiérarchie en place lors de la course n'était pas la même quand la meute était au repos. L'animal de tête n'était pas forcément un mâle, et rarement celui qui dominait le groupe le reste du temps.

Une vibration au creux de sa poche rappela Qaanaaq au souvenir du SMS non consulté. Le numéro de l'expéditeur était masqué. Quant à la photo jointe, elle n'appelait hélas aucun commentaire.

– Non…, implora-t-il.

Qaanaaq avait aussitôt identifié la cavité percée dans le front du Zachariae, telle que l'officier de Blue Lagoon leur avait décrite. On pouvait y voir un CR7 transi, terré au fond du cylindre, toujours vivant, mais tétanisé par la peur. L'image devait remonter à plusieurs heures. À cet instant où les malfaiteurs avaient accédé au site du vêlage en toute impunité.

Comme s'ils avaient ressenti la détresse d'un des leurs, les chiens de Molsen se mirent à hurler à la mort.

Qaanaaq tendit son téléphone à Søren.

– Merde ! jura ce dernier.

Qaanaaq avait envisagé toutes les cibles possibles parmi son entourage – toutes, sauf son chien. Hormis pour quelques caresses prudentes – même apprivoisé, l'animal demeurait à demi-sauvage –, personne ne se souciait de lui. CR7 allait et venait hors du poste aussi librement que s'il avait été lui-même un agent. Il avait sans doute été facile d'isoler la bête dans une ruelle, puis de la maîtriser à l'aide de Dieu sait quel produit hypodermique.

Et dire que Qaanaaq l'avait lui-même chassé de son bureau, juste avant l'audition d'Inoook… Mais, à bien y penser, ce n'était pas la pire injure qu'il avait faite à l'animal. Ce qu'il lui avait infligé de plus terrible, c'était probablement de l'avoir claquemuré avec lui en ville. Quel Inuit – quel Inuit véritable – aurait eu une idée aussi stupide, aussi ignorante de ce tissu invisible qui liait ici la nature, les hommes et leurs compagnons ?

Qaanaaq refoula son émotion. Le sacrifice de CR7 prouvait au moins une chose : les tueurs étaient présents à Nuuk au moment où la taupe leur avait transmis l'alerte de Jorgensen. Grâce à leur Bell 212, beaucoup plus rapide que le Sikorsky de Mikkel, ils avaient gagné une avance précieuse, en tout cas suffisante pour installer leur nouvelle mise en scène morbide.

– Il y a quand même un truc qui m'échappe…

Søren et lui avaient parlé en même temps. Ce genre de synchronicité survenait parfois, quand tous les membres d'une équipe progressaient sur le même tempo.

– Vas-y, dit Qaanaaq.

– Eh bien, même en supposant qu'ils nous aient mis une heure ou une heure et demie dans la vue, je me demande comment ils ont eu le temps de faire tout ça : récupérer leur Zodiac, passer de l'hélico au bateau…

– Le Zodiac, ils l'avaient peut-être déjà en partant, que ce soit de Nuuk ou d'ailleurs. Ils peuvent l'avoir chargé sous leur hélico. Mikkel nous le confirmera, mais je pense que le 212 est un appareil assez robuste pour ça.

La logistique était de toute évidence l'une des forces des malfaiteurs. Leur capacité à se déplacer vite, chargés d'équipements lourds, en n'importe quel endroit de l'île, ne cessait de l'impressionner.

– Il fallait forcément qu'ils disposent d'un point de chute peu surveillé pour faire leur transbordement, ajouta Qaanaaq. Ou bien carrément d'un camp de base à l'écart des agglomérations.

– Pas juste une piste, tu veux dire ?

– Oui. Un lieu isolé où ils peuvent stocker leur matériel – comme la foreuse ou ce canot –, faire le plein, retenir leurs victimes en otage…

– Ou peut-être même plusieurs à travers le pays ?

Qaanaaq frémit. Cela supposait une organisation et des moyens colossaux, en tout état de cause largement supérieurs aux leurs. Dans ce cas, la capacité de nuisance des criminels était loin de s'épuiser.

Qaanaaq rappela Blue Lagoon et demanda aux marins danois de rechercher la dépouille de son chien. Aussi insolite soit la requête, ceux-ci obéirent, en dépit du danger. Mais dans ce *brash* aussi dense qu'un ragoût de phoque, les chances de retrouver CR7 étaient faibles. Et en effet, l'exploration de la vedette Sirius ne donna rien. Le plus probable, c'était que le corps de l'animal avait été expulsé de sa cavité sous la pression du vêlage, puis aussitôt emporté vers les profondeurs par l'effondrement des premiers blocs. Le déclenchement artificiel avait en effet davantage fractionné le front glaciaire que lorsque le phénomène était naturel. Pour preuve, cette armée de bourguignons et de sarrasins de plus petite taille que d'habitude qui rendaient la navigation aux abords du Zachariae si difficile. Aucun des icebergs nés ce jour-là ne dépassait les deux à trois mètres émergés. L'océan, après tout, n'était pas une si mauvaise sépulture, pour un chien de traîneau…

Il en était là de sa peine et de ses réflexions quand il reçut un appel. Anonyme de nouveau.

– Capitaine Adriensen ?

Il reconnaissait cette voix, chaleureuse et néanmoins usée, sans parvenir à mettre un visage dessus.

– Oui ?

– Kuupik Enoksen.

Dans la précipitation de leur départ pour le Zachariae Isstrom, L'avocat du *land artist* avait réclamé à grand bruit que la garde à vue de son client soit abrégée. Qaanaaq avait accédé à sa demande, non sans exiger qu'Inoook demeure sur place, à Nuuk, à la disposition de ses services.

– Cher maître ?

– J'ai bien peur de ne pas être porteur d'une très bonne nouvelle.

Ce ne serait pas la première de la journée.

– Je vous écoute.

– Je viens de retrouver mon client, M. Silis Høegh… euh… Sans vie.

– Quoi ? !

– Égorgé.

Quelle façon plus éloquente de décider de le faire taire ?

– Vous l'avez trouvé où ?

– Chez moi. Enfin… dans une dépendance attenante à ma maison.

– Qu'est-ce qu'il fichait là ?

– Il n'avait nulle part où loger. Et puis, comme vous l'avez compris, il est assez imprévisible. J'ai pensé préférable de le garder sous la main.

Un temps d'effarement leur imposa un silence. La ligne, grésillante, n'était vraiment pas bonne.

– Rassurez-moi, vous n'avez touché à rien ?

– Non, à rien. Je suis entré, j'ai vu le corps qui baignait dans son sang, et je suis ressorti aussi sec.

– Et vous êtes sûr qu'il ne respirait plus ?

– Je ne suis pas spécialiste comme vous… Mais il n'y avait pas beaucoup de doute. Je pense même qu'il était comme ça depuis pas mal de temps. Je dirais plusieurs heures.

Les fuyards du Zachariae l'avaient-ils tué avant leur départ de Nuuk ? Ou bien disposaient-ils de complices dans la capitale ?

– Pourquoi dites-vous ça ?

– À cause de l'odeur surtout.

– Vous avez prévenu mes collègues du Politigarden ? Je… ne suis pas au poste en ce moment.

Qaanaaq pensa judicieux de ne pas lui dire où il se trouvait précisément.

– Non, non, je voulais vous prévenir, vous.

– Merci, vous avez bien fait.

Décidément, c'était la journée des morts imprévues.

– Ah, Kuupik, se permit-il, soudain familier.

– Oui ?

– Vous attendez qu'on arrive et vous ne bougez pas de chez vous.

– OK.

– Et surtout… Vous ne parlez à personne de votre découverte. C'est compris ? À personne.

# 40

**[IMG_6494 / 20 juin / 07 h 01 / Autoportrait dans le hall du Politigarden]**

Pitak les attendait sur le tarmac. Le visage encore chiffonné de la nuit, plus courte que prévu. Une nappe de brume soyeuse flottait sur le revêtement des pistes. Il était tôt, très tôt, trop tôt pour se trouver là.

Malgré le soleil flatteur qui enveloppait l'héliport, les mines qu'affichaient Qaanaaq, Søren et Mikkel au saut de l'appareil n'étaient guère plus reluisantes. Le soir précédent, le pilote n'était parvenu au point de contact avec la patrouille Sirius qu'aux alentours de vingt-deux heures. Évidemment, il n'avait aperçu aucun Zodiac en chemin. Quand bien même leurs trajectoires se seraient-elles croisées, les meurtriers en fuite se seraient probablement mis à couvert d'un iceberg en entendant le rotor du Sikorsky.

Mikkel s'était accordé un temps de repos, environ deux heures, avant de reprendre le manche en direction de Nuuk. Par la faute de violentes rafales de pitaroq, ses deux passagers avaient à peine somnolé au cours du voyage. Les journées commençaient à devenir pesantes.

– Alors, ça donne quoi, chez Enoksen ? demanda d'emblée Qaanaaq.

La veille au soir, depuis l'autre bout du pays, il avait envoyé une équipe sur place, dirigée par Pitak – Appu ne s'était toujours pas présenté au Politigarden.

– Lolotte a rendu ses premières…

– Lotte, le reprit-il.

– *Lotte* a rendu ses constatations. La cause du décès est bien un égorgement à l'arme blanche. Un *ulu* couvert de sang a été retrouvé dans la pièce, sous un canapé.

– Elle a relevé des empreintes ?

– Oui. Sur le manche.

Voilà qui était plutôt étrange. Si les auteurs de ce meurtre étaient bien les bourreaux de Leonard, Bodil et CR7, cet amateurisme ne leur ressemblait pas.

– Autre chose ? Des traces de pas ?

– Non.

Le couteau n'était pas n'importe quelle arme. Le *ulu* était la lame rituelle des Inuits. Celle par laquelle ils prenaient la vie aux phoques. Celle avec laquelle ils taillaient l'ivoire des morses pour façonner leurs *tupilak*. Qaanaaq était d'ailleurs à peu près certain d'en avoir vu un traîner sous la tente de Pipaluk. Le *ulu* prenait et protégeait à la fois, tuait et conjurait. Il avait le pouvoir de reprendre la vie comme de la donner – on l'employait traditionnellement pour couper le cordon ombilical des nouveau-nés. Il était ce trait d'union avec le monde des esprits.

– Søren, en arrivant au poste, tu demandes ses relevés à Lotte et tu les compares à la base AFIS[1].

– OK, *boss*.

1. Automated Fingerprint Identification System désigne en anglais les bases d'empreintes digitales.

Ce meurtre jetait un voile incongru sur une affaire déjà terriblement opaque. Comment pouvait-on penser à effacer les traces de ses pas d'un côté, et se monter aussi négligent avec ses mains de l'autre ? C'était cousu de fil blanc. On avait probablement voulu les orienter vers une certaine piste…

Jetant un œil à son mobile, Qaanaaq constata à regret qu'il n'aurait pas le temps de faire un saut chez lui pour embrasser les enfants. Et Massaq. Il lui fallait déjà reprendre le chemin du poste, plus que jamais englué dans ses questions et ses doutes.

Dès l'approche de la marquise turquoise, il sentit que le Politigarden bourdonnait d'une activité inhabituelle. Odeur de café chaud. Nappe de musique et néons allumés. Tous les signes caractéristiques d'un *kaffemik* matinal.

Qaanaaq fronça les sourcils. Il pénétra dans le bâtiment, s'apprêtant déjà à tonner, avec deux victimes de plus au compteur, il n'y avait vraiment aucun motif à faire la fête. Il voulait bien admettre que la mort fasse partie de la vie, tout ce bla-bla autochtone, mais, il y avait tout de même des limites !

Un cri le faucha au milieu de l'accueil :

– *Lille thug*[1] !

La crinière grise en bataille, aussi hâve et mal rasé qu'à l'accoutumée, une silhouette surgit dans l'*open space.*

– Karl ? !

Hilare, Karl Brenner jouissait de son effet de surprise. Søren considéra le nouveau venu avec circonspection – c'était donc *ça*, « le » Brenner dont le patron leur rebattait les oreilles ? Puis son regard revint vers son

1. « Petit voyou », en danois.

patron, qui affichait un sourire extatique. Il ne l'avait jamais vu aussi ravi.

– Karl, mais bordel… Qu'est-ce que tu fabriques ici ? La Fourmi t'a puni, ou quoi ?

Il regretta aussitôt ce propos. Il y a bien longtemps qu'il ne considérait plus sa propre affectation à Nuuk comme une sanction.

Karl s'esclaffa.

– Ah ! Passe-moi ton Blad ! Tu verrais ta tête de hareng !

Qaanaaq se jeta dans les bras que lui ouvrait grand son ami. Les quelques agents présents, amusés par ces retrouvailles, les entouraient désormais, café en main.

– Salopard ! souffla Qaanaaq.

– P'tite ordure !

L'effusion dura ainsi de longues secondes. Aucune visite n'aurait pu lui faire davantage plaisir – sauf celle de Flora, bien sûr. Surtout dans cette panade qui était la leur.

– Bon, c'est quoi l'idée ? On recompose la *dream team* de Niels Brocks à Nuuk ?

Le sourire de Karl s'était transformé en rictus.

– En quelque sorte, en quelque sorte…

Saisissant son vieux camarade par le bras, il éluda :

– Alors, monsieur le patron de la police groenlandaise, vous ne me faites pas visiter votre bureau ?

Dans l'antre de Qaanaaq, le ménage hebdomadaire, par chance, était passé par là. Les cadavres et les taches de Nikoline avaient disparu. Un semblant d'ordre et de propreté régnait dans la pièce vitrée. Absorbé par son visiteur et soucieux de leur assurer un peu d'intimité, Qaanaaq ferma la porte et abaissa le store de la baie vitrée donnant sur la salle commune. À côté, la gaieté sembla s'éteindre brusquement.

Ils prirent place tous deux sur le divan. Qaanaaq ne pouvait contenir son impatience.

– Alors… C'est quoi, les nouvelles ? Ne me dis pas que tu es venu ici juste pour la qualité du café ?

– Q…

Excepté les innombrables noms d'oiseaux dont il le gratifiait, Karl appelait le plus souvent Qaanaaq par cette simple initiale. Q, comme le vieil inventeur fantasque dans la série des James Bond.

– Quoi ?

Cette fois, Brenner ne souriait plus du tout.

– Je ne suis pas là pour te filer un coup de main.

– Ah, pas un coup de pied au cul, quand même ?

Qaanaaq riait jaune.

– Pas loin.

Un silence emprunté s'empara de la pièce. Qaanaaq était comme sonné par ce que son vieux compère avait à lui dire.

– Arne Jacobsen m'a confié la direction du Politigarden de Nuuk à titre temporaire.

– Tu… tu plaisantes ? Hein, *min ådsler*[1], tu déconnes, n'est-ce pas ?

Il sondait le regard de son ami. Mais rien dans les yeux délavés de Karl Brenner ne trahissait la moindre intention facétieuse. Il paraissait juste épuisé, et vaguement coupable. Qaanaaq, lui, n'éprouvait aucune colère. Il se sentait à mille lieues de ses coups de sang légendaires, rares et pourtant homériques. Plutôt le sentiment d'une chute sans fin.

– Combien de temps ? finit-il par demander.

– Je ne sais pas. Il n'a pas été clair… Au moins le temps de résoudre l'affaire des icebergs.

1. « Ma charogne », en danois.

– Ça s'est décidé quand ?

– Hier. Mais tu sais, ça vient de très haut. Si on n'appréhende pas très vite les coupables, les médias désignent déjà Ammitzbøll comme prochain fusible…

Le ministre de l'Intérieur danois. Rien que ça.

– … Et au-delà, notre Premier ministre, Rasmussen. Crois-le bien, si la Fourmi m'a choisi, moi, c'est justement parce qu'ils connaissent notre lien. Ils pensent qu'entre nous deux… comment dire… qu'il n'y aura pas de ratés dans la transmission du dossier.

Or trois éléments au moins manquaient au fameux « dossier » à cette heure. Trois éléments probablement essentiels à sa résolution et que, jusqu'à présent, Qaanaaq n'avait pas jugé utile de partager avec son équipe.

Il y avait d'abord la piste de ce gamin inuit à l'aéroport de Kangerlussuaq, a priori le seul témoin à avoir été en contact visuel direct avec les tueurs. Une piste qu'il n'avait pu creuser jusqu'ici, accaparé par cette suite ininterrompue d'urgences.

Il y avait aussi les fameux graffitis de Leonard Kelly qui constituaient peut-être la clé ouvrant toutes les portes de cette énigme. Encore fallait-il réussir à comprendre ce que le scientifique avait voulu dire par là.

Pour finir, et par-dessus tout, il y avait ce lien l'unissant au scientifique américain. Cette parenté qu'il ne pouvait ignorer et qui, avec quelques autres indices, lui soufflait qu'il était bel et bien visé dans cette affaire. Lui, le désormais ex-directeur de la police groenlandaise.

– J'imagine que c'est pour ça qu'ils sont tous là de si bon matin ?

Il désigna le *kaffemik* qui, de l'autre côté du store, cédait enfin le pas au travail. La docilité avec laquelle son équipe acceptait ce brusque changement de direction le blessa plus qu'il ne l'aurait imaginé. Ses rapports avec les agents locaux étaient pourtant bons. Au-delà de la solidarité habituelle entre flics, il lui semblait même qu'ils finissaient par composer une sorte de tribu, de famille…

Mais ainsi étaient les Groenlandais, qui jamais ne refusaient une offrande, aussi dérisoire fût-elle, comme une simple tasse de café.

– Oui, tu imagines bien. Je leur ai demandé de venir, qu'on fasse connaissance. À ce propos…

Quel autre désastre allait-il lui annoncer ?

Qu'une cellule lui serait réservée dans cette prison flambant neuve qui s'élevait derrière la fenêtre ?

– … Tu es attendu.

– Où ça ?

– Au bureau de la Fourmi.

– À Copenhague ? ! Il doit vraiment y avoir le feu.

– Tu sais, ce sera juste entre toi et lui. Jacobsen veut avoir le plus d'éléments possible pour répondre à ses supérieurs… Q, je suis désolé. Vraiment.

Une main agrippée à son crâne, Qaanaaq leva l'autre pour imposer le silence à son ami. Comme Peter Falk dans ces vieux *Columbo* qu'affectionnait tant Flora.

Les excuses entre eux étaient superflues. Il se contenta de lui demander, en guise de conclusion :

– Demain matin ?

– Non. Aujourd'hui, fin d'après-midi. Dix-sept heures quinze.

Fichue précision de l'administration danoise. Et pourquoi pas dix-sept heures dix-sept, tant qu'on y était ? En tout cas, la précipitation avec laquelle on le convoquait soulignait l'importance de l'enjeu. On ne l'appelait pas poliment ; on le sifflait.

Il sortit le premier de la pièce.

Le regard d'Apputiku l'attendait.

Il était là, en chair et en os – si l'on pouvait dire. Plutôt fantomatique. Pâle et amaigri, le flic inuit était l'ombre de lui-même.

Les deux hommes se retrouvèrent face à face sans mot dire, puis, après quelques secondes, s'étreignirent comme deux frères. Chacun accueillant dans ses bras le désarroi de l'autre.

– Où est CR7 ? demanda l'Inuit.

Manifestement, personne n'avait eu le cœur de l'affranchir.

– Hein, il est passé où, ton fichu corniaud ?

Qaanaaq battit des paupières un peu vite, puis ferma les yeux. Le message passa entre eux sans un mot. CR7 avait rejoint la meute des esprits. À présent, il aboyait sans doute parmi les siens, quelque part sur une infinie banquise.

Mais déjà, autour d'eux, le Politigarden vibrait d'une énergie nouvelle. Brenner battait le rappel des troupes et distribuait les tâches. Aux intuitions parfois fulgurantes de son prédécesseur, il entendait substituer un protocole d'investigation, certes très classique, mais éprouvé.

À l'un, il demanda de reprendre à zéro la piste du 4 × 4 aux chaussettes et au treuil.

À l'autre, de passer une nouvelle fois en revue tous les pilotes d'hélicoptère disponibles et capables de piloter un Bell 212.

À un dernier, de vérifier l'ensemble des alibis, celui de feu Inoook comme ceux de Rob Normann et Jake Gordon, ainsi que de tous les opérateurs militaires du JAC, a priori aux premières loges.

Même Apputiku, jugé à nouveau d'attaque, fut réquisitionné. Avec Søren, il plancherait sur ce « dossier dans le dossier » que constituait depuis la veille l'assassinat d'Inoook.

À tous, Brenner annonça pour finir qu'il se chargerait personnellement d'enquêter sur les groupuscules éco-terroristes, ainsi qu'auprès des intervenants du GreenClimax.

Sur un ton qu'il voulait léger, il les encouragea à la plus grande vigilance. Tout élément un tant soit peu suspect devait lui être rapporté dans la minute. Et rien ne devait plus être laissé au hasard – Qaanaaq apprécia ce « ne plus » qui le clouait au pilori.

– Patron ?

Lotte se tenait là, presque invisible derrière ses immenses lunettes, lui offrant son air penaud pour seul réconfort.

– Je…, bredouilla-t-elle, ça vous dit que je vous offre un verre avant votre départ ?

*Un verre ? À sept heures du matin ?*

À aucun moment depuis son arrivée à Nuuk, Qaanaaq n'avait entretenu avec elle la moindre ambiguïté. Alors que lui voulait-elle ?

– Oui… bien sûr.

Vu le timing imposé par la Fourmi, c'est tout juste s'il aurait le loisir de passer embrasser les enfants avant de foncer à l'aéroport. Et pourtant, il sentit que le temps qu'allait lui voler Lotte ne serait pas en pure perte.

Il l'entraîna d'autorité à l'*EsmeradlA*, un café plutôt correct du centre-ville où il buvait de temps à autre une bière avec Apputiku ou Søren. À cette heure matinale, l'établissement, qui ouvrait à peine, se trouvait encore presque vide. Ils s'attablèrent à une table proche de la vitrine. À l'extérieur, le ballet des camions poubelles précédait celui des écoliers. Des employés de la mairie, perchés sur les lampadaires, s'activaient pour installer les ultimes décorations de l'Ullortuneq[1].

Leurs cappuccinos servis, Qaanaaq n'attendit pas que la jeune femme lui débite son couplet compatissant. Le temps était compté, il refusait de le perdre en salamalecs.

– Qu'as-tu de si important à me dire ?

En guise de réponse, elle fouilla dans son sac à main et sortit une enveloppe kraft de taille intermédiaire.

– Je ne m'attendais pas à ce que les résultats tombent aussi vite. D'habitude, ici, pour une comparaison ADN, c'est au moins trois jours.

Fébrile, elle lui tendit le pli. Celui-ci ne contenait qu'une liasse peu épaisse, trois ou quatre pages tout au plus. L'information principale était délivrée dès la première, sans doute ni contestation possible :

Parenté par la mère confirmée à 99,95 %

Leonard Kelly était bien son demi-frère.

Ce n'était pas une surprise, encore moins un choc. Depuis son échange avec Pipaluk, il n'espérait pas d'autre verdict.

– Je te remercie… Peux-tu garder ça pour toi, s'il te plaît ?

– Évidemment, dit-elle avec un friselis triste dans le regard.

La discrétion et la loyauté de Lotte venaient de lui être confirmées par cet entretien. Il allait déposer un billet sous sa soucoupe et la laisser à sa tasse encore fumante quand elle le retint d'un timide :

– Patron…

1. La fête nationale groenlandaise, le 21 juin.

– Il y a autre chose ?

Il était déjà debout, enfilant sa parka.

– Qu'est-ce qu'il y a ?

– Ça va vous sembler ridicule.

– Lotte…

– Avant d'emballer le corps de Kelly, enfin, de votre frère, j'ai noté un truc qui m'avait échappé jusqu'ici.

– Quoi donc ?

– Des engelures, sur chacun de ses doigts. Mais pas sur les deux… Sur une seule de ses mains.

– Laquelle ?

– La gauche.

La main qu'il avait dégantée, et sans doute utilisée pour graver les quelques caractères inscrits dans son « tombeau ». GREENC.

– Je me suis permis d'appeler l'IIP, le retint-elle encore. Ils m'ont confirmé que dans le cadre de son travail, il utilisait systématiquement sa main droite.

La belle affaire : Kelly, son frère, était donc un gaucher contrarié, comme il en existait des millions à travers le monde. Mais en posant le pied hors du café, la fraîcheur rendit Qaanaaq à une autre évidence. Droitier dans sa vie quotidienne, Leonard avait usé de sa main gauche pour délivrer son ultime message.

Sa main naturelle.

Celle qu'on utilise par réflexe, y compris à la dernière extrémité.

Cela n'était sans doute rien. Et pourtant, il lui sembla que dans cet infime détail, c'est à lui que son frère adressait un signe depuis l'au-delà.

## 41

**[IMG_6499 / 20 juin / 17 h 10 / Pentagone de Niels Brocks Gade, Copenhague]**

Copenhague…

Il ne l'avait quittée que quatre mois auparavant, et pourtant, il lui semblait qu'autant d'années s'étaient écoulées. Copenhague n'était pas un souvenir, elle n'était déjà plus qu'un oubli.

Des atomes lui en revinrent toutefois au sortir de Kastrup, l'aéroport international de la capitale. La blondeur omniprésente. L'accent rêche de ses habitants. Le parfum de l'asphalte chaud détrempé par une averse estivale. À Nuuk, il n'y avait nulle part assez de bitume pour produire une telle odeur. Ici, la ville ne se limitait pas à un semis de préfabriqués. Le béton jaillissait de toutes parts. Ici, la ville ne faisait pas semblant d'être urbaine.

Il avait demandé à Massaq de le rejoindre à l'aéroport de Nuuk, avant de prendre sa correspondance pour Kangerlussuaq puis le long-courrier jusqu'à Copenhague. Sans ces embrassades fugaces, il ne les aurait pas vus durant des jours. Il plongea son nez dans les chevelures blondes aux odeurs de gâteau. Pressa les joues lisses contre les siennes. Fit le plein de tendresse pour lui, de réassurance pour eux.

Massaq ne tarissait pas d'éloges sur les essais d'écriture des jumeaux. Sa fierté touchait Qaanaaq, comme si elle les rapprochait un peu plus encore. Else peinait davantage ; être gauchère dans un monde de droitiers n'était pas simple. Mais sa ténacité payait. Peter et Jakob, leurs gardes du corps du moment, étaient assidus eux aussi, fidèles au poste. Il pouvait partir tranquille…

Il sauta dans le premier taxi libre devant l'aérogare, vaste bâtiment contemporain en forme d'avion en papier.

– Vous allez où ? lui demanda le chauffeur, un Noir long et sec, éthiopien, ou peut-être somalien.

– Niels Brocks Gade.

L'homme semblait perdu. Il ne devait pas avoir débarqué à Copenhague depuis très longtemps.

– Le QG de la police… Le Pentagone, si vous préférez.

Durant le trajet, il tenta une nouvelle fois de joindre sa mère adoptive, mais ni le mobile ni la ligne fixe de Flora ne répondaient. Plus étrange encore, celle-ci renvoyait un message automatique pour le moins déroutant : « Nous sommes désolés. Le numéro que vous cherchez à joindre n'est plus attribué. »

Avait-elle changé de numéro ? Et si oui, pourquoi ?

En quittant le siège quatre mois plus tôt, il avait dû restituer tous ses accès au service des ressources humaines. Depuis les attentats de 2015, la porte latérale qui donnait sur Niels Brocks Gade, jusqu'alors empruntée par le personnel, était condamnée par de lourds blocs anti-intrusion. Ne demeurait plus qu'une entrée dans l'imposant bâtiment néoclassique, par le porche principal donnant sur Mitchellsgade et son esplanade. Là, comme pour n'importe quel badaud, on lui délivra un badge temporaire. Cela lui paraissait insolite, à présent, de sillonner les longs couloirs du Pentagone en simple visiteur. L'agent qui l'accompagnait dans l'ascenseur pressa le bouton du troisième étage. Qaanaaq en déduisit que suite à sa récente promotion, la Fourmi avait encore grimpé d'un cran dans la hiérarchie symbolique.

Son bureau avait gagné lui aussi en importance. Il lui parut deux fois plus vaste que le précédent, agrémenté en prime d'une vue parfaite sur l'impressionnante cour circulaire et ses quarante-quatre colonnes doriques. Ce qui n'avait pas changé, en revanche, c'était la mine grisâtre et fatiguée de vivre du grand patron.

– Entrez, Adriensen, je vous en prie. Prenez un fauteuil.

Jacobsen prononça ces mots sans lever le nez de son parapheur en cuir noir, d'un ton sec et minéral. Ce type n'était pas fait de chair et de sang, mais de verre Securit. À l'horloge suisse collée au mur, aussi austère que tout le reste de la décoration, Qaanaaq constata qu'il était très exactement dix-sept heures seize.

– Vous savez quoi ? reprit la Fourmi. Personne ici n'espère plus que moi une victoire de notre équipe demain, face à l'Australie.

Sérieusement ? Il l'avait limogé puis convoqué en urgence… Pour lui parler football ?

– Mais l'aspect positif, le seul à vrai dire, que je vois dans cette affaire des icebergs, poursuivit-il, c'est que même si, par malheur, les nôtres venaient à perdre… leur défaite serait complètement éclipsée.

À la une des journaux, dans les flashs infos à la radio, dans les rares conversations qu'il avait captées ici ou là dans la rue, Qaanaaq avait pu constater en effet que tout Copenhague ne parlait plus que de ça. Dans le supplément week-end du tabloïd *Dagbladet Information*, un photographe réputé pour ses œuvres provocatrices avait même diffusé une série de clichés représentant de jeunes femmes nues prises dans la glace.

Cela virait au phénomène de mode morbide, à l'hystérie médiatique.

– Enfin, s'il n'était question que de football…

Jacobsen sortit un journal impeccablement plié de l'une des bannettes alignées sur son secrétaire et l'agita sous le nez de son subordonné.

– Mais maintenant, toute la presse de gauche nous tombe dessus ! Regardez, regardez ! Ils nous accusent de laisser traîner l'enquête volontairement pour entretenir le feuilleton et faire diversion. Pour, disent-ils, éviter au gouvernement de se confronter aux « vrais » problèmes.

Le réchauffement climatique et la fonte de la calotte glaciaire groenlandaise, entre autres choses.

– Et je ne vous parle pas de nos petits camarades de l'UE, tellement contents de nous laisser porter le chapeau !

Qaanaaq n'avait pas prononcé un mot depuis son entrée dans la pièce. Il inspira profondément :

– Excusez-moi, monsieur… J'imagine que vous ne m'avez pas convoqué pour parler de l'avenir de la planète ?

La Fourmi ravala sa fierté, puis esquissa un sourire presque humain, son regard soudain humide.

– Si… Enfin, non. Franchement, je pourrais vous dire que vous n'êtes qu'un fusible et que j'avais besoin de vous faire sauter pour calmer ma hiérarchie. Mais il n'y a pas que cela.

– Quoi d'autre ?

Jacobsen le considérait à présent avec un semblant d'affection trouble, si elle restait possible chez lui, entre pitié et paternalisme.

– Je m'inquiète pour vous, Qaanaaq.

La dernière fois qu'il l'avait appelé par son prénom, Qaanaaq était en train de mourir de froid sur l'inlandsis. Ça n'augurait donc rien de bon.

– Je sais que vos liens avec certaines des personnes impliquées dans l'affaire du Primus ont largement contribué à résoudre ce dossier. Mais vous ne pouvez pas traiter toutes vos enquêtes comme s'il s'agissait de différends familiaux.

Lotte avait-elle vendu la mèche ? Il ne pouvait l'imaginer. À moins que ce ne fût Søren, ou Apputiku… ou encore Karl Brenner, son ami.

La Fourmi éprouva justement le besoin de préciser que ce dernier avait d'abord refusé avec force son intérim à Nuuk. D'une loyauté exemplaire, ce bon Karl. Hélas, à un an de la retraite, on ne lui avait guère laissé le choix. Le dilemme était intenable : trahir son ami de quinze ans ou bien partir avec des miettes. Alors Karl avait trahi. Qui se serait comporté autrement ?

Jacobsen continuait sa leçon.

– Dans ce métier, on ne survit pas si l'on implique une trop grande part de soi. Il faut se protéger. Il faut cloisonner, cloisonner, et encore cloisonner.

Qaanaaq croyait exactement le contraire. Que rien ne se résolvait tant qu'on n'y mettait pas un peu de ses tripes.

– Et vous me proposez quoi, au juste ? demanda-t-il. Pas la retraite, quand même ?

– Non, pas la retraite. Mais soit vous acceptez de rester à la disposition du capitaine Brenner au Politigarden de Nuuk, et libre à lui de vous employer comme il le jugera bon…

Jacobsen marqua une pause anormalement longue. Qaanaaq le pressa.

– Soit ?

– Soit vous revenez ici et vous reprenez votre ancien poste aux archives.

Le placard où on l'avait si longtemps enfermé.

On ne lui offrait même pas un retour dans la dignité.

– Combien de temps ? demanda-t-il pour la forme.

– Jusqu'au bout.

La Fourmi se dressa alors sur ses pattes. De toute évidence, le mouvement tenait lieu de congé.

– Prenez le temps de réfléchir, dit-il en lui tendant la main.

Qaanaaq la saisit machinalement. Il le regretta aussitôt – on crevait parfois de ses excès de docilité.

– Et si vous voulez, insista Jacobsen tout à son rôle compatissant, vous pouvez vous accorder un peu repos. Et peut-être revoir Maja, pourquoi pas ?

– Maja… Olersen ?

Le visage de la psychologue dédiée au personnel de Niels Brocks s'invita dans ses souvenirs. Il l'avait brièvement consultée à la mort de son père, Knut, le célèbre O.A. Dreyer. Puis, quelque temps plus tard, il avait de nouveau cherché l'apaisement auprès de la jeune femme à la suite du suicide à son domicile de Mikki, sa petite amie de l'époque. Il venait alors tout juste d'adopter Jens et Else.

La suggestion le laissa sans voix. Quel besoin aurait-il d'aller s'épancher auprès de Maja ? Hormis les chausse-trappes tendues par sa hiérarchie, il allait très bien.

La Fourmi l'accompagna jusqu'à la porte, une main posée dans son dos.

– Je sais que prendre la relève d'une flic aussi exceptionnelle que Flora, a fortiori avec les liens qui vous unissaient, n'est pas chose facile, Qaanaaq. Mais il ne faut pas vous montrer trop dur envers vous-même.

Ce qu'il trouvait pénible, à vrai dire, c'était que cet homme parlât de sa mère au passé. Elle n'avait pas quitté la direction de la police criminelle depuis si longtemps. Cinq petites années à peine.

– On a tous notre statue du Commandeur, voyez-vous. Le tout est de ne pas se laisser écraser par son poids.

# 42

**[IMG_6507 / 20 juin / 19 h 02 / La façade de la maison d'arrêt de Blegdamsvejens]**

Le sujet était sur toutes les lèvres, c'était indéniable. Tous s'excitaient autour de l'homme-iceberg de Diskø et de son pendant féminin au Helheim. Mais la mémoire des hommes avait-elle déjà enregistré des faits comparables ? Cette question élémentaire dans n'importe quelle enquête policière, Qaanaaq n'avait pas eu le loisir de se la poser. Tout allait si vite, depuis quatre jours…

– Zakker à l'appareil.

– Christian, *hej*…

Le responsable des archives criminalistiques danoises avait décroché aussitôt. On pouvait plancher sur de la matière morte et néanmoins conserver certains réflexes.

– Qaanaaq ? Quel plaisir ! Comment ça va, à Nuuk ? Et les enfants, ils s'adaptent bien ?

– Magnifiquement. Ils s'adaptent très bien.

Sans être sèche, sa réponse n'appelait pas d'autres questions sur sa nouvelle vie.

– Parfait. Et qu'est-ce qui me vaut ton… ?

– Christian, je suis à Copenhague.

Christian Zakker et lui s'étaient côtoyés durant près d'une année au service des affaires classées, juste après que Flora eut quitté Niels Brocks. Quand on avait voulu lui faire payer la trop grande influence de sa mère. On ne pouvait guère être plus différents que ces deux-là, et pourtant une amitié douce, sans obligations, était née à cette époque, jamais démentie depuis lors.

– On va se voir, alors !

– Pas sûr. Je suis là pour très peu de temps.

– Ah oui, j'ai cru comprendre que la situation n'était pas simple là-bas, en effet… Mais tout va bien ?

– Oui, j'ai juste besoin d'une info.

– Quel genre ?

– J'ai surtout besoin que tu gardes ma demande pour toi.

Zakker accepta sans rechigner. La requête l'amusait plutôt : une affaire de cadavres immergés dans la glace, ça le changerait des coups de poignard ou de batte de base-ball. À son grand dam, les meurtriers brillaient rarement par leur originalité.

Christian promit de rappeler dans l'heure. Il le ferait, sans aucun doute.

Le second coup de fil fut plus délicat. Son contact à l'administration pénitentiaire ne lui était pas aussi proche que Christian. Il ne lui devait rien et lui avait même toujours exprimé une sorte de mépris teinté d'envie. Pour lui, les flics de la criminelle n'étaient que des cow-boys arrogants, à qui tout semblait dû. Mais Qaanaaq mentit avec assez de conviction pour abattre les défenses de son interlocuteur, lui promettant de jouer de son influence – qu'il n'avait pas – pour aider ce gardien-chef d'origine inuite à décrocher le poste très convoité de directeur de la future prison de Nuuk.

En échange, celui-ci lui obtint un parloir exceptionnel avec l'un des détenus les plus étroitement surveillés de Blegdamsvejens. La maison d'arrêt au centre de Copenhague. Là encore, ce passe-droit ne devrait pas revenir aux oreilles de sa hiérarchie.

– OK. Présente-toi dans une heure au 6 Blegdamsvej. C'est à côté du campus.

– Merci. Je sais où c'est.

En attendant le rendez-vous, il tua le temps en déambulant dans ces rues familières. Le coin n'était ni proche du Pentagone, ni voisin de son ancien domicile de Frederiksberg. Mais il avait toujours aimé se promener le long du Sortedams Sø, l'un des cinq lacs au nord du centre-ville. L'endroit, grouillant d'étudiants, était bucolique et animé tout à la fois.

Pile en face du bâtiment principal de l'université Panum, une hideuse tour des années 1970 en forme d'accent circonflexe, il s'arrêta devant la vitrine d'une librairie. Un commerce fréquenté, vu la population du quartier. À côté des manuels scolaires et des annales, un présentoir mettait en avant les romans du moment. Une couverture capta son regard. « Le retour de Loksen », clamait fièrement le bandeau rouge.

*Pis ! Loksen…*

Les aventures du vieux commissaire bègue et diabétique avaient fait la gloire de son père, sous le nom de plume d'O.A. Dreyer. Mais comment se pouvait-il ? Knut Adriensen était mort depuis cinq années au moins. L'éditeur et l'agent de Dreyer avaient-ils raclé les fonds de tiroir sans en prévenir son fils ? Ou bien avaient-ils eu recours à un obscur *ghostwriter* pour continuer à presser le citron Loksen, comme l'avaient fait avant eux les ayants droit de Stieg Larsson[1] ?

Qaanaaq entra dans la boutique et, indifférent au salut de la libraire, se saisit d'un exemplaire. Il feuilleta à la hâte les pages de garde, puis, à la fin de l'ouvrage, celle des remerciements. Mais aucun contributeur n'était mentionné. Peut-être la maison d'édition tenait-elle à maintenir l'illusion.

De toute manière, ces manœuvres écœurantes le concernaient peu puisque jamais il ne touchait au compte où tombaient les droits d'auteur hérités de son père.

Le bip d'un rappel sonore sur son téléphone, strident, lui indiqua qu'il était en retard pour son entretien. Il sortit sans demander son reste et se rua en direction de la prison, à quelques enjambées de là.

La prison de Blegdamsvejens : un bâtiment de style néoclassique, fronton grec à colonnades datant des années 1850, le plus vieil établissement pénitentiaire encore en activité dans tout le Danemark. Les hommes qu'on y bouclait étaient peu nombreux, moins d'une centaine, mais tous de sacrés « clients ».

– Il vous attend, lui lança-t-on sans le saluer. Il n'est pas de bonne humeur. Encore deux minutes et il refusait le parloir…

Ce caprice de diva ne surprit pas Qaanaaq. L'homme derrière la paroi vitrée avait toute la suffisance d'un génie criminel, mais aussi la morgue de son jeune âge. Même dans ce survêtement crasseux de circonstance, bien loin du costume ajusté qui le caractérisait dans son ancienne vie, il portait beau et paraissait sûr de lui. Pavia Larsen était brillant. Il s'en était d'ailleurs fallu de peu, l'année précédente, pour que son complot destiné à bouter les

1. L'auteur suédois de la célèbre série *Millenium*.

compagnies pétrolières hors du Groenland n'aboutisse. Il n'avait pas ménagé ses efforts pour y parvenir, en tout cas. Ni épargné les victimes.

– Vous avez cinq minutes, souffla le maton à l'oreille de Qaanaaq. Pas une de plus.

– Capitaine…, dit le détenu, passant une main dans ses cheveux noirs luisants de gel.

– Pavia.

– Je n'oserais pas dire que c'est un plaisir de vous voir. Mais au moins, c'est une vraie surprise. Et les surprises ici, bonnes ou mauvaises, sont un luxe qu'on ne refuse pas.

Il avait besoin de parler, de toute évidence. Mais serait-il toujours aussi loquace quand Qaanaaq aborderait le sujet qui l'amenait ? Longtemps proche de l'ultra-gauche danoise, au sein du groupe anarchiste Libertære Socialister, Larsen disposait forcément de relations dans les milieux éco-terroristes. Son combat pour préserver l'île de l'appétit vorace des « exploiteurs pollueurs » n'était pas si éloigné. C'était sur cette conviction que reposait la démarche de Qaanaaq. De toute façon, ça valait le coup d'essayer.

Contact physique, douceur de la voix, effet de surprise. Qaanaaq n'avait pas le temps ni les moyens de déployer son habituelle technique d'interrogatoire. Il fallait faire simple. Direct.

Alors il posa la question, comme si elle allait de soi.

Larsen sourit longuement avant d'y répondre.

– Je vois que vos célèbres « intuitions » ne vous ont pas quitté.

– Oui ou non, connaissez-vous des éco-terroristes prêts à passer à l'action violente ?

– Si j'en connais, ils sont plutôt du genre à manipuler le feu que la glace.

Il faisait le chat, et Qaanaaq se sentait souris. Pavia Larsen tenait ses cinq minutes de revanche et semblait bien disposer à jouir de chaque seconde.

D'un poing lourd, Qaanaaq cogna la vitre de séparation. Le Plexiglas vibra comme un orgue. Le gardien passa un œil par le hublot de la porte mais, constatant qu'aucun des deux hommes n'avait bougé de son siège, il n'intervint pas. Officiellement, ce parloir *n'avait pas lieu* ; mieux valait donc ne pas faire de vagues.

– Alors… OUI ou NON ?

– Tout ce que je peux vous dire…

Larsen s'interrompit, étirant sa réponse, comme un supplice.

– … c'est que quand j'officiais au ministère de l'Énergie, je n'étais pas le seul ex-membre du LS actif au Groenland.

– Pas le seul à tuer pour des motifs écologiques, c'est ça ?

Larsen leva les yeux au ciel, comme si ce sujet précis lui échappait.

– Je ne suis pas comptable des hobbies de mes petits camarades.

Puisque l'intimidation ne fonctionnait pas, Qaanaaq colla son front à l'épaisse muraille vitrée. Les deux mains à plat sur la paroi, en une attitude d'allégeance, il ne lui restait qu'à implorer :

– Qui est-ce, Pavia ?

Le prisonnier élargit son sourire félin. Il tenait le flic dans sa gueule et s'en délectait.

– Ah, ça, capitaine, c'est donnant-donnant.

– Vous voulez quoi ?

– Eh bien, pour commencer… Une libération anticipée.

– Au bout de sept mois, vous plaisantez ? Vous avez pris vingt ans.

– À vous de voir.

Il n'y avait rien à voir.

Dessaisi du dossier, Qaanaaq ne disposait plus d'aucun levier – ni d'aucune légitimité – pour mener ce genre de négociation. Et il était clair que Larsen ne dirait rien sans être sûr d'obtenir ne serait-ce qu'un « petit quelque chose » : une réduction de peine, ou son transfert dans une prison ouverte comme Horserød. Qaanaaq ne pouvait pas l'enfumer comme le gardien-chef de la prison.

Mais peut-être le cerveau des meurtres du Primus ne faisait-il que bluffer. Peut-être n'y avait-il aucun autre éco-terroriste du Libertære Socialister au Groenland. Sans son témoignage, c'était impossible à établir. Le groupuscule libertaire ne tenait bien sûr aucun registre de ses adhérents.

– Moi, ajouta-t-il, patelin, j'ai tout mon temps.

Son visage de gendre parfait, lisse et juvénile, ne laissait rien filtrer. Pavia Larsen était illisible.

Copenhague n'était pas Nuuk. Pas de jour polaire ici. Quand Qaanaaq ressortit de Blegdamsvejens, le soleil commençait légèrement à décliner. Une chaude lumière de fin de journée arrosait les terrasses bondées d'étudiants. Les bocks de bière se remplissaient aussitôt vidés. Des nappes électro flottaient d'un bar à l'autre, donnant l'impression d'une longue fête ininterrompue.

Il n'enviait ni leur jeunesse ni leur insouciance. Il enviait cette possibilité qu'ils avaient encore de se fondre dans un groupe. De se dissoudre dans une bande. Ils l'ignoraient mais, passé trente ans, ils seraient presque seuls, même ceux d'entre eux qui vivraient en couple. Plus aucune meute ne les protégerait de ce face-à-face inévitable avec eux-mêmes.

Nouvel appel. Christian était dans les temps.

– Bon, le système m'a bien sorti *un* cas… Mais ça ne va pas te plaire, je crois…

– Ah bon, et pourquoi ?

– Parce que manifestement, à l'époque, l'équipe en charge de l'enquête avait conclu au suicide. Donc le dossier est assez vide.

Un suicide, dans la glace ?

Cette hypothèse les avait pourtant effleurés, Appu et lui, quand ils cherchaient une réponse au sort de ce pauvre Leonard Kelly, fiché dans l'iceberg Ötzi.

– Et ça s'est passé quand ?

– Il y a vingt ans. Début juillet 1998. Tiens, d'ailleurs, c'est amusant…

– Quoi ?

– C'était déjà en pleine Coupe du monde.

1998, l'année du triomphe des Français. Il ne fallait sans doute y voir qu'une plaisante coïncidence.

– Ça s'est déroulé où ?

– Au Groenland.

– Oui, mais où, au Groenland ?

– Hum, attends voir…

Il se représentait Christian derrière ses demi-lunes, baladant son regard d'éternel célibataire presbyte sur un écran antédiluvien.

– Voilà, région de Heimdal. À l'extrême sud-est de l'île.

– Splendide. Et comment s'appelait la victime ?

– Un certain Hans Rydahl.

Pourquoi ce nom lui évoquait-il vaguement quelque chose ? Qaanaaq était pourtant à peu près sûr de n'avoir jamais croisé un Hans Rydahl de sa vie.

– On sait ce qu'il fabriquait dans ce coin-là ?

– Tu vas rire.

– Pourquoi ?

– Il était glaciologue.

Qaanaaq avait tout sauf envie de rire.

– Tu sais qui a dirigé l'enquête, à l'époque ?

– Eh bien, je cherche, je cherche…

Nouveau silence concentré. Cliquetis des touches d'un clavier qu'on frappe avec fébrilité.

– Ça remonte, dis-moi… Bien avant ton arrivée dans la boutique…

– Et donc ? pressa Qaanaaq sans ménagement. Le nom de l'officier en charge du dossier Rydahl ?

Ton vieux pote…

– Qui ?

– Karl Brenner.

# 43

**[IMG_6517 / 20 juin / 20 h 19 / Une rue dans le quartier de Frederiksberg, Copenhague]**

*Flora.*

Puisqu'elle ne voulait plus lui parler, il forcerait sa porte. Les occasions de revenir à Copenhague n'étant plus si fréquentes, il ne gâcherait pas celle-ci.

Depuis le quartier universitaire, la rue Lindevej, en plein Frederiksberg, se situait à une bonne demi-heure de marche. Malgré le rafraîchissement de ce début de soirée, Qaanaaq apprécia sa promenade. Il connaissait si bien ces rues. Chacune d'entre elles éveillait un nouveau souvenir d'enfance.

Toute sa vie ou presque, jusqu'à son départ définitif quatre mois plus tôt, se nichait dans ces quelques pâtés de maisons.

Toute sa vie ou presque, il devait bien l'admettre, tenait dans sa relation si particulière à Flora, mère et partenaire à la fois. Ou plutôt, si peu maman et tellement mentor. L'abcès qui s'était formé entre eux ces derniers temps devait être percé. Et puis, pour être tout à fait honnête, il brûlait de lui soumettre ses récentes découvertes. De passer les pistes embroussaillées de cette affaire à la lame si affûtée de son esprit. Il était persuadé que, confrontée aux détails d'une enquête aussi tortueuse, elle ne résisterait pas à la tentation de la résoudre.

En chemin, il acheta un bouquet à un fleuriste et deux Christianshavner débordant de fraises et de crème fouettée chez *Lagkagehuset* – le meilleur pâtissier de toute la ville selon Flora.

La voie arborée de Lindevej comptait quelques somptueuses villas en briques. Comparé à elles, le numéro 10 se présentait comme assez modeste, maison blanche à toit de tuiles grises. Sur le côté droit, une volée de marches conduisait à une épaisse porte en bois de couleur miel.

Il pressa la sonnette, aussi nerveux que pour un premier rendez-vous.

– Non, Hanne, c'est toujours non, pas de chocolat après le dîner !

La jeune femme qui lui ouvrit tenait un bébé dans ses bras ; une adorable diablesse blonde d'environ quatre ans s'accrochait à l'arrière de sa jupe.

– Bonsoir, dit-elle avec un plissement d'yeux inquiet.

Avec ses fleurs et sa boîte à gâteaux, il ne devait pourtant pas être bien effrayant.

– Bonsoir, je… Flora n'est pas là ?

– Vous cherchez Flora ?

– Oui.

Flora Adriensen, sa mère, la propriétaire de cette maison depuis plus de quinze ans.

– Dans ce cas, répondit-elle, plus détendue, vous vous êtes trompé de porte, monsieur. Flora habite au numéro d'à côté, le 9. Ici, c'est le 10.

*Non, non, non*… Que faisait cette femme ici ? Sa mère occupait ces murs depuis tant d'années. Elle adorait sa maison. Aurait-elle déménagé sans le prévenir ? Pour s'installer la porte à côté ? C'était si peu probable. Il ne put s'empêcher d'insister.

– Vous êtes sûre ?

– Absolument certaine ! répondit-elle en éclatant de rire. Vous m'excuserez, mais j'ai deux monstres à coucher…

La perspective déclencha des cris suraigus chez la blondinette.

– Chocolat ! Chocolat ! Chocolat !

La porte se referma en un claquement sec et Qaanaaq se retrouva désemparé sur ce perron familier.

Comment était-ce possible ?

Il hésita quelques instants à toquer de nouveau, mais sur la boîte aux lettres figurait bien un autre nom que le leur, Karsvaald. Un nom de Suédois installés à Copenhague.

Le pas lourd et la tête sonnée, il fit les quelques pas qui le séparaient de la maison voisine. Un édifice cubique typique des années 1930 ou 1940, en béton brut et à toit plat. Un gros cerisier en fleurs apportait un peu de vie à cette façade austère. Celle qui lui ouvrit cette fois n'était pas plus Flora. Il le savait d'avance. Mais au moins allait-il retrouver un visage familier.

– Qaanaaq ! ? s'exclama-t-elle. Qaanaaq, comment allez-vous ? Et les enfants ? Ils me manquent beaucoup, vous savez.

– Madame Simonsen…

Grosse dame blonde et choucroutée aux éternelles robes à fleurs, Mme Simonsen entretenait avec Flora une amitié faite de *tea time* et de cancans. Tout ce que sa mère détestait en temps normal ; mais Flora savait quels sacrifices faire pour entretenir des rapports sociaux cordiaux.

Quelques mois plus tôt, juste avant son départ définitif pour Nuuk, Mme Simonsen s'était mis en tête de le fourrer dans les pattes de Liese, sa fille, célibataire et représentante en bibelots touristiques. Il nota d'ailleurs que, dans le vestibule qu'obstruait en partie la silhouette corpulente, les étagères débordaient de souvenirs en toc, de l'assiette décorée à la poupée vaudou.

– Vous entrez prendre un café ?

Une puissante odeur de chou braisé et de solitude s'échappait de la cuisine.

– Non, merci. Je… Ma mère est ici ?

– Votre mère ?

Son sourire disparut subitement. Elle affichait à présent une expression craintive, qui virait à chaque seconde un peu plus au désarroi.

– La femme, au numéro 10… elle m'a dit qu'elle habitait ici.

– Enfin, Qaanaaq… C'est *moi* qui habite ici.

– Mais qu'est-ce que c'est que cette histoire, bordel ! Je me présente chez ma mère, une femme que je n'ai jamais vue prétend que Flora occupe la maison d'à côté. On nage en plein délire…

– Mais, Qaanaaq… C'est mon prénom. Je m'appelle *aussi* Flora. Flora Simonsen.

*Flora Simonsen ?* Avait-il jamais su son prénom avant ce jour ?

– Et votre maman…, poursuivit-elle, désolée, la compassion creusant ses rides, votre maman… n'est plus là.

– Plus là. Qu'est-ce que vous voulez dire ?

Surtout, se donner du temps.

Il comprenait très bien ce qu'elle voulait dire. Mais ce n'était juste pas possible. Pas audible.

Pas admissible.

– Votre maman est morte. Il y a bientôt cinq ans.

Il chancela. Prit appui sur le chambranle. Le regard égaré sur les horreurs accrochées au mur du vestibule.

– Mais…, tenta-t-il, comme pour se ressaisir. Elle habitait bien à côté ?

– Oui, bien sûr. Au numéro 10. Qu'est-ce qui vous arrive, Qaanaaq ? Vous êtes sûr que vous ne voulez pas entrer une minute ?

– Merci, non, bafouilla-t-il.

Ce n'était pas possible. Flora, *sa* Flora Adriensen, sa maman, morte depuis tout ce temps ? Alors avec qui parlait-il au téléphone presque tous les soirs ? Quelle était cette présence qui ne l'avait jamais quitté et qui guidait chacun de ses pas, sa vie de flic et sa vie d'homme ?

– Jens et Else sont avec vous ?

– Non, ils sont restés à Nuuk, répondit-il presque mécaniquement.

– Ah, vous leur avez trouvé une nouvelle nounou, soupira-t-elle. J'imagine que personne n'est irremplaçable.

Un soupçon de nostalgie avait pincé sa voix. Derrière elle, entre deux bibelots, il aperçut plusieurs barbouillages accrochés, dessinés par de jeunes enfants à coup sûr. Comme ceux que Jens et Else faisaient régulièrement pour lui.

Une nouvelle évidence s'abattit sur lui.

La Flora qui avait gardé les jumeaux lors de ses missions au Groenland. La Flora qui se comportait avec eux en véritable mamie gâteau, pleine de douceur et d'attentions, c'était elle. Flora Simonsen. La voisine de feu sa mère. La Flora qu'il avait forcément eue au téléphone, lorsque ses petits se trouvaient avec elle. Et qu'il n'avait plus de raison d'appeler depuis qu'ils l'avaient rejoint au Groenland…

Un vertige s'empara de lui. Il réprima le haut-le-cœur qui partait du bas-ventre et remontait jusqu'à sa gorge. Comment avait-il pu vivre si longtemps dans un tel mensonge, un tel déni ?

– Entrez, vraiment, reprit Flora. Je ne peux pas vous laisser filer comme ça. Pas dans cet état.

La détresse le crucifiait. Pendant quelques instants, il fut incapable du moindre geste, du moindre mot. Sa folie ne le paralysait pas moins que Leonard ou Bodil, figés dans leurs icebergs.

Son salut vint de Søren. Il tendit fleurs et gâteaux à son hôtesse et s'éloigna de deux pas pour prendre l'appel de son subordonné. Il profita lâchement des quelques secondes pendant lesquelles elle était partie déposer ses présents dans sa cuisine empestée de chou pour s'éloigner, pour fuir.

Pour s'évanouir dans le couchant, le plus loin possible de ce cauchemar.

À l'autre bout du fil, Søren, qu'il sentait très mal à l'aise, commença par lui réaffirmer sa loyauté. Ce n'est pas parce que Brenner avait pris le fauteuil de directeur au Politigarden qu'il ne le considérait plus comme le *boss*. En vertu de quoi, il se faisait un devoir de le tenir informé de tous les développements en cours.

– Apparemment, on lui a mis une grosse pression sur la sécurité de l'Ullortuneq et du GreenClimax. Les deux événements commencent demain matin.

– Qu'est-ce qui te fait dire ça, pour la sécurité ?

Malgré le chaos qui colonisait sa tête, ses vieux réflexes de flic prenaient le dessus. Comme un instinct de survie.

– Parce qu'il a rapatrié à Nuuk tous les agents qui étaient disponibles dans les petits postes du pays.

– Et c'est tout, rien sur l'enquête ?

– Si, avec Appu, il nous a envoyés voir les pilotes d'Air Greenland, pour qu'on essaie de trouver celui du Bell 212.

*Apputiku*... En un sens, cela chagrinait Qaanaaq que ce ne fût pas lui qui lui passât un tel coup de fil. Concernant Air Greenland, il se souvenait de son échange avec Tobias, le responsable de la sécurité à l'aéroport de Nuuk. Le barbu rouquin semblait catégorique : aucun pilote d'hélicoptère de la compagnie nationale ne s'était absenté au cours des derniers mois.

– Et ?

– Et alors, la plupart de ceux que nous avons interrogés nous ont parlé de leur formation mécanique, il y a six mois. Ça les a marqués.

Tobias l'avait mentionnée, lui aussi.

– Quel rapport avec notre affaire ?

– Eh bien, le formateur avait l'air très compétent. Dans le genre, une vraie pointure.

– Mais...

– Mais il a abrégé le stage d'une journée. Il a prétexté une urgence qui l'appelait sur le continent et il s'est barré comme ça, sans une excuse ou un au revoir.

– Vous avez vérifié son identité, j'imagine ?

– Mieux que ça. On a contacté la fédération des pilotes d'hélico danois. Et ils n'ont aucun type répondant au nom qu'il a donné à Air Greenland dans leurs tablettes.

– Quel nom ?

– Ugo Salek.

Cela ne lui disait rien, à lui non plus.

– Et dans le fichier centralisé ?

– Que dalle, répondit Søren. Donc, soit il est entré avec un faux passeport, soit c'est un pilote étranger. Probablement un ex-militaire. Ou même un mercenaire.

– Pourquoi un militaire ?

– La formation dispensée par Ugo Salek portait sur les deux aspects, pilote *et* mécano. Et tous les types qu'on a vus sont d'accord là-dessus, il n'y a quasiment que les gars qui ont servi dans l'armée qui ont la double compétence, surtout à un tel niveau.

– Je vois… Et vous avez pu retrouver sa trace ?

– Ben non, justement… Il n'a été enregistré sur aucun vol sortant de l'île. Il s'est volatilisé dans la nature.

Voilà qui devenait intéressant, en effet.

– On a quand même pu établir une sorte de portrait-robot à partir des témoignages des pilotes. On l'a diffusé dans les postes de province. Mais avec la grande réquisition qu'a lancée Brenner, ça ne risque pas d'aboutir à grand-chose.

– Tu crois que… tu pourrais me l'envoyer ?

– Je te le fais suivre tout de suite.

– Merci Søren.

– Il y a autre chose. J'ai effectué la recherche AFIS que tu m'avais demandée avant de…

Avant d'être mis sur la touche.

– Oui, éluda Qaanaaq. Et ça a donné quelque chose ?

– Tu ne vas pas me croire… Les empreintes sur le manche du *ulu* sont celles d'une vieille connaissance à toi.

– … ?

– Anuraaqtuq Nemenitsoq

Son cousin.

Le frère cadet de Massaq. L'assassin qu'il avait traqué sept mois plus tôt et qui, depuis, était en cavale. Au cours de son parloir vidéo, Ujjuk avait pourtant soutenu que son fils n'avait rien à voir avec cette nouvelle affaire. Par ailleurs, et s'il devait en croire Pavia Larsen, le profil d'Anuraaqtuq ne collait pas. Le militant du parti nationaliste NNK n'entretenait en effet aucun rapport avec la mouvance ultragauchiste du Libertære Socialister, et bien que certaines de leurs préoccupations environnementales puissent converger, il se situait même plutôt à l'opposé sur l'échiquier politique.

Qaanaaq restait muet.

– *Boss* ? T'es toujours là ?

– Oui... Vous avez déjà raconté tout ça à Karl ?

– On n'a pas eu trop le choix. Il est sur notre dos en permanence.

– Très bien, conclut-il. Surtout, continuez à tout lui dire. Ne lui cachez rien. Je ne veux pas que vous vous mettiez en faute, Appu et toi. On est bien d'accord ?

– D'accord.

Ils raccrochèrent. Le portrait-robot promis par Søren atterrit sur son portable. S'afficha alors sur l'écran le visage reconstitué du formateur fantôme, désormais objet de toutes les conjectures. Ugo Salek, ou quel que fût son véritable patronyme, était un quadragénaire dégarni, aux traits anguleux et au nez massif. Une bonne tête de brute.

Non, décidément, l'homme ne lui disait rien.

Mais rien ne lui disait plus rien.

Ce qu'il croyait certain il y a quelques heures encore avait perdu toute consistance. Comme si sa vie même n'était plus qu'une poignée de neige fondant entre ses doigts.

## 44

**[IMG_6524 / 20 juin / 20 h 59 / La maison du 22 Straegers Alle]**

– La seule bonne nouvelle, avait conclu Søren juste avant de raccrocher, c'est que le JAC n'annonce aucun vêlage majeur dans les quarante-huit heures à venir.

Jesper Jorgensen était formel.

C'était déjà ça, en effet. Être flic, cela revenait bien souvent à se contenter que la situation ne s'aggrave pas. À se réjouir que les morts ne s'empilent plus, ni sur la table du légiste, ni dans sa conscience.

Pour nouvelle preuve de sa bonne volonté, le commandant du Joint Arctic Command avait d'ailleurs autorisé l'interrogatoire systématique de ses troupes. Chose que, en sa qualité de militaire, il était en droit de refuser aux autorités policières civiles. Allaient-ils coincer la « taupe » ?

Tout en parlant avec Søren, Qaanaaq avait poursuivi son errance dans Frederiksberg. Partout les souvenirs continuaient à l'assaillir. Ici un arbre aussi chétif qu'à l'époque où il était enfant. Là, une vitrine de cordonnier, toujours aussi crasseuse. Plus loin, à cet angle de rue qu'il évitait plus jeune, une odeur de pisse si tenace qu'elle semblait sourdre de l'asphalte.

La nuit était tombée pour de bon. L'air restait encore très doux et, par les fenêtres entrouvertes, les échos d'un match de foot lui parvenaient. Il aurait pu suivre l'évolution du score d'une maison à l'autre. Sans qu'il ne l'ait prémédité, ses pas le conduisirent jusqu'au 22 Straegers Alle. Devant l'élégante bâtisse de briques qu'il occupait six mois auparavant. À travers les vitres sans rideaux, il devina les nouveaux propriétaires, un couple propret et leurs deux enfants, qui s'installaient autour d'un jeu de société. Le père faisait le pitre pour ses rejetons – il se souvint qu'il l'avait trouvé sympathique, lors de la signature de la vente. Quelques rires fusaient.

Une mélancolie aigre s'insinua en lui. Pourquoi diable avait-il accepté ce poste au Groenland, ce grand frigo vide et hostile ? Pourquoi les avaient-ils privés, les jumeaux et lui, de ce confort si familier ? Qu'avait-il gagné en partant là-bas ? Professionnellement, rien. Si ce n'était peut-être Apputiku et sa chaude amitié. Il songea un instant à l'offre que lui avait faite Jacobsen. Les archives, après tout, pourquoi pas ? Il ne trouverait pas de collègue plus agréable au quotidien que Christian Zakker.

Et puis, bien sûr, la rencontre avec Massaq. Un doute abominable le submergea. Cela aussi, était-ce une illusion ? Ou lui restait-il encore un tout petit peu de lucidité – sur ses sentiments et ceux de la jeune femme, sur ce qu'ils vivaient ? Mais il n'eut pas le temps de composer son numéro qu'un premier SMS lui parvint, un gros cœur rouge qui musela aussitôt son angoisse. Dans les messages suivants, plusieurs clichés des exploits graphiques de Jens et Else. Chacun d'eux s'était essayé à écrire le mot *PAPA*, avec leurs doigts sans doute trempés dans la peinture. C'était maladroit et touchant.

Comme il s'engouffrait dans la station de métro Fasanvej, au pied de la Copenhague Business School, la devanture d'un kiosque encore ouvert le ramena au présent. Le roman de son père figurait sur le présentoir des meilleures ventes, à côté d'un document politique à scandale et d'un thriller américain. Sans réfléchir, il acheta le livre. Le volume était assez mince, à peine plus de deux cents pages. On n'avait pas hésité à refourguer à ses fans les ultimes restes de l'auteur.

Le ventre traversé par un gargouillis sonore, Qaanaaq réalisa qu'il n'avait rien avalé depuis la collation rachitique servie dans l'avion, quelque chose comme six ou sept heures plus tôt. Il s'attabla dans l'un des cafés de la gare souterraine et commanda un grand *latte* et un muffin industriel. Les deux avaient le même goût cartonneux. Juché sur un tabouret haut, à demi affalé contre la vitrine, il entama sa lecture à la lueur des néons. Pour des raisons profondes et presque oubliées, il n'avait jamais ouvert un des romans de son père. Le récit lui parut insipide. Une sorte de sous-Agatha Christie nordique. Abandonnant l'ouvrage au détour de la page 30, il fouilla le répertoire de son téléphone. Maja Olersen y figurait toujours. Il en fut presque surpris. Sans doute le devait-elle plus à la brève aventure qu'ils avaient entretenue, elle et lui, qu'aux quelques séances pendant lesquelles il s'était épanché sur son divan. Plus étonnant encore, elle parut assez réjouie par son appel et accepta immédiatement de le rejoindre.

– Je crois que je deviens un peu cinglé, Maja, avait-il conclu pour la décider. L'avis d'une professionnelle ne sera sans doute pas superflu.

Maja vivait à moins de vingt minutes en métro. En attendant, il s'occupa comme il put. Le livre lui tombait réellement des mains. Peut-être même l'abandonnerait-il sur place, ou l'offrirait-il à Maja pour sa peine. Dans l'immédiat, il préféra sauvegarder les images envoyées par Massaq, puis trier le dossier photos de son mobile. Il était presque arrivé aux dessins de ses enfants quand il atterrit sur les graffitis que Leonard Kelly avait laissés dans sa prison de glace, retouchés par ses soins pour les rendre lisibles.

GREENC. Avec ce C mal gravé, aux faux airs de L pas fini.

Les mots de Lotte lui revinrent, cette révélation qu'elle lui avait faite juste avant son départ de Nuuk, dans un autre café. Kelly avait utilisé sa main gauche pour délivrer son dernier message à même la glace.

D'un glissement de l'index, Qaanaaq afficha de nouveau le *PAPA* d'Else, gauchère elle aussi. La barre du P majuscule y était légèrement bombée sur la gauche. En revanche, sur le *PAPA* de Jens, un pur droitier, la trajectoire de la petite main avait produit un arc exactement inverse, bombé du côté droit.

Si on considérait le GREENC griffé par Kelly juste avant de mourir, alors peut-être ce C final et mal formé… n'en était pas un, comme Qaanaaq le croyait depuis le début. Mais bien la barre verticale d'une autre lettre. De tête, il passa les options en revue : B, D, E, F, H, I, K, L, M, N, P, R. Si l'on accolait chacune d'elles au préfixe GREEN, cela multipliait les possibilités d'une manière vertigineuse. Sans avoir un dictionnaire anglais dans la tête, et en incluant les noms propres, il supposa que celles-ci se comptaient en dizaines.

Arrachant la page de garde du roman de son père, il écrivit douze fois *GREEN* en capitales, et adjoignit à chaque occurrence l'un des caractères retenus. *GREENB*, *GREEND*, *GREENE*, *GREENH*… Aucun de ces essais ne lui inspira une suite cohérente, en tout cas rien qui faisait de près ou de loin écho à leur affaire. Avec le L, on obtenait certes GREENLAND. Mais pour quelle raison son frère Leonard aurait-il désigné le pays au moment de rendre son dernier souffle ?

Qaanaaq poursuivit son exercice. *GREENM, GREENN, GREENP*… GREENP ? Un flash l'aveugla. Son stylo tremblait en complétant le nom qui venait d'exploser dans son esprit.

*GREENPLANET*.

Avec ce P de gaucher creusé sur la droite.

Greenplanet… À ce stade, ce n'était encore qu'une supposition. Mais la perspective ne manquait pas de logique. Depuis de longues années, certains ultras et dissidents de l'organisation écologiste s'étaient en effet illustrés par leurs actions violentes. À chaque fois, la direction internationale de Greenplanet avait récusé de tels actes avec toute la fermeté requise, excluant les fautifs avec fracas. Il n'en restait pas moins qu'on pouvait considérer ce mouvement comme un creuset presque naturel pour d'éventuels éco-terroristes en devenir.

Pourquoi n'y avait-il pas pensé plus tôt ?

À travers la baie vitrée, il aperçut la silhouette blonde et gracile de Maja trotter dans sa direction, au sortir d'un couloir de faïence immaculée. Elle semblait surgir d'un tunnel de glace. De loin, elle lui adressa un petit signe amical.

Qaanaaq composa le numéro de Jake Gordon sans prendre la peine de la saluer à son tour. Malgré l'alibi fourni par Rob Normann, la confiance qu'il accordait au glaciologue de l'IIP demeurait limitée. Mais Gordon était l'une des rares personnes disponibles à avoir côtoyé Kelly au cours des derniers mois.

L'Américain décrocha presque dans l'instant. Et il ne parut pas plus dérouté que ça par la question du flic :

– Greenplanet ? Ah oui, ça, on peut dire qu'il avait un lien avec eux. Enfin, pas avec Greenplanet en tant qu'organisme. Mais avec certains de ses militants. Et pas qu'un peu, même !

– Qu'est-ce que vous voulez dire ?

– Vous n'avez rien trouvé à ce sujet dans vos recherches sur Kelly ?

Non, et Qaanaaq se garda de l'admettre. Ses investigations sur Leonard Kelly en tant que glaciologue s'étaient bornées aux évidences contenues dans le dossier de l'ICF. Il n'avait pas vraiment eu le temps d'approfondir le versant professionnel de la vie de son frère.

– Quel sujet ?

– Eh bien, il y a un peu moins d'un an, sa maison de Lakewood, dans le Colorado, a été vandalisée par des ultras de Greenplanet. Ils lui reprochaient ses positions trop « climato-béates ». Il y en a eu pour des milliers de dollars de dégâts. Sans compter tout ce qu'ils lui ont volé ou détruit, et qui n'avait pas de prix.

– C'est-à-dire ?

– Ses relevés, ses dossiers, ses archives…

Maja était entrée dans le bar, précédée d'une onde parfumée. Elle attrapa un tabouret et s'assit en face de lui. Ils échangèrent un long regard. Quelles drôles de circonstances pour des retrouvailles !

Elle avait peu changé, en quatre ans. Avait-elle renoncé à avoir un enfant ? Ou s'était-elle résolue à une grossesse tardive via un donneur anonyme ? Elle n'arborait pas les traits tirés d'une nouvelle maman. Il la trouvait plutôt pimpante, au contraire. Jolie quadragénaire intelligente, sûre d'elle et trop seule, comme il en avait fréquenté des dizaines.

D'un geste évasif, il lui signifia que son coup de fil était important et qu'il avait besoin de le mener à son terme. La psychologue ne parut pas s'en formaliser. Elle se dirigea vers le zinc.

– Mais à part peut-être un entrefilet dans le *Denver Post*, reprit Gordon, vous ne trouverez rien d'officiel là-dessus.

– Et pourquoi ça ?

– Parce que si mon souvenir est bon, Kelly a fini par retirer sa plainte contre Rydahl et ses copains.

– Pardon ? bredouilla Qaanaaq. Vous avez bien dit Rydahl ?

– Oui, Mads Rydahl. L'enragé qui a mené le raid contre son domicile. Ces idiots ont laissé des traces partout. Et comme plusieurs d'entre eux étaient déjà fichés, les flics de Lakewood n'ont pas eu beaucoup de mal à remonter la piste.

Nouveau spasme, cette fois au creux de l'estomac.

– Ce Mads Rydahl, vous savez s'il a un rapport avec *Hans* Rydahl ?

– Hans Rydahl… Le glaciologue ?

– Lui-même.

– Je n'avais pas fait le rapprochement, aucune idée.

– Dans ce cas, comment se fait-il que vous ayez retenu son nom ?

Gordon sembla chercher ses mots. La question le déroutait.

– Franchement, je n'en sais rien… Ah si, attendez… Il me semble que j'ai lu un truc sur lui, peu de temps après cette histoire de vandalisme. Si mon souvenir est bon, il devait remplacer un permanent de Greenplanet au pied levé, un gars qui avait trempé dans une autre affaire louche.

– Où ça, cette affaire louche ?

– Chez vous je crois.

– Au Danemark ?

– Non. Non, au Groenland. À Nuuk.

Qaanaaq raccrocha sans demander à Gordon pourquoi il n'avait pas mentionné cet épisode jusqu'ici. Par exemple lors de cet étrange dialogue vertical, l'un au fond du trou, l'autre penché au-dessus de la cavité où était mort Kelly.

Et tandis qu'une serveuse en livrée verte hélait Maja pour qu'elle récupère son double *latte* choco-noisette, il sortit en trombe du café. Sans un regard en direction de celle qui venait de traverser la ville pour lui.

– Qaanaaq ? Qaanaaq, merde !

Il avala l'escalator vers la surface quatre à quatre.

Vite, un taxi. Un avion !

La vérité, vite !

# 45

**21 juin 2018, 10 heures, Greenland Climate Research Center de Nuuk.**

Un concert de sifflets assourdissants accueillit l'annonce faite au micro.

– Je comprends votre déception, souffla l'oratrice. Je comprends votre déception et je la partage.

Les lazzis redoublèrent. Pour ce discours inaugural du GreenClimax, le grand auditorium avait fait le plein de participants. Tous ou presque impatients, excités comme des gosses. Même les moins sensibles aux sirènes de la renommée s'étaient montrés curieux d'écouter l'allocution du célèbre milliardaire.

– M. Musk est désolé… Mais son service de sécurité a retiré son feu vert pour ce déplacement à la dernière minute.

Le magnat d'Internet et de la conquête spatiale avait manifestement reculé devant la perspective de finir lui aussi en Popsicle[1]. Pour la patronne du GreenClimax, le désistement du PDG de SpaceX constituait un revers cuisant. Il fallait à tout prix corriger le tir.

1. Glace à l'eau sur un bâtonnet dont les enfants américains sont friands.

– Néanmoins…, s'égosilla-t-elle dans le micro, cherchant à couvrir le brouhaha, néanmoins, il a bien voulu m'adresser ce petit message vidéo, que je vais me faire un plaisir de partager avec vous.

Et sans attendre que l'agacement du public ne se manifeste davantage, elle connecta son Smartphone à son ordinateur portable et activa la séquence en quelques clics.

Une fois le message diffusé, un barbu à lunettes prit place derrière le pupitre installé au centre de la scène. Son intervention ne suscita d'abord qu'une indifférence polie. Le parterre de scientifiques bruissait de remarques amères. S'ils avaient su, ils ne seraient arrivés à Nuuk que les jours suivants.

– Bonjour, dit-il, je m'appelle Jake Gordon. Et personnellement, je n'envoie rien dans l'espace…

Des regards intrigués se levèrent vers lui.

– … et surtout pas des lanceurs de fusées qui continueront à le polluer quand on en aura fini avec cette planète.

L'organisatrice afficha un sourire furieux. Mais dans la salle, on goûtait plutôt cette irrévérence. Des rires et même quelques applaudissements fusèrent.

– Cela dit, poursuivit-il avec sérieux, je suis là pour remplacer au pied levé notre confrère et ami Leonard Kelly. Leonard devait vous exposer le bilan de masse glaciaire du Groenland pour l'année écoulée. Hélas, comme vous le savez probablement, il a trouvé la mort il y a quelques jours dans des circonstances particulièrement choquantes, dont nous espérons tous qu'elles seront bientôt élucidées.

À voir le visage de la directrice se décomposer, il était clair que cette partie-là non plus n'était pas au programme.

– Si vous le voulez bien, je souhaiterais que nous entamions cette conférence par une minute de silence.

Pour Leonard, évidemment, mais aussi pour cette planète dont nous dépendons tous et qui se meurt à petit feu.

L'assistance se leva comme un seul homme. Yeux clos, mains jointes ou paume sur le cœur, certains devaient même prier. La minute se réduisit à une vingtaine de secondes. Assez cependant pour donner au début du sommet un tour plus solennel que prévu, à la mesure des enjeux concernés.

– Pff, quel cirque ! marmonna Karl Brenner depuis la double porte d'accès à la salle.

Autour de lui, dans le vaste hall, une armée de policiers surveillait les abords de l'auditorium. Pour la plupart venus des régions isolées, une minorité seulement en uniforme, ils ne se distinguaient souvent qu'à l'étui pendant à leur ceinture.

Entraînant ses trois lieutenants à l'écart – en fond, le discours savant de Jake Gordon se poursuivait –, Brenner improvisa un point sur les investigations en cours. Pour commencer, il apostropha Søren, qu'il avait vite identifié comme le plus affûté des officiers du Politigarden. Les yeux mi-clos, Apputiku n'était que l'ombre de lui-même.

– Alors, les entretiens au JAC, ça a donné quoi ?

– Pas grand-chose, admit le policier. Ces messieurs-dames ont des alibis solides. Et ils savent faire face à un interrogatoire sans perdre les pédales. Ce sont tous des soldats chevronnés. Pour bien faire, il faudrait les passer au polygraphe… Mais on n'est ni équipés ni formés pour ça. Sans compter le temps que ça prendrait.

– Je vois. Et le portrait-robot du pilote ?

– Ugo Salek, s'immisça Pitak. J'ai diffusé l'avis de recherche auprès de tous les postes du pays. Mais comme on a rapatrié une bonne part des agents ici…

Aucun des flics concernés n'avait pu mener d'enquête de terrain. Pas plus qu'ils n'étaient repartis en chasse du fuyard Anuraaqtuq Nemenitsoq, le meurtrier présumé d'Inoook. Apputiku et Søren échangèrent un sourire entendu. Avec un soupçon de perfidie. Ils avaient laissé à Pitak le Candide le soin de souligner les absurdités de la méthode Brenner.

Le nouveau chef ne semblait pourtant négliger aucun aspect du dossier. Il avait notamment repris à son compte le contact avec Tobias, le Monsieur Sécurité de l'aéroport de Nuuk. Celui-ci avait confirmé que, à part Kelly et Gordon, les participants au GreenClimax n'étaient entrés dans le pays que la veille, le mercredi 20 juin, soit cinq jours *après* le premier meurtre à Diskø.

L'hypothèse d'un règlement de comptes entre scientifiques rivaux semblait s'éloigner.

– Søren, as-tu pu enfin jeter un œil à cette fameuse caméra ?

Celle que Qaanaaq avait récupérée à Helheim. Celle qui avait filmé le calvaire de Bodil en direct.

Apputiku s'assombrit un peu plus.

– Oui. Malheureusement, c'est une contrefaçon. Probablement du *made in China* ultra *low cost*.

– Donc on ne peut pas la tracer ?

– Ça me paraît compliqué, soupira-t-il. Qui dit contrefaçon dit numéro de série bidon. Elle a pu être fabriquée n'importe où. Ensuite, elle a sans doute traversé les barrières douanières de manière clandestine, avant d'être vendue sous le manteau.

– Et pas d'empreintes, j'imagine ?

– Non. Aucune.

Karl Brenner passa une main dans sa crinière grise. De son côté, il admit à contrecœur n'avoir guère progressé. Les cadres du parti indépendantiste Inuit Ataqatigiit, le plus à gauche sur l'échiquier politique groenlandais, niaient avec force toute implication dans ces crimes odieux.

Quant à l'historien qui avait renseigné Qaanaaq et Appu quelques mois plus tôt sur la genèse du NNK, il se montrait très circonspect. Selon lui, aucun groupuscule éco-terroriste sérieux ne s'était constitué à ce jour au Groenland. En tout cas, aucun qui serait pourvu d'une organisation et de moyens suffisants.

– J'ai peut-être quelque chose du côté du 4 × 4, se risqua Pitak.

– Raconte ?

– Vu le réseau routier…

Quasi inexistant entre les principales agglomérations.

– … J'ai supposé que le 4 × 4 qu'ils ont utilisé à Ilulissat pour trimballer la foreuse d'Inoook venait de la région. Pas de Nuuk ou d'ailleurs. Donc j'ai appelé tous les loueurs du coin.

– Bonne idée. Et alors ?

– Rien. Aucune location de tout-terrain entre le 10 et le 15 juin. Ni aucun véhicule volé, d'ailleurs.

– C'est ça que tu voulais nous dire de si important ?

– Non, attendez. Du coup, je leur ai aussi demandé la liste de tous leurs 4 × 4 en stock. Au cas où. Sur le listing de la dernière société qui m'a répondu, il y avait six véhicules référencés dans cette catégorie. Alors que l'employé que j'avais eu au téléphone n'a pas arrêté de se vanter d'en avoir sept à leur catalogue.

– L'inventaire n'était peut-être pas à jour, intervint Apputiku, sa curiosité toutefois piquée. Ou alors, ils ont fait rentrer une nouvelle voiture il y a peu de temps.

– Je ne pense pas. Le document qu'il m'a envoyé par e-mail était daté de la veille, et signé par son patron.

Brenner le fixa froidement.

– Alors on y va.

– On va où ? demanda Søren.
– Visiter Ilulissat et ses loueurs de bagnoles.
– Mais c'est à deux heures d'ici !
– Eh bien… raison de plus pour foncer.

# 46

**21 juin 2018, 12 h 38, Ilulissat**

– Bonjour, monsieur, Karl Brenner, police de Nuuk. Nous souhaiterions parler à l'employé que nous avons eu hier au téléphone.

Le patron de l'agence de location – un type bedonnant portant chemise et cravate – perdit toute contenance. Il en fit tomber une grappe de trousseaux de clés sur le lino maculé de poussière.

– Euh, vous voulez dire Jan ?

Pitak hocha la tête. Karl n'avait embarqué que lui. Rien ne servait de partir à quatre, surtout pas en un jour pareil, où chaque homme comptait. Malgré l'heure encore matinale, les premiers défilés de l'Ullortuneq sillonnaient déjà les principales artères de Nuuk. À l'échelle de la capitale, une foule de curieux se pressait en effet pour admirer les femmes en *amauti*[1] et *kamik*[2] brodés, dansant au rythme des tambourins.

– Jan ne travaille pas aujourd'hui, marmonna l'homme. D'ailleurs, je ne devrais pas être ici non plus. En principe, on est fermés.

1. Parka traditionnelle en peau de phoque.
2. Bottes montantes, en peau de phoque également.

– Mais vous êtes là, dit Brenner, alors vous allez pouvoir répondre à nos questions.

Il avait lancé ça comme si cela constituait un devoir civique, en ce jour de fête nationale. Un sourire contraint perça sur le visage bouffi du type. À en juger par l'état de son agence, à peine plus grande qu'une cahute de jardin, ses affaires n'étaient pas très prospères.

– Qu'est-ce que vous voulez savoir ?

Brenner en vint immédiatement aux faits. Le visage du loueur restait buté.

– Eh bien, je ne sais pas ce que cet âne de Jan avait bu hier… mais des pick-up, j'en ai six. Comme vous avez pu le voir sur mon inventaire. Six, pas un de plus. Je peux vous imprimer le document moi-même, si ça vous fait plaisir.

– Cinq ans de prison ferme et sept cent mille couronnes d'amende.

L'homme fit mine de ne pas comprendre. Mais il avait blêmi.

– Pardon ?

– C'est le tarif pour l'obstruction d'une enquête criminelle. Cinq ans de prison ferme et…

– Oui, OK ! J'ai entendu.

C'était invérifiable en l'état – qui connaissait le code pénal danois par cœur ? – mais assez impressionnant pour brusquer un témoin récalcitrant. Brenner claqua du plat de la main sur le comptoir en bois brut. Un véritable coup de fusil. Le patron de l'agence sursauta, mûr pour une confession en règle.

– Alors, ce septième 4 × 4, il est passé où ?

– J'ai pas eu le choix, se justifia-t-il aussitôt.

*On a toujours le choix*, aurait répondu Qaanaaq. Mais Karl se contenta de visser ses yeux gris dans le regard affolé du concessionnaire.

– Les affaires, vous savez, ça va pas fort. Le nombre de visiteurs explose, mais la nouvelle clientèle, les Américains, les Japonais, ils ne veulent plus prendre le risque de s'aventurer sur les pistes avec des voitures de location. Maintenant, ils préfèrent tous se laisser conduire par des guides. C'est plus cher, mais c'est plus sûr.

Brenner lui fit signe d'abréger. Ils n'étaient pas là pour un exposé sur le marché touristique au Groenland.

– Y a environ une semaine, deux gars sont venus ici. Ils cherchaient un pick-up d'occasion à acheter. Rien de trop récent. Au contraire… J'ai compris qu'ils voulaient une voiture qui pourrait facilement disparaître des tablettes. Ils m'ont réglé le Ranger en cash. Quasi au prix du neuf.

Le genre d'offre impossible à refuser pour un petit patron aux abois.

– Quel jour, exactement ?

– Le 14.

Soit la veille du jour où les deux tueurs avaient « emprunté » la foreuse d'Inoook. Tout ça collait à merveille.

– Ce pick-up, est-ce qu'il était équipé d'un treuil ?

– Ben, non… Pas de treuil. C'est pas trop le genre de chose que demandent les étrangers qui se baladent dans le coin. Pourquoi ?

– Ils ont très bien pu l'installer après, intervint Pitak. C'est pas très compliqué à monter.

– Ouais, concéda Brenner du bout des lèvres. Tu peux montrer à ce monsieur notre jolie image ?

Pitak dégaina son portable et afficha le portrait-robot d'Ugo Salek sur son écran XXL.

– L'un de vos acheteurs, il ne ressemblait pas à cet homme-là, par hasard ? demanda Karl.

Le loueur plissa les yeux, surjouant la concentration. Puis, après quelques secondes de tergiversation intérieure, il confirma.

– Ils vous l'ont payé combien, votre tas de ferraille ?

– Vingt-cinq mille.

– Couronnes ?

– Non, dollars.

Les deux flics sifflèrent de concert.

– J'imagine qu'à ce prix-là, vous ne leur avez demandé ni comment ils s'appelaient, ni où ils allaient ?

– On ne peut rien vous cacher, répondit l'homme, qui ne put s'empêcher de sourire au souvenir de son affaire juteuse.

Karl se tourna alors vers Pitak :

– Et pour la vente au black et l'abus de biens sociaux, on risque combien ? Tu te souviens, toi ?

– Euh, cinq ans ferme, non ?

– Ou sept. Sept plutôt, il me semble.

– Attendez, attendez ! J'ai… peut-être une idée pour les retrouver.

Il leur expliqua alors comment, suite à divers scandales, la direction générale avait exigé de ses franchisés le retrait des traceurs GPS sur tous leurs véhicules. Une disposition désormais mentionnée sur leurs publicités et les contrats de location, comme un nouvel engagement éthique.

– Et vous, si je vous entends bien, vous avez quand même continué à fliquer vos clients.

– Faut me comprendre… Pour retirer leurs balises, ça coûte au moins mille cinq cents couronnes par voiture. Presque autant que quand ils m'ont demandé de les poser.

La filouterie à l'ancienne avait du bon, songea Brenner. Le loueur ne fit ensuite aucune difficulté. Il ouvrit son ordinateur de bureau sur l'application de géolocalisation.

À environ une heure de piste de la bourgade, plein est, un point rouge clignotait. Il semblait fixe.

– Vous savez s'il a bougé depuis l'autre jour ?

– Franchement, non…

« J'ai autre chose à faire », semblait dire son haussement d'épaules. L'homme, soulagé, avait enfin compris : les deux flics avaient d'autres chats à fouetter que ses médiocres malversations.

Mikkel et son Sikorsky conduisirent les deux flics sur place en dix minutes à peine. C'était un pan de toundra tourbeuse, assez loin dans les collines en arrière d'Ilulissat. Le genre d'endroit sans attrait où ni les locaux ni les touristes ne devaient jamais s'aventurer. Un lieu idéal pour faire atterrir et décoller un hélico sans que personne ne s'en aperçoive dans la petite ville. Les marques de deux gros patins sur le sol le confirmaient.

Le Ford Ranger était là, abandonné à son sort, l'habitacle vidé et soigneusement nettoyé. Aucune empreinte apparente sur les vitres ou les plastiques. Sur la plateforme arrière du pick-up, un treuil avait été fixé, comme ils le supposaient. Quant aux traces de pas autour du véhicule, elles étaient floues, sans aucun signe permettant d'identifier ceux qui étaient venus là. Manifestement, ils portaient des surchaussures. Toujours aussi précautionneux. Furtifs.

– Tu as vu ça ?

La seule anomalie, la seule négligence peut-être, c'était ce gros bidon rouillé jeté à quelques dizaines de mètres de là, dans un repli du terrain. En l'état, rien ne prouvait qu'il fût lié au 4 × 4 et à ses occupants. Mais Brenner trotta jusqu'à la voiture et releva de nombreux dépôts rouges à l'arrière. Avec l'aide de Mikkel, ils parvinrent à extraire le fût métallique du ravin. Son couvercle gisait en contrebas, et une odeur assez prononcée d'hydrocarbure en émanait. À l'intérieur, une épaisse pâte noirâtre tapissait la surface ondulée.

– Lotte en a retrouvé partout sur les habits du mort de Diskø, remarqua Mikkel, sortant pour une fois de sa réserve.

Pitak n'était pas présent ce jour-là. Ce détail lui avait donc échappé.

– Retrouvé quoi ?

– Eh bien… du carburant séché. Comme celui-là. Le pauvre gars a dû salement morfler d'être trimballé là-dedans.

# 47

## [IMG_6548 / 21 juin / 15 h 52 / Un bâtiment de la cité Samuel Kleinschmidtip Aqqutaa, à Nuuk]

Qaanaaq poussa prudemment la porte du local désaffecté, qui portait un simple autocollant : *GREENPLANET*.

Faire son travail de flic, jusqu'au bout, coûte que coûte, il se raccrochait à cela de toutes ses forces, ultime îlot de réalité tangible dans ce chaos qui habitait son esprit – semblait-il depuis longtemps. Le visage de Flora s'effaçait peu à peu de ses pensées, comme si une brutale remise à jour de ses souvenirs s'était effectuée malgré lui. Cela était-il de meilleur augure ? Rien de certain, mais ça lui permettait au moins d'avancer.

Un grincement sinistre s'éleva, aussitôt éteint par la résistance qu'opposaient les deux rubalises jaunes fermant le vantail. Il les arracha sans état d'âme et pénétra dans la pièce livrée au chaos. Poussière partout, dossiers renversés, sur le sol un tapis de feuilles volantes et de prospectus divers… Tout était figé dans cette débâcle typique des perquisitions. Pourquoi les agents du Politigarden n'avaient-ils pas demandé que le lieu soit nettoyé dès l'enquête achevée ? Ah oui, cela lui revenait à présent, l'ordre était arrivé d'en haut, de

Jacobsen. Qaanaaq venait de reprendre la direction du poste ; il n'avait même pas essayé d'élucider le motif de cette étrange décision.

Une lueur verdâtre filtrait au travers d'une rangée de pavés de verre. Il n'était plus revenu dans cette cité calamiteuse depuis plusieurs mois. Depuis qu'on avait décroché le corps de Taqqiq, la petite sœur de Massaq, du lampadaire où elle pendait.

Il s'efforça de chasser cette image et de se concentrer sur d'autres souvenirs. Sa première visite dans cet appartement en entresol. L'accueil que lui avait réservé le permanent de Greenplanet n'avait pas été des plus chaleureux, ce jour-là. L'homme avait quelques raisons d'être nerveux. C'est ici qu'Apputiku et lui avaient fini par dénicher l'arme utilisée par Anuraaqtuq, pour la série de meurtres qui avait déstabilisé le Groenland. Désavoué par la direction mondiale de l'ONG, le militant avait été extradé vers son pays d'origine, le Royaume-Uni. Puis condamné à deux années de prison ferme – seulement. Une issue que la presse britannique avait qualifiée « d'honorable », autant pour l'intéressé que pour le mouvement qu'il représentait.

L'homme qui le préoccupait à présent, c'était son remplaçant à la tête de l'antenne locale. Greenplanet avait, dans un communiqué de presse lapidaire, annoncé sa nomination en même temps que la nouvelle adresse de sa permanence à Nuuk, loin de ces barres d'immeubles déprimantes.

Qaanaaq n'avait encore jamais croisé ce militant, présenté comme « un homme de science et d'expérience, glaciologue de formation ». Il faut dire que depuis sa prise de fonction, celui-ci s'était montré plus discret encore que son prédécesseur.

Raison pour laquelle, sans doute, ce nom n'était pas remonté plus tôt dans sa mémoire.

Mads Rydahl.

La veille au soir, arrivé à Kangerlussuaq, Qaanaaq avait manqué de peu le dernier vol du jour pour Nuuk. Le suivant ne décollait que le lendemain matin, vers six heures. Plutôt que de prendre autour de l'aéroport une chambre d'hôtel impersonnelle où il aurait fort mal dormi, il avait choisi de passer la nuit dans le terminal, vautré sur une paire de fauteuils sans accoudoirs. Par chance, le service de sécurité se montrait conciliant avec les représentants de l'ordre. L'un des agents en treillis bleu, un ami de Tobias, lui avait même fourni le mot de passe pour rester connecté au wifi du personnel, bien après l'extinction du réseau public. L'homme était accompagné d'un gros chien-loup, qui lui fit tristement penser à CR7.

> Qu'est-ce que tu fous ? Pourquoi tu t'es sauvé comme un voleur ? J'espère qu'il n'y a rien de grave. Rappelle-moi.

Il ne savait que répondre au SMS de Maja. Il n'y répondit pas. De quoi aurait-il pu lui parler ? De cette affaire dont il était dessaisi et qu'il poursuivait tout de même, comme un espoir fantôme ? Ou de ces autres spectres qui le faisaient tenir debout depuis tant d'années – à la fois totalement illusoires et si réels ? Il n'était plus sûr de rien.

La première photo de Mads Rydahl qu'il dégota sur le web était son portrait officiel en tant que permanent de Greenplanet au Groenland, telle qu'affiché sur le site de l'ONG. En un clic, le cliché le conduisit à un CV, confirmant sa formation initiale de glaciologue à l'université Panum de Copenhague. Son diplôme en poche, Rydahl avait été embauché presque aussitôt par l'ICD, l'Institut de climatologie danois. Jusque-là, rien que de très logique. Surprenante, en revanche, la brièveté de son séjour au sein de l'établissement public : à peine six mois.

L'une des rares vidéos de Mads Rydahl disponibles – elle datait manifestement de son adhésion à Greenplanet – répondit aux interrogations de Qaanaaq. Le jeune homme y expliquait que ses positions sur le réchauffement climatique étaient « trop politiques » pour l'ICD. Qu'il se sentait au fond plus militant que chercheur. De fait, l'ONG écologiste avait accueilli à bras ouverts ce scientifique engagé, qui n'avait pas tardé à gravir les échelons. Avant Nuuk, il avait représenté Greenplanet un peu partout à travers le monde – Buenos Aires, Lagos, Kiev et enfin Toronto –, mais jamais très longtemps, semblait-il. S'était-il montré là aussi trop radical ?

Selon le communiqué qui annonçait son affectation au Groenland, personne mieux que Mads Rydahl, au sein de l'organisation, ne connaissait l'île-continent. Cette nomination apparaissait comme un choix de raison autant que de cœur. Dans un court clip promotionnel, emmitouflé sur un coin de banquise, mèches blondes au vent, Rydahl se déclarait « comme chez lui ».

Tout cela était fort édifiant. Mais rien n'expliquait, dans ce parfait exemple de communication maîtrisée, pourquoi Mads Rydahl avait pété les plombs au point de saccager le domicile de Leonard Kelly à Lakewood, environ un an auparavant. Comme l'avait affirmé Jake Gordon en évoquant le fait divers, les articles consacrés à cet acte de vandalisme se limitaient à quelques brèves dans la presse locale du Colorado.

Par ailleurs, aucune trace d'une possible accointance de Mads avec le Libertære Socialister. Ce que lui avait soufflé Pavia Larsen lors de son parloir demeurait pure spéculation. Mais, il le savait d'expérience, obtenir des informations fiables sur le parti anarchiste, par nature clandestin, n'était pas chose facile.

La lumière ne vint pas du Net.

Dans cette nuit solitaire au milieu du hall silencieux, la lumière vint d'une ombre. Les rangées de néons éteintes, ne subsistait plus que l'éclairage crépusculaire des issues de secours. Il vit la forme bouger derrière un rideau de plantes artificielles, entre deux comptoirs d'enregistrement.

– Hé ! cria Qaanaaq.

La silhouette filait à présent en direction des tapis de livraison des bagages, sans plus chercher à se cacher.

– Hé ! Reviens par ici !

Son appel résonna dans toute l'aérogare. Il se lança aussitôt à la poursuite du gamin. Celui-ci courait vite pour son âge. Guère plus de sept ou huit ans. Il devait avoir l'habitude de fuir. Déjà, il disparaissait derrière les enfilades de chariots métalliques. Qaanaaq accéléra à son tour. Grimpant sur un carrousel à l'arrêt, l'enfant tenta de s'engouffrer dans la trappe d'où jaillissaient d'ordinaire les valises. Mais Qaanaaq le saisit par le col. Suspendu au bout de son bras, le môme se débattait. Alors, il se retourna d'un coup, comme pour mordre : c'était le petit Inuit de la vidéo de surveillance fournie par Tobias.

Le gamin devait vivre dans ces lieux, de glanage et de rapine, en clandestin. Mal fagoté d'un pull trop grand, le cheveu hirsute et les pieds nus. Qaanaaq eut le sentiment de se voir lui-même, une quarantaine d'années plus tôt, débarquant de son Groenland natal.

Il le posa au sol.

L'enfant fit mine de reprendre la fuite aussi sec, puis se ravisa quand il aperçut le reste de barre chocolatée qu'on lui tendait.

Depuis combien de temps survivait-il dans ces conditions ?

Amadoué, croquant dans son butin, il accepta volontiers de regarder la séquence que le flic lança sur son portable. Est-ce que c'était bien lui à l'image, remettant ce papier à Leonard Kelly une semaine plus tôt, ici même, dans cet aéroport ?

Le môme se contenta de hausser les sourcils, en un *imaqa* muet.

– Et lui ? poursuivit Qaanaaq en lui présentant le portrait de Mads Rydahl. Tu le reconnais ?

– …

– C'est lui qui t'a donné ce message pour le grand monsieur blond, hein ?

Comme l'enfant restait sans réaction, Qaanaaq dérogea à tous ses principes – de flic et d'homme – et agita un billet de deux cents couronnes sous son nez. Le gamin arracha la coupure.

– Alors, ce monsieur, là… Il t'a demandé de donner ce papier à cet autre monsieur, c'est bien ça ?

Il avait un peu honte de lui parler comme à un attardé. Mais faute d'un son sortant de sa bouche, il ignorait si le petit Inuit parlait le moindre mot de danois.

– Et ensuite ? Le grand monsieur blond t'a suivi dehors ?

Et Leonard Kelly était tombé dans le piège presque trop simple tendu par Mads Rydahl. Le petit acquiesça. On n'obtiendrait rien de plus de lui.

Voilà comment Qaanaaq en était venu à considérer cette piste comme la plus sérieuse qu'il ait touchée depuis le début de cette enquête. Les deux visages anonymes du Bell 212, entraperçus à Helheim, prenaient vie. Il en était sûr, désormais : le pilote s'appelait Ugo Salek, et son passager n'était autre que Mads Rydahl, le cerveau de ces meurtres à l'iceberg.

Voilà comment il s'était résolu à visiter l'ancien local de Greenplanet dès son arrivée à Nuuk.

Au fond, songea-t-il en pénétrant dans la pièce dévastée, il ne savait pas vraiment ce qu'il cherchait ici.

Si, comme il le supposait, Anuraaqtuq, le leader du NNK, avait planqué ici la plupart de ses armes ;

si, comme il le croyait, Rydahl était tombé sur le *ulu* en venant fouiller le repaire de son prédécesseur malgré les scellés ;

si, comme il l'imaginait, Rydahl avait vu dans ce couteau chargé d'empreintes une aubaine, solution opportune pour orienter les soupçons vers un autre que lui – qui plus est un criminel en fuite…

Alors il ne restait sans doute plus grand-chose à exhumer sur place pour confirmer ce scénario.

Qaanaaq retourna néanmoins tiroirs et classeurs, ajoutant un peu plus au désordre ambiant. Parmi les flyers et les formulaires d'adhésion, il tomba sur des documents plus inattendus : une sélection d'articles, tous consacrés aux travaux de Leonard Kelly sur les bilans des fontes glaciaires. Mads ne s'était peut-être pas contenté de piocher ici ce qui l'intéressait. Il avait fait du lieu sa base arrière, le « bureau » d'où il avait conçu son plan criminel. Il faudrait que Lotte vérifie ce point, mais il était prêt à parier que l'encre et les feuilles contenues dans la petite imprimante étaient danoises.

Sous la pile de recensions scientifiques, Qaanaaq dénicha un extrait de presse beaucoup plus ancien. Tiré d'un quotidien danois qui avait cessé de paraître depuis au moins une quinzaine d'années – ce qui expliquait qu'on n'en trouvait pas trace sur le Net. Le papier était consacré à la mort étrange d'un certain Hans Rydahl.

Enfin, le lien qu'il cherchait apparut.

Hans Rydahl, le glaciologue retrouvé mort dans une fosse glaciaire de la région de Heimdal, comme Christian, son ami des archives, le lui avait déjà appris. L'enquête, alors diligentée par le jeune inspecteur Karl Brenner, concluait au suicide. Mais ce que précisait l'article, c'est que l'homme laissait un fils unique. Mads Rydahl. Glaciologue, comme lui.

Daté du 13 juillet 1998, soit une bonne huitaine de jours après la découverte du corps, l'article précisait que le glaciologue s'était probablement « enterré » vivant – si l'on pouvait dire cela en parlant de glace. Pour preuve, il était illustré d'une photo de Hans tenant à la main une copie du protocole de Kyoto – signé en décembre 1997 –, sans doute pour mieux en dénoncer la vacuité. « Rydahl s'est donné la mort, concluait le journaliste dans un élan lyrique, car il n'acceptait plus le chaos vers lequel se précipite notre planète, et parce qu'il supportait encore moins de ne rien pouvoir faire contre l'inéluctable. »

Karl Brenner, jeune officier de la police criminelle de Copenhague, alors dépêché sur place par Flora Adriensen, était cité une poignée de fois.

Qaanaaq s'effondra sur un fauteuil à roulettes à l'assise éventrée. Des flocons de kapok en jaillirent. Pourquoi son ami ne lui avait-il rien dit ? La proximité avec l'affaire en cours était trop flagrante pour qu'elle lui ait échappé. Pourquoi avoir occulté ces événements qui leur auraient fait gagner à tous un temps si précieux ? Qui sait… S'ils avaient eu Mads Rydahl plus tôt dans leur collimateur, peut-être les morts de Bodil et CR7 auraient-elles pu être évitées.

Un trouble bref et profond fit vaciller Qaanaaq. Les images se superposaient dans sa tête. Les deux disparitions lui rappelèrent celle, plus ancienne, qu'il venait seulement d'accepter. Comment avait-il pu, lui, avec la puissance qu'il connaissait à ses raisonnements et à ses intuitions, se laisser leurrer par son émotion, céder à un tel déni ? Il secoua la tête, comme un chien qui s'ébroue après la pluie. Il devait refouler ses doutes – ou bien s'écrouler définitivement.

Dégainant son portable, il composa le premier numéro qui lui vint. Le seul qui, à ce stade, pouvait encore l'éclairer.

# 48

## [IMG_6551 / 21 juin / 16 h 36 / Une ombre dans l'encadrement d'une porte de bar]

– Capitaine Adriensen, que puis-je pour vous ?

Le mot « encore » manquait. Mais il était criant.

En direction du centre-ville, le micro de ses écouteurs collé à sa bouche, Qaanaaq ignorait vers quoi il se dirigeait – à dire vrai, depuis la veille, il commençait à s'habituer à ce que tout lui échappe –, mais il espérait bien l'apprendre d'ici quelques secondes. Partout, des groupes de collégiennes métissées avaient troqué leur *hoodie* ordinaire pour l'habit traditionnel, constellé de perles multicolores. Les rues de Nuuk ressemblaient à un véritable arc-en-ciel.

– Commandant Normann... Désolé de vous déranger une nouvelle fois.

– Je vous en prie, répondit l'autre fraîchement.

Pour fournir l'alibi de Jake Gordon, l'officier de l'IIP s'était déjà montré plutôt récalcitrant. Comme tout bon militaire, il appréciait modérément que l'on soupçonnât l'un de ses hommes.

– L'autre jour, au poste d'Ilulissat...

*Devant le cadavre de mon frère que vous avez été le premier à identifier*, se retint d'ajouter Qaanaaq.

– Oui… ?

– Vous m'avez bien dit que vous aviez pris un verre avec Leonard Kelly, à Nuuk, il y a environ un an.

Qaanaaq s'étonna lui-même d'avoir gardé en mémoire un aussi infime détail, quand d'autres, bien plus essentiels, étaient passés à la trappe.

– Exact, répondit Normann.

– Est-ce que vous vous rappelez si Kelly était en compagnie de quelqu'un quand vous l'avez croisé ?

– Non, pas que je me souvienne.

– Et personne ne l'a abordé pendant que vous discutiez, ou à la fin de votre conversation ?

– Personne, non. Mais pourquoi vous me demandez ça ?

Qaanaaq lui-même se posait encore la question. Peut-être était-ce juste l'une de ses fameuses intuitions…

– Est-ce que le nom de Mads Rydahl vous est familier ?

– Ce n'est pas le type de Greenplanet ?

– Si. Vous saviez qu'il avait vandalisé le domicile de Leonard Kelly ?

– Aux États-Unis ? !

– Oui.

– Je l'ignorais complètement. Quand ça ?

Qaanaaq trouva un peu étrange que Jake Gordon n'ait pas abordé le sujet avec son commandant. Il avait pourtant été très disert sur cet épisode au téléphone. Mais Gordon avait beau ne pas porter Kelly dans son cœur, peut-être n'était-il pas du genre à se réjouir du malheur des autres.

– Il y a un an, justement. Pas très longtemps après votre rencontre.

Qaanaaq regretta l'ambiguïté accusatrice de sa phrase. Il craignait que Normann ne se referme plus encore. Mais c'est le contraire qui se produisit.

– Ah… Je comprends. Et vous pensez que ce Rydahl peut avoir un lien avec… avec ce qui est arrivé à Leonard ?

Sous sa carapace de soldat gisait donc une âme capable d'empathie. Décidément, on n'avait jamais fini d'être surpris par ce qui se cachait sous les apparences.

– Pour l'instant, rien n'est sûr. Au fait… vous vous rappelez dans quel bar vous étiez avec Leonard Kelly ?

– Oui, c'était au *Zoo*.

Un nom qui évoquait à Qaanaaq de bien tristes images, et autant de regrets. Mais une fois de plus, il préféra remiser ses souvenirs sous l'urgence de l'instant.

Depuis l'extrémité de Samuel Kleinschmidtip Aqqutaa, il n'était plus qu'à quatre ou cinq minutes à pied de l'établissement désigné par Normann – même si, depuis vingt-quatre heures, les distances semblaient s'être allongées, son pas devenu plus pesant, ses foulées moins rapides. Quoi qu'il en soit, il s'autorisa ce crochet par la rue John Møllerip.

L'adresse avait été très facile à dénicher sur Internet. La nouvelle permanence de Greenplanet était située sur un axe très passant, juste à côté du marché aux poissons, à l'étage unique d'un petit bâtiment jaune poussin. Évidemment, il trouva porte close et lumières éteintes. Les occupants des bureaux voisins lui confirmèrent qu'ils n'avaient vu personne entrer ni sortir du local de l'ONG depuis au moins une bonne quinzaine de jours. Jusqu'ici discret, Mads Rydahl était carrément devenu fantomatique.

Encore quelques pas au milieu des groupes bigarrés et Qaanaaq rejoignit le *Zoo*, cube de béton planté au milieu d'une vaste aire de jeux. Dès la porte poussée, l'ambiance sinistre le saisit. Toujours cette même clientèle d'ouvriers étrangers et de prostituées occasionnelles. La décoration lugubre ne s'était pas améliorée. Il reconnut le barman, un Inuit aux faux airs latinos, tatoué et musculeux à souhait.

– Capitaine… Je vous sers quelque chose ?

– Ça ira, merci. Ce sont plutôt mes oreilles qui ont soif.

L'humour, ultime bouée dans la détresse, ne l'avait pas totalement lâché – lui.

Le tenancier esquissa un sourire amusé.

– Ah, ah… Qu'est-ce que vous voulez que j'y verse, alors ?

– J'ai bien conscience que vous croisez beaucoup de monde…

Qaanaaq brandit son portable et afficha successivement les portraits de Leonard Kelly et Mads Rydahl. Une envie irrépressible le prit à cet instant : remonter plus loin dans l'historique de ses photos, à la recherche du tout dernier portrait de Flora. De vérifier la date. Mais il devait avancer, reprendre l'enquête – c'était ça ou disparaître.

– … mais j'ai des raisons de croire, continua-t-il, qu'il y a environ un an…

– Quoi, un an, carrément ! ?

– Eh oui, je sais, ça fait loin. Je pense donc que ce jeune homme…

Il désigna Rydahl sur le combiné.

– … a abordé ce monsieur, ici même.

Sur l'écran, le visage de Kelly se substitua à celui du militant de Greenplanet.

– Possible.

Qaanaaq retrouva une photo de Rob Normann sur le site officiel de l'IPP.

– Et est-ce que ce gars était avec eux ?

– Avec le deuxième, oui, ça me dit vraiment quelque chose.

Il parlait de Leonard Kelly.

– Ils ont discuté un bon moment, tous les deux, dit encore le barman. Si je me souviens bien, le type, là…

Rydahl, donc.

– … les matait dans son coin. Et puis quand le type aux cheveux gris est parti, il s'est pointé à la table du géant blond. Un Américain, je crois.

Les souvenirs du barman étaient d'une précision étonnante.

– Vous avez bonne mémoire, dites-moi. Vous devez pourtant en voir passer, des clients ?

L'intéressé haussa les épaules.

– Vous savez j'ai surtout une clientèle d'habitués. Alors les étrangers, je m'en rappelle.

– Et vous pensez que notre troisième homme a pu entendre ce que les deux autres se racontaient ?

Peut-être Kelly s'était-il confié à Normann au-delà de ce que ce dernier avait prétendu.

– Difficile à dire. Si c'était un jour calme et qu'ils parlaient assez fort…

Le gloussement d'une ado peinturlurée, dont un Chinois dévorait un lobe d'oreille, vint contredire cette hypothèse. Il régnait dans ce type de rade un brouhaha constant. Dans ces conditions, il était presque impossible de capter les conversations alentour.

Ou bien Rydahl avait-il réussi à gagner suffisamment la confiance de Kelly pour lui soutirer quelques confidences ? Après tout, entre confrères scientifiques passionnés du Groenland, ils avaient certainement trouvé de quoi se raconter.

Le projet criminel de Mads Rydahl était-il né à cette époque ? Probable. Greenplanet ne l'avait affecté à Nuuk que six mois plus tard. Si, ce jour-là, il se trouvait au Groenland, à des milliers de kilomètres de sa permanence de l'époque à Toronto, qui plus est précisément dans le bar où traînait Kelly, ce n'était sans doute pas le fruit du hasard. Il devait traquer sa première proie bien avant cette prise de contact. Pour qui s'intéressait d'un peu près au sujet, Leonard Kelly n'était pas un inconnu.

Par la suite, le saccage de la villa de Lakewood n'avait probablement été qu'une répétition. Un moyen d'affermir sa détermination. De consolider sa haine. Restait à savoir pourquoi il avait choisi Kelly plutôt qu'un autre glaciologue modéré.

Le barman tatoué insistait pour lui servir « au moins une bière » quand une silhouette grise et longiligne se profila dans la porte d'entrée du *Zoo*, en partie gommée par le contre-jour. Qaanaaq n'eut pas besoin de distinguer les traits de son visage pour reconnaître Karl Brenner. Il y a certaines personnes, comme ça, qu'avec le temps on peut identifier d'un rien, à un simple contour, un geste, un port de tête. Ils se pratiquaient depuis si longtemps, tous les deux.

Soudain, comme un flash dans son cerveau. Et tout devint blanc. Depuis combien de temps se fréquentaient-ils ? Flora était encore vivante, il en était à peu près sûr. Mais les repères temporels semblaient tous s'être évanouis, enfuis en désordre comme des renards polaires courant dans le grand inlandsis de sa mémoire. Le flash disparut. Brenner était face à lui.

Comment Karl avait-il su qu'il était là ? Maja l'avait-elle prévenu de son départ précipité de Copenhague ? Ou bien les « petits génies » de Niels Brocks avaient-ils pisté son portable ? Peu importait, au fond. Ce qui comptait, à cet instant, c'étaient ces décennies d'amitié que Karl avait trahies par son silence. Il se sentait envahi de colère.

– Pourquoi tu ne m'as pas parlé de Hans Rydahl ?

Pitak et un autre agent pénétrèrent à leur tour dans le bar. D'une main tendue dans son dos, Karl leur fit signe de rester à distance.

– Parce que toi, tu te souviens de tous tes vieux dossiers, peut-être ?

– Putain, Karl, on ne parle pas de n'importe quel dossier ! Rydahl était un glaciologue, comme Kelly. Mort enseveli dans la glace, comme Kelly. Et qui plus est au Groenland… Ne me dis pas que tu n'as pas tout de suite vu le rapport ! Même après autant d'années. Pas un flic comme toi…

– La preuve que si.

– *Pis* ! Je ne te crois pas, tu ne lâches jamais ton os. T'es un vrai clebs pour ce genre de choses.

Qaanaaq s'était toujours montré très avare en compliments. Celui-ci ébranla visiblement Brenner.

– Je… le mode opératoire n'avait rien à voir.

– Tu plaisantes ? De quoi tu te souviens exactement ?

– Hans Rydahl a utilisé son propre matériel, une carotteuse de faible diamètre. Elle a été retrouvée juste à côté. Il avait foré une cavité juste assez large pour lui. Après, il a fait s'effondrer sur lui la glace qu'il avait accumulée autour…

– Et ?

– Merde, Qaanaaq, hurla Karl, c'était un suicide ! Un suicide !

Plus un seul « couple » ne pépiait dans la salle. On n'entendait que le grésillement d'un néon vantant une marque de bière.

– Tu vois que tu as fait le rapprochement..., conclut Qaanaaq avec un sourire aigre. Je te repose ma question : pourquoi tu ne m'as pas raconté tout ça dès mon premier coup de fil ?

Pourquoi avait-il préféré laisser mourir une femme, qui plus est l'une d'entre eux, plutôt que de se donner une chance – même infime – de la sauver ?

Son ami restait de marbre. Avec ce clair-obscur, Qaanaaq devinait son regard plus qu'il ne le voyait, mais il eût juré qu'il était fuyant.

– Parle, *skiderick*[1] !

Cette fois, l'injure n'avait plus rien d'un jeu.

– C'est la Fourmi, avoua enfin Brenner. C'est Jacobsen qui m'a demandé de ne pas te filer les infos.

Quel intérêt le grand patron de la police danoise pouvait-il trouver à ce qu'il échoue ? Avait-il organisé le fiasco de son enquête pour mieux l'en dessaisir ?

– Il ne voulait pas que j'alimente tes « lubies ».

– Sérieusement ? *Mes lubies* ? !

– Tu sais très bien de quoi je parle, Qaanaaq... Ta tendance à vivre dans le passé. Ces choses que tu n'arrives pas à oublier.

Ses discussions imaginaires avec Flora... Depuis combien de temps ses collègues le prenaient-ils pour un fou ? Il en voulait à Karl, lui le premier avait dû le voir perdre pied peu à peu. Et pourtant, il l'avait laissé sombrer, avalé par ses chimères. « Je m'inquiète pour vous », lui avait dit Jacobsen la veille, dans son grand bureau de Niels Brocks. « Vous ne pouvez pas traiter toutes vos enquêtes comme s'il s'agissait de problèmes familiaux. »

Depuis quand sa hiérarchie préparait-elle sa mise sur la touche ? Un sentiment de rage le gagna soudain. Une

1. « Salopard », en danois.

vague irrésistible. Une colère qui le consumait autant qu'elle l'agitait. Il avait envie de pleurer. Et ses larmes contenues le noyaient à l'intérieur. Il se rua sur Karl. Ils s'étaient déjà écharpés par le passé, par jeu. Mais jamais ils ne s'étaient réellement mesurés l'un à l'autre.

Les deux battoirs de Qaanaaq se resserraient à présent autour du cou de son ami.

– Arrête, bordel !

Qaanaaq perçut bien l'intervention de Pitak et de son collègue qui tentaient de défaire son étreinte. Mais il n'était plus qu'une boule de violence, un concentré de fureur et de remords. Ses mains tenaient bon. L'autre suffoquait.

Alors il sentit un coup mat sur sa nuque.

Alors il ne ressentit plus rien du tout.

## 49

**[IMG_6558 / 21 juin / 19 h 03 / Une cellule au Politigarden]**

Qaanaaq ne connaissait qu'un seul poison pire que le doute : le révisionnisme que certaines déconvenues imposent à notre propre histoire. Brenner l'avait-il déjà trahi par le passé ? Brenner n'avait-il été tout ce temps qu'un ami en trompe-l'œil ? Ces questions et tant d'autres le taraudaient, mettant à mal ce qu'il lui restait de conviction.

Au moins son vieux camarade avait-il fait preuve d'une certaine compassion, au moment de le jeter dans cette cellule – sans doute le temps qu'il reprenne ses esprits. Son Blad et son mobile gisaient là, au bout de la couchette spartiate. En ouvrant les yeux, il les découvrit avec autant de joie que s'il avait retrouvé deux animaux de compagnie.

Le cachot grillagé, lui, était moins avenant : réduit de six ou sept mètres carrés à peine, juste assez grand pour une chaise et ce simulacre de lit. La détention était limitée à douze heures consécutives au Groenland. Par conséquent, ni toilettes ni lavabo n'avaient été aménagés. Dans un angle, un simple seau y suppléait.

À en juger par le silence à l'intérieur du bâtiment, Qaanaaq supposa que les deux autres cellules étaient vides. Il était le seul « invité » du jour de l'aile pénitentiaire du Politigarden. Aucun bruit ne filtrait non plus de l'*open space* voisin. À cette heure, la plupart des agents étaient rentrés chez eux ou en train de patrouiller dans les rues. Surtout un soir comme celui de l'Ullortuneq. Les rares sons qui lui parvenaient émanaient d'ailleurs des groupes de fêtards qui déambulaient dans la ville. Des cris, dans leur grande majorité en kalaallisut, peu en danois. Il en conclut que le Danemark venait de perdre son match contre l'Australie ; au mieux, les rouge et blanc avaient arraché un match nul.

Il avait beau se moquer éperdument du foot, il éprouvait toutes les peines du monde à se concentrer sur un sujet plus digne d'intérêt. À quoi bon réfléchir, puisque c'était trop réfléchir, justement, qui l'avait conduit là ? Ses intuitions, sa méthode, sa logique, rien de ce qui faisait de lui un flic – et même un excellent flic, avait-il la faiblesse de penser jusque-là – ne suffisait en l'espèce. Il avait failli. Et, pire que tout, il avait échoué à convaincre son entourage.

Voilà qu'il croupissait dans la geôle dont il était lui-même le gardien en chef il y a quelques heures encore… Quelle absurdité.

La vibration familière de son portable vint à point nommé pour le distraire. Un message de Massaq, plutôt déconcertant :

Ch'vbjk

Il voyait mal la jeune femme, restée sans nouvelles de lui depuis la veille, se livrer à de telles facéties. Le réseau était faible, mais tout de même suffisant pour tenter un appel. Il tomba directement sur la boîte vocale et le timbre chaud de Massaq. Il n'en ressentit aucun réconfort, au contraire. Une pointe d'angoisse traversa sa poitrine. Il raccrocha et composa aussitôt le numéro de son domicile. La sonnerie retentit dans le vide une bonne quinzaine de fois avant qu'il n'abdique.

Apputiku, lui, décrocha immédiatement.

– Tu as toujours ton jeu de clés des cellules ?

– Oui.

– Alors tu peux venir ce soir ?

Appu hésita un instant.

– OK.

– Oh… et… Appu ?

– Quoi ?

– Je me fais du souci pour Massaq et les enfants. Ça ne répond ni sur son portable, ni à la maison. J'ai reçu un SMS très bizarre. Tu pourrais faire un tour chez moi avant de venir ?

– OK.

Tout l'orgueil blessé de son ami était contenu dans ces monosyllabes. Mais son désir ardent de faire la paix aussi.

Avec le soutien d'Apputiku, la partie n'était peut-être pas tout à fait perdue. Appu. Un bastion, son amitié comme ultime refuge.

En attendant, Qaanaaq s'occupa en renouvelant ses appels, encore et encore. Entre deux tentatives, il remâchait des pensées moroses. Plus il essayait de les chasser, plus elles revenaient à l'assaut. Le cliquetis du verrou le tira finalement de ses divagations.

– Appu…

L'Inuit ne répondit rien, se contentant de faire coulisser la grille sur son rail. Selon la coutume locale, il n'aurait dû libérer le prisonnier que le lendemain matin, à partir de six heures trente. Pas plus tard, car douze heures de trou maximum, c'était la règle. Mais devant la cellule grande ouverte, Apputiku restait planté, la mine décomposée, les yeux rivés au sol. Incapable de regarder Qaanaaq en face.

Lui en voulait-il encore ?

– Qu'est-ce qu'il y a ? demanda son chef.

– Peter et Jakob…

– Quoi, Peter et Jakob ?

– Ils n'étaient pas là.

– Quoi ? !

– Brenner les a relevés de leur surveillance. Il les a réaffectés au GreenClimax.

– Hein ? ! Mais quand ça ?

– Hier soir.

Cela faisait près de vingt-quatre heures. À cette heure-là, Qaanaaq survolait l'Atlantique. Et lorsque le Boeing rouge et blanc avait enfin atterri à Kangerlussuaq, tard dans la soirée, Qaanaaq s'était retenu de joindre Massaq et les enfants, ou les deux agents dévolus à leur protection.

Il avait fait confiance ; il avait eu tort.

Car ce qui allait suivre, ce que son ami s'apprêtait à lui dire, il n'avait pas besoin de mots pour le ressentir déjà. Il lui sembla que tous ses organes dégringolaient les uns sur les autres, comme un château de cartes. Il chancela, groggy, s'appuya sur le mur. Mais le mur lui-même paraissait vaciller sous son poids.

– Qaanaaq, je… je suis désolé.

Else, Jens, Massaq… À leur tour, le fanatisme de Rydahl venait-il de les engloutir ?

Jamais il ne les sauverait s'il demeurait cet homme en miettes, cet homme effondré. La seule issue envisageable, la seule admissible, supposait qu'il redevînt flic, et rien que flic. Aussi précis et clairvoyant que cette petite voix avec laquelle il conversait depuis tant d'années. Ce n'était plus le temps des mirages ou du déni. Il fallait qu'il accepte une fois pour toutes que sa mère était morte, mais qu'elle vivait encore en lui. Qu'il fasse sien ce qu'elle y avait déposé. Son talent de flic, ses intuitions, sa force. Les fantômes pouvaient être des guides pour les vivants.

– Chez moi, demanda-t-il, tu as repéré quelque chose d'utile ?

– Pas vraiment. Ils ont tout retourné, bien sûr… Mais pas de traces particulières.

Vingt-quatre heures. Avec autant d'avance sur eux, Rydahl – si c'était bien lui –, ses éventuels comparses et leurs otages pouvaient être n'importe où sur les deux millions de kilomètres carrés de l'île.

Devinant ses pensées, Appu lui rappela :

– Tu sais, le JAC n'a prévu aucun vêlage important. Pas avant la semaine prochaine.

– Oui, Søren me l'a déjà dit.

Mais la vérité, c'était que depuis le dernier meurtre, ils savaient les criminels capables de bien d'autres choses. Par exemple, de provoquer ce que les glaciers leur refusaient à l'état naturel. Quelques explosifs bien placés et des icebergs de la taille de gratte-ciel s'abîmaient dans la mer. La mort de CR7 leur avait servi de test, et il s'était révélé des plus concluants.

Ils n'avaient plus qu'à le reproduire, cette fois sur trois humains – ses trois amours.

Mais où ?

# 50

**[IMG_6565 / 21 juin / 20 h 14 / Une carte du Groenland étalée sur le parquet, chez Appu]**

Ils filaient à présent par les rues saturées de joie nationale, slalomant entre les grappes colorées. La culpabilité que ressentait Appu pouvait se mesurer à sa manière – inhabituelle – de presser le pas. Qaanaaq le suivait avec pesanteur. Hébété. Les fêtards ivres qu'ils croisaient le prenaient pour l'un des leurs. Il repoussait leurs invitations de grands mouvements las. Était-ce le vent frais qui s'était levé ce soir-là sur la baie de Nuuk ? Deux filets de larmes coulaient sans arrêt de ses yeux d'un vert trouble. Un vert marécage.

Quelques minutes plus tôt, sortir du Politigarden avait été un jeu d'enfant. Une nuit où l'on plaçait la ville entière sous surveillance, rien n'était en effet moins bien gardé que le poste de police lui-même.

Alors qu'ils dépassaient le supermarché de la chaîne Natalies Lektøb, à quelques pas seulement de chez Apputiku, Qaanaaq s'arrêta net.

– Qu'est-ce qu'il y a ? s'inquiéta son adjoint.

– Il faut que je te dise…

– Quoi ?

– Leonard Kelly…
– Eh bien quoi ?
Lotte avait bien préservé son secret. Apputiku arrondit ses yeux, incrédule, quand Qaanaaq lui révéla l'impensable. Puis, l'adjoint se ressaisit et fixa son boss avec solennité.
– Moi non plus, je ne t'ai pas tout raconté.
En quelques mots économes, il résuma ce que Brenner et Pitak avaient découvert à Ilulissat : Ugo Salek identifié, le 4 × 4 vendu aux tueurs et abandonné en pleine toundra par ces derniers. Et enfin, le bidon rongé par la rouille.
– Pas d'inscriptions dessus ?
– Pas lisibles, en tout cas.
– Et dedans, il y avait quoi ?
– Du carburant solidifié. Comme une sorte de pâte. La même que sur les vêtements de Kelly.
Mais Qaanaaq l'avait déjà compris.
– Bon… Tu aurais une carte détaillée du Groenland chez toi ? Genre carte d'état-major ?
– Oui, je dois avoir ça dans un coin.

Bébiane les attendait sur leur seuil, cafetière fumante en main. Elle exprima à Qaanaaq toute sa compassion d'une simple pression sur son bras. Elle lui servit un mug à ras bord et les fit entrer. Bébiane parlait peu. Il lui était toujours plus facile de déverser ses sentiments dans une tasse ou une assiette à soupe. Elle craignait sans doute aussi pour ses propres enfants, Pana et Kallik. Mais elle eut la délicatesse de n'en rien montrer. Elle pratiquait mieux que personne cet art typiquement inuit qu'est la pudeur. Depuis le vestibule, on pouvait entendre les deux garçons se chamailler à l'étage. Insouciants.
Appu fouilla le grand placard de la cuisine et en sortit bien vite une large carte glissée dans un tube. Il la

déroula sur le sol du salon. Le Groenland s'étalait sous leurs yeux, presque dérisoire ainsi maintenu aux angles, ici par un chausson, là par un paquet de biscuits.

Qaanaaq souffla longuement avant de prendre la parole. Pour la première fois depuis la veille, ce soupir n'était pas las. On l'eût dit presque concentré – son regard scrutait éperdument les deux dimensions du plan. À l'effondrement succédait une détermination nouvelle.

Il était temps de réunir toutes les forces encore disponibles en lui. De mobiliser le flic et l'homme, ensemble. Il était temps de se montrer réellement à la hauteur de Flora – et non plus de vivre dans son ombre.

– Bon. D'après ce qu'on a compris, Rydahl et Salek, si nous avons bien affaire à eux – ce que je crois –, trimballent leurs victimes dans ce genre de baril. J'imagine que c'est grâce à ça qu'ils peuvent se dispenser de les ligoter.

– Donc ça suppose qu'ils en ont plusieurs. Et apparemment, vu leur état extérieur et leur contenu, ce sont tous de très vieux machins.

– Exact, répondit Qaanaaq. Si on croise ça avec l'idée qu'ils disposent d'un camp de base, ça réduit pas mal les possibilités. Tu as ton ordinateur sous la main ?

Apputiku l'exhuma de sous le plaid écossais du canapé. Sans attendre les ordres de Qaanaaq, il chercha tous les dépôts de carburant du pays. Une carte piquée de points rouges ne tarda pas à s'afficher sur l'écran.

– *Pis* ! sifflèrent-ils presque en même temps.

Si l'hypothèse de Søren concernant un éventuel camp de base des criminels s'avérait, alors le repaire qui les intéressait devait être à la fois discret et proche des principaux glaciers émissaires risquant de vêler.

Il n'y avait pas une seule raffinerie sur le territoire groenlandais, les deux flics le savaient, bien sûr ; un comble pour un pays qui, dans un proche avenir, était destiné à entrer dans le club des plus gros producteurs mondiaux de pétrole brut. Mais ils furent frappés de constater, sur la carte, le nombre de dépôts de carburants, particulièrement concentrés dans le sud de l'île. Cette zone était à moins d'une heure de Nuuk en hélico. Les autres petits points de distribution à travers le pays ne stockaient que des quantités limitées, qui partaient très vite. On n'y conservait sans doute que très peu de bidons avec du carburant séché. En outre, aucun ne se situait à proximité des grands glaciers.

Concentré, Qaanaaq lissa son crâne, comme il le faisait toujours.

– OK, reprit-il, Diskø a été choisi en premier parce que c'était le spot le plus médiatisé de tous.

– Probable.

– Mais les deux emplacements suivants, le Helheim et le Zachariae, étaient situés à l'est. Or si on regarde bien, le seul dépôt en activité de ce côté-là, c'est celui de Daneborg.

Celui de la patrouille Sirius.

Ils n'eurent pas besoin d'échanger un mot pour convenir de l'absurdité de cette piste. Si des bidons avaient été volés sur leur QG, le commandant Bornberg le leur aurait forcément rapporté. Et puis surtout, pourquoi les deux criminels auraient-ils pris un risque aussi inconsidéré ?

– Alors…, dit Appu. Alors, c'est qu'ils sont planqués dans un dépôt désaffecté.

– J'y ai bien pensé, mais…

Qaanaaq attrapa un feutre de coloriage des enfants qui traînait sur le parquet et biffa la grande carte de trois croix rouges dessinant une ligne horizontale approximative. Celle-ci barrait l'île d'ouest en est, plus ou moins à la hauteur du 66$^{e}$ parallèle.

– … si on replace les stations DYE[1] dont nous a parlé notre ami l'historien la dernière fois, ça ne marche pas non plus.

Ce vieil homme, féru de culture et de politique locales, leur avait fourni de précieuses informations lors de leur précédente enquête, des mois plus tôt. Il s'était notamment montré intarissable sur les bases américaines établies au Groenland à la fin des années 1950. Là, comme il était apparu aux policiers, les GI avaient laissé derrière eux d'importantes quantités de carburant. Mais, une fois encore, aucune d'entre elles ne se trouvait à proximité des grands glaciers de la façade est du littoral.

– Je ne te parle même pas de Camp Century, ajouta Qaanaaq. C'est bien trop au nord-ouest.

Ils n'étaient guère avancés. Aussi discrète qu'une ombre, aussi bienveillante qu'un esprit familier, Bébiane remplit à nouveau leurs tasses en café.

Moins d'un quart d'heure plus tard, elle en servit une troisième pour le vieillard en habit traditionnel qui venait de les rejoindre. Le costume national lui donnait des airs de leprechaun[2] égaré dans le Grand Nord.

– Merci encore d'avoir répondu présent aussi vite, monsieur…

Coiffé de son éternelle casquette, son bouc taillé de près, l'historien se contenta d'un sourire. Après que Qaanaaq lui eut expliqué la situation et précisé leur

1. Quatre stations d'écoute radar implantées au Groenland par les États-Unis en 1958, progressivement démantelées jusqu'au début des années 1990.

2. Créature légendaire du folklore irlandais, petit homme barbu coiffé d'un chapeau et vêtu de vert ou de rouge.

demande, l'homme s'approcha de la carte et désigna les points rouges :

– Ce sont les stations DYE que vous avez placées là ? demanda-t-il.

– Oui, pourquoi ? Ça ne va pas ?

– Si, si, c'est très bien. Mais vous en avez oublié une.

– Où ça ?

L'homme pointa un petit morceau de terre détaché de l'île-continent, à l'est. Les deux flics retinrent leur souffle.

– DYE 4, alias Big Gun. Sur l'île de Kulusuk. Mais vu ce que vous recherchez, je n'y crois pas plus que pour les autres.

– Et pour quelle raison ?

– Parce que les stations DYE n'étaient que des stations d'écoute. Et, de manière plus anecdotique encore, d'observation météo. Ce n'étaient pas des bases militaires opérationnelles. On n'y entreposait que très peu de carburant, juste de quoi remplir une ou deux motoneiges et l'hélico du retour. Et puis, à l'époque où elles ont été démantelées, la fin des années 1980, l'armée américaine faisait les choses bien. Ils nettoyaient tout avant de partir. Ils ne laissaient plus leurs déchets toxiques sur place, comme lors des décennies précédentes.

Leur excitation s'effondra, pour s'affoler de nouveau quand l'historien reprit le fil de sa pensée. Insupportables montagnes russes…

– Par contre… pas très loin de Kulusuk, il y avait aussi la base aérienne d'Ikateq. Bluie East Two. Elle, en revanche, a été désertée par ses occupants dès la fin des années 1940.

Il s'agenouilla à même la carte qu'avait déroulée Apputiku, pour pointer le lieu en question du bout de son index noueux. Il se situait à quelques minutes de vol à peine au sud-est de Helheim. Là où Bodil avait perdu la vie. Les deux flics s'étaient retrouvés tout près du camp des meurtriers lors de leur intervention malheureuse, et ils n'en avaient rien su. Le visage d'Appu avait viré au cramoisi.

Qaanaaq, lui, ne voulait pas plus céder à la culpabilité qu'à la résignation. Il avait banni le doute et la peur.

– Je vous montre à quoi ça ressemble ? proposa le vieil homme.

Il s'était déjà saisi de l'ordinateur portable d'Appu et avait lancé la recherche « Bluie East Two ». Une nuée de photos constella la page des résultats. Toutes ou presque donnaient à voir des baraquements militaires, installés au bord d'un fjord bleu acier, ceint de pics enneigés. Mais surtout, on voyait sur toutes, au premier plan, un empilement de bidons couleur rouille qui s'étendait à perte de vue.

# 51

**[IMG_6581 / 21 juin / 22 h 14 / Amoncellement de bidons à Ikateq]**

En bon militaire qu'il se sentait être encore, Mikkel n'avait pas été facile à convaincre. Contrevenir aux ordres de son supérieur hiérarchique en conduisant à Ikateq les deux flics du Politigarden sans la moindre autorisation, agir sur place sans le soutien de la police locale… et puis favoriser la fuite de Qaanaaq. Il repoussait ce plan avec énergie, cadenassé par sa loyauté. Il avait fallu toute la force de persuasion des deux amis pour le décider. Il avait fallu évoquer la mort probable de deux enfants qui n'avaient pas connu leur mère. Mikkel aussi était orphelin. Les blessures du garçonnet l'avaient emporté sur les scrupules du soldat.

Depuis plus d'une heure déjà, le Sikorsky volait en direction du nord-est.

Le jour polaire s'était paré de reflets rosés. Tout l'horizon semblait repeint d'un aplat éclatant, constellé çà et là de moutonnements. Ce n'était plus tout à fait la journée, ce n'était pas vraiment la nuit. On naviguait dans un entre-deux magique, tableau qui imposait sa palette tapageuse, sans retenue.

Coiffés de leur casque, ils s'abîmaient dans la contemplation du spectacle. Il n'y avait pas grand-chose à dire. Chacun savait ce qu'il devait faire ; chacun connaissait l'enjeu. Cette mission était on ne peut plus illégale. Impensable donc de réclamer aux experts de Niels Brocks Gade une triangulation du portable de Massaq. De toute façon, les deux ravisseurs avaient probablement mis la main dessus et s'en étaient sûrement débarrassés en chemin. De préférence au fond d'une crevasse, au beau milieu de l'inlandsis.

Pour Qaanaaq, il s'agissait ni plus ni moins de savoir si ce qui lui restait de raison allait capituler. Il n'était pas dupe de son récent regain d'allant. Les circonstances l'avaient précipité dans cette quête. Durant ce temps, au moins, son psychisme malade serait tendu vers un but unique. Mais qu'adviendrait-il s'il échouait ? Que deviendrait-il s'il les perdait tous les trois ?

Pour tuer l'ennui, et surtout cette terreur sidérée d'une vie sans Jens, Else et Massaq, il profita des quelques flashs de réseau mobile pour effectuer des recherches sur Ugo Salek. La confusion des dernières heures lui en avait peu laissé le loisir. Google ne lui renvoya aucune occurrence. Zéro. Pas même des noms approchants ou des orthographes alternatives. Or qui de nos jours pouvait prétendre échapper à cent pour cent à la pieuvre du *big data* ?

Ce patronyme n'était qu'une fiction.

Le pilote embauché par Rydahl s'était forgé une identité fantôme parfaite. Son nom et son visage étaient inconnus de Mikkel, lequel avait pourtant fréquenté la quasi-totalité de ses confrères enrôlés dans l'armée danoise. Ce qui laissait augurer d'une origine étrangère.

Peut-être l'un de ces soldats de l'ex-Yougoslavie que le conflit des Balkans, dans les années 1990, avait jetés l'un après l'autre sur le marché lucratif du mercenariat. Le seul moyen d'en apprendre plus sur lui, c'était ce portrait-robot esquissé à la serpette et qui ne disait rien à personne. Et qui sait, peut-être, à terme, un échantillon de son ADN.

Après plus de quatre heures de vol, dont près d'une à somnoler, une lueur extraordinaire s'éleva sur leur droite. L'appareil longeait à nouveau le littoral. À cette latitude et à cette période de l'année, la glace d'ordinaire omniprésente avait cédé la place à une végétation rase, faite d'arbustes et de bruyères, sèches en cette saison – pas la moindre trace de glace ou de neige ici, si ce n'était sur les reliefs alentour.

– On survole la péninsule d'Isortoq, indiqua Mikkel dans son micro. On sera sur zone dans moins de vingt minutes.

L'annonce glissa presque sur Qaanaaq, tant l'embrasement soudain du lointain le fascinait.

– C'est quoi, cette lumière, à l'horizon ?

– Eh bien... On dirait... un feu.

Une barre rougeoyante s'élevait en effet sur des kilomètres, dévorant le ciel. Comme pour répondre à sa stupéfaction, Apputiku commenta à son tour :

– L'an dernier, au mois d'août, plus de cinq cents hectares de toundra sont partis en fumée près de Sisimiut.

Il y a peu, il aurait éclaté de rire si on lui avait parlé d'incendies de forêt au Groenland. Plus maintenant. L'effrayante réalité du cataclysme en marche ne faisait désormais plus aucun doute pour lui. En un sens, et sans l'excuser pour autant, il comprenait presque la radicalisation de types comme Rydahl. Ils se comportaient comme des bêtes qu'on privait de leur habitat naturel. Acculés, pris au piège, ils ne faisaient que mordre la main qui les condamnait.

Les flammes et les immenses colonnes de fumée s'effacèrent peu à peu dans le paysage quand l'hélico vira de bord en direction d'un îlot rocheux flottant non loin de là.

– C'est Ikateq ? demanda Qaanaaq avec fébrilité.

– Non. Juste un confetti à deux, trois kilomètres au sud-est.

Le pilote prenait soin d'effectuer une approche très ample, dégageant loin au large avant de repiquer vers leur destination.

– Mais c'est là que tu te poses ?

– Si vos gars sont encore à Bluie East Two, débarquer directement sur Ikateq est le meilleur moyen de les faire fuir. Et comme on l'a déjà vu à Helheim, leur coucou peut nous semer en deux-deux.

C'était la prudence même. Pourtant, ce contretemps fit à Qaanaaq l'effet d'un premier clou planté dans les cercueils de ses amours.

– Mais c'est toi qui décides, patron…

Mikkel ne l'avait plus appelé comme ça depuis leur départ. Cette marque de confiance l'apaisa. Les conseils du pilote étaient avisés.

– OK, on y va.

Une fois l'hélicoptère posé, il emprunta les jumelles du bord et observa longuement l'île voisine. Il ne nota aucun signe de vie autour du petit fjord désolé d'Ikateq. Personne ne semblait errer là. A priori, ils pouvaient y poser le Sikorsky sans crainte.

Dix minutes plus tard, ils foulaient enfin le sol de l'ancienne base aérienne américaine. Le temps y paraissait arrêté depuis les années 1940. Bluie East Two était restée opérationnelle de 1942 à 1947. Les camions, les avions-cargos, les jeeps, les remorques… l'ensemble datait du débarquement en Normandie. Une couche uniforme de rouille recouvrait les engins. Pas étonnant, étant donné l'humidité, presque constante sous cette latitude. Tout ce rouge sur fond de lande brune et de fjord bleu, c'était furieusement photogénique. Qaanaaq ne put s'empêcher de déclencher son Blad, comme une respiration dans ce cauchemar éveillé. Si ce vieux réflexe reprenait ses droits, alors peut-être n'allait-il pas aussi mal qu'il le croyait.

Avec les années et les intempéries, la structure d'un vaste hangar s'était effondrée sur elle-même. Ne restait plus qu'un squelette, entrelacs de piliers métalliques. Le seul bâtiment encore debout s'élevait en périphérie du site. Un petit préfabriqué rouge. Sans doute l'ultime relief de ce qui avait dû être le casernement des soldats basés ici.

– C'est pas vieux, dis donc, dit Apputiku en pénétrant dans l'édifice branlant.

Il ne parlait pas du baraquement. Il désignait les traces que ses derniers occupants y avaient laissées : lits de camp, étuis d'aliments prêts à consommer, détritus divers. Sur les restes de nourriture aucun parasite, aucune trace de moisissure. Un repas sommaire qui ne devait pas remonter à loin.

Sous une table pliante, une forme et une couleur caractéristiques captèrent leur regard.

– La vache ! Il y a combien à ton avis ?

– Je ne sais pas, répondit Qaanaaq, abasourdi. Beaucoup…

Le sol en était jonché. Des dizaines de billets de banque, des dollars récents, en grosses coupures, échappés d'un sac en tissu éventré. Ceux qui avaient séjourné ici avaient quitté le lieu il y a peu.

Peut-être ne les avaient-ils manqués que de quelques minutes.

Qaanaaq ramassa une liasse qu'il fourra dans la plus grande poche de sa parka.

De rocher en bidon, de bidon en pelleteuse, ils poursuivirent leur exploration du camp. Tout début d'indice était bon à prendre. Signe de sa bonne volonté, Mikkel s'était joint aux recherches. Il fut le premier à l'apercevoir :

– Hé ! Regardez un peu qui on retrouve !

L'engin était trop singulier pour laisser la moindre place au doute.

– La foreuse d'Inoook ! s'écria Appu.

C'était bien elle, dans sa livrée jaune, surplombée de son bras hydraulique et montée sur les chenilles ajoutées par l'artiste. Qaanaaq se sentit soudain gonflé d'un infime espoir. Sans carotteuse, pas de fosse. Et sans fosse, pas de meurtres à l'iceberg.

Non loin, la découverte d'une valise métallique pleine de pains d'explosif, tous enveloppés dans leur emballage intact, contribua un peu plus encore à le rasséréner. Les hommes étaient partis sans emporter le matériel indispensable à leur forfait. Cela ne garantissait rien, mais cela ouvrait néanmoins un minuscule possible. Car, Qaanaaq en était convaincu, Rydahl n'était pas un tueur de sang-froid. Aussi certain qu'il pensait Ugo Salek, le pilote fantôme et mercenaire, le seul capable d'avoir tué Inoook au couteau. Rydahl, lui, accomplissait un rituel. Il suivait un plan, sans doute mûri de longue date. Dans son schéma, il ne laissait place ni à l'improvisation, ni à la sauvagerie.

– Venez voir ça ! les héla Appu.

À l'arrière d'un *command car* défoncé, dans une caisse en bois entrouverte, apparaissaient d'innombrables brindilles de plastique noir, toutes coiffées à une extrémité d'un petit embout rouge.

– Qu'est-ce que c'est ?

– Des détonateurs électriques, répondit Mikkel.

Il manquait au moins la moitié du contenu.

– Pour déclencher le vêlage du Zachariae, ils en ont eu besoin de beaucoup, tu crois ?

– Non. Pas plus d'une dizaine.

Dans ce cas, où étaient passés les autres ?

– Pourquoi ils en auraient pris avec eux ? La foreuse est là et ils n'ont visiblement pas emporté les explosifs…

Qaanaaq s'abîmait dans ses propres questions dépourvues de logique et de sens quand il aperçut, entre deux gros cailloux, un objet qu'il eût reconnu entre mille.

Une douleur brusque l'irradia.

Son *ukpik*. Sa vieille peluche de chouette harfang.

L'ultime vestige de son identité inuite.

Le jouet qu'il avait donné à son fils.

# 52

Ce jouet, c'était toute son enfance. Quelques semaines plus tôt, il l'avait offert à Jens comme on transmet un témoin. Il espérait que la figurine protégerait son fils comme elle l'avait préservé avant lui. Cet *ukpik*, ce ne pouvait être qu'un signe qu'on lui adressait. Une invitation à ne pas baisser les bras.

Il composa aussitôt un premier numéro, sa poitrine cognant à tout rompre, nourrissant un…

*Premier espoir.*

– Jorgensen ?

L'homme ne répondit pas tout de suite.

– Capitaine Adriensen ? Vous avez conscience de la position intenable dans laquelle vous me mettez ?

– J'en ai conscience, commandant.

– Alors pourquoi m'appelez-vous ? Que voulez-vous que j'aie à partager avec un prisonnier en fuite ?

Le patron du Joint Arctic Command n'avait jamais été un type commode. Mais le ton cinglant allait bien au-delà de sa raideur habituelle. Qaanaaq ne releva pas la pique et résuma le plus brièvement possible la situation. Malgré l'urgence vitale, il tâcha de ne pas trop laisser s'inviter l'émotion dans son rapport. Avec un tel interlocuteur, il était inutile de verser dans le pathos. Jesper Jorgensen n'était pas homme à apprécier ces débordements.

– Ça ne vous avancera pas beaucoup, finit-il par lâcher. Je ne peux pas inventer ce qui n'existe pas, nous ne prévoyons aucun vêlage significatif dans les quarante-huit heures à venir.

– Pour aucun glacier ? insista-t-il. Même à l'intérieur des terres ?

Cette option avait beau être contraire au mode opératoire de Rydahl, on ne pouvait l'exclure *a priori*. Après tout, la fosse où Hans, son père, s'était suicidé vingt ans auparavant se situait loin du littoral.

– Non, rien.

Qaanaaq s'apprêtait à raccrocher quand l'autre le retint :

– Capitaine !

– Oui ?

– Évidemment, nous n'avons jamais eu cette conversation. Et j'ignore où vous vous trouvez en ce moment.

Pas un si mauvais bougre, en fin de compte, ce Jorgensen.

– Merci, commandant.

*Deuxième espoir*.

Vite, tenter autre chose.

La piste suivante exigea de passer une série d'appels. Pour ne pas perdre un temps désormais précieux, Qaanaaq répartit ceux-ci entre Appu et lui. Sans être décisive, la présence de son compère à ses côtés lui évitait de flancher. Ensemble, ils s'étaient déjà sortis de situations critiques. Il priait pour que l'union de leurs forces vienne à bout de ce cauchemar.

Les deux flics tentèrent de joindre tous les postes de police du pays dont ils détenaient le numéro dans leurs répertoires. Hélas, comme il fallait s'y attendre, la réquisition lancée par Brenner les avait en grande partie vidés.

Et les quelques agents qu'ils parvinrent à contacter leur sortirent tous à peu de chose près le même couplet.

Comme le jeune Nootaïkok, à Qaanaaq-ville, pourtant si serviable :

– Désolé, patron, rien en vue chez nous.

– Quel est le glacier le plus proche du village ?

– Le Bowdoin. Mais son dernier vêlage important remonte au printemps 2017.

– Et rien depuis ?

– Rien de notable, non. Juste des fragments par-ci par-là. D'ailleurs, l'équipe scientifique japonaise qui le suivait depuis des années a plié bagage au début du mois.

Un glacier sans aucun public pour le voir accoucher ? Voilà qui ne cadrait pas avec les obsessions médiatiques de Mads Rydahl. Sans compter les milliers de kilomètres qui séparaient Ikateq de la baie de Qaanaaq…

*Ultime espoir.*

– Molsen, j'écoute.

Lors de leur intervention au Zachariae, son contact avec l'officier de la patrouille Sirius avait été bon, presque chaleureux. Celui-ci s'était montré plein de sollicitude face au drame qui les touchait personnellement, son équipe et lui.

Alors, de nouveau, il brossa à grands traits la situation.

– Je suis désolé, capitaine, mais non…, répondit Molsen. On n'a rien observé qui ressemblerait à de nouvelles secousses. Ni moi, ni mes chiens.

Cette dernière remarque n'avait rien d'une boutade. Les chiens de traîneau ressentaient les vibrations annonciatrices d'un vêlage bien plus tôt que les êtres humains. Dans quelques cas rares, leur extrême sensibilité à l'activité géologique avait même pris en défaut les appareils de mesure les plus sophistiqués.

– Le Zachariae est très calme depuis l'autre jour, conclut-il.

Depuis le jour où le glacier avait emporté CR7.

*Plus d'espoir.*

Apputiku avait suivi le dernier échange téléphonique de son boss en silence et semblait avoir replongé dans la noirceur de son âme. La noirceur des jours *après* Bodil. Il était loin d'avoir surmonté la mort de sa sœur et la dernière chose qu'il pouvait souhaiter à cet instant, c'était qu'une peine semblable fût infligée à son ami. Elle était de ces douleurs qui éloignent les hommes. De celles qui les isolent mieux que le fond d'un cachot. Même vengés, ils ne sortaient jamais d'une prison comme celle-là. Il le savait. Et voir Qaanaaq s'enfoncer peu à peu dans le même gouffre lui était odieux.

– Søren ne t'a envoyé aucune info, Appu ?

Contrairement à lui, Qaanaaq se débattait encore. Il s'accrochait coûte que coûte aux parois lisses du destin. Dieu sait quel abîme l'attendait s'il perdait cette partie-là. La seule chose qui trahissait extérieurement sa fragilité était la pâleur inhabituelle de son visage et sa mâchoire contractée. Qaanaaq semblait rassembler ses ultimes forces. Prêt à livrer un dernier combat.

– Non, souffla Appu.

Revenant d'une énième inspection du camp, Mikkel annonça alors :

– Ils se sont rechargés en JetA1.

– Qu'est-ce que c'est ?

– Un mélange de kérosène et d'essence pour hélico. J'ai trouvé plusieurs bidons, dont un encore ouvert. Et à moitié vidé.

– Tu penses qu'ils ont fait le plein ?

– Difficile à dire. On ne sait pas où en était la jauge de l'appareil. Ils ont pu se verser dix litres comme deux cents.

La chance qui semblait les fuir depuis le départ de cette enquête avait peut-être voulu que le Bell 212 des criminels soit à sec en arrivant à Bluie East Two. Qaanaaq priait pour que ce soit le cas, et pour qu'ils n'aient eu le temps de recharger que très partiellement leur réservoir.

Mais impossible d'en être sûr en l'état. Ils pouvaient n'avoir pu pousser que jusqu'à l'île d'à côté, comme être en train déjà de filer vers l'autre bout du pays.

Le crachotement caractéristique d'une radio les arrêta dans leurs réflexions.

– Ah, dit Mikkel, gêné. C'est pour moi.

Courant jusqu'au Sikorsky, il revint aussi vite, un transistor entre les mains. Un petit appareil portatif, de fabrication récente, mais au style rétro.

– Tu écoutais quoi ?

– Le bulletin météo de l'OPC[1].

– Tu penses qu'ils peuvent annoncer des vêlages ? cria presque Qaanaaq.

– Les vêlages, non… Mais quand il y a une concentration d'icebergs dans une zone maritime donnée, ils en parlent.

Qaanaaq blêmit un peu plus encore. Car si des icebergs s'agglutinaient quelque part… c'est qu'il était déjà trop tard.

Mikkel comprit son impair et tourna d'un coup la molette des fréquences. Il tomba sur une station en

1. L'Ocean Prediction Center : organisme de prévision environnementale américain, particulièrement écouté par les navigateurs pour la météo marine.

kalaallisut. Sans doute l'une des antennes locales de KNR, la compagnie publique de radio groenlandaise.

Cette fois, c'est le visage d'Apputiku qui se décomposa.

– Qu'est-ce qu'il y a ? le supplia Qaanaaq. Qu'est-ce qu'ils racontent ?

– Le feu à Isortoq…

– Eh bien quoi ?

S'il ne s'était retenu, Qaanaaq aurait pu secouer son adjoint jusqu'à lui faire cracher le moindre indice, le moindre élément utile.

– Il progresse à toute allure.

– Dans quelle direction ?

Apputiku tendit le bras pour le faire taire, puis répondit :

– Dans toutes les directions. Ils disent qu'il n'y a que deux pompiers dans le village, et que les renforts de Nuuk ne sont pas encore arrivés. Avec l'Ullortuneq, ils sont débordés.

Pensait-il à la même chose que lui ? Sentait-il également cet effroi qui hurlait dans un coin de sa conscience ?

Qaanaaq frictionna son visage et son crâne. Puis inspira largement :

– Dans une végétation aussi sèche que celle-là, tu penses qu'un système de mise à feu électrique pourrait servir de mèche ?

Le flic inuit leva des sourcils impuissants.

– Je ne sais pas… J'imagine, répondit Apputiku.

– C'est pas le moyen le plus simple de déclencher un incendie, intervint Mikkel. Mais oui, ça peut se faire. Quand j'étais encore en service, j'ai vu ça pendant des manœuvres en forêt.

Les militaires avaient décidément de drôles de passe-temps.

Mais cela faisait sens, tout à coup. Ses précédentes recherches sur Libertære Socialister avaient appris à Qaanaaq que les membres les plus radicaux étaient formés à diverses techniques terroristes, en vue d'éventuels coups de force. Le maniement des explosifs et des dispositifs de mise à feu en faisait partie, évidemment. Et si, comme il le croyait, Mads Rydahl avait été l'un d'entre eux…

La radio combla une nouvelle fois leur silence sidéré, avant qu'Appu ne traduise :

– Apparemment… c'est d'origine criminelle.

On y était donc. À ce moment où tout s'emballait.

– Comment peuvent-ils savoir ça ?

– Plusieurs fronts se sont déclenchés en même temps. Les départs sont… concertés, on va dire.

Feux.

Volontaires.

Simultanés.

Juste à deux pas d'ici.

Ils n'eurent pas besoin d'ajouter quoi que ce soit. Leurs regards volèrent de la radio aux montagnes de bidons rouillés qui les entouraient. Des fûts tels que ceux qui avaient servi à transporter Leonard Kelly et Bodil.

Ce n'était peut-être rien, et pourtant, il ne leur restait que ça. À peine une explication. Tout juste une piste. Et déjà, le retour d'un fol espoir.

Le premier, Qaanaaq fonça vers l'hélicoptère. Sa course éperdue valait pour ordre. Les deux autres couraient dans ses pas. Ils avaient compris.

# 53

C'était la nuit et pourtant brillait le jour le plus éclatant. Le paysage sous eux n'était qu'un océan de feu. Les flammes ondulaient comme une houle. Aussi tragique fût-il, le spectacle était fascinant. À chaque seconde, un nouveau pan de toundra s'embrasait. Depuis la fonte des glaces hivernales, pas une goutte d'eau n'était tombée dans cette région. Chaque maigre bosquet s'allumait d'un coup, comme si un esprit malin avait pressé un interrupteur.

Un halo orangé vibrait tout autour de l'hélicoptère.

L'étendue du désastre grandissait à vue d'œil.

Même depuis le ciel, la limite du sinistre était impossible à appréhender. Il envahissait à présent toute la péninsule, menaçant les quelques préfabriqués multicolores d'Isortoq. Au loin, une unique lance à incendie, dérisoire, s'évertuait à lutter contre l'immensité rougeoyante pour l'empêcher d'atteindre le village. C'est à peine si l'on apercevait la poignée de pompiers qui menait ce combat inutile.

Puis soudain, en plein cœur du brasier, minuscules, fragiles, apparurent deux silhouettes brillantes. L'argenté de leurs combinaisons ignifugées tranchait sur les teintes chaudes qui emplissaient l'espace.

*Rydahl, Salek…*

Mikkel maintenait le Sikorsky à une altitude et à une distance raisonnables. S'approcher plus, c'était les mettre tous trois en péril, ballottés comme un vulgaire ballon de baudruche par les courants d'air brûlants.

– Dépose-nous ! cria Qaanaaq dans le micro en désignant une zone encore épargnée.

– Ici, je ne peux pas. Dans une minute ce sera un vrai barbecue.

– Je m'en fous ! Pose-nous maintenant !

L'ordre claqua dans les casques. Impérieux.

Après plusieurs rotations, l'appareil atterrit à trois ou quatre cents mètres du front de la fournaise. Qaanaaq se rua aussitôt hors de l'hélico. Mais il n'avait pas fait deux pas à l'extérieur qu'une main s'arrima à son coude et le retint dans sa course.

– Arrête ! cria Apputiku. Tu ne peux pas y aller comme ça. Tu vas cramer aussi vite que ces herbes.

– Lâche-moi !

Appu resserra son poing autour du bras de son boss.

– Lâche-moi, putain !

Dans le bref regard qu'ils échangèrent alors, passa tout ce qui les unissait, et tout ce qui avait failli les séparer. Ces fois où ils s'étaient sauvés l'un et l'autre. Et la mort sauvage de Bodil.

Ils rejouaient la scène du Helheim. Mais les rôles s'étaient inversés. Cette fois, c'était Qaanaaq qui bravait tout pour les siens.

D'un coup sec, il se dégagea de l'emprise d'Appu et reprit sa course insensée vers les flammes. Depuis leur survol quelques instants plus tôt, celles-ci semblaient avoir gagné en taille et en intensité. Encore quelques enjambées et il serait dans la gueule du monstre.

À chaque pas, l'haleine brûlante le suffoquait un peu plus. Elle rougissait son visage, ses mains, tout ce qui n'était pas couvert. Des fumées rabattues par les courants d'air chaud coupaient son souffle et cuisaient ses poumons. Il toussait comme un damné.

– Qaanaaq ! hurlait Appu dans son dos.

Mais le ronflement des flammes étouffait tous les autres sons. Les voix et les suppliques n'étaient plus que de lointains échos, indistincts. Ses yeux lui faisaient l'effet de deux braises baignées de larmes. Mais Qaanaaq poursuivait sa marche Rien n'aurait pu l'arrêter.

À quelques dizaines de mètres du front, toutefois, il ralentit le pas. Au-delà, c'était l'air lui-même qui paraissait en feu. Chaque inspiration embrasait sa poitrine. La douleur devenait intolérable. Il lui sembla que si son crâne n'avait été glabre, ses cheveux se seraient consumés en quelques secondes.

Alors, il les aperçut.

Derrière le rideau flamboyant, deux silhouettes évoluaient sans peur apparente. On eût dit ces scaphandres de haute protection que revêtaient les volcanologues. Ils ne se trouvaient pas à proprement parler au cœur du foyer, car ce premier écran de flammes n'était qu'un avant-goût du brasier, du cœur incandescent qu'il devinait au-delà, qui jaillissait du sol et léchait la nue. Mais leurs protections leur avaient permis d'arriver jusqu'à ce point sans s'exposer à une mort immédiate.

Les deux hommes – leurs gabarits parlaient pour eux – roulaient chacun un bidon rouillé. Un troisième gisait non loin. De toute évidence, ils tentaient d'approcher les fûts le plus près possible des immenses flammes, là où plus rien ni personne ne pourrait les atteindre. Ainsi disposés, ce ne serait plus qu'une question de minutes, peut-être même de secondes, avant que les barils ne soient la proie du feu.

Qaanaaq ne parvenait pas à imaginer la terreur de ses trois amours. Peut-être avaient-ils déjà perdu connaissance. En tout cas, il l'espérait.

Bientôt, l'un des deux individus revint sur ses pas pour prendre le dernier bidon. Ils agissaient avec une effroyable application, une méthode à glacer le sang, presque comme si le temps ne leur était pas compté. Accaparés par leur tâche, en partie aveuglés par cette lumière folle qui les cernait, les hommes n'avaient apparemment pas senti qu'on les observait.

Sans combinaison, Qaanaaq ne tiendrait plus très longtemps. La chaleur était telle qu'il pouvait à peine garder les paupières ouvertes. Il lui semblait que ses yeux se craquelaient, que ses cils fondaient. Intérieurement, il brûlait surtout d'impuissance. Jens, Else et Massaq allaient mourir sous ses yeux et il ne pourrait rien y faire. Il serait là, au premier rang, incapable d'empêcher leur agonie.

Consumé par la rage et l'horreur autant que par le feu.

Un instant, un mouvement de recul irrépressible le tira même quelques pas en arrière. Puis sa peur lui fit honte, et il se rapprocha à nouveau de la source ondoyante.

Brûler, plutôt que de les voir brûler.

Soudain, il perçut la présence d'Appu à ses côtés. Son ami se tenait là, le petit extincteur de l'hélico entre ses mains. Le dispositif paraissait dérisoire au vu de l'ampleur du sinistre. Appu ne tarda pas à le lâcher sur le sol. Écrasé par la touffeur, la tête rentrée dans les épaules, il tenait à peine debout. Sous peu, le foyer aurait aussi gagné ce pan de toundra et ils grilleraient à leur tour.

Bientôt, tout serait fini.

Alors Qaanaaq fit la seule chose qui lui semblait encore possible dans ce pandémonium. Dégainant son

H & K USP, il le brandit en direction des silhouettes drapées de flammes, véritables dieux des enfers. C'est à peine s'il devinait encore les deux criminels à travers l'écran de feu et de fumée. Il visa sans y croire le plus proche des deux hommes, figea sa respiration endolorie et pressa la détente. Dans le vacarme ambiant, on n'entendit même pas le coup de feu partir.

*Manqué.*

Appu l'imita alors, sans plus de succès. La balle fila quelque part dans la masse rougeoyante. Ce n'est qu'au troisième coup que l'un des individus parut les remarquer, et prendre la mesure de la situation. Tous deux s'agenouillèrent aussitôt derrière les bidons.

Qaanaaq retint Apputiku qui faisait mine de vouloir tirer de nouveau. Viser ces fûts rongés de rouille, c'était prendre le risque d'en percer l'épaisseur. De toucher leurs occupants.

Une douleur fulgurante déchira alors son épaule gauche. Accroupi, arme au poing, l'un des deux hommes avait finalement riposté. Malgré son casque, malgré le voile de feu, il visait juste. Sans doute Salek, le mercenaire.

Mis à genoux par le choc, Qaanaaq lâcha son arme. Dans le brusque affaissement de son corps, la dragonne de son Blad se décrocha et l'appareil chuta lui aussi. Quelques braises qui avaient volé jusque-là attaquaient déjà les plastiques noirs du boîtier. Il tenta de le récupérer, mais son gant ne suffisait pas à protéger sa main.

La mort dans l'âme, il renonça à sauver son précieux auxiliaire.

Une pensée surgit alors, dérisoire, qui l'occupa tout entier : dans la carte mémoire en train de fondre, gisait l'unique photo réunissant Massaq et ses enfants. Cet instantané pas si lointain d'un éclat de bonheur, chez lui, sur son lit. Bulle de joie avant la débâcle. Ils allaient mourir, et ce souvenir commun s'évanouirait avec eux. Cette perspective lui sembla plus insupportable encore.

Brusquement, un vent incandescent échappé du brasier souffla le rideau enflammé, le déchirant sur plusieurs mètres. Un passage venait de s'ouvrir au cœur même de l'incendie.

Malgré la douleur, Qaanaaq tenta de se relever pour foncer dans la brèche, vers les bidons renversés. Mais l'œil noir d'un canon de flingue surgit devant lui. Pointé sur son front. Comme la gueule d'un animal sur le point de mordre. Au bout d'un bras argenté.

L'identité du criminel était impossible à déterminer. La visière de son casque se bornait à un étroit rectangle opaque. Qaanaaq ne bougeait plus. Sa mort n'aurait donc pas de visage. Elle serait ce masque irisé où se reflétaient les flammes de l'enfer.

Il sut simplement que son bourreau était un homme d'assez haute stature. Et que son index, prêt à presser la détente, ne tremblait pas.

Assourdi par le grondement alentour, aussi effrayant que le hurlement des âmes suppliciées par ces deux-là, le coup de feu partit.

# 54

Qaanaaq s'écroule d'un coup.

Masse inerte sur le tapis d'herbes calcinées.

Il n'entend ni ne voit plus rien. Seul un lointain brouhaha le rattache encore à la vie, grondement sourd traversé d'un curieux sifflement. Puis ces bruits disparaissent à leur tour, échos de plus en plus faibles.

Qaanaaq Adriensen se sent presque serein. Sous peu, il rejoindra Massaq et les enfants. Certes, pas comme il l'avait imaginé. Ni dans le monde qu'il avait espéré pour eux tous.

Mais enfin, ils seront réunis.

Il n'y aura plus ni peur ni souffrance. Tout sera résolu. L'enquête comme le reste. Tout, à jamais apaisé.

À cet instant-là, quand il sera enfin sorti de cet enfer, ne lui manqueront, pour boucler tout à fait l'histoire de sa vie, que les minutes qui ont suivi sa chute dans le brasier d'Isortoq.

D'abord, le tireur qui s'effondre au même moment que lui, une fleur rouge sur sa poitrine argentée. Mikkel s'est invité dans le paysage cauchemardesque, c'est lui qui a riposté – geste rapide et sans appel, concentré de ses longues années d'armée.

Ensuite, le deuxième scaphandre qui panique et s'enfuit dans le cœur ronflant du foyer. Là où tout n'est plus que mort et flammes. Là d'où il ne reviendra pas – c'est ainsi qu'il a choisi d'en finir.

Enfin, Apputiku qui se jette à son tour dans la faille perçant l'écran de flammes, extincteur en main. Instrument dérisoire, mais dont il va tirer l'usage exact. Arrivé à côté des bidons, il arrache la goupille, presse la gâchette de l'appareil et libère de longues gerbes de mousse blanche qui se répandent en volutes autour des fûts. Aidé de Mikkel, il extrait de chacun d'eux un corps inanimé – deux petits et un plus grand.

Puis, mû par une brusque inspiration – l'esprit de Nuna en lui ? –, Appu fait exploser un pain de plastic grâce à quelques détonateurs, matériel récupéré à Ikateq : la déflagration couche les flammes les plus proches et repousse temporairement le danger.

Qaanaaq ne voit pas non plus les corps de Massaq et de ses enfants, embarqués aux côtés du sien dans le Sikorsky bleu nuit de Mikkel – direction Nuuk.

Qui reprendra le Politigarden après lui ? Peut-être Apputiku ?

Alors qu'une nuit immense l'emporte, il espère simplement que son ami ne portera pas le poids de ce tragique épilogue. Appu n'en est pas plus responsable que lui. Il mérite de reprendre le fil d'une vie plus douce, avec Bébiane et leurs deux garçons.

Même séparés l'un de l'autre, ils peuvent être fiers. Apputiku et Qaanaaq. Ils l'ont bel et bien bouclée, cette affaire. Ils ont trouvé les deux coupables, Rydahl et Salek, qui gisent désormais sous leurs masques anonymes – momies de feu, sacrifiées pour venger leurs victimes de glace.

Évidemment, il restera des interrogations sans réponses. Mais quelle vie s'achève à sa toute dernière heure, tomber de rideau parfait, sans plus la moindre question à résoudre ?

Qaanaaq perçoit un tout dernier son, comme un feulement mécanique.

Puis, à nouveau, le silence s'empare de lui – comme un absolu. Un avant-goût d'éternité. La voie d'un salut possible s'ouvre dans ce vide qui, étrangement, rassure.

Le chemin vers une nouvelle vie.

Alors seulement, il décille ses paupières.

# *AUJALLARIK*

(« Le plein été »)

*Dimanche 15 juillet 2018, 18 h 30*

Le trille strident du sifflet résonna dans le stade Loujniki de Moscou. Une clameur immense s'éleva des tribunes. Les joueurs en maillot bleu se mirent à courir en tous sens sous la pluie battante. S'étreignant par instants avec une ferveur pour eux inédite, une victoire historique.

« Et voilà ! lança le commentateur de la chaîne nationale danoise DR2. Pour la deuxième fois depuis la création de l'épreuve, l'équipe de France est championne du monde de football ! Ils l'emportent quatre buts à deux, face à la malheureuse Croatie, qui n'a franchement pas démérité. Je crois qu'on peut le dire, malgré la peine qu'elle nous a infligée à nous autres Danois. Deuxième étoile, donc, pour les hommes de Didier Deschamps. Vraiment, quel palmarès extraordinaire pour le capitaine de la génération Zidane… »

Qaanaaq pressa le bouton rouge de la télécommande et le petit écran plat suspendu au mur de sa chambre s'obscurcit aussitôt. Il n'avait aucune envie de s'infliger le bavardage des journalistes sportifs.

Au-dehors, pour ce qu'il en apercevait par l'unique fenêtre, une fin d'après-midi grise nimbait Copenhague d'un voile triste. À l'annonce du résultat, on n'entendit aucun coup de klaxon dans les rues, aucun cri joyeux dans les couloirs de l'hôpital. Depuis que le Danemark s'était fait éliminer en huitièmes par cette même Croatie – les parades héroïques du gardien, Kasper Schmeichel, n'avaient rien pu contre le destin –, la fièvre du Mondial était en grande partie retombée dans le pays.

Il laissa son regard vaguer sur le ciel uniforme. La télé éteinte, il n'éprouva pas même le besoin d'allumer le plafonnier. Voilà déjà trois semaines qu'il s'ennuyait ferme, mis au repos forcé par sa hiérarchie. Il s'agissait de soigner ses brûlures, sur une partie du dos et sur la paume de ses mains, ainsi que ses blessures par balles à l'épaule et au poumon droit. Par-dessus tout, il avait frôlé la mort, et de ce mal-là, on ne se remettait pas facilement.

Car les plaies les plus vives étaient invisibles. Il avait accueilli la proposition de suivi psychologique avec soulagement. Le travail avec le thérapeute ne faisait que commencer. Mais au moins avait-il quelque chose à quoi se raccrocher. Quelque chose qui l'empêchait de se noyer tout à fait.

– Ben… Qu'est-ce que tu fais dans le noir ?

Massaq venait d'entrer dans la petite pièce. Elle lui déposa un baiser tendre sur les lèvres. Sa convalescence et celle des enfants avaient été beaucoup plus brèves. Juste quelques jours d'observation pour s'assurer que les vapeurs toxiques inhalées ne provoqueraient pas de séquelles durables. Quand ils avaient repris connaissance dans le Sikorsky, ils toussaient beaucoup mais ne présentaient aucune brûlure ou aucun autre traumatisme apparent.

– Rien, lui répondit-il dans un sourire. Je me repose.

– Tu as regardé la finale ?

Il n'avait pas grand-chose à en dire. Ce qu'il voulait, c'était qu'elle lui parle des jumeaux. De la façon dont ils se réadaptaient à la vie danoise. Eux aussi avaient été confiés aux soins d'une psychiatre. Elle se disait optimiste. À l'entendre, les traces laissées par leur rapt et l'épilogue terrible dans l'incendie d'Isortoq s'estompaient déjà. Leur faculté de résilience la surprenait elle-même. « Quand ils se savent aimés, les enfants font preuve d'une résistance à l'épreuve et d'une plasticité psychique incroyable », avait-elle conclu.

– Tu les as confiés à qui ?

– À Mme Simonsen. Si tu voyais comme elle est heureuse de les avoir pour elle !

– J'imagine, dit-il avec un pincement. Ça ne va pas être facile pour eux de repartir à Nuuk.

– Tu sais que rien ne nous y oblige.

Rien, en effet. Pas même sa hiérarchie. La proposition de la Fourmi – réintégrer les archives de ce bon vieux Christian Zakker – restait ouverte. Il ne tenait qu'à lui d'y souscrire, pour offrir aux siens une existence enfin apaisée. Massaq s'était dite prête à quitter son Groenland natal, sans arrière-pensée ni la moindre amertume. Elle aimait leur vie à quatre. Elle se sentait de taille à la poursuivre n'importe où, pourvu qu'ils ne fussent plus jamais séparés.

À vrai dire, la question pour Qaanaaq n'était pas de savoir où vivre, ni avec qui. La question était de savoir quel métier il allait exercer – enfin, qu'il serait capable d'exercer.

Réintégrer la police, comme si de rien n'était ? Offrir ses services à une agence d'enquêteurs privés ?

L'affaire des icebergs avait été celle de trop. Il avait failli y laisser sa peau, et celle de ceux qu'il aimait le plus. Et il s'était abîmé dans ses propres failles… au risque de n'en plus jamais ressortir.

Le plus rageant, c'étaient ces zones d'ombre que l'enquête bouclée par Karl, Apputiku et Søren n'avait pas réussi à élucider. Une fois Mads Rydahl carbonisé dans le brasier qu'il avait lui-même déclenché, il ne restait en effet plus grand monde pour les éclairer. D'où le cerveau de ces meurtres tenait-il les sommes extravagantes dénichées à Ikateq, lesquelles avaient largement contribué à son entreprise de mort ? En vengeant le suicide de son père, Mads Rydahl agissait-il de son propre chef, ou obéissait-il aux ordres d'un quelconque commanditaire ?

Mais surtout : pourquoi s'en était-il pris spécifiquement à lui, Qaanaaq Adriensen, et à ses proches ?

Tout cela le taraudait, bien sûr. Mais plus les jours filaient et moins Qaanaaq était certain de vouloir trouver les réponses à ces questions. Dans une société obsédée par le stockage des données, l'oubli était perçu comme une punition. Mais l'oubli avait aussi ses vertus… L'excitation des médias autour de cette affaire avait fini par l'écœurer. *Où le cadavre est, là les vautours s'assemblent* : le proverbe fleurissait sur ses lèvres chaque fois que le journal télévisé évoquait le sujet.

Le vibreur de son portable résonna sur sa table de chevet.

– Apputiku ?

– Salut boss ! Comment vas-tu ?

En quelques mots, sur un ton presque badin, son ami déplora la vie du Politigarden sous le régime Brenner. Puis, n'y tenant plus, il en vint à l'objet véritable de son appel : la piste des dollars trouvés à Ikateq.

– Tu ne peux pas m'en parler, dit Qaanaaq. J'ai été dessaisi du dossier. Si Jacobsen l'apprend, ça va te retomber dessus…

– Attends la suite, les billets ont été retirés sur un compte off-shore, aux îles Caïmans.

– Appu, ça ne me concerne plus…

– Oh que si, justement. Devine la fausse identité utilisée par le détenteur ?

– Aucune idée… Kylian Mbappé ? plaisanta-t-il faiblement.

– Non. Oskar Loksen.

Oskar Loksen, le personnage des romans de son père, O.A. Dreyer ? Mais jusqu'où les conduirait l'absurdité de cette affaire ?

Après avoir raccroché, il demanda à Massaq de lui apporter l'exemplaire du roman qui n'avait pas bougé du placard de sa chambre depuis son admission, un mois plus tôt. Il avait pensé pouvoir profiter de sa convalescence pour essayer de dépasser enfin la page 30, mais chacune de ses rares tentatives s'était soldée par un échec.

Cette fois-ci, il ne fit même pas mine de reprendre le fil de l'histoire ; il s'en fichait éperdument. Il feuilleta les pages nerveusement, à la recherche de quelque chose qui pourrait l'éclairer… Lorsqu'il parvint aux tout derniers paragraphes de l'intrigue, il survola des remerciements sans grande originalité. Knut Adriensen aurait pu écrire ça pour n'importe lequel de ses ouvrages, à n'importe quelle époque.

N'importe laquelle, vraiment ?

Car à la toute fin du livre figurait une mention qui fit briller le regard de Qaanaaq d'un éclat nouveau :

Fjord Gullmarn, Göteborg

La villégiature suédoise de Knut Adriensen, là où il avait écrit la plupart de ses romans.

Le 18 mai 2017

Soit plus de quatre ans après la mort de son père.

Certaines histoires, décidément, n'avaient jamais de fin.

# Remerciements

Un roman, c'est toujours une rencontre inattendue entre un décor, des personnages et un imaginaire. Mais sans l'aide de certaines personnes bien réelles, ce rendez-vous demeurerait stérile.

C'est pourquoi je tiens à remercier ici avec chaleur Marie Leroy et Françoise Samson, pour avoir été toutes deux présentes à mes côtés dès la genèse des aventures de Qaanaaq Adriensen. Et pour avoir cru possible de leur donner une suite.

Mes pensées amicales vont aussi à toute l'équipe de La Martinière, qui a rendu une fois encore possible l'éclosion de ce livre.

Merci à quelques personnes qui, en dehors du petit monde de l'édition, ont apporté leur contribution directe et ô combien précieuse à cet ouvrage. En particulier :

Olivier Gagliardini, glaciologue à l'université de Grenoble et spécialiste des vêlages d'icebergs au Groenland, qui a été une source inépuisable d'informations sur sa spécialité, mais aussi d'une disponibilité sans faille. Ainsi que tous ses consœurs et confrères qui ont répondu présents à mon appel.

Élise Fournier, photographe de grand talent et spécialiste des pays du Grand Nord. Vous pouvez explorer les magnifiques images du Groenland sur son site : www.elise-fournier.com

Inuk Silis Høegh, *land artist* groenlandais qui a si gentiment accepté de jouer son propre rôle dans cette histoire (et même de s'y faire trucider !). Son travail peut être découvert sur sa page Facebook.

Merci au Groenland lui-même et à mes personnages… Jusqu'à ce que je les retrouve… peut-être !

Mo

# Liste des personnages

**Qaanaaq Adriensen** : capitaine de la police criminelle danoise, à Copenhague. Détaché à Nuuk, la capitale du Groenland, pour diriger les forces de police du pays. D'origine inuite, il a été adopté enfant par un couple de Danois. Père de deux jumeaux également adoptés, Jens et Else, âgés de quatre ans.

*L'équipe du Politigarden de Nuuk, au Groenland :*

**Apputiku Kalakek** : officier de police, adjoint de Qaanaaq Adriensen ; surnommé Appu.
**Bodil Kalakek** : sœur cadette d'Apputiku, réceptionniste.
**Hitty** : seconde réceptionniste.
**Lotte Brunn** : médecin légiste récemment affectée au Politigarden.
**Mikkel** : pilote d'hélicoptère affecté au Politigarden.
**Pitak** : agent de police, métis mi-inuit, mi-danois.
**Søren** : agent de police, métis mi-inuit, mi-danois.

*Autres personnages, au Groenland :*

**Aleka Skovgaard** : sœur aînée de Sandra Skovgaard.
**Anuraaqtuq Nemenitsoq** : frère cadet de Massaq et fils d'Ujjuk. Meurtrier en fuite depuis plusieurs mois.
**Bébiane Kalakek** : femme d'Apputiku, mère de leurs deux garçons, Pana et Kallik.

**Inuk Silis Høegh**, dit **Inoook** : *land artist*, établi à Ilulissat.

**Jacob Nitter Sørensen** : directeur général d'Air Greenland.

**Jake Gordon** : glaciologue au sein de l'International Ice Patrol (IIP).

**Jesper Jorgensen** : commandant du Joint Arctic Command (JAC).

**Kavajaq** : ancien chasseur inuit de la ville de Qaanaaq, au nord du Groenland, devenu pêcheur à Ilulissat.

**Kunnunguaq** : chamane de la ville de Qaanaaq.

**Kuupik Enoksen** : ancien vice-ministre de l'Énergie du Groenland ; aujourd'hui avocat.

**Leonard Kelly** : glaciologue au sein de l'Ice Core Facility (ICF).

**Massaq Nemenitsoq** : cousine de Qaanaaq et fille d'Ujjuk Nemenitsoq ; sœur d'Anuraaqtuq.

**Capitaine Molsen** : officier au sein de la patrouille Sirius.

**Nootaïkok** : fils du chasseur Kavajaq ; nouveau responsable du poste de police de la ville de Qaanaaq.

**Pavia Larsen** : ancien assistant du vice-ministre Kuupik Enoksen, cerveau des meurtres dits « du Primus » (*voir* la première enquête de Qaanaaq Adriensen, *Qaanaaq*) ; ancien membre du groupe anarchiste Libertære Socialister.

**Pilip Kiminsen** : chef de la police d'Ilulissat.

**Rob Normann** : commandant du navire *Healy* au sein de l'International Ice Patrol (IIP).

**Sandra Skovgaard** : mère biologique de Qaanaaq ; dite aussi **Pipaluk**.

**Tobias** : agent de sécurité à l'aéroport de Nuuk.

**Ujjuk Nemenitsoq** : père de Massaq et d'Anuraaqtuq ; oncle de Qaanaaq et ancien chef de la police de la ville de Qaanaaq ; incarcéré à la prison d'Horserød, à Copenhague.

*Au Danemark :*

**Arne Jacobsen** : dit la Fourmi, actuel directeur général de la police danoise.

**Christian Zakker** : responsable des archives criminelles de Niels Brocks Gade, le siège de la police de Copenhague.

**Flora Adriensen** : mère adoptive de Qaanaaq et ancienne patronne de la police criminelle de Copenhague.

**Karl Brenner** : officier de la police criminelle à Copenhague ; collègue et ami de longue date de Qaanaaq.

**Knut Adriensen** dit aussi **O.A. Dreyer** : père adoptif de Qaanaaq et auteur réputé de romans policiers (série du commissaire Loksen).

**Maja Olersen** : psychologue du personnel de Niels Brocks Gade, le siège de la police de Copenhague.

**Mme Simonsen** : voisine de Flora Adriensen et nounou occasionnelle de Jens et Else, les enfants de Qaanaaq.

RÉALISATION : NORD COMPO À VILLENEUVE-D'ASCQ
IMPRESSION : CPI FRANCE
DÉPÔT LÉGAL : AVRIL 2020. N° 142279-7 (3052736)
IMPRIMÉ EN FRANCE

La nouvelle enquête
de Qaanaaq Adriensen
en terre polaire
Mo
MALØ
NUUK
« Il y a quelque chose
de pourri au royaume
du Groenland. »
20,90 € - 400 p.
La Martinière
NOIR
L'APPEL DE L'OMBRE
www.editionsdelamartiniere.fr